사라지는 아들

KIERU MUSUKO [BUNKO]

by Yoshiaki ANDO

Original Japanese edition published by SHOGAKUKAN.
Korean translation rights in Korea arranged with SHOGAKUKAN.

사라지는 아들

안도 요시아키 지음

오정화 옮김

하빌리스

일러두기

1. 인명이나 고유명사는 기본적으로 외래어표기법을 충실히 따랐으나, 발음상의 문제 등이 있는 경우는 통례를 따랐습니다(예시: 게이스케 → 케이스케).
2. 옮긴이 주는 괄호 안에 '옮긴이'라는 말과 함께 표기했습니다.

차례

2025년 3월 3일 월요일

창문으로 보이는 하치오지의 거리는 봄 안개가 자욱했다. 스무 채에 가까운 고층 빌딩이 햇빛을 받아 황금색으로 빛나고 있었다. 미야즈 가즈오는 레몬과 꿀이 들어간 뜨거운 홍차를 마시며 그 풍경을 바라보고 있었다. 한낮이 되어서야 겨우 기침이 멈추어 그나마 견딜 만했다. 그저께 저녁, 흔치 않게 열이 올라 헐레벌떡 병원으로 달려갔다. 독감은 아니었지만 그래도 꽤 지독한 감기라고 했다. 해열제 덕분에 열은 떨어졌지만, 큰일을 치르느라 시청에는 휴가를 냈다.

"당신이 감기에 걸리다니, 별일이네."

대면식 주방에서 점심 식사를 준비하던 유키에가 말을 걸어왔다.

"독감이 아니라 다행이야."

"당신, 어젯밤 이상한 잠꼬대를 하던데. 기억나?"

"잠꼬대? 아니……."

치과기공사로 일하는 유키에는 열이 난 가즈오를 챙겨주고자 오전 휴가를 받았다.

"감기는 나을 때쯤 다른 사람한테 옮기기 쉬우니까. 조심해야 해."

"알았어."

가즈오는 마스크를 고쳐 썼다.

꿈이었나. 거무스름한 물속에 양손을 담그고 있는 장면이 머릿속에 흐릿하게 남아 있다. 엄청나게 차가운 느낌이 들었던 건 손을 이불 밖으로 꺼내고 잔 탓일까. 그 물속에서 사람 머리로 보이는 것이 떠오른 순간, 잠에서 깼다. 고열로 인한 오한이라기보다 식은땀에 가까운 느낌이었다. 눈을 뜬 뒤에도 어딘가 찝찝함이 남아 아침밥이 목으로 넘어가지 않았다.

가즈오는 의자에서 일어나 창가로 다가갔다. 지금 살고 있는 아파트는 완만한 언덕 위에 서 있다. 그는 동쪽 모퉁이에 있는 방에서 내려다보이는 하치오지 중심가의 풍경이 마음에 들었다. 이 아파트는 모토혼고초에 있는 시청과 2킬로미터 정도 떨어져 있는데, 건강을 유지하기 위해 매일 걸어서 통근하고 있다. 바로 남쪽에는 있는 후지모리 공원은 가끔 플리마켓이 열리기도 하고, 산책하기에도 안성맞춤인 곳이었다.

하치오지역 앞의 고층 아파트 매입을 진지하게 고민하던 시기도 있었다. 하지만 지금은 이곳을 선택해 너무나도 다행이라고 가즈오는 생각했다. 왜 그렇게 고층 아파트를 고집했는지 스스로도 이상했다. 지난 십수 년 동안 자신의 안에 엄청난 변화가 있었던 것 같았다. 하지만 그것이 무슨 계기로 어떻게 일어났고, 또 어떠한 경과를 지나왔는지는 분명하지 않았다.

격렬한 사건이 있었던 것 같았다. 하지만 큰 병에 걸린 것도 아니고, 범죄에 휘말린 적도 없었다. 어떤 구체적인 기억 하나 남아 있지 않았지만, 그 감각만은 여전히 몸에 남아, 병에 걸리면 바로 고개를 들고 나타났다. 어찌 됐든 간에 인생을 뒤바꿀 만한 사건과 마주한 듯한 기분이었다. 그것을 다시 되풀이하고 싶은 생각은 없지만, 마음 한구석에서 미칠 듯이 차오르는 그리움의 이유를 기억 저 깊은 곳에서 건져 올리려고 노력해도 잘 안 되었다.

마치 보이지 않는 구슬이 손바닥 위에서 데굴데굴 굴러가는 느낌.

그것이 분명하게 형체를 갖출 것만 같은 예감이 들었다. 더구나 오늘이라는 날을 놓치면 영원히 사라져버릴 것만 같은 초조함이 마음속으로 퍼져갔다. 꼭 가봐야만 했다. 거기에 서면 가슴 속 응어리가 녹아 없어질 것 같은 기분이 들어 견딜 수 없었다.

점심으로 건더기 없는 가락국수를 먹다가 전화를 걸어 상대를 불러냈다. 약속 장소를 알려주고 차에 올라타고는 아파트를 빠져나왔다.

다이초 교차로에서 히가시아사카와로 빠져 고슈 가도를 따라 서쪽으로 향했다. 다카오산 IC를 통과하자 오르막 경사가 심한 산길이 나왔다. 여기까지 불과 15분.

커브가 적은 길을 빠르게 달려 거북운행을 하는 레미콘을 따라잡았다. 누가 재촉이라도 하는 것처럼 쭉 이어지는 직선 도로에서 레미콘을 추월했다. 오타루미 고개를 넘어 내리막길로 접어들자 헤어핀커브가 많아졌다. 쉽지 않은 커브를 네 개쯤 지나자 길이 완만해졌다. 요세 마을로 진입해 신호가 있는 교차로에서 좌회전하니 다시 내리막길이 나왔다. 왼쪽으로 크게 돌 듯 나아가자 오른쪽으로 햇빛에 반사되어 반짝이는 호수가 보였다. 사가미 호수다.

너무 멀리 온 것 같은 기분이었다. 가즈오는 핸들을 잡았다. 목적지는 바로 저기, 얼마 남지 않았다. 열은 완전히 내렸고 의식은 또렷했다. 보이지 않던 손바닥 위의 구슬이 드디어 모습을 갖춰가기 시작했다.

1

2008년 2월 24일 일요일

어느 날 우연한 계기로 살아 있는 세계가 완전히 다른 세계로 변해버리는 일이 있다. 아니, 다른 세계로 발을 들여놔버렸다고 해야 할지도 모른다. 예를 들어 아이가 평소에는 쳐다보지도 않던 텔레비전 광고에 매료되어 그 바람을 들어주기 위해 작은 호수에 오고 말았다는, 그런 식. 그날로 말하자면 가즈오 부부와 아들, 이 세 명이 유람선을 탄 것부터가 시작이었다. 전조라고 하기에는 너무나도 사소하고, 운명이라고 부르기에는 지나치게 거창했다. 그러나 그것이 미야즈 가즈오의 일상은 물론이고, 이 세상 모든 것을 바꿔버릴 만한 힘을 지녔음을 깨달았어야 했다.

선착장 바로 앞에 있는 게임센터는 아이를 데리고 나온 부모들로 붐볐다. 좁은 공간을 누비듯 꼬마 열차가 분주히 돌아다니고, 회전목마는 화려한 사이렌을 울리고 있었다. 케이스케는 그와 조금 떨어진 곳에서 유리창에 코를 비비듯 바짝 붙이고 천천히 이쪽을 향해 다가오는 유람선을 보고 있었다.

"케이스케, 저거 탈까?"

파카 차림의 유키에가 유람선을 가리키자 케이스케가 고개를 끄덕이더니 출구를 향해 달려갔다.

"아, 케이스케. 먼저 가면 안 돼."

가즈오가 아이의 뒤를 쫓았다. 그는 출구 앞에서 호들갑스럽게 케이스케를 붙잡았고, 아이는 큰 소리를 내며 웃었다. 케이스케를 목말 태운 가즈오는 매표소에서 유람선 표를 사고 있는 유키에 곁으로 다가갔다.

정면에 부두가 있고 그 너머로 호수가 펼쳐져 있다. 흐린 하늘 아래 둥둥 떠 있는 보트가 자못 추워 보였다. 호수를 에워싼 산들도 회색빛을 띠며 어딘가 시원스럽지 못했다.

하지만 그와 반대로 그들을 향해 다가오는 유람선은 화려했다. 전체를 하얀색으로 칠한 유람선은 백조의 몸통 부분이 객실로 되어 있고 길쭉한 목덜미에 조종실이 있었다. 가즈오의 어깨 위에서 케이스케는 숨죽인 채 그 모습을 가만히 지켜보았다.

배가 부두에 닿았다. 가즈오의 어깨에서 내려온 케이스케가 유키에의 뒤로 돌아가 흠칫거리며 빼꼼히 쳐다보고 있었다.

"왜 그래, 케이스케? 저기 봐, 저렇게 작은 아이도 타잖아. 한번 봐봐."

키가 100센티미터 남짓한 케이스케는 올봄에 초등학교에 입학하지만, 아직도 아기 같은 말투가 남아 있다. 또래에 비해 작은 키도 걱정이었다.

"케이스케, 배가 무서워?"

유키에는 아이의 얼굴을 정면에서 바라보았다.

"아, 아니."

"그럼 탈 수 있겠어?"

일부러 표까지 샀는데 버리기도 아까웠다.

"자, 가자. 케이스케, 아빠 등에 업혀."

가즈오가 케이스케의 앞에 무릎을 꿇고 앉자 아이가 바짝 몸을 붙여왔다.

"출바알!"

기세를 몰아 밖으로 나왔다. 차례가 다가와 유람선에 올라타자 가즈오의 등에서 내린 케이스케가 1층 선실로 뛰어 들어갔다. 신발을 신은 채 비어 있는 자리로 뛰어 올라간 케이스케가 창문 너머로 호수를 바라보고 있었다. 자리가 거의 다 차자 흔들거리며 선착장을 벗어난 유람선이 호수의 시계 반대 방향으로 나아가기 시작했다.

스피커에서 여성의 목소리로 안내 방송이 시작됐다.

"뉴스원마루는 8노트(약 시속 15킬로미터-옮긴이) 속력으로 운항 중인 100인승 대형 유람선입니다."

바람도 적어 호수 면은 출렁이지 않았다. 멀어져 가는 부두에서 유람선을 보고 손을 흔들고 있는 아이들을 향해 케이스케도 손을 흔들며 대답했다. 겨우내 마른 나무들 사이사이로 싹을 틔

우기 시작한 녹색 관목들이 봄을 느끼게 했다.

사가미 호수는 사가미강을 댐으로 막아 만든 인공호다. 잎이 떨어진 낮은 산줄기에 둘러싸여, 구름 사이로 비친 해가 군청색의 물에 반사되어 반짝반짝 빛나고 있다.

엔진 소리를 울린 배가 흔들림 없이 순탄하게 물을 가르며 나아갔다. 가만히 앉아 있기 힘들었던 케이스케가 2층으로 이어지는 계단으로 발을 옮겼다.

"압빠, 이쪽!"

케이스케는 '아빠'를 '압빠'라고 부른다.

"오, 빠르다 빨라. 잠깐만 기다려."

뛰어오르는 아이의 뒤를 따라 가즈오도 계단을 올라갔다. 2층은 바람이 불어 승객이 많지 않았다. 케이스케가 맨 앞자리로 뛰어갔다.

배는 호수의 서쪽 가장자리를 따라 뱃머리를 천천히 남쪽으로 돌렸다. 보트가 정박해 있는 선착장이 있고, 그 왼편으로는 강으로 모습을 바꾼 호수가 상류로 뻗어 있었다. 그리고 그 이음매 부근에 강 건너편으로 가는 훌륭한 파란색 다리가 놓여 있었다. 선내 방송에서 재작년에 막 개통한 '가쓰세다리'라고 했다. 그전까지 사용해온 오래된 다리가 하류에 놓여 있었는데, 지금은 사용하지 않는 것 같았다.

배는 호수의 남쪽 해안가를 따라 달리고 있다. 가쓰세다리를 지나는데, 호텔 건물 세 채가 나란히 서 있었다. 마을을 이루고 있는 북쪽에 비해, 호수 남쪽은 호숫가까지 나무가 빽빽하게 산으로 우거져 있어서 사람이 쉽게 다가가기 어려웠다. 그 안에 세워진 창고 같은 건물은 호수 바닥에 쌓인 진흙을 빨아들이기 위한 펌프장이라는 설명이 선내 방송으로 흘러나왔다. 그곳을 지나자 오른쪽으로 넓은 강 후미가 펼쳐졌다. 그때였다.

간절한 얼굴로 두 손을 내미는 케이스케를 가즈오가 다급하게 안아 올렸다.

"왜 그래, 케이스케?"

"우음."

어딘가 분명하지 않은 소리가 아이의 입에서 흘러나왔다.

케이스케는 굳은 얼굴로 눈을 크게 뜨고 호수 면 곳곳을 살피고 있었다. 강 후미의 안쪽 깊은 곳에서 시선을 멈춘 케이스케의 얼굴에서 순식간에 핏기가 사라졌다.

"나, 저기에서 살해당했어."

작은 목소리로, 하지만 또박또박 그렇게 말했다. 마치 어른 같은 말투였다.

케이스케는 오른손 검지로 한 곳을 가리켰다. 강 후미가 안쪽으로 갈라져 있는 부근이었다.

"무슨 소리야, 케이스케."

유키에가 당황한 듯 말했다.

"케이스케."

무언가 말을 하려던 가즈오가 뒷말을 삼켰다.

케이스케의 목 주변으로 기묘한 무늬가 나타나 있었다. 가즈오는 아이에게 고개를 들게 하고는 목 주변을 살폈다.

분홍색으로 물든 목 중앙에 선명한 줄무늬가 그려져 있었다. 목 앞쪽 부분을 빙 두르고 있는 줄무늬는 위아래 두 층으로 나뉘어 얼룩덜룩한 선을 만들고 있었다. 마치 줄무늬 뱀이 목에 감겨 있는 듯한 느낌이었다.

검지로 살짝 건드려보았다. 아파하거나 가려워하는 반응도 없었다. 손가락으로 흔적을 문질러봤지만 사라지기는커녕 점점 더 짙어졌다.

유키에도 목에 난 흔적을 눈치챈 듯 숨을 삼켰다.

가즈오는 케이스케를 끌어당겨 품속에 꼭 안았다.

"괜찮니, 케이스케?"

아이에게 문제가 생겼다는 것은 확실히 알 수 있었다.

"1층으로 내려가자."

가즈오는 케이스케를 안은 채 계단을 내려갔다. 그리고 1층 선실의 빈자리에 아이를 앉혔다.

"케이스케, 기분 안 좋아?"

유키에가 말을 걸었다. 무릎을 부들부들 떠는 케이스케의 시선은 여전히 호수 표면에 머물러 있었다. 얼굴에서 완전히 핏기가 사라졌다.

"추워……."

"잠깐만 참을 수 있겠어? 금방 도착할 거야."

"바람이 차갑네. 그렇지 않나?"

케이스케의 말투가 갑자기 어른스러워졌다. 가즈오는 깜짝 놀랐다.

"으응……. 그렇네."

"그날도 딱 오늘 같은 날씨였지."

케이스케는 또다시 어른스럽게 말했다. 무슨 말을 하는지 도통 알 수가 없었다. 미간을 찌푸린 채 눈을 가늘게 뜨고 말하는 그 표정은, 소년이 아닌 위엄 있는 어른의 분위기를 풍기고 있었다. 다시 강 후미로 시선을 옮긴 케이스케가 다시 입을 열었다.

"저기에서 살해당한 것인가."

가즈오는 자신의 귀를 의심하지 않을 수 없었다.

"왜 그래, 케이스케?"

"무슨 일이야, 케이스케."

표정에서 당혹감을 감추지 못한 유키에가 케이스케를 안아 올렸다.

아직도 지워지지 않은 목에 난 줄무늬 뱀 모양을 보니 가즈오는 소름이 돋았다. 폭풍우가 지나가기를 기다리기라도 하듯이 아이는 유키에의 품에 안겨 가만히 웅크리고 있었다.

유키에는 가즈오를 돌아보며 말없이 눈빛으로 호소하고 있었다. 그녀가 하고 싶은 말이 대강 짐작이 갔다.

가즈오는 다시 한번 강 후미를 바라보았다. 양옆의 산에서 뻗어 나온 나무들이 호수 표면에 닿을 만큼 우거져 있었다. 숲이 끊어진 부근에 흙이 드러난 부분도 있었다. 배가 멀어지자 이제 강 후미가 보이지 않게 되었다. 나무가 울창한 기슭을 따라 한참을 나아가던 배는 북쪽으로 방향을 틀어 부두 쪽으로 파도를 일으키기 시작했다.

2

자동차 뒷좌석에 앉은 케이스케는 하치오지에 도착할 때까지 감기에 걸린 것처럼 축 늘어져 있었다. 배에서 내린 뒤 희미해지기 시작한 줄무늬 뱀 모양은 차에 타고 있던 30분 사이에 흔적도 없이 사라졌다. 케이스케는 표정도 말투도 다시 아이처럼 돌아왔다.

고야스마치에 위치한 집에 도착했을 때는 아직 점심 전이었다. 이른 귀가를 이상하게 생각한 후미요가 현관 앞에서 기다리고 있었다. 그녀는 가즈오의 어머니다.

"무슨 일이야, 이렇게 빨리."

후미요는 기운이 없는 손자의 어깨를 감싸안고 자신의 방으로 데리고 갔다. 머린 스타일의 니트에 7부 재킷. 짧게 자른 머리를 갈색으로 염색하고 늘씬한 몸매를 유지하는 후미요는 뒷모습만 보면 사십 대라고 해도 믿을 정도였다.

"열이 좀 있는 것 같네."

후미요가 케이스케의 이마에 손을 얹으며 걱정스럽게 말했다.

가즈오도 이마에 손을 올렸다. 열이 약간 있는 것도 같았지만 걱정할 정도는 아니었다. 후미요는 자신의 이불을 덮어주며 케이스케를 재우려 했다. 가즈오는 걱정되기 시작했다. 유키에도 마찬가지로 케이스케의 얼굴을 바라보고 있었다.

어른 세 명이 지켜보는 가운데, 크게 숨을 내쉰 케이스케가 나른한 듯 눈을 감았다.

머리맡에는 올봄부터 매고 다닐 케이스케의 새 책가방이 놓여 있었다.

"도대체 무슨 일이야?"

후미요가 기다렸다는 듯 입을 열었다. 가즈오가 사가미 호수에서 케이스케의 몸에 일어난 이변의 자초지종을 이야기하자, 후미요는 그의 얼굴을 매섭게 쳐다보았다.

"또 그래?"

가즈오가 마지못해 고개를 끄덕였다.

"그러니까 내가 가지 말라고 했잖니."

유감스럽다는 듯 그렇게 말한 후미요는 케이스케의 목 주변을 이리저리 들여다보았다.

"엄마야말로 같이 갔으면 좋았을 텐데."

가즈오의 취미인 폭포 순례를 갈 때를 제외하고, 후미요는 손자의 장거리 외출에 항상 함께 다녔다. 하지만 그녀는 이번 사가미 호수로의 외출을 처음부터 내켜 하지 않았다.

가즈오의 말을 못 들은 척한 후미요가 케이스케의 목 주변을 살피며 말했다.

"그런데 이유가 뭘까? 왠지 느낌이 좋지 않네."

케이스케의 목에 끈으로 감은 듯한, 멍이라고도 할 수 없는 자국이 나타난 것은 오늘이 처음이 아니었다. 딱 일주일 전인 지난 일요일 밤, 가즈오가 케이스케와 함께 목욕했을 때도 똑같은 자국이 생겼다. 그때도 온몸에서 기력이 빠져나간 케이스케는 굉장히 힘들어 보였다. 하지만 목욕을 마치자 멍은 감쪽같이 사라졌고, 지금까지 아무 일도 없었던 것처럼 지내고 있었다.

피곤했는지, 케이스케는 자면서 색색 숨소리를 내기 시작했다.

"그런데 시간 참 빠르구나. 아장아장 걷던 때가 엊그제 같은데, 벌써 초등학교라니."

후미요가 케이스케의 이불을 고쳐 덮어주며 진지하게 말했다.

"같이 나이를 먹는 거지."

"무슨 소리야. 아직 젊잖아."

곁에 있던 유키에가 케이스케의 이마에 손을 올리며 말했다.

"열은 없나 봐. 그래도 어떻게 하지? 병원에 가보는 게 낫겠지?"

"내일 내가 데리고 갈게. 두 번이나 그런 일이 있었으니까."

가즈오가 대답했다.

"그러면 여보, 부탁 좀 할게."

"알았어. 오전에 반차 쓰고 병원 다녀올게."

시청에서 근무하는 가즈오는 치과기공사인 유키에보다 시간을 유동적으로 쓸 수 있었다. 후미요는 케이스케가 태어났을 때부터 쭉 돌봐주었고, 유키에도 그것을 감사하게 생각하고 있었다. 원래 일본 자수 강사였던 후미요와의 인연으로, 학생이었던 유키에가 그녀의 집에 자주 방문했다. 그러다가 유키에가 가즈오의 폭포 순례를 따라가게 되면서 8년 전, 후미요와 가즈오 모자 단둘뿐인 미야즈 가문에 유키에가 시집을 왔다. 가즈오보다 세 살 많은 유키에는 피부도 깨끗하고 웃을 때 작게 볼우물도 생긴다. 그래서인지 나이보다 더 젊어 보인다.

"자, 이제 점심 준비를 해야겠네. 어머니, 죽 괜찮으세요?"

잘 자라는 듯이 이불 덮은 케이스케를 토닥이던 후미요가 유키에를 향해 고개를 끄덕였다.

일단 상황이 마무리되자 가즈오는 거실로 나와 직접 차를 끓여 마셨다. 텔레비전을 켜자 마침 오후 뉴스가 시작하고 있었다.

"이번에 혼고초에 생기는 아파트, 30층이라는 게 정말이야?"

유키에가 절임 반찬을 자르며 말했다.

"그렇대. 4월에 모델하우스 오픈한대."

"보러 갈 거지?"

대답하지 않아도 가즈오가 당연히 가리라는 것을 유키에는 알고 있었다.

"제일 높은 빌딩이더라. 그렇게 반대가 있었는데."

하치오지역 북쪽 출구 쪽으로 최근 20년 동안 상업 빌딩과 사무실 빌딩이 들어섰고, 지금은 재개발 붐으로 고층 아파트가 유행이었다.

"여보, 지난주 일요일 점심 기억나?"

"카레 가게 갔던 날? 그게 왜?"

"케이스케의 목에 생긴 멍이랑 뭔가 관계가 있지 않을까?"

"흐음……. 그런가."

지난주 일요일, 올봄 초등학교에 입학하는 케이스케를 데리고 학용품을 사러 쇼핑을 나갔다. 점심시간 무렵 하치오지역 북쪽 출구부터 쭉 이어진 상점가를 걷는데, 케이스케가 고풍스러운 인테리어의 카레 가게 앞에서 발걸음을 멈추더니 움직이지 않았다. 그러고는 그 가게의 피라미드 카레를 먹겠다는 묘한 말을 꺼냈다.

'피라미드'라는 단어를 언제 알았는지 의아해하며 일단 가게로 들어갔다. 세 사람은 똑같이 치킨 카레를 주문했다. 그리고 주문한 음식이 나오는 순간, 가즈오는 유키에와 시선이 마주쳤다.

밥이 피라미드 모양으로 담겨 있었다. 처음 가는 가게인데도 케이스케는 음식의 모양을 알아맞혔다. 그뿐만이 아니었다. 카레를 먹는 중에도 케이스케는 '피에로 아저씨'라는 단어를 여러 번 꺼냈다. 그런데 글쎄, 중앙의 빈 공간에 물방울무늬의 옷을 입은 피에로가 나타나 보이지 않는 벽을 더듬으며 팬터마임을 시작하는 것이 아닌가. 피에로는 주머니에서 풍선을 꺼내 불고는 붉은 입술로 생긋 웃으며 케이스케에게 건넸다.

나중에 가즈오가 후미요에게도 물어봤지만, 그녀는 그 가게에 데려간 적이 없다고 단호하게 대답했다. 그날 밤, 케이스케의 목에 그 멍이 생겼다.

그러니 유키에가 그때와 지금을 연결해 생각하는 것도 이해 못 할 건 아니었다.

하지만 더 마음에 걸리는 일이 있었다.

그날 목에 멍이 생기기 전, 가즈오와 함께 목욕할 때도 케이스케는 오늘처럼 어른스러운 말투를 사용했다. 그리고 마지막에 가즈오의 품에서 이렇게 말했다.

"태어나기 전에는 말이야, 죽었었어."

오늘 유람선을 타면서 자신이 사가미 호수의 강 후미에서 살해당했다고 중얼거리는 케이스케를 보며 가즈오는 함께 목욕했을 때가 제일 먼저 떠올랐다. 그 일은 유키에와 후미요에게도 말하지 않았다. 그 줄무늬 뱀 모양은 무엇이었을까? 그리고 일주일 뒤, 똑같은 무늬가 다시 나타났다. 도대체 케이스케의 몸은 어떻게 된 것일까?

3

오후에는 집에서 아파트 관련 책을 읽으며 보냈다. 기운을 되찾은 케이스케는 이웃 친구의 집으로 놀러 나갔다. 그런데 어찌 된 일인지 가즈오의 몸은 무거웠다.

밤 9시를 조금 넘겨 잠자리에 들었지만 역시나 잠이 오지 않았다. 읽다 만 소설책을 펼쳐도 집중이 되지 않았다. 가즈오는 자리에서 일어나 텔레비전을 틀었다. 11시가 다 되어서야 다시 침대에 누워 이불을 덮었다. 이불을 목까지 끌어 올리고 눈을 감자, 이번에는 금세 잠이 찾아왔다.

꿈을 꾸었다. 찰박거리는 물소리가 들려왔다. 몸이 천천히 좌우로 흔들리는 것을 보니 자신은 보트에 타고 있는 듯했다. 주위가 안개 같은 것으로 뒤덮여 앞이 내다보이지 않았다. 찰싹찰싹 물이 부딪히는 소리가 들렸다. 손이 닿을 정도로 수면이 가까운 것 같았다.

시야를 가로막았던 것이 흐릿해지면서 보트 가장자리로 옅은 납빛의 물이 펼쳐졌다. 여기는 어디일까?

뿌옇게 흐린 공기 사이로 갈색 나무들이 우거진 해안이 보이기 시작했다. 그때 거친 숨소리가 들리더니 신기한 일이 벌어졌다. 그 소리에 이끌리듯 양손에 힘이 들어가는 것이 아닌가.

고개를 숙이자 남자의 얼굴이 보였다. 크게 뜬 눈이 자신을 빤히 쳐다보고 있었다. 이마에 잔주름이 지고, 다문 입에서 빠끔빠끔 공기가 새는 소리가 났다. 아직 젊어 보였다.

그 남자의 목 언저리에 자신의 두 손이 단단히 박혀 있었다.

남자의 이마에 맺힌 비지땀이 선명하게 보였다. 팔을 움직이자 자다가 뒤척이는 듯이 몸을 옆으로 누인 남자가 배의 가장자리를 넘어 수면으로 떨어졌다. 남자는 물속에서 고개만 내밀고 위쪽을 향해 누워, 마치 배를 끌어안는 듯한 자세가 되었다.

자신은 여전히 남자의 목을 부여잡은 채로 손에 온 힘을 싣고 있었다. 목을 조르고 있는 자신이 더 괴로웠다. 마치 다른 생명체처럼 맥박이 뛰며 손이 목에서 떨어지지 않았다. 남자의 머리카락이 미역처럼 물 위를 둥둥 떠다녔다. 그러는 사이 남자의 얼굴이 가라앉기 시작했다. 남자는 두 손을 앞으로 내밀며 저항을 시도했지만, 마치 갓난아기가 된 것처럼 힘이 들어가 있지 않았다.

공포와 절망과 맞서 싸우는 두 눈동자가 자신을 바라보고 있었다. 남자는 제발 죽이지 말아달라며 나오지 않는 목소리로 필사적으로 외쳤다. 조금씩 약해져 가는 외침에 촛불이 꺼지듯 남자의 몸에서 힘이 빠지고 있음을 알 수 있었다.

물속에 있던 몸이 막대기처럼 길고 뻣뻣하게 축 늘어졌을 때,

그제야 남자의 체중이 느껴졌다. 그 순간 남자의 목을 파고들던 손이 스위치가 내려간 것처럼 느슨해졌다. 무게가 실린 듯 남자의 얼굴이 수면에서 사라지더니 작은 소용돌이를 남기며 가라앉았다.

가즈오는 그 장면에서 눈을 떴다. 온몸이 식은땀으로 흠뻑 젖어 있었다.

남자의 목을 조르던 감각도 또렷이 두 손에 남아 있었다. 뼈가 앙상하긴 했지만, 목을 쥐고 있던 손에 힘을 실으면 실을수록 안쪽에서 밀려 나오는 것이 없어지는 기묘한 감촉. 핏발 선 흰자위의 혈관 하나하나가 떠오르며 남자의 얼굴이 천장을 뒤덮을 만큼 크게 비치는 순간, 가즈오는 이불을 걷어차고 자리에서 일어났다.

400미터 트랙을 전력으로 달린 것 같은 극심한 피로감이 몰려왔다. 벽시계는 정각 3시를 가리키고 있었다. 열병에 걸린 것도 아닌데 왜 이런 꿈을 꾸었는지 모르겠다. 옆에 잠들어 있는 유키에가 깨지 않도록 조용히 일어나 주방으로 나갔다.

불을 켜고 냉장고에서 물이 든 페트병을 꺼냈다. 뚜껑을 열어 그대로 입으로 가져가 숨도 쉬지 않고 마셨다.

눈을 감아도 물속으로 점점 가라앉던 남자의 얼굴이 망막 안쪽에 나타났다. 자신이 목을 졸리는 것처럼 숨이 가빠지면서 구역질이 솟기 시작했다. 황급히 싱크대에 얼굴을 묻자 위에서 역류한 물이 소리를 내며 쏟아졌다.

가즈오는 오한을 가라앉히지 못한 채 이불 속으로 돌아왔다.

마치 영화를 보는 것처럼 세세한 부분까지 생생한 꿈이었다. 남자의 얼굴은 물론, 남자의 입안에 있던 금니까지 뇌리에 선명하게 남아 있었다. 다시 떠올리는 것만으로도 괴로운 감정이 복받쳤다. 아무리 꿈이라지만 자신의 행위를 용서할 수 없었다.

이건 착각이 아니다. 꿈속이라고 해도 분명 자신은 이 손으로 사람을 죽였다.

잠들기가 두려웠지만, 그래도 가즈오는 마음을 가라앉히고 눈을 감았다. 다시 스르르 잠에 빠져들었다. 그리고 다음 날 아침에 일어날 때까지 꿈은 꾸지 않았다.

4

“안녕, 케이스케. 오늘은 무슨 일일까?”

주치의인 오바타가 어딘가 뾰로통해 보이는 얼굴을 어루만지자, 케이스케는 체념한 듯 스스로 윗옷을 들고 가슴을 내밀었다. 하룻밤 자고 일어난 케이스케는 너무나도 건강했다. 뒤에서 케이스케를 도와주던 가즈오가 지난주와 이번 주 목요일, 아이의 목에 멍과 같은 자국이 불거졌다고 설명했다. 물론 어른스러운 말투를 쓰거나 자기가 살해당했다고 말했다는 사실은 꺼내지 않았다.

오바타는 오랫동안 케이스케의 가슴에 청진기를 대고 찬찬히 진찰했다.

지병까지는 아니지만, 케이스케는 폐에 약간의 문제가 있다. 아니, 있었다고 하는 게 정확할 것이다. 두세 살 무렵, 감기에 걸리지도 않았음에도 간혹 심한 고열이 난 적이 있었다. 걱정스러운 마음에 정밀 검사를 받았고, 오른쪽 폐에서 작은 흉터가 발견되었다. 결핵을 앓고 자연 치유된 흔적이라는 오바타의 말에 깜짝 놀랐던 기억이 있다. 그러나 최근 몇 년간은 심한 고열에 시달린 적이 없다.

오바타는 등도 똑같이 청진하더니 목의 림프샘을 꼼꼼히 살피고 배를 촉진했다.

"폐는 괜찮은 것 같네. 자, 아, 해볼까?"

오바타가 케이스케의 입에 혀누르개를 살짝 넣고는 불을 비춰 목 안쪽을 살폈다.

"목도 깨끗하네. 감기는 아니야. 어때, 케이스케. 최근에 알레르기로 힘들었던 적은 없었니?"

오바타가 진료 기록부에 무언가 외국어로 적어 내려가며 말했다.

"없었던 것 같아요."

"약이라든지, 특별히 먹고 있는 것도 없을 테고. 자, 다시 한번 볼까?"

케이스케는 시키는 대로 고개를 내밀었다.

"이상은 없습니다. 특별히 걱정하실 일은 없을 거예요. 상황을 지켜보도록 하죠. 어때, 케이스케?"

오바타의 말을 들은 케이스케는 안도한 표정으로 가즈오를 바라보았다.

어느 정도 예상했던 일이지만, 의사의 말에 가즈오는 어깨의 짐을 조금 내려놓았다.

그래도 마음에 걸렸던 가즈오는 멍이 생겼을 때 괴로워하던 케이스케의 모습을 다시 한번 자세히 설명했다. 그리고 지금이 기회라는 생각에, 케이스케가 어른스러운 말투로 이야기한 것과 자기가 살해당했다고 말했다는 것도 오바타에게 전했다. 가만히 듣고 있던 오바타가 펜을 내려놓고 가즈오를 바라보았다.

"그러면 갑상샘 정밀 검사를 해볼까요? 저희 병원 방사선과에 기계를 새로 들인 지 얼마 안 됐는데, PET(양전자방출단층촬영-옮긴이)라는 엄청 좋은 기계도 들여왔습니다. 뭐, 케이스케는 그 기계까지 사용하지 않을 것 같지만. 그러면 일주일 후인 다음 달 3일 오후쯤 어떠세요?"

"알겠습니다. 부탁드립니다."

"그러면 예약해놓겠습니다."

그리고 곁눈질로 가즈오를 방구석으로 부른 오바타가 케이스케에게 들리지 않도록 작은 목소리로 말을 이어갔다.

"그건 그렇고, 케이스케가 환생한 것 같다고 말씀하시는 거죠?"

"말씀드린 대로입니다."

"괜찮으시면 최면 치료사를 소개해드릴까요?"

"네? 뭡니까, 최면은……."

"퇴행 최면을 걸어서 자녀분의 의식 안을 탐색하는 치료법인데요. 가끔 케이스케와 같은 증상을 호소하는 분이 계세요. 마침 오늘 그 선생님이 당직이라 진료하시는 날입니다."

가즈오는 살짝 당황했다. 몸에 이상이 있는지 보려고 온 것이지, 최면 치료를 받으러 온 것이 아니었다.

“걱정하실 필요 없습니다. 이상한 짓을 하는 게 아니니까요. 하지만 꽤 평판이 좋은 분입니다. 어떻게 하시겠어요? 괜찮으시면 소개해드리겠습니다.”

“아, 그런가요. 그럼 부탁드립니다.”

거절하기에도 어딘가 찝찝한 마음이 들어, 가즈오는 최면 치료를 받아보기로 했다.

“알겠습니다. 그럼 자세한 이야기는 그 선생님께 물어보시면 될 겁니다.”

정밀 검사에 관해 설명을 듣고 진찰실에서 나왔다. 텅 빈 대기실의 긴 의자에 케이스케를 앉혔다. 큰 통창 너머로 하치오지 거리의 풍경이 펼쳐져 있었다. 병원은 언덕 위에 있어서 전망이 뛰어났다. 대기 명단에는 환자가 그리 많지 않았다. 시내에서 가장 큰 규모를 자랑하는 종합병원이지만, 주치의의 소견서가 없으면 진찰을 받을 수 없는 시스템이었다.

“케이스케, 점심 먹고 다른 선생님도 만나보자. 아주 재밌는 이야기를 들려주신대.”

케이스케는 어딘가 불안해 보이는 표정이었지만, 아버지를 봐서 허락한다는 듯 고개를 끄덕였다.

최면 치료를 받아보게 할 마음이 생긴 것은 유람선에서 본 케이스케의 공포에 찬 얼굴과 목소리 때문이었다. 목덜미의 흔적은 둘째치고, 케이스케에게서 그때의 공포를 지우려면 그보다 좋은 방법은 없다고 생각했다. 하지만 그러면서도 어딘가 꺼림직한 생각을 지울 수 없는 것도 사실이었다.

병원 식당에서 늦은 식사를 마쳤다. 매년 직원 검진으로 오고 있는 곳이지만, 길을 안내받은 대로 순조롭게 목적지에 도착하는 것은 쉽지 않았다. 증개축을 반복하는 바람에 안내 표시도 아직 수정되지 않았고, 낡은 병동과 새로운 검사 시설 등이 개미집처럼 긴 복도로 연결되어 있었다. 일반 진찰 병동의 긴 복도를 빠져나와, 판자를 댄 복도로 연결된 건물을 건너, 병원 뒤편으로 나가기 직전에 겨우 그 방을 발견했다. '가노'라고 적힌 팻말이 문에 걸려 있었다.

문을 노크하는 소리에 대답하는 젊은 남자의 목소리가 들리더니 안쪽에서 문이 열렸다. 날씬한 체형에 긴 머리카락을 정확하게 반으로 가르마를 탄 남자가 활짝 웃으며 서 있었다.

이름을 부르는 목소리에 앵무새처럼 대답했다.

"네, 미야즈입니다."

"네가 케이스케니?"

무릎을 꿇고 케이스케와 시선을 맞춘 남자가 아이의 머리를 쓰다듬고는 등에 손을 얹으며 방 안으로 안내했다.

"어서 오세요. 기다렸습니다. 여기 앉으세요."

생각한 것보다 담백하고 싹싹해 보여서 마음이 놓였다.

"오시는 길에 헤매지는 않으셨나요?"

가노는 그렇게 말하며 가즈오와 케이스케를 3인용 소파로 이

끌었다.

"아."

"가끔 헤매는 분이 계셔서 제가 찾으러 다닌 적도 있었거든요. 안녕, 케이스케."

가노는 뼈가 앙상한 얼굴에 세로 주름을 만들며 싱긋 미소를 지었다. 옅게 기른 턱수염이 어딘가 쾌활해 보이는 인상을 주었다. 노란색 와이셔츠에 슬랙스를 입은 옷차림도 의사처럼 보이지 않았다.

"케이스케, 호빵맨 좋아하니? 비디오가 있는데, 볼래?"

가노가 케이스케를 부르더니 칸막이의 반대편으로 데리고 갔다. 잠시 후 〈호빵맨〉의 음악이 흘러나왔다.

"케이스케에 대한 이야기는 미리 들었습니다."

돌아온 가노가 목소리를 낮췄다.

"아, 네."

"최면 치료는 처음이시죠?"

"네. 그 퇴행 최면이라는 것도……."

"텔레비전에서 최면 프로그램을 보신 적이 있으실 텐데, 그건 '쇼 최면'이라고 해서, 최면 치료와는 다른 것입니다. 이제 치료에 들어가면 제가 케이스케를 조종하는 것처럼 보이실지도 모르지만, 케이스케 본인은 의식도 있고, 자신이 무엇을 하는지도 알고 있는 상태입니다. 하기 싫은 것은 케이스케가 스스로 판단해 싫다고 말할 수도 있으니 안심하셔도 좋습니다."

"그렇습니까?"

의심의 끈을 놓지 못하는 가즈오의 모습을 보면서 가노는 말을 이었다.

"왜, 재미있는 영화나 운전에 집중하다 보면, 시간이 가는 줄 모르는 경험을 하지 않습니까? 그럴 때가 자신도 모르게 가벼운 최면에 들어간 상태라고 할 수 있습니다. 그런 상태를 만들어주고, 조금씩 케이스케의 의식 속에 있는 과거를 더듬어 나가면서 나이를 거슬러 올라가, 잊어버리고 있던 기억을 상기시키는 것입니다. 퇴행 최면이라고도 말하지만, 케이스케가 느끼고 있는 공포의 근원이 되는 장소와 나이까지 거슬러 올라갈 수 있다면, 오히려 잘된 것이지요."

"아기 때를 말씀하시는 건가요?"

"뭐, 일반적으로는 그렇습니다. 조금도 위험하지 않습니다. 케이스케 스스로 그 일을 다시 경험했을 때, 자기 자신이 끌어안고 있는 괴로움을 비로소 이해할 수 있는 것입니다. 그 단계까지 갈 수 있으면 케이스케가 가지고 있는 공포심이 사라질 것입니다. 그런데 케이스케는 환생으로 이어질 뻔한 적도 있다고 들었는데요."

가즈오는 그때의 일을 이야기했다.

"네, 알겠습니다. 퇴행 최면보다 더 나아가는 전생 최면까지 갈 수 있으면 좋겠군요."

"네? 전생요?"

갑작스러운 단어에 가즈오는 당혹감을 감추지 못했다. 최면 치료는 그렇다 치고, 전생 최면은 너무 지나친 것이 아닐까? 가즈오는 아무래도 케이스케에게 전생이 존재한다는 사실을 갑자기 인정하는 게 쉽지 않았다.

"그렇다는 건……, 태어나기 전을 말씀하시는 겁니까?"

가즈오가 머뭇거리며 질문했다.

"가능했을 때의 이야기입니다. 때에 따라서는 퇴행 최면으로 거슬러 올라가는 나이를 조금 더 과거로 돌려, 케이스케의 전생까지 도달할 수 있을지도 모릅니다."

"아……, 그렇습니까?"

케이스케는 전생에 살해당했다는 묘한 말을 했다. 만약 그 말이 사실이라면, 케이스케가 그런 기억을 떠올리게 해도 괜찮은 것일까? 거기까지 생각이 이르자 가즈오는 전생을 믿고 있는 자신 스스로가 놀라웠다.

"지금 전생이 있고 없고는 전혀 문제가 되지 않습니다. 제가 보고 온 것도 아니고, 전생이 정말로 존재하는지는 아무도 모릅니다. 하지만 만약 전생이 존재한다고 가정해봅시다. 그 전생에서 받았던 깊은 정신적 상처를 떠올리면, 환자의 심신장애가 말끔히 사라지는 경우가 종종 있습니다. 이번에 그 단계까지 갈 수 있을지는 일단 해봐야 알 수 있겠지만요."

"아, 네."

"한 번에 다 하기에는 무리가 있으니, 조금씩 진행하도록 합시다."

여기까지 온 이상, 받아볼 수밖에 없었다. 그렇게 해서 케이스케의 몸에 일어난 여러 기이한 변화를 해결할 수 있다면, 그보다 더 다행한 일은 없을 것이다. 심지어 의사도 권유하고 있지 않은가.

비용에 관한 안내를 받았다. 한 회당 1만 5천 엔으로, 보험 처리는 불가능했다. 이를 승낙하자 가노는 가즈오를 칸막이 반대편으로 안내했다.

커튼을 친 창가에 가죽으로 된 포근한 의자가 자리했고, 작은 나무를 심은 화분이 있었다. 그리고 벽 옆쪽으로 하얀 시트가 깔린 진찰 침대가 놓여 있었다.

"케이스케, 잠깐 괜찮을까?"

비디오를 멈춘 가노가 케이스케의 등에 손을 얹으며 일으켜 세웠다.

"아버님, 케이스케를 안고 그쪽에 앉아주시겠어요?"

가노는 의자가 아닌 진찰 침대를 가리켰다.

가즈오는 시키는 대로 침대에 걸터앉아 케이스케를 허벅지 위에 앉혔다.

부드럽고 느릿한 바이올린 선율이 흘러나왔다.

"아버님도 편하게 계세요."

그렇게 말한 가노가 옆에 있던 전기스탠드의 불을 켰다.

옅은 불빛이 가즈오와 케이스케를 감쌌다. 가노가 두 사람 앞에 무릎을 꿇듯이 앉았다.

"케이스케, 〈호빵맨〉 재밌었니?"

"응."

케이스케가 솔직하게 대답했다.

"다행이네. 나중에 또 보자, 케이스케. 자, 이제 눈을 잠시 감아볼까? 그렇지, 좋아. 뭐가 보이니?"

갑자기 케이스케가 온몸에서 힘을 빼고 두 손을 늘어뜨리자 가즈오는 황급히 아이의 배 부근을 껴안았다.

"어때, 케이스케? 뭔가 보여?"

"……으음, 따뜻해."

"흐음. 무슨 소리가 들려?"

"두근두근 울리고 있어. 어머니의 심장."

평소 '엄마'라고 부르는 케이스케가 지금은 '어머니'라고 했다.

"그렇구나, 케이스케. 어머니의 배 속에 있구나?"

기분 좋은 듯 고개를 끄덕이는 케이스케를 가즈오는 믿을 수 없다는 심정으로 바라보았다.

"자, 그럼 더 멀리 가볼까?"

놀러 가자고 권하는 듯한 가노의 목소리에 케이스케가 부르르 몸을 떨었다.

"나무."

"응? 나무가 보여? 큰 나무, 작은 나무?"

"머리 위에 덮여 있네."

어른스러운 말투로 말하며 케이스케가 미간을 찌푸렸다. 그 모습에 가즈오는 '또다시……'라고 생각했다.

"다른 건 뭐가 있니?"

"하나, 둘, 셋……."

숫자를 세기 시작한 케이스케가 열까지 세고 멈추었다.

"무엇을 센 거야?"

"지장보살."

"지장보살? 그렇구나. 열 개나 있었구나."

"아니, 여덟 개."

"어라, 열까지 세지 않았어?"

"두 개는 무덤."

가즈오는 두 사람의 대화를 들으며 머릿속에 그 광경을 떠올리려 했지만 잘 그려지지 않았다. 무엇보다 케이스케는 '지장보살'이라는 단어도 모를 것이다. 표정이나 말투에서 다른 사람이 들어왔다고밖에는 생각할 수 없었다.

"다른 것은 뭐가 보이니?"

"배."

유람선을 떠올리며 가즈오는 살짝 긴장했다.

"배에 타고 있었구나? 큰 배? 아니면 작은 배?"

"작아."

평소라면 "쪼그매" 하고 대답했을 것이다.

최면 상태에 접어든 후 케이스케의 말투가 어른스러워졌다.

유람선에 타고 있을 때처럼.

“또 무엇이 보이니?”

“물. 거품이 잔뜩 올라와.”

“오, 거품이 떠오르고 있구나.”

“아니, 아니. 물속에.”

수영도 하지 않는데, 어떻게 물속에서 거품이 올라오는 것을 알고 있을까?

“어라? 혹시 케이스케, 지금 수영하고 있니?”

“아니, 가라앉고 있어. 너무 차가워……. 있지, 아빠. 너무나.”

케이스케가 몸을 비틀며 말했다.

어젯밤 꿈에서 본 광경이 눈앞으로 들이닥치는 듯한 느낌에 가즈오는 오싹했다. 들어가서는 안 되는 영역에 발을 들인 것만 같은 막연한 불안감이 가즈오의 몸을 휘감았다.

“괜찮아, 아빠가 안고 있으니까.”

불쑥 참견해버렸다. 케이스케는 가즈오를 올려다보더니 눈이 부신 듯 눈을 깜빡였다. 시선이 불안하게 흔들렸다. 그 눈동자에 무언가 호소하는 듯한 느낌이 배어 있어, 가즈오는 케이스케를 안고 있던 팔에 힘을 주었다.

“자, 괜찮아. 아빠가 같이 있잖니. 물속은 어때?”

가노가 말했다.

“거품이 가득하고 반짝반짝해.”

무언가를 떠올릴 때마다 케이스케는 스스로도 놀란 듯한 표정으로 가즈오의 얼굴을 올려다보고는 고개를 끄덕였다. 반은 깨어 있고, 반은 자는 것처럼 게슴츠레하고 멍한 표정이다.

"해님이 빛나고 있어?"

"응."

"네 이름이 뭐야?"

가노가 살짝 어조를 바꾸어 질문했다.

이곳에 나타난 케이스케의 전생 속 인간에게 질문하는 것처럼 들렸다.

시선을 아래로 떨어뜨린 케이스케는 이마에 주름을 만들 정도로 몹시 집중하고 있다. 가즈오는 케이스케가 필사적으로 무언가를 떠올리려고 한다는 것을 깨달았다. 이윽고 케이스케의 목 깊은 곳에서 쥐어짜듯 하나의 이름이 새어 나왔다.

"오이카와 에이치."

가노는 가즈오를 한 번 보고는 다시 케이스케와 마주했다.

"잘했어. 그러면 오이카와, 배로 돌아갈 수 있을까?"

케이스케는 어렴풋이 눈을 감고 고개를 끄덕였다. 침을 꿀꺽 삼켰다.

"어때, 또 뭐가 보이니?"

"아저씨."

"남자가 있구나?"

"바로 앞에 있어."

"어떤 아저씨야? 나이 든 사람? 아니면 젊은 사람?"

어깨를 움츠린 케이스케가 조용히, 그리고 단호하게 말했다.

"아저씨가 나를 죽였어."

"케이스케!"

가즈오는 무심코 목소리를 높이고 말았다.

그것을 저지하듯 가노가 얼른 손을 들어 올렸다.

"그 아저씨가 케이스케, 아니 오이카와, 너를 죽인 거야?"

"맞아."

가즈오의 시선이 자신도 모르게 케이스케의 목에 꽂혔다. 마른침을 삼키고 찬찬히 그 부근을 바라보았다. 가녀린 목에 조금씩 검붉은 멍이 떠올랐다. 뭐라고 말할 수 없는 기분이었다.

가노도 놀란 듯 숨을 죽이고 가만히 바라보고 있었다. 흔적이 또렷해지자 가노가 줄무늬 뱀 모양의 멍에 살짝 손가락을 가져다 댔다.

"여기 아파?"

"응. 거기를 휘감았어. 너무 괴로웠어."

케이스케는 차분하고도 느릿한 목소리로, 하지만 펄쩍 뛸 만큼 놀라운 이야기를 담담하게 꺼내기 시작했다. 이마에 땀이 송골송골 맺혔다.

"알았어……. 오이카와, 그 뒤로 물속에 빠져버린 거구나?"

케이스케는 안심한 듯한 얼굴로 두 사람을 바라보았다.

"훌륭해, 잘 떠올렸어. 그리고 오이카와는 어떻게 되었을까?"

"계속, 계속, 하늘로 올라갔어. 높게 높게, 더 높게……."

"그렇구나. 어떤 느낌이야?"

"엄청나게 폭신해서 기분이 좋아."

"그리고 어떻게 됐어?"

"아빠랑 엄마가 보여서 거기로 뛰어들었어."

"그랬구나, 아빠와 엄마에게서 태어난 거네. 있잖아, 케이스케. 이건 중요한 얘기니까 잘 들어봐. 아저씨한테 살해당한 건 네가 아니야, 알지? 그러니까 안심해도 괜찮아. 알았니?"

"응."

"좋아, 이제 일어날까?"

가노가 조금 큰 소리로 케이스케의 등에 손을 얹고 말을 걸었다.

"자, 이제 원래대로 돌아갈게."

그러자 케이스케의 표정이 확 바뀌었다. 아주 온화한 얼굴이 되었다. 외모가 달라졌다는 게 아니라, 갑자기 지금보다 나이 많은 아이가 되어버린 듯한 느낌이었다. 목에 생긴 줄무늬 뱀 모양은 사라지고 없었다.

가즈오는 완전히 동요했다. 어젯밤의 꿈이 고스란히 케이스케에게 전해지는 것 같았다. 하지만 그런 일은 있을 수 없었다. 왠지 모르게 소름이 끼쳐서 유키에나 케이스케에게는 꿈에 관해 말하지 않았다. 가즈오는 사가미 호수에서 탄 유람선 때문일지도 모른다고 생각했다. 그때 케이스케는 뱃멀미로 고생했는데, 그것이 아직도 영향을 주는 게 아닐까? 그렇게 생각하니 고개가 끄덕여지기도 했다. 하지만 가즈오 본인이 꾼 꿈에 관해서는 설명할 수 없었다. 그 꿈은 도대체 무엇이었을까?

5

집으로 돌아가는 길에도 가즈오는 가노가 한 말을 곰곰이 생각했다. 대부분의 사람이 세상에 태어나 열 살 무렵까지 전생에 대한 기억을 가지고 있는데, 어떤 순간에 그 기억이 되살아나는 경우가 있다고 했다. 여행이나 다른 사람과의 만남, 질병이 그 계기가 될 수도 있고, 음식이나 냄새만으로도 떠오를 수 있다고 했다. 특히 사고로 세상을 떠나거나 다른 사람에게 살해당하는 비참한 죽음을 맞이했다면, 죽는 순간에 느낀 강렬한 분노와 공포가 영혼에 깊게 깃들어, 다시 태어난 뒤에도 남아 있다는 것이다. 가노는 그렇게 되살아난 기억은 당연히 공포와 번뇌로 가득 차게 된다는 말도 했다.

가노의 이야기를 케이스케에게 대입하면 지난번에는 목욕한 것이, 그리고 이번에는 사가미 호수에서 배를 탄 것이 도화선에 불을 당겼다고 할 수 있을지도 모른다. 만약 그렇다면 너무나 비참해서 인정하고 싶지는 않지만, 전생에 케이스케는 사가미 호수에서 교살당했다는 말이 된다. 그에 관해 물어봤지만 가노는 사가미 호수만이 아니라 다른 장소에서 물과 관련된 경험을 했을 수도 있다고 했다. 그게 무엇이든 간에 자신의 아이가 전생에 비참한 최후를 맞이했다고 생각하니 가즈오는 참을 수 없었다.

케이스케는 자신이 했던 말을 기억하지 못하는 듯 맑은 얼굴이었다. 가노는 케이스케가 그동안 쌓이고 쌓인 괴로운 감정을 쏟아내며, 자신을 더욱 깊이 이해할 수 있었을 거라고 말했다. 그리고 그것이 무엇보다도 좋은 치유로 이어졌다는 말도 덧붙였다. 케이스케의 홀가분한 표정은 확실히 그렇게 말하는 것처럼 보였다.

하지만 가즈오는 달랐다. 아직 해결되지 않은 무언가가 남아 있는 것 같아 견딜 수 없었다. 그런 오싹한 꿈을 꾸었기 때문이라는 것은 잘 알고 있었다. 꿈속에서 자신이 한 행동을 도저히 이해할 수 없었다. 이 역겨운 감정의 출처를 밝혀내기 위해서 당장이라도 행동을 취하고 싶었다. 그 열쇠는 사가미 호수에 있을 것이다.

"아빠, 나 추워."

"아. 미안, 미안."

그제야 히터도 켜지 않고 달리고 있었음을 깨달은 가즈오가 황급히 히터를 틀었다.

집에 도착하자 후미요가 기다리고 있었다. 걱정되는 마음에 애태운 것 같지만, 가즈오는 별다른 설명도 없이 케이스케를 맡기고 다시 차로 돌아왔다. 순환도로를 나와 요카마치 교차로에서 서쪽으로 향했다. 그리고 고슈 가도를 타고 니시하치오지역 근처까지 달렸다.

중앙 도서관에 도착한 것은 오후 4시가 넘은 시각이었다. 가즈오는 2층에 있는 참고 도서실로 발걸음을 옮겨 인터넷 열람을 신청했다. 비어 있는 컴퓨터가 있어 바로 이용할 수 있었다. 코트를 입은 채로 인터넷에 접속해 구글 창을 열어 '사가미 호수 살인 사건'이라고 입력하고는 엔터 키를 눌렀다.

놀라울 정도로 많은 게시글이 검색되었다. '사가미 호수 대교에서 자살이 잇따른다', '사가미 호수는 유명한 심령 스폿이다' 등의 기사가 계속 올라왔지만, 정작 살인 사건에 관한 글은 없었다. 사서에게 요청해 신문 기사의 유료 데이터베이스도 살펴보기로 했다. 새롭게 바뀐 화면에서도 똑같이 '사가미 호수'와 '살인 사건'이라는 키워드로 검색했다.

화면에 세 건의 헤드라인이 나타났다. 1985년 4월 2일, 절벽 부근에서 낚시하던 13세 소년이 추락해 익사했다고 한다. 두 번째와 세 번째 기사도 비슷한 상황에서 발생한 익사 사고였다. 세 건 모두 살인 사건과는 관련이 없었다.

가즈오는 키보드에서 손을 뗐다. 역시 지나친 생각일지도 몰랐다. 아무리 케이스케가 사가미 호수에 다녀온 뒤로 전생 속 인물을 떠올렸다고 해도, 그것이 곧 사가미 호수와 관련이 있다고는 말할 수 없을 것 같았다. 설령 익사한 것이 사실이라고 할지라도, 다른 장소에서 그런 사건 혹은 사고를 당했을 가능성도 있지 않을까? 만약 그렇다면 케이스케의 전생 속 인물이 연루된 사건을 찾아내는 것은 사실상 불가능하다.

거기까지 생각이 미친 가즈오가 어젯밤 꾼 꿈을 떠올렸다. 어쩌면 그 꿈도 케이스케처럼 전생의 자신과 관련이 있는 것은 아닐까?

그렇다면 자신이 태어나기 전, 지금으로부터 33년 전보다 훨씬 이전일 것이다. 그 당시에 사가미 호수에서 발생한 사건을 조사하면 어쩌면 무언가를 발견할 수 있을지도 모른다. 그렇게 생각한 가즈오가 다시 검색했으나 데이터베이스에는 지난 20년간의 기사만이 남아 있었다. 종이 신문이라면 훨씬 더 이전 기사까지 보존하고 있겠지만, 그것들을 모두 꺼내 한 장씩 다 넘기며 살펴볼 수도 없는 노릇이었다.

어쩔 수 없다고 생각했다. 고작 꿈이 아닌가. 그런 것에 휘둘리고 있는 자신이 우습게 느껴졌다. 케이스케가 한 말이 설령 전생에 있었던 일이라고 해도 이미 끝난 일이다. 케이스케는 그것을 이야기함으로써 어떤 나쁜 것으로부터 해방되었다. 그걸로 만족해도 되지 않을까? 하지만 자신은 어떠한가…….

가즈오는 화가 치미는 심정으로 다시 카운터로 향했다.

"저기……, 30년 이전의 사가미 호수를 조사하고 싶은데요. 혹시 방법이 있을까요?"

가즈오의 물음에 사서가 고개를 끄덕이더니 자리에서 일어섰다.

사서가 안내한 곳은 '신문 · 잡지' 코너 구석에 있는 마이크로필름 기계 앞이었다. 사서는 가즈오에게 커다란 모니터 앞에 앉으라고 하고는 잠시 후, 왜건을 밀고 들어왔다.

"〈마이초신문〉의 지방판에는 있을 것 같네요."

그렇게 말한 사서가 마이크로필름 기계의 전원을 켰다. 왜건에서 필름을 꺼내 익숙한 손놀림으로 기계를 세팅했다. 바로 앞에 있는 조작 버튼을 누르자, 모니터에 신문 한 페이지가 나타났다. 조작판에 있는 원형 손잡이를 돌리니 신문이 한 면씩 아래로 내려갔다.

"산타마 지역만 골라서 보시겠어요?"

사서의 동작을 어깨너머로 보고 조작판을 만지다 보니 어느 정도 요령이 생겼다. 가즈오는 사서에게 감사 인사를 전하고 신문을 열람하기 시작했다. 34년 전인 1974년 1월 신문부터다. 도쿄는 북부, 남부, 동부, 다마 지구로 나뉘어 있었는데, 다마 지구만 산타마로 따로 구분되어 있었다. 가즈오는 사서가 가르쳐준 대로 산타마 지역의 기사만 살펴보았다.

"공통 상품권으로 선물 간소화", 오쿠타마마치

"덤프 공해 허점투성이 법 규제 추궁", 하치오지 시의회

달칵달칵 소리가 날 때마다 신문이 한 면씩 넘어갔다.

1월 기사를 보는 데 십 분 정도 걸렸다. 2월 기사의 열람도 비

슷했다. 3월, 4월 기사도 계속 살펴보았다. 화면에 있는 지면은 실제 신문보다 작아 눈이 금세 피로해졌다. 8월까지 다 보니 한 시간이 지나 있었다. 사건 기사는 공통 지면에 실려 있는지 생각보다 많지 않았다.

가즈오는 역시 괜한 걱정일지도 모른다고 생각했다. 그 뒤로 4개월 분량의 기사는 흘리듯 훑어보았다. 해를 넘긴 1975년 1월, 비슷한 기사가 이어졌다.

달칵, 달칵. 신문 기사가 영사기처럼 지나갔다. 2월 기사를 다 보고 3월 기사로 접어들었다.

3일, 4일, 달칵, 3월 8일 토요일……. 눈에 들어온 '사가미 호수'라는 제목에 가즈오는 무심코 몸을 앞으로 내밀었다.

7일 오후 5시, 사가미 호수에서 변사체가 발견되었다. 사체의 옷에 들어 있던 면허증을 통해, 사망자는 오이카와 에이치 씨(30)로 밝혀졌다. 사법 해부 결과 익사로 판정되었으나 오이카와 씨의 목에 목이 졸린 듯한 줄무늬 자국이 있어, 사가미하라 경찰서는 살인 사건의 가능성도 염두에 두고 수사를 개시했다. 오이카와 씨는 하치오지 시내에서 넥타이 직물업에 종사하고 있었으며, 7일 오전 자택에 있었던 사실은 확인되었으나 그 이후의 행적은 알려지지 않았다.

오이카와 에이치……, 오이카와 에이치. 설마 했다. 케이스케의 입에서 나온 이름이 아닌가. 가즈오는 잠시 머릿속이 하얗게 질려 사고가 멈추었다.

정신을 차리고 다시 기사를 읽어 내려갔다. 케이스케가 이런 기사를 알고 있을 리 없다. 기사 속 오이카와 에이치가 정말 케이스케의 전생일까? 우연치고는 너무 잘 들어맞는다.

손잡이를 돌려 기사를 위로 올리자 무대 뒤쪽에서 노란색 조명을 비추듯 사람의 얼굴 사진이 나타났다. '사망자 오이카와 에이치 씨'라는 캡션을 본 가즈오는 심장을 도려내는 듯한 충격을 받았다.

'그 남자가 아닌가.'

어제 꿈에서 본 그 남자. 자신의 손으로 목을 졸라 살해해 물속으로 빠뜨린 남자. 심장이 격하게 뛰었다. 목구멍으로 쓰디쓴 위액이 올라왔다. 손잡이를 잡은 손가락이 땀으로 끈적끈적했다. 금방이라도 사진 속 남자가 움직일 것만 같아 더 이상 보고 있을 수가 없다. 갑자기 주위 사람들이 신경 쓰이기 시작했다. 침착해야 한다고 스스로를 타일렀다. 이건 뭔가 잘못되었다. 당연히 잘못된 것이다. 있을 수 없는 일이다. 있을 리가 없다.

가즈오는 참고 있던 숨을 토해내며 호흡했다. 초조한 표정으로 고개를 들고 다시 모니터를 바라보았다.

꿈에서 본 남자와 꽤 흡사한 얼굴이 모니터에 비치고 있었다. 도저히 믿을 수 없었다. 기도하는 마음으로 다시 한번 기사를 읽었다. 눈물 때문에 '살인 사건'이라는 글자가 흔들렸다. 열병에 걸린 듯 얼굴이 화끈 달아올랐다.

그런 걸까……, 정말 그런 것일까. 자신이 이 남자……, 오이카와 에이치를 죽인 것일까?

침을 삼키려고 했지만 입안이 건조해서 침이 나오질 않았다. 눈꺼풀이 경련을 일으키듯 부르르 떨리는 것이 느껴졌다. 숨 막히는 몇 초가 지나자 발밑에서 정체를 알 수 없는 것이 기어올라 왔다.

어젯밤 꿈은 자신의 전생 속 인간이 저지른 행위가 아닐까? 그것 말고는 달리 설명할 길이 없었다. 가슴속이 혐오감으로 가득 찼다.

가즈오는 마음속으로 목 놓아 외쳤다.

'케이스케, 너는 전생에 이 남자였던 거니. 그렇다면 내가 너를 죽였다는 말이냐.'

말로 설명할 수 없는 감정이 솟구쳐 올랐다. 착각이었으면 좋겠다. 그저 우연이길 바랐다. 그렇게 바랐지만, 불과 몇 초 만에 가즈오는 깊은 우물에 처박힌 듯한 절망감에 사로잡혔다. 도저히 인정하고 싶지 않았다. 하지만 인정하지 않을 수 없었다.

케이스케는 자신이 전생에 죽인 인간의 환생이다.

도서관이 문을 닫기 전까지 정신없이 계속 자료를 열람했다.

조금이라도 단서가 필요했다. 오이카와가 사망하고 두 주가 지난 1975년 3월 20일, 다카오에서 강도 사건이 발생했고 한 주부가 강도에게 맞아 사망했다. 그리고 같은 주에 하치오지 시내에서 폭주족들의 집단 폭주가 있었는데, 늦은 밤 그에 휘말린 남성이 중상을 입고 다음 날 사망하는 사건도 있었다. 그 밖에도 하치오지 시내에서 조직폭력배 간에 싸움이 벌어져 두 집단이 모두 중상을 입은 사건과, 빌딩에서 어떤 남자가 투신자살하는 사건도 있었다. 하지만 오이카와와 관련이 있을 법한 기사는 찾을 수 없었다.

오이카와 에이치의 신원도 조사했겠지만, 사건으로 이어질 만한 단서를 못 찾은 것이 틀림없다.

산타마 관내의 기사에서 관련된 내용을 발견하지 못한다고 해도 이상하지 않았다. 설령 오이카와가 어떠한 이유로 살해되었다고 하더라도, 범인은 다른 지역에 살고 있을지도 모른다. 한정된 지역의 기사를 아무리 열심히 뒤진다고 한들, 사건과 관련이 있을 만한 기사를 찾을 수 있다고 단언할 수는 없었다. 더 이상의 조사는 무의미할 것 같았다. 오후 7시, 가즈오는 무거운 발걸음으로 도서관을 나왔다. 오이카와의 사망 기사를 출력한 종이를 접어 주머니에 넣었다. 묘하게 그곳만 부풀어 오른 것처럼 느껴졌다.

어젯밤 꿈에서 본 남자의 얼굴이 머릿속에 박혀 지워지지 않았다. 그는 분명 주머니 속 기사의 남자였다. 몇 번을 봐도 틀림없었다. 도대체 그 꿈은 무엇이었을까? 정말 자신이 전생에서 사람을 죽인 것일까? 만약 그렇다면 살해 동기가 무엇일까?

오이카와 에이치의 마지막 표정이 눈에 선했다. 목을 조를

때의 감촉도 판에 박힌 것처럼 두 손에 또렷하게 남아 있었다. 또 다른 의문이 떠올랐다. 오이카와는 지금으로부터 33년 전인 1975년 3월 살해당했다. 자신은 그로부터 8개월 후인 1975년 11월 10일에 태어났다. 이것은 도대체 어떻게 해석해야 하는가.

시간이 흐르면서 기사를 봤을 때의 기억이 가즈오를 덮쳐누르기 시작했다. 케이스케처럼 자신도 미야즈 가즈오로 태어나기 전에는 다른 사람이었다. 그리고 전생 속 그 사람이 오이카와를 죽였다. 그때의 일이 꿈으로 되살아난 것이 틀림없다.

내뱉은 숨결로 자동차 앞 유리가 뿌옇게 됐다. 에어컨을 틀었다. 집을 생각하니 가즈오는 마음이 무거워졌다. 마침 저녁 시간이다. 할 수만 있다면 오늘만이라도 케이스케와 얼굴을 마주하고 싶지 않았다. 어떤 표정으로 케이스케를 바라봐야 할지 알 수 없었다. 케이스케는 자신이 전생에 누구였는지, 어떤 최후를 맞이했는지 알고 있다. 그것은 자신을 살해한 범인도 알고 있다는 말이 된다. 그 범인은 자신이 태어나기 전, 전생 속 인간이 확실하다. 자칫하면 자신이 그 인간의 환생이라는 사실을 케이스케가 알아차릴지도 모른다. 가즈오는 완전히 가해자가 된 것만 같았다. 왠지 집으로 돌아가기가 두려웠다.

6

집에 도착한 가즈오는 마지못해 현관문을 열었다. 자동차 소리가 들렸는지, 복도를 달려오는 케이스케의 발소리에 순간 가즈오는 움찔했다.

"아빠, 어서 오세요."

"응, 다녀왔어. 할머니 말씀 잘 듣고 있었어?"

가즈오는 이런 나긋나긋한 목소리가 나온다는 것에 감사하고 싶은 마음이었다. 마음속 응어리가 사라져 가즈오는 안도했다. 케이스케를 번쩍 안고서 거실로 향했다.

난방을 틀어둔 거실은 따뜻했다. 식탁으로도 사용하는 고타쓰 위로 후미요가 일하는 유키에를 대신해 만든 반찬들이 올려져 있었다. 참치생강조림, 오징어토란조림, 그리고 먹다 남은 소송채나물. 케이스케가 좋아하는 설탕이 듬뿍 들어간 도톰한 계란말이도 있었다.

"늦었네."

유키에가 기다렸다는 듯이 말했다.

가즈오는 벽시계를 보는 척 얼버무렸다.

"술 한잔, 할 거야?"

"오늘은 괜찮아."

"별일이구나. 무슨 일 있니?"

후미요가 끼어들며 말했다.

"지금까지 어디 갔던 거니?"

"서점."

돌아오는 길에 생각해둔 거짓말을 했다.

"자, 식사합시다."

유키에가 밥그릇에 밥을 푸며 말했다.

"오늘 수고 많았어."

"응. 아무 일도 없어서 다행이야. 그지, 케이스케? 그래도 만약을 위해서 정밀 검사를 예약해뒀어."

"언제?"

자리에 앉기는 했지만, 케이스케는 일어서기도 하고 텔레비전도 보면서 순순히 젓가락을 들지 않았다. 밥 먹을 준비가 될 때까지 약간의 시간이 필요했다.

"다음 주 월요일 오후에 받기로 했어."

아무렇지 않다는 말투로 대답했다.

"내가 데리고 갈게."

"괜찮아? 그렇게 휴가를 자주 받아도."

"괜찮아, 공무원의 특권이잖니."

짓궂은 어조로 그렇게 말한 후미요는 평소보다 체구도 왜소해 보이고, 안색도 좋아 보이지 않았다. 올해로 예순셋이 된 후미요는 지병인 심근증 때문에 항상 방심할 수 없었다.

토란을 한 입 베어 문 가즈오는 최면 치료에 관한 이야기를 꺼내야 할지 망설였다. 케이스케의 앞에서 거짓말을 할 수도 없었다. 그렇다고 모든 것을 전부 얘기하기에도 마음이 내키지 않았다. 끝까지 오이카와 에이치의 이름은 말하고 싶지 않았다. 입 밖으로 꺼내버리면 감당할 수 없는 일이 벌어질 게 뻔했다.

하지만 케이스케의 입에서 나올지도 모를 노릇이니, 가만히 있을 수도 없었다. 가즈오는 유키에와 후미요에게 대략적으로만 이야기해야겠다고 생각했다. 물론 자신의 꿈이나 오이카와 에이치가 살해당했다는 이야기는 절대 하지 않을 것이다.

가즈오는 유키에의 다그침에 숟가락을 들기 시작한 케이스케의 옆모습을 흘끗 쳐다보았다. 케이스케는 최면 중 자신이 한 말을 어디까지 기억하고 있을까? 병원에서 돌아오는 차 안에서도 가즈오는 최면에 관해 전혀 언급하지 않았다. 어쩌면 케이스케는 자신이 무슨 말을 했는지 기억을 못 할 수도 있다는 실낱 같은 기대도 있었다. 케이스케가 '오이카와 에이치'라는 이름도, 자신이 살해당했다는 사실도 모두 잊어버렸기를 바랄 수밖에 없었다. 갑자기 그런 생각까지 떠오른 가즈오는 고타쓰에서 나와 부엌으로 가서 욕조의 온수 스위치를 켰다.

"어쩐 일이니. 네가 목욕물을 다 데우고."

후미요가 말했다.

"빨리 씻으려고."

"흐음. 나는 감기 기운이 있으니, 오늘은 패스."

"그래, 그럴 땐 안 하는 게 나아. 엄마, 요즘 열도 많이 나잖아."

유키에가 자리로 돌아온 가즈오에게 말을 걸었다.

"그건 그렇고, 벌써 3월이야. 슬슬 당신의 계절이네. 이번에는 어디로 갈 거야?"

"아직 안 정했어."

다음 달 1일 토요일은 겨우내 하지 못했던 폭포를 구경하러 야마나시의 옛 하쿠슈마치까지 먼 여정을 떠날 계획이었지만, 지금은 갈 마음이 생기지 않았다.

"그것보다 빨리 이사에 대해서 생각하렴. 센다 씨가 이 집도, 땅도 팔아도 된다고 말씀하셨으니까. 하지만 언제까지고 기다려주지는 않을 거야."

원래 이 집은 삼촌인 센다 구니요시가 후미요에게 물려준 것이다.

하치오지역에서 걸어서 약 십 분. 고야쓰마치에 위치한 이 집은 가늘고 긴 30평 대지에 세운 성냥갑 같은 단층집이다. 방도 네 개밖에 없고, 집의 남쪽은 바로 도로와 접해 있어 커튼을 쳐도 밖에서 내부가 훤히 들여다보였다.

커다란 고타쓰를 둔 거실에는 LCD 텔레비전과 옷 수납함, 비디오게임기, 등산용품 등의 물건이 어지럽게 널려 있었다. 골칫거리는 실용서로 가득 채워진 책장이었다. 원래가 날림 공사로 지은 집이라 비가 오면 물이 새는 데다가, 외벽은 몇 번이나 다시 칠했는지도 모르겠다. 그런데도 참고 살고 있는 데는 약간의 사정이 있었다.

식사를 마친 케이스케는 텔레비전 앞에 엎드려 두 팔로 턱을 괴고 녹화해둔 만화영화 〈포켓몬스터〉에 몰두해 있다. 속을 태우며 한 회차가 끝나기만을 기다린 가즈오는 만화영화가 끝나자마자 널브러져 있는 케이스케를 들어 올렸다.

"자, 이제 목욕하자."

까르르 웃는 케이스케의 옷을 그 자리에서 벗기고 화장실로 들어갔다.

여느 때처럼 머리끝부터 발끝까지, 비누와 샴푸를 듬뿍 사용해 씻겨주었다. 깊은 욕조에 어깨까지 몸을 푹 담그고 뒤통수를 받쳐주자, 온몸에서 힘을 뺀 케이스케의 몸이 둥둥 떠올랐다. 왼쪽 무릎 부근의 멍이 살짝 불그스름하게 변했다. 마치 작은 단풍잎 같은 모양이었다.

"자, 폭 들어가야지."

눈을 살짝 뜬 케이스케는 만족스러운 듯 기분이 좋아 보였다.

느닷없이 오늘 있었던 최면에 관해 묻는 것이 마음에 걸렸던 가즈오는 다른 주제를 먼저 꺼냈다.

"케이스케, 피에로 가게에서 피라미드 카레 먹었던 거 기억나? 거기, 나카다가 알려준 거야?"

나카다는 케이스케의 가장 친한 친구다. 케이스케는 가볍게 고개를 저었다.

"그럼, 이사오?"

"나, 보고 있었어."

케이스케가 알 수 없는 말을 내뱉었다.

"뭐를?"

"피라미드 카레. 아빠랑 엄마가 먹고 있는 거."

"어디서 봤어?"

"엄마 배 속에서 봤어."

도통 이해할 수가 없었지만, 무조건 부정하는 것도 마음에 걸려 가즈오가 재차 물었다.

"정말로 보였어?"

"진짜라니까."

"오, 그랬구나. 엄마 배 속은 기분 좋았어?"

"둥실둥실한 게 지금이랑 똑같아."

"아아, 그렇구나."

분명 지금처럼 따뜻한 양수 안에 떠 있었을 것이다. 그건 그렇고, 케이스케는 엄마 배 속에 있던 때를 기억하는 것일까?

"쑥쑥 자라서 건강하게 나오렴."

케이스케의 입에서 나온 말에 가즈오는 깜짝 놀랐다. 유키에가 임신했을 때 배를 쓰다듬으며 아이에게 몇 번이고 했던 말이다. 말투와 억양이 완전 똑같다.

"그거, 엄마가 해준 말이지?"

"응."

"와. 케이스케, 기억하고 있었구나."

태내에 있는 아기가 부모가 한 말을 기억한다는 얘기를 들은 적이 있다. 그래도 이렇게까지 똑같이 말할 수 있을까?

"대단하네. 엄마 배 속에 있을 때 어떻게 본 거야? 아빠는 궁금하네."

"배꼽."

"배꼽이 왜?"

"엄마 배꼽으로 보는 거야."

"와, 그렇구나. 그러면 케이스케, 오늘 병원에서 했던 말은 기억나? 왜, 〈호빵맨〉 보여준 아저씨 방에서."

케이스케는 고개를 살짝 갸웃하더니 손을 입가로 가져갔다.

"턱수염 난 아저씨?"

"맞아, 그 아저씨랑 여러 가지로 이야기했잖아? 무슨 얘기 했는지 기억나?"

케이스케는 이상하다는 듯 가즈오를 돌아보고는 고개를 끄덕였다.

"아."

자신도 모르게 가즈오 입에서 소리가 새어 나왔다.

"물속에 들어간 것도?"

"응, 살해당했어……."

그렇게 말한 케이스케가 갑자기 까르르 웃음을 터뜨렸다.

가슴이 덜컥 내려앉았다.

"그러면 케이스케, 이름도 기억나?"

"에헤헤, 오이카와."

역시 기억하고 있었던 것인가.

"근데 그게 누구였지?"

케이스케는 조금 당황한 듯한 표정을 지었다.

"나……. 어라, 아닌데. 아빠, 누구야?"

"그렇구나. 괜찮아, 케이스케. 미안해."

가즈오는 일단 마음이 놓였다. 케이스케는 오이카와가 어디의 누구인지는 알 수 없게 된 것 같았다.

"있지, 케이스케. 턱수염 아저씨 방에서 했던 말, 할머니랑 엄마한테는 비밀이야. 알겠지? 할 수 있겠어?"

순간 케이스케는 입을 다물고 고개를 끄덕였다.

"자, 약속하는 의미에서 새끼손가락."

케이스케가 생글생글 웃으며 새끼손가락을 걸었다.

"옳지, 이제 나갈까? 케이스케, 일어서 봐. 더 있다가는 삶은 문어처럼 빨갛게 되겠어."

목욕을 마치고 나오자 실내복 차림의 후미요가 거실의 고타쓰에 누워 있었다. 고타쓰 위에는 하다 만 일본 자수가 놓여 있었다. 자수틀에 고정된 천에는 날아오르는 작은 학 두 마리가 포개진 그림이 수놓여 있었다. 후미요가 즐겨 사용하는 도안이다.

케이스케의 옷 입히기는 유키에에게 부탁하고 가즈오는 후미요에게 다가가 조용히 귓속말로 말을 걸었다.

"아, 가즈오."

가즈오의 목소리에 후미요가 벌떡 일어났다. 눈이 부신 듯 벽시계를 보았다.

"어머, 벌써 시간이 이렇게 됐네."

"고타쓰에서 잠들면 안 돼."

"컨디션이 좋지 않구나."

"잠깐 기다려. 방에 이불 펴놓고 올 테니까."

후미요의 방에서 이불을 펴고 있는데, 유키에가 후미요를 데리고 들어왔다. 가즈오와 유키에가 함께 후미요의 잠자리를 챙겼다.

"열 있는 거 아니야?"

후미요는 이마에 얹은 가즈오의 손을 귀찮다는 듯 걷어냈다.

머리를 말린 케이스케가 다가와 후미요의 머리맡에 쭈그리고 앉았다.

"괜찮다니까. 미안, 케이스케. 할머니가 감기에 걸린 것 같구나."

"어머니, 정말로 괜찮으세요? 심장이 아프신 건 아니고요?"

유키에가 말을 걸었다.

"정말 아무것도 아니야."

심근증은 부정맥이 오거나 심하면 심부전으로 목숨을 잃기도 한다. 특효약이 없어 안정을 취하는 것 말고는 방법이 없다. 오늘은 일단 안정을 취하고 잠자리에 들 수밖에 없을 것 같았다.

유키에가 방을 나가고 나서도 가즈오는 불을 끄고 한동안 후미요의 곁을 지켰다.

희미한 불빛 아래로 보이는 후미요의 얼굴은 뺨이 홀쭉하고 눈가가 침울해 보였다. 예전에는 없었던 눈가의 잔주름 때문에 더 나이를 먹은 듯한 느낌이 들었다.

가즈오는 역시 나이 탓이라고 생각했다. 가즈오가 태어나고 후미요는 여자 혼자 힘으로 그를 키웠다. 아버지가 있었으면 얼마나 마음이 든든할까, 그 생각을 몇 번이나 했는지 모른다. 후미요는 남편에 관한 이야기를 단 한 번도 꺼낸 적이 없었다. 가즈오와 둘이 살 때도, 유키에가 이 집에 들어온 후에도 그랬다.

가즈오는 후미요에게 아버지가 어떤 사람이냐고 여러 번 물어봤었다. 하지만 그 이야기를 꺼내면 후미요는 항상 얼버무리거나 화를 냈다. 그래서 아버지 얘기를 꺼낸 지도 꽤 시간이 흘렀다. 이제는 가즈오도 아버지가 어디의 누구인지, 어떤 사람인지 신경 쓰지 않았다. 어떤 사정이 있어 헤어지거나 했을 테지만, 아버지란 사람은 지금까지 어떠한 도움도 주지 않았다. 심지어 전화 한 통도 걸려 온 적이 없었다. 살아 있는지 죽었는지조차 모른다. 이제 와 아버지가 누군지 알아봤자 뭐가 달라지는 것도 아니었다.

가즈오는 태어날 때부터 줄곧 품고 있던 의문을 억누르며 살아왔다. 아버지가 없다는 사실과 몇 번이나 타협했다고 생각하며 살아왔다. 하지만 어느 날 갑자기 뜬금없이 아버지가 떠올랐다. 가즈오는 그럴 때마다 자신보다 더 괴로울 어머니를 생각했다. 그러니 이제 그에 대해서는 고민하지 않겠다고 자신을 다독여 왔다.

하지만 오늘은 사정이 조금 달랐다. 어머니와 자신 앞에서 자취를 감춘 아버지가 자꾸만 머릿속을 괴롭혔다. 도대체 왜 사라져버린 것일까? 당신은 어디의 누구일까? 살아는 있을까? 아니면 죽었을까? 어떻게 되었을까? 잠든 후미요의 얼굴을 보고 있자니 스멀스멀 차오르는 지독한 비참함에 눈물이 뺨을 타고 흘러내렸다.

이것은 뭔가 나쁜 징조일까? 케이스케가 최면 치료를 받은 이후로 어딘가 마음이 편치 않았다. 하물며 오이카와 에이치의 존재를 알아버린 지금은 더욱더.

문이 열리는 소리에 가즈오가 돌아보았다.

"어떠냐, 상태는?"

쩌렁쩌렁한 목소리에 고개를 돌리자 어둠 속에 삼촌인 센다구니요시가 우두커니 서 있었다.

"아, 안녕하세요."

가즈오는 자리에서 일어나 불을 켜고 고개를 숙였다.

"낮에 전화했더니 후미 씨가 아프다고 해서 말이야. 근처에 온 김에 잠깐 들렀다."

"아, 감사합니다."

"아이고, 이런 시간에……. 죄송해요."

일어나려던 후미요를 다시 눕히며 센다는 그녀의 머리맡에 자리를 잡았다.

"뭘 이 정도 가지고. 마음 쓰지 말게. 컨디션은 어떤가?"

후미요의 얼굴을 살피는 센다에게 가즈오는 감기인 것 같다고 대답했다.

"심장에 문제가 있는 게 아니라니 다행이네. 지난주 일요일에 만났을 땐 쌩쌩했거든."

센다도 일본 자수 전시회에 갔었나 보다.

가즈오는 마음이 놓였다. 아무리 친척이라지만, 이 시간에 찾아와주는 사람은 센다밖에 없었다. 센다의 고향은 후미요와 같은 미야기현 이시노마키시다. 가즈오는 새삼 고마움을 느꼈다.

센다는 이렇게 늦은 시간에도 여전히 패션 센스가 돋보였다. 세련된 녹갈색 정장을 입고 가슴 주머니에 주황색 손수건을 매치했다. 하치오지의 자랑인 실크 넥타이도 똑같이 주황색으로 매고, 손목에는 은색 팔찌도 찼다.

"조금 전까지 센다 씨 얘기를 하고 있었어요. 그렇지?"

"맞아요."

후미요의 말에 가즈오가 대답했다.

"호오, 드디어 이 집을 내놓을 마음이 생긴 거야?"

센다는 유난히 새까맣고 촉촉한 눈빛으로 두 사람을 바라보며 말했다.

“네, 뭐.”

“쇠뿔도 단김에 빼라 했다. 얼마든지 상담해줄 테니까.”

“네, 그때도 잘 부탁드려요.”

고개를 숙이자 뒤에서 유키에의 목소리가 들려왔다.

“이걸 사 오셨어요.”

유키에가 장지문 옆에서 과일 바구니를 내밀었다. 빨갛게 익은 딸기가 빛나고 있다. 그 뒤에서 케이스케가 수상쩍은 눈빛으로 방 안을 바라보고 있었다.

“오, 케이스케. 이리 와보렴.”

센다의 말에도 요지부동하던 케이스케가 혀를 쏙 내밀더니 주방으로 뛰어 돌아갔다.

“어휴, 케이스케 이 녀석. 죄송해요.”

면목이 없다는 듯 후미요가 말했다.

“괜찮아, 괜찮아. 신경 쓰지 말게.”

센다가 조금 멋쩍어하며 말했다.

식구가 적은 탓에 케이스케는 낯가림이 심했다. 특히 센다는 여러 번 만나도 조금도 가까워지지 못했다. 어쩌면 케이스케는 후미요를 빼앗긴 듯한 느낌을 받았는지도 모르겠다.

“그러면 괜찮은 듯 보이니 이만 돌아가보겠네.”

그렇게 센다는 돌아갔다.

7

3월 3일 월요일

"미야즈 씨, 자료는 다 됐어?"

너구리 계장이 살갑게 웃으며 가즈오의 눈치를 살피듯 말했다.

"지금 출력하겠습니다, 잠시만요."

가즈오는 프린터에서 나온 장표 세 장을 들고 계장 자리로 향했다. 후루사와는 두 손을 모으고 공손하게 받아 들었다.

"오. 그래서, 그래서."

숫자로 가득한 종이에 시선을 떨구며 너구리가 신음 소리를 냈다. 건강보험료의 세율 개정안 장표였다. 소득 계층마다 거둘 수 있는 보험료가 합산되어 들어가 있다.

"음, 이거 어떻게 봐야 할까?"

너구리가 눈을 위로 크게 치켜뜨고 가즈오를 올려다보며 가만히 중얼거렸다.

"가르쳐줘."

옆 부서의 서무계장인 검은 안경이 귀를 쫑긋 세우고 있었다.

"음, 각 계층의 세율을 1퍼센트씩 올릴 때, 보험료가 얼마나 증가하는지 계층별로 시뮬레이션한 것입니다. 그게 이 숫자입니다."

가즈오는 너구리의 옆에 선 채로 서무계장에게 들리도록 장표 언저리를 가리켰다.

가즈오의 행동은 아랑곳하지 않고 너구리는 수긍한다는 듯한 소리를 내며 보험료 총계가 적힌 칸을 바라보았다.

"어라, 1퍼센트를 올려도 이것밖에 안 돼?"

"각 계층으로 보면 아시겠지만, 세율을 올려도 보험료는 기껏해야 그 정도밖에 증가하지 않습니다."

"그러면 말이야, 이번 협의회에서 뭐라고 설명해야 하나? 세율을 더 올리라고 할 수도 없고."

"네. 예전에도 말씀드렸듯 세수입을 늘리려면 과세 한도 금액을 1만 엔 올리는 것이 가장 빠른 지름길입니다."

건강보험 세금과 여섯 명이 귀를 기울여 가즈오와 너구리의 대화를 듣고 있었다. 지난해 봄, 시민과에서 이동해 온 너구리는 숫자 계산을 어려워한다는 소문이 있었다. 그 소문은 최근 10개월 사이에 여지없이 증명되었다. 가즈오는 너구리가 안타깝다는 생각이 들어 주임인데도 계장의 일을 대신 맡아 해오고 있었다.

"꽤 하는데?"

사카모토 히데지가 본명인 히데코 과장이 두 사람의 대화를 우연히 듣고 다가왔다. 그 뒤로 서무계장도 따라오면서 너구리 주위로 몰려든 사람들이 울타리를 만들었다.

"그래서 어떤가, 후루사와 씨. 당신의 의견은?"

히데코가 팔짱을 끼고 깔보는 듯한 어조로 너구리에게 물었다.

"아, 그러니까요. 음. 이봐, 미야즈 씨."

머리가 희끗희끗한 이마에 작게 땀방울이 맺힌 너구리가 가즈오와 히데코의 얼굴을 번갈아 쳐다보며 헛기침을 하고는 입을 다물었다.

"어? 왜 그러나. 계장이 그러면 곤란하지. 히라노 씨, 그렇지 않은가?"

검은 안경이 너무나 당연하다는 표정으로 뺨을 부풀리며 히죽히죽 웃었다.

줄곧 서무 분야를 담당해온 검은 안경은 누구보다 숫자에 밝았다. 이번 인사이동에서 은근히 과장 보좌 자리를 노리는 속내가 훤히 들여다보였다. 반면 과장 히데코는 위장이 약해 가냘픈 체구였지만, 젊었을 적부터 지기 싫어하는 욕구가 강해 시의회 의원에게도 겁먹지 않고 반발하는 성격이었다. 구설수에 휘말린 사건도 적잖이 일으켜 그때마다 강등과 승진을 반복한 파란만장한 공무원 인생을 지내왔다. 그런 두 사람에게 너구리는 너무나도 괴롭히기 좋은 상대였다.

"보시다시피 세율을 올려도 세수 증가는 미미한 수준입니다."

보다 못한 가즈오가 너구리를 거들었다.

"그리고 나머지는 일반 회계에서 이월금을 어떻게 설명하는가에 달려 있을 것 같습니다."

"그렇군. 들었나, 후루사와 계장? 곧 있을 운영 협의회에서는 자네가 설명해야 하네. 알겠나? 좌하하."

잠깐의 유흥을 즐긴 히데코는 품격 없게 웃으며 검은 안경을 데리고 자리로 돌아갔다.

가즈오를 올려다본 너구리는 미안한 표정으로 손바닥을 마주하고 얼굴 앞으로 모았다.

가즈오는 이놈이나 저놈이나 다 똑같다고 생각하며 자리로 돌아왔다.

"수고했어."

올해 쉰 살이 된 미혼 여성인 미우라가 슬그머니 커피가 담긴 종이컵을 서류 옆에 놓았다.

"아, 고마워요."

한 모금 마시자 입안에 씁쓸한 맛이 퍼졌다.

"이 원두, 킬리만자로?"

"오, 아네?"

"평소보다 더 깊은 맛이 나는데요."

"맛있다니 다행이야. 힘들겠지만 잘 도와드려."

"미우라 씨는 참 상냥하시네요."

"미야즈 씨 아들, 이번에 초등학교 입학하지? 회사에 축의금 청구하는 거 잊으면 안 돼."

"그럼요, 까먹을 게 따로 있죠."

"미우라 씨."

접수처에서 부르는 소리에 미우라는 바로 돌아갔다.

시계를 보니 벌써 10시가 다 됐다.

가즈오는 계장 자리로 향했다.

"10시부터 시간 휴무(한 시간 단위로 사용할 수 있는 휴무-옮긴이) 다녀오겠습니다."

"아, 그렇군. 아들은 좀 괜찮은가?"

너구리는 그렇게 말하며 직접 서무팀에 찾아가 휴가 신청서를 가져다주었다. 신청서를 제출한 가즈오는 탈의실에서 사복으로 갈아입고는 고객용 주차장에 세워둔 자신의 차를 타고 시청을 빠져나갔다.

지난 일주일 동안 케이스케의 입에서 최면 치료에 관한 말은 한마디도 나오지 않았다. 유키에는 정밀 검사도 까먹고 있을 정도였다. 그래도 가즈오는 오이카와 에이치라는 정체 모를 인간의 존재가 날로 커지는 것을 느끼지 않을 수 없었다. 케이스케는 정말로 전생에 오이카와 에이치였을까? 오이카와 에이치는 정말 살해당했을까? 자신의 전생 속 인간은 오이카와와 어떤 관계였을까? 애초에 자신은 전생에 어디의 누구였을까? 이런 생각들을 하다 보니 정신은 점점 말똥말똥해졌고, 문득 정신을 차려 보니 새벽을 맞이하고 있었다.

시청에 손목시계를 두고 온 것이 생각났지만 다시 가지러 가고 싶은 마음은 없었다.

가끔 오이카와가 살해당한 날을 생각했다. 1975년 3월 7일, 33년 전이다. 도대체 내가 태어난 해는 어떤 해였을까? 고등학교 수업에서도 시간을 할애하면서까지 당시의 역사를 배우지는 않았다. 석유 파동이라던가 미친 듯이 치솟은 물가 등의 단어들만 조각조각 떠오를 뿐이었다. 다마 신도시가 생기고 있을 무렵이었을까? 자동차와 전자 제품은 이미 존재하고, 신칸센도 진즉에 운행하고 있었을 것이다. 지금과 별반 다르지 않을 것이다. 존재하지 않는 것은 휴대전화 정도일 것이다.

병원 대기실에 케이스케와 후미요가 먼저 와 있었다. 회색 치마와 니트 스웨터를 입은 후미요는 굉장히 수수한 차림이었다.

"아, 아빠!"

트레이닝복을 입은 케이스케가 벌떡 일어나 가즈오에게 달려왔다.

"검사는 몇 시에 시작이니?"

후미요가 물었다.

"11시 반. 엄마, 식사는 했어?"

"쉿."

후미요는 검지를 입에 가져가며 중얼거렸다.

"나는 집에서 먹고 왔지. 가즈오, 너는?"

케이스케가 두 사람을 멍하니 올려다보고 있었다. 검사가 있는 케이스케는 아침부터 금식이었다.

"괜찮아, 나중에 간단히 빵 먹을게. 케이스케, 조금만 참자."

케이스케를 번쩍 안아서 창가로 데리고 갔다.

"와, 저기 봐. 엄청 예쁘다."

그렇게 말하며 가즈오는 눈앞에 가득 펼쳐진 하치오지 거리의 풍경을 바라보았다. 가즈오는 어렸을 적부터 높은 곳을 좋아했다. 안개 낀 거리와 천천히 흐르는 구름을 보고 있으면 신기하게도 마음이 편안해졌다. 이런 풍경을 온종일 바라보면서 살 수 있다면 얼마나 좋을까 생각했다. 불현듯 떠오른 생각에 가즈오는 벽시계를 바라보았다. 검사까지는 아직 한 시간 남아 있다.

"미안, 배고프지? 검사 끝나고 맛있는 거 먹으러 가자, 알았지?"

케이스케는 힘없이 고개를 끄덕이며 가즈오를 올려다보았다.

"아빠……, 세 번 가면 우리를 도와줘야 해."

"응? 무슨 말이야?"

케이스케는 아무 일도 없었다는 듯 풍경으로 시선을 옮겼다.

"무서워할 것 하나도 없어. 케이스케, 아빠 일이 좀 있어서 그런데, 잠깐 할머니하고 기다리고 있을래?"

"응."

케이스케는 할머니의 손에 자란 아이다. 후미요는 후미요대로, 하나밖에 없는 손자의 말이라면 무엇이든 들어주었다. 〈울트라맨 뫼비우스〉 공연을 보고 싶다고 하면 신주쿠의 백화점도 데리고 가고, 〈포켓몬스터〉 영화도 놓치지 않고 보러 간다.

그런 후미요에게 가즈오는 식당에 다녀온다며 케이스케를 부탁했다.

"시간 잘 맞춰서 돌아오려무나."

"응, 그럴게."

미로 같은 병원이라 후미요도 불안한 것이다. 더군다나 정밀검사를 하는 방사선과는 찾기 쉽지 않은 장소에 있으니까.

가즈오는 대기실을 뒤로 하고 긴 복도를 걸었다. 비슷비슷한 복도가 많아 한 번 가본 곳이어도 자꾸만 헷갈렸다. 도중에 길을 잃을 뻔했지만 겨우겨우 그 방에 도착했다. 문을 노크하자 안에서 소리가 들렸다.

"들어오세요."

문을 열자 가노가 이쪽으로 돌아보았다.

"아아, 음……. 미야즈 님이시죠?"

"갑작스럽게 죄송합니다. 그때는 신세 많았습니다."

진료실을 둘러보니 다른 환자는 없는 것 같았다. 가즈오는 인사를 하며 안으로 들어갔다.

"케이스케에게 무슨 일이 있었나요?"

가노는 호기심 어린 표정을 지으며 소년 같은 얼굴로 말했다.

"아, 네. 덕분에 잘 지내고 있습니다."

가노는 아무 말도 하지 않고 가즈오를 바라보았다. 일부러 진료실을 찾아온 이상, 어떤 이유가 있으리라 생각하는 눈치였다. 가즈오는 가장 무난했던 것부터 말할 수밖에 없었다.

"실은 얼마 전에 왔을 때, 케이스케가 치료를 끝내고 했던 묘한 말이 생각나서요. 확실히는 모르겠지만, 저와 아내가 보여서 뛰어들었다는 그 말이요."

"아, 그렇게 말했죠."

"그건 케이스케가 우리 부부를 선택해서 태어났다는 말일까, 그런 생각이 들어서요."

"틀린 말은 아니라고 생각합니다. 흔히 자녀가 부모에게 '당신들이 마음대로 낳았잖아'라고도 말하지만, 사실은 그 반대거든요. 아이가 부모를 선택해 태어난다고 하니까요. 하지만 의외로 많습니다, 그렇게 말하는 아이들이. 그게 사실이라면 정말 대단하지 않나요?"

"혹시……, 선생님은 최면을 걸었을 때의 일을 기록하시나요?"

"기억하는 것은 모두 기록하고 있습니다. 왜 그러신가요?"

"아뇨, 이전에 케이스케가 한 말이 마음에 걸려서요."

"아, 자신이 살해당했다는 말이요? 저도 깜짝 놀랐습니다."

"그와 비슷한 일이 자주 있을까요?"

"여기에서만 하는 말이지만, 가끔 있습니다."

깜짝 놀란 가즈오가 가노의 얼굴을 뚫어지게 바라보았다.

"살해당했다고 말하는 사람이요……?"

"그런 적도 있었죠. 식사용 나이프라든가 식칼을 너무 무서워하는 남자아이가 있었어요. 유치원생이었는데, 그 아이에게 퇴행 최면을 걸었는데 전생까지 갔던 것 같아요. 케이스케와 비슷하게 칼에 찔린 듯한 멍이 딱 오른쪽 가슴 부근에 있었습니다. 예를 들어 그 아이를 '아키라'라고 할까요. 그 아이는 최면에 들어가자마자 바로, 자신은 아키라가 아니라 미쓰오라고 하더군요. 그리고 구체적인 지명을 말하기도 했는데 본인도, 아이의 부모도 가본 적이 없는 지역이었습니다. 그곳에서 어떤 남자와 싸우다가 칼에 찔리기까지의 일을 얘기해주었지요."

"그리고 그분은 어떻게 되셨나요?"

"그게 어떤 의미일까요?"

"음, 그분이 그 장소에 가서 직접 확인하거나 그러셨나요?"

"글쎄요, 어떻게 하셨을까요. 그 뒤로 다시 방문하시지 않았습니다."

그 사람은 기분이 상해 다시 방문하지 않았던 것일까?

"다른 경우도 역시 비슷한가요?"

"살해당했다는 경우는 그뿐이었습니다. 트럭에 치여 죽었다든가, 전생에 음악가여서 피아노를 쳤다는 아이는 있었지만요. 둘 다 남자아이였죠."

가노의 말을 들은 가즈오는 품고 있던 의혹이 더욱 짙어지는 듯한 기분이었다.

"아버님은 케이스케의 이야기를 믿으십니까?"

"뭐, 어느 정도는요."

"쉽게 믿기는 어렵죠. 케이스케, 꽤 대범한 말을 했잖아요."

"선생님, 만약에 말이죠. 만약 케이스케의 말이 사실이라면, 환생이라는 건 정말로 있을까요?"

"으음."

가슴속에 응어리져 있던 말을 입 밖으로 꺼내자 왠지 마음이 편안해졌다.

가노는 작게 소리를 내고는 한동안 입을 다물고 있었다.

"저 개인적으로는 전생의 기억을 가지고 있지 않아서요. 전생이 반드시 존재한다고는 말하기 어렵겠네요. 하지만 치료하다 보면 종종 '아, 이건 분명 전생의 인물이 말하는 것이다' 하고 바로 느꼈던 적은 있습니다. 그리고 과학적인 데이터로는 모반……, 즉 멍입니다. 그것이 전생의 인물과 일치하는 경우가 많습니다."

"멍이요?"

"네, 멍이요. 아까 말했던 것처럼 전생의 인물이 칼에 찔려 죽었다면 칼에 찔린 부위와 똑같은 곳에 멍을 가지고 태어나는 경우가 많은 듯합니다."

"어떻게 아셨나요?"

"다시 태어난다는 게 어떤 좁은 범위 안에서 이루어지는 것 같습니다."

"좁은 범위라면……."

"한정된 지역이라든가 어떤 특정한 일족, 즉 어떤 가족 안에서 이루어진다고 바꿔 말할 수 있을지도 모르겠네요. 외국에서는 할아버지가 그 집안의 손자로 환생한 사례도 있습니다. 그러니 전생의 인물을 특정할 수 있는 거죠."

문득 가즈오의 머릿속에 사가미 호수에서 살해당한 오이카와 에이치가 떠올랐다.

"아버님, 혹시 짐작 가는 게 있으신 거 아닌가요?"

그 말을 들은 가즈오가 가노의 얼굴을 바라보았다. 자신이 무언가 감추고 있다는 사실을 꿰뚫어 본 듯한 기분이 들었다. 환생은 좁은 지역이나 가족 사이에 이루어진다. 가노의 말이 딱 들어맞지 않는가.

"뭐, 거기까지는……."

그렇게 말하는 것까지는 좋았지만, 자신을 빤히 쳐다보는 가노의 얼굴을 보고 있자니 가즈오는 무심코 모든 것을 이야기해 버리고 싶어졌다.

"저, 선생님."

가즈오는 가노의 눈을 바라보았다.

"선생님께만 하고 싶은 이야기가 있습니다."

"저는 아무에게도 발설하지 않습니다."

"사실 저도 믿기 어려운데……."

그렇게 운을 뗀 가즈오는 도서관에서 조사한 내용을 요약해 이야기했다. 하지만 자신이 오이카와 에이치를 죽인 남자의 환생이라는 이야기만큼은 전할 수 없었다.

"정말로 오이카와 에이치라는 사람이 있었나요? 놀랍군요."

"네, 실존 인물입니다."

"케이스케의 목에, 누군가에게 목을 졸린 듯한 흔적이 나타난 건 그것 때문인가……."

가노가 생각에 잠기듯 말했다.

"아마 그런 것 같습니다."

"범인은 끈 같은 도구를 사용해 목을 조른 거군요."

"네?"

"케이스케의 멍, 줄무늬 뱀처럼 가느다란 모양이었죠?"

"네, 맞습니다."

오이카와를 죽였을 때의 광경을 떠올린 가즈오는 문득 의문이 들었다. 그때의 범인……, 전생 속 자신은 두 손으로 오이카와의 목을 조르고 있었다. 하지만 그런 사소한 것은 뭐가 됐든 상관없었다. 자신의 전생 속 인간이 죽였다는 것에는 변함이 없었다.

"범인은 찾지 못했군요?"

가즈오는 마치 자신을 말하는 것 같아 심장이 오그라드는 느낌이 들었다.

"네……. 찾지 못했습니다……."

"그래서 그런 걸까요."

"무슨 말씀인가요? 그래서라뇨?"

"그런 이유로 케이스케가 전생을 이야기했나, 하는 생각도 들었습니다."

"범인을 찾아달라고 하려고 케이스케가 그 이야기를 꺼냈다는 말씀인가요?"

"그것도 한 가지로 고려할 수 있죠. 뭐, 반드시 그렇다는 것은 아닙니다. 문제는 케이스케에 관한 것입니다. 그 후에 좀 어떤가요? 전생에 관해 이야기도 합니까?"

"아뇨, 전혀요. 목을 졸린 듯한 흔적도 나타나지 않았고, 발작도 없었습니다. 뭔가 후련한 듯 보였어요. 하지만 오이카와 에이치의 이름이나 살해당했다는 것은 기억하는 듯했습니다."

"확실하게 분리할 수 있었던 것 같군요. 다행입니다. 최면이 끝난 후의 얼굴을 보고 아마 그랬을 거라고 생각은 했습니다만."

"분리하다니, 무엇을 말입니까?"

"살해당한 기억이요. 전생의 기억을 떠올린 아이 중에는 전생 속 무서운 경험이 현재 지금의 자신에게 일어나고 있는 일이라고 착각해버리는 아이도 있거든요. 그렇게 되면 최면 치료가 오히려 독이 되어버립니다. 하지만 케이스케의 경우는 잘된 것 같습니다."

"그렇군요. 케이스케는 앞으로도 계속 전생을 기억할까요?"

"전생의 트라우마에서 벗어나면 조금씩 그때의 경험이 사라질 겁니다. 아버님께서 기억을 되살릴 만한 말을 먼저 꺼내지 않는 한, 케이스케는 차츰 잊을 거예요. 반년만 지나면 싹 사라질 것입니다."

"그런가요."

가노의 말에 가즈오는 일단 한시름 놓았다.

8

가즈오는 인사를 하고 가노의 방을 나왔다. 돈은 받지 않았다. 왔던 복도를 다시 걸었다.

생각해야만 하는 것들이 너무나도 많았다. 가즈오는 가노가 했던 말과 지난 일주일 사이에 자신에게 일어난 일들을 차례차례 떠올렸다.

앞으로는 케이스케에게 최면 치료에 관한 얘기를 꺼내지 않기로 했다. 그러면 모든 게 원래대로 돌아갈 것이다. 하지만 케이스케가 그 일을 계속 잊지 않는다면 어떻게 될까? 어느 날 문득 전생의 본인을 죽인 범인이 아버지였다는 사실을 알아차리지는 않을까? 그렇게 되지 않으리라는 보장은 어디에도 없었다. 만약 그렇게 된다면 케이스케는 어떻게 행동할까? 자신을 죽인 범인과 한 지붕 아래에서 함께 살아갈 수 있을까? 하물며 그 범인이 자신의 부모인데.

그런 생각을 하며 복도를 걷다가 정신을 차리니, 가즈오는 이제껏 본 적이 없는 건물에 들어와 있었다. 초록색과 크림색, 두

가지 색으로 칠해진 벽을 보며 잠시 멍하니 있었다.

검사가 시작될 시간은 이미 지난 듯했다. 간호사의 안내에 따라 케이스케는 검사실로 들어갔을 것이다. 이제 대기실에는 없을 것이다.

조금 전 걸어왔던 길을 머릿속으로 떠올리며, 의사가 가르쳐준 방사선과 위치와 대조해 보았다. 어쩌면 자신도 모르는 사이에 검사 병동에 들어왔을지도 모른다.

눈앞에 있는 엘리베이터에 올라탔다. 안내 표시는 없었지만 5층 버튼을 눌렀다. 케이스케가 검사하는 방사선과가 있는 층이다.

엘리베이터가 5층에 멈추었다. 문이 열리고, 슬며시 걸어 나왔다.

사람이 한 명도 없었다. 천장이 낮은 복도를 걸어 유리로 된 방 앞에 섰다. 모니터가 나란히 줄지어 있고, 'CT 검사실'이라고 표시되어 있었다. 역시 방사선과가 확실해 보였다.

그러나 어떻게 된 일인지 사람은 고사하고, 어디에서도 기척조차 느껴지지 않았다. 방 몇 개를 지나쳐 복도 끝까지 다다르고 말았다. 아무런 표시도 없는 방 안쪽에서 사람들의 목소리가 들려왔다. 가즈오는 슬그머니 문을 열고 안으로 들어갔다.

사람의 모습은 없었다. 찌릿찌릿하게 공기가 진동하며 방 전체가 작게 흔들리고 있었다. 유리창 너머로 새하얗고 거대한 도넛 모양의 기계가 설치되어 있었다. 그 순간, 이제껏 한 번도 들어본 적 없는 기계음이 귓가에 들려왔다. 기계음이 아니라 벌의 날갯짓 소리 같았다. 몸을 감싸는 주변 공기의 밀도가 높아지면서 마치 물속에 있는 것처럼 몸 전체가 압박되는 듯한 느낌이 들었다. 벌의 날갯짓 소리가 커지면서 귀밑이 찌릿찌릿했다. 갑자기 몸이 자유롭지 않았다. 두 손으로 몸을 지탱하려 했지만, 아무리 힘을 주어도 이미 굳어진 듯 움직일 수 없었다. 벽이 일그러진 것처럼 보여 눈을 깜빡였다. 진동은 좀처럼 가라앉지 않았고, 곧이어 원을 그리듯 벽이 기묘한 형태를 취했다. 제대로 서 있을 수 없었던 가즈오가 옆에 있는 긴 의자에 앉았다. 바닥이 흔들리는 느낌이 들었다. 멀미한 것처럼 속이 메슥거렸다. 날갯짓 소리가 멀어지자, 이번에는 시야가 흐려졌다. 흔들리던 벽이 보이지 않게 되면서, 도넛 모양을 한 기계가 구불텅하게 휘어진 것처럼 보였다. 거기에서 어떤 노란 것이 보인다 싶던 찰나, 바닥이 조금씩 사라지면서 발밑에 균열이 생겼다.

가즈오는 아찔했다. 지금까지 눈앞에 있었던 기계가 모두 사라지고, 몸만 덩그러니 허공에 떠 있었다. 저 멀리에 있다고 생각했던 노란 불빛이 점점 가까워지더니 눈부신 섬광으로 가즈오를 가득 에워쌌다.

진공청소기로 빨려 들어가듯 폐에 있던 공기가 빠져나갔다. 숨을 쉬는 게 너무나도 힘들었다. 보이지 않는 줄에 꽁꽁 얽매여 있는 것처럼 손가락 하나 움직일 수 없었다. 하지만 꿈은 아니다. 분명 의식이 있었다. 가즈오는 두려움에 눈을 감았다. 자신의 몸에 무슨 일이 일어나고 있는지 알게 되는 게 두려웠다.

지금껏 느껴보지 못한 엄청난 바람의 힘에 숨을 쉴 수가 없었다. 그것이 사라지자 완벽한 무음의 세계가 되었다. 실눈을 뜨자 사방이 온통 반딧불처럼 작고 수많은 불빛으로 가득했다. 의식이 희미해지는 것 같았다. 어찌할 방법이 없었다. 도대체 이게 무슨 일일까?

노란 광선이 가까워지면서 가즈오의 몸이 그 안으로 빨려 들어갔다. 날갯짓 비슷한 소리가 아주 작게 들려왔다. 이윽고 어렴풋하게 자신이 앉아 있다는 것을 깨달았다. 한낮이었다. 기분 탓인지 몸이 흔들리고 있는 것 같았다.

어딘지 모르게 좌우 시야가 열리면서 풍경 같은 것이 흐르고 있었다. 빌딩 사이를 통과하고 있는 듯했다. 버스……. 그래, 버스다. 자신은 지금 버스 안에 있다. 눈앞으로 자신보다 한층 아래에 앉아 앞을 보고 있는 사람의 머리가 보였다. 맨 뒷줄이다.

경적이 울리는가 싶더니, 그동안 들리지 않았던 소리가 일제히 귀로 날아들었다. 덜컹덜컹 버스 기어가 뒤엉키는 소리, 엔진 소리, 끊임없이 지나가는 자동차 소리.

갑자기 몸이 왼쪽으로 기울어졌다. 손으로 짚어 몸을 지탱했다.

교차로에서 우회전한 것 같았다. 시야가 또렷해졌다.

왜 이런 곳에 있는 걸까?

자신은 지금 전혀 다른 세계에 있었다. 병원 검사실에서 의식을 잃고 꿈의 세계로 들어와 있는 게 아니었다.

무슨 일이 일어나고 있는 것일까? 가즈오는 전혀 알 수 없었다. 조금 전까지 병원 안에 있었는데, 지금 이런 곳에 있는 자신이 믿기지 않았다. 하지만 꿈은 아니었다. 일단 버스에서 내려야만 했다.

"다음 정류장에서 정차합니다."

차내 방송이 흘러나왔다. 속도를 늦춘 버스가 잠시 후 천천히 정차했다. 바람 빠지는 소리가 나면서 운전석 옆쪽 문이 열렸다. 승객들이 일제히 일어섰다.

덩달아 가즈오도 의자에서 엉덩이를 뗐다. 몸을 옆으로 돌려 승객들 사이를 비집고 나갔다. 자신을 제지하는 운전기사를 무시하고 버스에서 뛰어내렸다.

눈앞에 거대한 건물이 위압감을 뽐내며 서 있었다. 현수막이 걸려 있는 것을 보니 백화점 같았다. 수상쩍은 눈초리로 자신을 날카롭게 쏘아보는 사람들의 시선이 느껴졌다. 가즈오는 빠른 걸음으로 버스 정류장에서 벗어났다. 도로 위를 달리는 자동차들의 위화감이 엄청났다. 승용차도, 트럭도, 모두 본 적 없는 것들뿐이었다. 무당벌레처럼 생긴 경차가 푸른 연기를 내뿜으며 달리고 있었다. 아마 '스바루 360'이라는 모델일 것이다. 승용차는 모두 각이 져 있었고, 세련됨과는 거리가 먼 모습이었다. 본 적 없는 엠블럼의 자동차뿐이었다. 모든 자동차의 프런트 그릴은 그물망 모양으로, 위압감 있는 자태를 뽐내고 있었다. 이런 오래된 모델이 달리고 있는 거리가 있다니, 들어본 적 없었다. 횡단보도를 건넌 가즈오는 정면의 건물을 돌아보았다. 입구 위쪽에 'DAIMARU'라는 엠블럼이 보였다.

'다이마루 백화점?'

동쪽과 서쪽도 알 수 없었다. 햇볕이 비스듬히 내리쬐고 있었지만, 아침인지 저녁인지도 구별할 수 없었다. 차가운 바람이 뺨에 닿았다.

가즈오는 텅 빈 넓은 거리를 다시 한번 바라보았다. 편도 2차선의 넓은 도로가 구불구불하게 뻗어 있었다. 폭이 넓은 인도로 아케이드가 이어져 있다. 이 분위기는……. 왠지 모르게 어디선가 본 적이 있는 듯한 느낌이었다.

좁은 거리를 걷다가, 낮은 빌딩 사이를 비스듬히 가로지르는 길에서 왼쪽으로 돌았다. 교차로에 우뚝 솟아 있는 이 빌딩은 쇼핑몰 나가사카야 같기도 했다. 가즈오는 마치 여우에게 홀린 것만 같은 기분이 들어 내달리기 시작했다.

태양을 향해 걸었다. 한참 앞에 미쓰이 은행의 간판이 있고, 그 너머로 역으로 생각되는 건물이 보이기 시작했다. 역사가 가까워지면서 어렴풋이 춥다는 생각이 들었다. 가즈오는 지금 자신이 보고 있는 광경이 믿기지 않았다.

로터리 한가운데에 하얀 탑이 서 있었다. 왠지 낯익은 모양이다. 탑에 쓰여 있는 글씨를 본 가즈오는 너무 놀라 주저앉을 뻔했다.

'직물의 거리, 하치오지.'

저것은……, 1995년까지 하치오지역 북쪽 출구의 상징으로 여겨졌던 하치오지 직물 타워가 아닌가.

가즈오의 감각은 기시감으로 넘쳐나고 있었다. 여기는…… 분명 아는 곳이다. 역에 가까워질수록 거리에 사람이 많아졌다. 가즈오는 시야에 들어오는 것들을 하나씩 확인해갔다. 텅 빈 로터리에는 택시 세 대가 멈춰 있을 뿐이었다.

게임센터가 있는 빌딩 대신 마루이 백화점이 들어서 있었다. 역 앞의 파출소는 허술하고 변변치 않았지만, 기억 속 파출소와 똑같았다. 가까이에서 역 내부를 살핀 가즈오는 심장이 빠르게 뛰기 시작했다. 이건 몰라볼 수가 없었다. 너무나도 초라하고 허술한 구조였다. 가즈오는 그곳에 걸린 간판 앞에서 발걸음을 멈추었다.

'하치오지역.'

여기는 십 년보다 더 이전의 하치오지역 북쪽 출구일까?

아니, 아니다. 하치오지역은 이렇게 작은 역이 아니었을 것이다. 하치오지역과 함께 우뚝 솟은 소고 백화점이 없지 않은가. 역 정면에 서 있던 도큐 스퀘어도 없다.

역 안으로 들어갔다. 자동 개찰구는 없고, 매표소로 짧은 줄이 서 있었다. 가즈오는 그 위에 걸린 노선도를 뚫어지게 응시했다.

하치오지에서 다음 역인 도요타까지의 요금이 60엔으로 되어 있는 게 아닌가. 저렇게 저렴할 리가 없다. 눈을 비비고 다시 살펴보았지만 달라진 것은 없었다.

도요타역까지 가는 표를 샀다. 개찰구에서 역무원에게 표를 확인받고 플랫폼으로 들어갔다. 선로 위 구름다리로 가는 계단을 올랐다. 어딘가 미덥지 못한 계단이다. 걸을 때마다 삐걱삐걱 소리가 났다. 아직도 반신반의였다. 여기는 하치오지를 닮은, 어딘가 다른 동네가 아닐까?

구름다리의 천장은 낮고 통로도 몹시 좁았다. 하치코선 플랫폼이 있고, 거기에서 조금 떨어진 곳에 바로 남쪽 출구로 향하는 계단이 있었다.

창문 앞에 멈춰 서서 역의 서쪽을 바라보았다. 가즈오는 다시 한번 놀랐다. 북쪽 출구의 번화가에 있던 고층 빌딩들이 감쪽같이 사라진 게 아닌가. 선로 옆에 있던 고층 아파트도 자취를 감추었다. 가즈오는 구름다리를 건너는 게 무서워지기 시작했다. 남자들은 판에 찍힌 것처럼 하나같이 회색이나 연한 갈색의 코트를 걸치고 있었다. 여자들의 모습도 비슷비슷했다.

조금씩 그 생각이 고개를 들기 시작했다. 하지만 그런 어처구니없는 일은 있을 수 없다. 있을 리가 없지 않은가.

구름다리를 내려와 개찰구에 있는 역무원에게 표를 건넸다.

매표소 옆에 있는 매점은 아주 간소한 느낌이었다. 진열 상품도 적었고, 껌은 롯데 껌밖에 없었다. 오래되어 보이는 냉장고 안에는 병에 담긴 우유와 커피 우유, 두 종류뿐이었다. 신문 가판대에서 신문을 빼냈다. 눈에 들어온 날짜를 보고 가즈오의 온몸이 얼어붙었다.

'1975년 3월 3일 월요일.'

설마 했다.

지금 30년도 더 이전의 하치오지에 있다는 말인가? 자신이 태어난 해에.

"손님."

말을 거는 점원의 목소리에 현실로 되돌아왔다.

주머니를 뒤적거리다가 손에 닿는 익숙한 물체에 가슴을 쓸어내렸다. 반지갑에서 100엔짜리 동전과 10엔짜리 동전 세 개를 꺼내 가만히 건넸다.

점원은 의아한 표정으로 가즈오를 쳐다보더니 100짜리 동전만 가져가고, 다시 50엔짜리 동전을 돌려주었다.

"왜……."

가즈오는 다음 말을 삼켰다.

이 시대의 신문은 100엔도 되지 않는 것이다.

바로 옆에서 남자가 신문을 사 갔다. 남자가 내민 지폐를 가즈오는 뚫어지게 쳐다보았다. 1000엔 지폐 같았다. 지폐가 전체적으로 몹시 희끄무레했다. 흰 수염을 기른 남자가 인쇄되어 있었다. 저건 이토 히로부미가 아닌가.

이상하다는 듯 자신을 쏘아보는 점원의 눈초리에 가즈오는 도망치듯 그 자리를 벗어났다. 역의 벽시계는 오전 8시 40분을 가리키고 있었다.

스쳐 지나가는 사람들이 이상한 시선으로 자신을 바라보고 있는 것 같았다. 바람의 냉기가 느껴졌다. 바람을 피하고자 역 건너편에 있는 공터로 향했다. 자신이 처한 상황이 믿기지 않았다. 걷잡을 수 없는 의문이 안에서 쏟아져 나왔다. 손바닥에 힘을 주어 뺨을 두드렸다. 눈앞에 불꽃이 튀었다. 청바지 위로 허벅지를 꼬집어보았다. 꿈이 아니다.

머릿속이 유난히 맑고 산뜻했다. 인정하고 싶지 않았지만, 어쩔 수 없었다.

자신은 아마도 시간을 거슬러 33년 전의 하치오지에 와버린 것 같았다. 영화나 소설 속 이야기인 줄 알았는데, 그것이 현실이 되어버렸다. 자신이 버스에서 내린 곳은 고슈 가도였던 것이다. 당시에는 다이마루 백화점 하치오지점도 있었을 것이다. 어쩌다 이렇게 되었을까? 아무리 생각해도 답을 찾을 수 있을 것 같지 않았다.

공터를 돌아보았다. 미래의 공터보다 훨씬 넓었다. 이곳에는 41층짜리 초고층 아파트가 들어서 있어야 했다. 시민회관과 호텔도 같이. 그 꼭대기 층에 거주하는 꿈을 실현하기 위해 가즈오는 집과 땅을 팔아 아파트를 사라는 후미요의 말을 듣지 않고 부지런히 저축해왔다.

다시 한번 주위를 둘러보았다. 역의 북쪽 출구에만 약간 더 높은 빌딩이 있고 나머지는 모두 낮았다. 33년 후의 하치오지와는 조금도 비슷하지 않았다.

공터를 가로지르는 곳에 카페가 있었다. 그 가게 앞으로 분홍색 공중전화가 보였다. 가즈오는 기도하는 마음으로 그곳으로 향했다.

전화기에 10엔짜리 동전을 넣고 회전식 다이얼에 손가락을 걸어 집 전화번호를 돌렸다. 통화 연결음 대신, 지금은 사용하지 않는 번호라는 딱딱한 안내 방송이 흘러나왔다. 가즈오는 수화기를 내던지듯 원래대로 돌려놓았다.

역으로 향하는 통근객과 반대 방향으로 걸었다. 갈 만한 곳은 자신의 집밖에 떠오르지 않았다. 도저히 하치오지라고 생각할 수 없었다. 미래의 거리에 있을 만한 구조의 집은 눈을 씻고 찾아봐도 보이지 않았다. 목조나 함석지붕의 집들만 부지의 절반 정도를 차지할 정도로 조촐하고 아담하게 들어서 있었다. 어느 집이나 마당이 있었고, 집과 집 사이는 공간이 여유로웠다.

세무서 옆을 걸어 미나미오도오리로 보이는 길을 건넜다. 가는 길은 알 것 같았다. 도로는 포장이 그다지 매끄럽지 않았고, 자갈을 아스팔트로 굳혀놓은 듯한 곳도 있었다.

집이 가까워질수록 불안감이 눈덩이처럼 부풀어 오르는 것만 같았다. 주머니에는 지갑과 휴대전화만 들어 있어 너무나도 불안했다. 카페 앞에서 걸었던 집 전화는 약 십 년 전에 전화번호 자체가 바뀌었다는 것이 그제야 생각났다. 그전에 사용했던 옛날 전화번호는 기억도 나지 않았다.

주택가를 걷다 보니 모퉁이가 나왔다. 작은 언덕 위로 하치오지 의료 교도소의 높은 담장이 보였다.

가즈오는 흠칫했다. 조금 돌아왔다. 조금 전 지나온 일대, 잡초로 뒤덮인 공터를 마주하고는 힘이 쭉 빠졌다. 이웃집과의 경계에 볼품없는 감나무가 서 있었다. 미래에 자신의 집이 들어설 곳임이 틀림없다. 하지만 그 집은 33년 전에는 없었다. 자신이 태어나기 전부터 줄곧 그 집에서 살았던 줄로만 알았다. 이 시절의 후미요는 어딘가 다른 곳에서 살았던 것이다.

타고 오른 사다리가 갑자기 치워진 듯한 공포감이 가즈오의 등줄기를 타고 올랐다.

따르릉 소리를 내며 자전거 탄 여고생이 눈앞으로 빠르게 지나갔다. 가즈오는 비틀거리며 가드레일을 붙잡았다. 눈앞이 캄캄해졌다. 이건 현실일까? 자신은 지금, 33년 전의 하치오지에 이렇게 와 있다. 이 시대에 자신이 갈 수 있는 곳이 있을 리 없었다. 어떻게든 원래 시대로 돌아가야만 했다. 자신이 이 시대에 떨어졌던 그 장소로 돌아가야 했다. 그곳에 있던 시간의 균열로 인해 자신이 이곳으로 떨어진 게 분명하다. 그렇게 생각하던 가즈오는 다시 머리를 크게 맞은 듯한 충격을 느꼈다.

돌아간다고 해도 어디로 돌아가야 할까? 버스 안?

도대체 어떤 버스를 타고 있었던 것일까?

마땅히 목적지를 정하지 못한 채 왔던 길을 되돌아갔다. 채소가게에 들러 우유를 샀다. 그 자리에서 벌컥벌컥 들이켜고 있는데, 외국인이라도 보듯이 찬찬히 훑어보는 가게 주인의 시선에 서둘러 그곳을 빠져나왔다.

공중전화를 걸었던 카페 앞까지 왔다. 두꺼운 전화번호부가 눈에 띄었다. 아까는 정신이 없어서 못 보고 지나쳤나 보다. 전화번호부를 보면 된다. 그러면 어머니인 후미요가 있는 곳을 알아낼 수 있을 것이다. 그렇게 생각한 가즈오는 전화번호부를 들고 열심히 책장을 넘겼다.

'미야즈 후미요'라는 이름은 없었다. 미야즈라는 성조차 없었다. 정말로 여기가 33년 전의 하치오지일까? 눈에 보이지 않는 누군가의 못된 장난에 휘둘리는 것 같아 분노마저 치밀어 올랐다. 감정을 억누르고 생각나는 사람의 이름을 떠올렸다.

삼촌인 센다 구니요시의 이름을 발견했다. 그가 살고 있는 다이마치의 주소도 있다.

혹시나 하는 마음에 오이카와의 이름도 찾아보았다. 그의 이름도 있었다.

오이카와의 주소는 하치오지역의 남쪽인 우에노마치였다. 걸어서 15분 정도면 갈 수 있는 동네다. 보지 말아야 할 것을 보고만 듯한 후회에 사로잡혔다. 왜 그런지는 알 수 없었다. 전화번호부를 내려놓고 다시 걷기 시작했다.

역으로 향하는 사람이 많아졌다. 모두 썩 밝지 않은 표정으로 가즈오에게는 눈길도 주지 않고 각자 제 갈 길을 재촉하고 있었다. 세탁소 안을 살짝 들여다보니, 벌써 9시가 넘었다.

문득 떠오르는 생각에 등이 빳빳하게 굳었다. 인정하고 싶지 않았다. 그것만은 어떻게든 참아달라고 외치고 싶었다. 그러나 눈에 보이는 것들은 그렇게 호소하는 것 같지 않았다. 어쩌면 여기는 사후 세계가 아닐까?

시간을 거꾸로 거슬러 갔다는 생각보다 그게 더 합리적인 것 같았다. 자신은 병원에서 어떤 사고를 당해 목숨을 잃어버린 게 아닐까? 보고 있는 광경은 모두 자신의 마음대로 만들어갈 수 있는 세계처럼 느껴졌다.

하지만 그래도 어딘가 이상하다. 뺨을 콕콕 찌르는 이 차가움은 어떻게 설명해야 좋을까? 목의 경동맥에서 피가 흐르는 소리가 귓가에 울리고 있었다.

혹시나 하는 희미한 기대를 안고 육교를 건넜다. 다이마루 백화점 하치오지점 앞에 왔다. 고슈 가도를 달리는 자동차를 바라보며 오고 가는 버스를 눈으로 좇았다. 자신이 이 세계를 '자각했던' 교차로 부근까지 갔다. 이 시대로 떨어진 그 근처를 꼼꼼히 살폈지만, 공간이 흔들린다는 느낌은 조금도 없었다.

주위를 살피는 동안 셀 수 없을 만큼 많은 자동차와 버스가 지나갔다.

갑자기 떠오른 생각에 휴대전화를 꺼내 횡단보도를 건넜다. 그 '자리'에 멈춰 서서, 휴대전화의 액정 화면을 바라보았다. 예상했던 대로 권외로 표시되어 있다.

어쩌면 전파는 33년 후의 세상과 통할지도 모른다는 생각을 말끔하게 깨부수었다. 암담했다. 자신만 모르는 외국에 홀로 버려진 듯한 기분이었다.

어쨌든 이대로는 도저히 방법이 없다. 그런 생각이 들자 다리가 제멋대로 움직이기 시작했다. 센다와 만나야만 한다. 의지할 수 있는 사람은 삼촌밖에 없었다.

16번 국도를 걷다가 주오선 건널목을 건너 선로를 따라 서쪽으로 향했다. 불교 사찰인 곤고인의 담장을 따라 앞으로 계속 나아갔다. 그때 문득 오이카와의 존재가 떠올랐다. 분명 이 근처에서 살고 있을 텐데? 실제 오이카와는 어떤 남자일까? 정말로 케이스케의 전생 속 인간일까? 그런 생각이 꼬리에 꼬리를 물자, 딱 한 번이라도 그의 얼굴이 보고 싶어졌다. 자신이 이런 궁지에 몰리게 된 것도 따지고 보면 오이카와가 원인이었다.

오이카와를 만나면 이 시대를 벗어날 수 있는 힌트가 있지 않을까? 하지만 과연 자신이 그를 만날 자격이 있을까? 만약 꿈이 사실이라면 자신은 오이카와를 죽인 장본인이었다. 오이카와는 그런 인간이 염치없이 만날 수 있는 상대는 아니라는 생각이 들었다.

왠지 찝찝한 마음으로 곤고인의 담장을 돌아 골목에 들어섰다.

이 부근은 33년 후와 전혀 달랐다. 좁은 골목이 복잡하게 들어서 있었고, 포장도 되지 않은 자갈길이 이어져 있었다. 달그락거리는 기계음이 들려와 가즈오는 발걸음을 멈추었다. 적갈색의 함석 담장 집이 있고, 더 안쪽에서 소리가 새어 나오고 있었다. 직조기 소리 같았다.

하치오지는 과거 직물로 번영했던 마을이다. 33년 전의 하치오지도 직물업이 번성했을지도 모른다. 이 근처에 그런 공장이 모여 있다는 것은 어렴풋이 들어서 알고 있었다. 오이카와 에이치의 거처도 분명 이 근처일 것이다……. 그렇게 생각하던 찰나, 유리로 된 미닫이문이 열리며 머리를 길게 기른 아담한 체구의 남자가 나타났다.

가즈오는 숨을 멈추고 남자의 얼굴을 바라보았다.

유난히 새까만 눈동자가 자신을 바라보고 있다. 반듯하게 가른 헤어스타일에 올곧게 뻗은 굵은 눈썹, 그리고 오른쪽 눈 옆에 작은 매력점이 있었다. 오, 오이카와다…….

가즈오의 목소리가 들렸는지 상대가 다가왔다. 마치 그가 오기만을 기다리고 있었던 것 같았다.

"조합에서 왔나?"

오이카와가 미소를 지으며 붙임성 있는 목소리로 말했다. 말할 때 벌어지는 턱은 그의 강건한 성격을 보여주는 듯했다.

가즈오는 목소리도 나오지 않았다. 꿈에서 본 광경이 생생하게 떠올랐다. 이 남자다. 자신이 이 두 손으로 목을 졸라 호수 밑으로 가라앉힌 사람이. 가즈오는 오금이 저려 움직일 수 없었다.

"빨리 왔군. 자, 이리 들어오게."

그런 사정을 알 리 없는 오이카와는 가즈오의 어깨에 살며시 손을 얹으며 그렇게 말하고는 공장으로 안내했다.

딱딱하게 굳은 몸이 어색하게 움직였다.

무슨 말을 해야 할지 도통 감이 잡히지 않았다. 어깨에 닿은 오이카와의 손이 너무나도 무겁게 느껴졌다. 왜 자신을 기다리고 있었는지 신기하기 짝이 없었다.

가즈오는 대답도 하지 못한 채, 유리문 안쪽으로 들어갔다. 덜커덩덜커덩 직조기 움직이는 소리가 공기 중에 울려 퍼졌다. 다다미가 깔린 방이 있고, 유리문 하나만 열면 공장이었다. 머릿수건을 두른 여자가 직조기 앞에서 분주하게 움직이고 있었다. 가즈오도 오이카와를 따라 봉당에서 방으로 올라갔다.

방은 직물 견본과 주문표, 생실 뭉치로 발을 디딜 틈이 없을 정도로 어질러져 있었다. 그 사이로 무릎을 꿇고 앉은 오이카와가 기대에 찬 눈으로 가즈오에게 물었다.

"그래, 자카르(무늬 있는 천을 짤 때, 날실을 엇바꾸어 아래위로 이동시키는 직기-옮긴이) 경험은 있나?"

대답할 상황이 아니었다. 꺼림직한 느낌이 가즈오를 완전히 지배했다. 하마터면 당신을 죽인 사람이 바로 자신이라는 말이 입에서 새어 나올 뻔했다. 가즈오는 갑자기 그런 생각이 머리를 스쳤다. 지금의 시점에서 아직 자신은 오이카와에게 손을 대지 않았다. 이 남자를 죽인 것은 분명 나흘 후인 3월 7일이었다. 오늘 시점에는 아무 일도 일어나지 않을 것이다.

오이카와가 의아한 얼굴로 자신을 보고 있음을 깨달은 가즈오는 미안하다는 말만 중얼거렸다.

"…… 방직공장에서 일한 경험이 없는 것 같은데, 맞지?"

"아, 네."

"좋아. 뭐, 괜찮아. 사람이 왔다는 것만으로도 큰 도움이 되니까."

"아…… 뭐."

가즈오는 오이카와가 조합 얘기를 꺼냈던 것이 떠올랐다. 일손이 부족해 섬유 조합 같은 곳에 일할 사람을 부탁한 듯한 말투였다. 때마침 자신이 찾아오는 바람에 뭔가 착각한 듯, 오이카와에게 다른 의도는 없는 것 같았다. 더구나 자신이 미래의 살인자라는 사실을 눈치챌 리도 없다. 가즈오는 비로소 마음이 편안해졌다.

"학생……은 아니지?"

오이카와의 시선이 무릎 근처에 닿았다.

아무리 봐도 서른둘인 자신이 학생으로는 보이지 않을 것이다. 적당한 대답을 찾지 못해 머리를 긁적이며 시선을 떨어뜨렸다.

오이카와의 시선이 오른쪽 무릎 부근에 옅게 벌어진 작은 구멍으로 쏠렸다. 방심했다. 하필이면 이런 날 이렇게 찢어진 청바지를 입고 있다니. 33년 후에는 이렇게 찢어진 청바지를 입는 게 일반적인 패션이라는 걸 어떻게 설명하면 좋을까?

"아직 이름을 못 물어봤군."

오이카와가 말했다.

"아, 네. 저는 고바야시 가즈오입니다."

그때 '꾸르륵' 하고 배에서 천둥 치는 소리가 났다.

"어라, 아직 식사를 안 했는가?"

오이카와가 장난처럼 말하고는 작게 콜록거렸다.

"아, 네."

"그렇군. 이거, 차린 건 없지만."

오이카와가 안방에서 쟁반을 들고 돌아왔다. 접시 위에 거뭇한 김으로 싼 주먹밥 두 개가 놓여 있었다. 머리보다 손이 먼저 움직였다. 배가 너무 고팠다. 주먹밥을 한 입 베어 물자 입안 가득 단맛이 퍼졌다. 정신없이 하나를 해치우고 나서 두 번째 주먹밥으로 손을 뻗었다. 그것도 눈 깜짝할 사이에 먹어치우고는 얇은 단무지를 입에 넣었다. 오이카와가 끓여준 차를 마시며 지금 자신이 처한 상황에 대해 필사적으로 생각했다.

나흘 후에 이 남자는 자신의 손에 죽임을 당할 운명이다. 아니, 그렇지 않다. 가즈오는 숨을 크게 들이쉬고 내쉬었다. 정확하게 말하자면 자신의 전생 속 인물이 저지르는 짓이다. 지금 여기에 있는 자신은 아니다. 그런 당연한 사실에 겨우 생각이 도달한 가즈오가 숨을 크게 내쉬었다.

9

가즈오는 공장에서 일하기 시작한 오이카와를 눈으로 좇았다. 대화할 때보다 표정이 딱딱하게 굳어 있었다. 가끔 골똘히 생각하는 표정도 언뜻언뜻 비추었지만, 사실 알 수 없었다. 설마 나흘 후로 바싹 다가온 죽음을 예견하고 있는 것도 아닐 텐데. 오이카와가 죽을 때를 알고 있는 자신이 매우 잔혹하게 느껴졌다.

오이카와는 어떤 사정으로 죽음에 내몰리는 상황에 놓이게 되는 것일까? 그것도 겨우 나흘 후에. 이대로 오이카와의 옆에 있으면 그의 마지막 순간을 지켜볼 수 있을지도 모른다.

오이카와가 최후를 맞이하는 그때, 그를 살해하는 인간이 나타날 것이다. 바로 그가 자신의 전생 속 인간이라는 말이 된다. 도대체 그 사람은 어디의 누구일까?

직조기 소음에 작게 떨리는 유리창의 진동이 다다미까지 전해졌다.

자신이 현실과 멀리 동떨어진 곳에 놓여 있는 듯한 기분이 들어 견디기 힘들었다. 그것은 당연했다. 여기는 본래 자신이 있어야 하는 시대도, 장소도 아니었다.

하지만 현실적인 문제는 자신이 지금 여기에 있다는 것이다. 33년 후의 세상으로 돌아갈 방법도 없다. 당분간 이 세상에서 살아가는 방법밖에 없는 것일까? 거기에 생각이 미치자 자신이 더 절박한 문제에 직면하고 있음을 깨달았다. 오늘은 일단 싸구려 여관에 묵는다고 해도, 돈이 금세 바닥날 것이다. 그 후에는 어떻게 해야 하는가.

자신은 본래 이 세계에 존재하지 않는 인간이다. 이력서 한 장 없으니 쉽게 일자리를 구할 수 있는 것도 아니다. 지갑을 꺼내 수중에 있는 돈을 확인했다.

2만 3,437엔.

하치오지역 매점에서 본 1천 엔짜리 지폐가 생각나 가슴이 철렁 내려앉았다. 노구치 히데오가 그려진 지폐를 손에 들고 물끄러미 바라보았다. 사오 년 전까지만 해도 1천 엔짜리에는 나쓰메 소세키가 그려져 있었다. 더 거슬러 올라가 이토 히로부미가 그려진 1천 엔 지폐는 어릴 적 사용했던 게 전부였다.

가즈오는 1만 엔 지폐에 인쇄된 후쿠자와 유키치를 뚫어지게 응시했다. 홀로그램이 있는 1만 엔 지폐가 세상에 나온 것은 사오 년 전이지만, 후쿠자와 유키치가 1만 엔 지폐에 등장한 것은 가즈오가 초등학교 저학년일 무렵이었다.

센다에게 세뱃돈으로 1만 엔 지폐를 처음 받았는데, 그때의 인상이 아직도 남아 있다. 아마 나쓰메 소세키가 그려진 1천 엔 지폐도 비슷한 시기에 발행됐을 것이다. 그렇다는 것은, 지금 가지고 있는 지폐는 이 시대에서 사용할 수 없다는 뜻이다. 사용할 수 있는 건 동전뿐. 결국 가진 돈은 437엔이 전부였다.

머릿속이 새하얘졌다. 연대는 달라도 똑같은 일본이라고 생각했던 자신이 어리석었다. 이러다가는 굶어 죽는 게 아닐까?

이 세상에 있을 어머니를 떠올렸다. 33년 전이니, 지금은 29세. 배 속에 자신을 품고 있을 때다. 하지만 그런 후미요와 만나 자신이 당신의 아들이라고 말한들, 그녀가 믿을 리 없다. 삼촌 센다 또한 마찬가지다. 지금의 두 사람에게 자신은 생면부지의 남으로 비치겠지.

공장을 안을 돌아다니는 오이카와의 모습을 보았다.

이 시대로 떨어진 원인이 애초에 저 남자의 존재에 있다는 생각이 들었다. 사가미 호수에서 발생한 이 남자의 예기치 못한 죽음을 몰랐다면 자신이 시간과 공간을 거슬러 이곳에서 표류하는 일도 없었을 것이다. 아마 지금쯤 케이스케의 정밀 검사를 따라다니고 있을 것이다.

하지만 아무리 그런 말을 한다 해도 소용없었다. 어떻게든 이 시대를 벗어나 33년 후 원래의 세계로 돌아가야만 했다. 그것이 자신에게 주어진 과제였다. 그러기 위해서는 어떻게 해야 할까? 차라리 여기에서 일하는 것은 어떨까?

오이카와의 옆에 있으면 어쩌면 자신이 이쪽 세계로 넘어온 이유를 찾을 수도 있을 것이다. 이 남자야말로 미래와 현재를 연결하는 열쇠다. 마지막 순간이 올 때까지 이 남자의 곁을 떠나지 말아야겠다. 원래의 세계로 돌아갈 방법은 그것밖에 없을 것 같았다.

오이카와는 가즈오에게 일을 가르쳐주고는 차를 타고 공장에서 사라졌다. 공장은 난방이 되지 않았지만, 추위를 느낄 여유도 없었다. 달그락달그락 소리를 내며 직조기가 움직이고, 공중에 먼지가 떠다녔다. 꼭대기에 매달린 패턴을 읽어 복잡한 문양을 짜는 '자카르 직조기'였다. 가로세로 3미터 크기의 기계가 총 다섯 대 있었다. 그 외에 다른 기계도 있어서 십여 평 정도의 공장은 사람이 겨우 스쳐 지나갈 수 있는 크기였다. 그 사이를 나이 쉰이 넘은 '시게'라는 이름의 여성이 쉴 새 없이 지나다니고 있었다.

가즈오에게 주어진 업무는 '방적기'라는 기계로 작은 막대에 실을 감는 간단한 일이었다. 그렇게 만들어진 것을 20센티미터 정도의 길쭉한 통에 담는데, '셔틀'이라고도 하는 이 통을 자카르 기계에 끼워 씨실을 공급하는 구조였다.

이 셔틀은 양쪽 끝이 창처럼 뾰족하게 날카로워서 발에 찔리기라도 하면 크게 다칠 수도 있었으므로 한시도 방심할 수 없었다. 실이 엉켜서 기계가 멈추면 힘이 남아돌아 옆으로 튀어나온다. 위험천만한 일이 아닐 수 없었다.

눈 깜짝할 사이에 시간이 흘렀다. 창문에 닿는 햇살의 방향으로 보아 오후 3시가 넘었는지도 모르겠다. 가즈오는 기계를 멈추고 다다미방에서 휴식을 취했다.

익숙하지 않은 일을 해서 그런지, 극심한 피로가 몰려왔다. 시간을 거슬러 올라온 탓인지도 모르겠다. 분명 그것 때문이다.

시게가 머리에 두르고 있던 수건을 풀고 옷의 먼지를 털어내며 다다미방으로 와, 보온병의 뜨거운 물로 차를 우렸다. 시게가 내린 차를 홀짝이며 가즈오가 물었다.

"이 일은 오래 하셨나요?"

"에이치가 초등학교에 들어가기 전부터 했지."

"에이치는 오이카와 씨를 말하는 거죠?"

"응, 맞아."

오이카와 에이치는 하치오지의 공업고등학교 방직과에 재학 중이던 2학년 가을, 교통사고로 부모님이 돌아가시는 바람에 그 후로 혼자서 공장을 꾸려나가고 있었다. 사는 곳도 공장이었다.

장인으로서의 실력이 매우 뛰어나, 하치오지의 넥타이 직물 업자 가운데 오이카와를 능가하는 사람이 없었다. 예전에는 세 명의 장인을 고용했었는데, 지금은 시게만 남았다고 했다.

시게는 올해 환갑인 남편과 공장 근처에서 살고 있었다.

그 얘기를 들은 가즈오는 왠지 가슴이 꽉 죄어들었다. 미혼인 오이카와는 천애 고독한 신세인 듯했다. 그때, 시게가 갑자기 떠올랐다는 듯이 가즈오에게 물었다.

"그래서 고바야시 씨는 어디서 왔수?"

"군마현 기류에서 왔습니다."

오이카와에게 했던 말과 똑같이 대답했다.

"자네, 이런 시기에 용케 일하러 왔구먼."

시게가 감탄을 섞어 말했다.

"요즘은 어딜 가도 불경기인 데다가, 국가가 실을 사재기하는 바람에 직물업자는 괴롭힘만 당하고 있거든."

"그래도 견직물은 괜찮지 않나요?"

하치오지에서 태어나고 자란 사람이라면 33년 후의 세계에서도 실크 넥타이가 하치오지의 대표 특산물로 여겨진다는 사실을 잘 알고 있을 것이다.

"쉽지 않아. 점점 가게들이 문을 닫아서 이제는 쉰 곳 정도밖에 없거든. 자, 이제 불평 그만하고 일이나 하자고."

그 말에 가즈오가 일어서려는데, 순간 몸이 휘청거리며 엉덩방아를 찧었다.

오후 6시에 기계가 멈출 때까지 그럭저럭 일을 계속했다. 시게는 안방에 있는 부엌으로 들어가 저녁을 준비해 두고 공장을 떠났다. 힘들었다. 현관 유리문 너머로 보이는 바깥은 완전히 어둠이 내려앉았다.

병원에서부터 지금까지의 일은 어쩌면 무언가의 착각이 아닐까? 어쩌다 보니 병원에서 이곳까지 오게 된 것 아닐까? 유리문에 끼워져 있는 석간신문이 눈에 들어왔다. 봉당에서 내려와 신문을 집어 들고는 고개를 쭉 내밀어 밖을 내다보았다.

함석지붕 모퉁이의 양철 갓이 달린 알전구가 노란빛을 내며 자갈길을 비추고 있었다. 고요했다. 온몸에 추위가 사무쳤다. 잘 맞지 않는 유리문을 닫고 방으로 돌아왔다. 타임 슬립은 말도 안 된다. 그게 가능할 리 없다.

그런 기대를 담아 석간신문의 날짜를 본 가즈오는 크게 낙담했다.

'1975년 3월 3일 월요일.'

틀림없다. 자신은 역시 33년 전의 세상에 있는 것이다. 신문을 내팽개치고 드러누웠다. 천장 가까이에 오이카와 에이치의 이름이 들어간 최우수 직물상 표창장 두 장이 걸려 있었다. 조합으로부터 받은 것이었다. 오이카와가 순순히 자신을 받아들인 이유를 이해할 수 있었다.

옷걸이에 큰 라디오가 매달려 있었다. 나쇼날(초창기 파나소닉의 전 이름-옮긴이) 제품이다. 전원을 켜자 아나운서의 억양 없는 목소리가 들렸다.

…… 지난달 2월 28일 밤에 발생한 도쿄 아오야마에 있는 토목회사 하자마구미의 본사 빌딩 폭파 사건과 관련해, 동아시아 반일무장 전선의 한 그룹인 '전갈'이 신문사에 범행 성명문을 보냈습니다. 이에 따라 경시청은 작년 8월에 발생한 도쿄 · 마루노우치 미쓰비시중공업 본사 빌딩 폭파 사건으로 시작된 연속 기업 폭파 사건과 마찬가지로, 과격파에 의한 범행이라고 단정하는 상황입니다…….

연쇄 기업 폭파 사건? 그 유명한 미쓰비시중공 폭파 사건 말인가.

그 사건은 아마 자신이 태어나기 한 해 전에 발생했을 것이다. 그게 아직도 계속되고 있는 걸까?

폭탄 테러라고 하면 33년 후에는 이라크 전쟁을 떠올리기 마련인데, 이 시대는 국내 한정으로 쓰이는 것 같았다. 자신이 태어난 해는 무척이나 암울한 해였던 것이다.

밥상 위에 덮인 밥상보를 들어보니, 2인분의 식사가 준비되어 있었다. 반찬은 탕수육이었다.

이 시간이 다 되도록 오이카와는 어디를 돌아다니는 것일까?

아파트를 구할 때까지 공장에서 지내게 해달라고 부탁했더니, 오이카와는 바로 허락해주었다. 신변을 살피는 듯한 기분도 들었지만, 오이카와는 조금도 신경 쓰지 않는 듯했다.

월급 8만 엔, 쉬는 날은 일요일. 바쁠 때는 일요일에도 일해야 한다고 했다.

바로 오케이 했다. 그건 그렇고, 식사가 식어가고 있었다.

벽장을 열자 한텐(솜이 안감으로 들어가 있는 방한용 외투-옮긴이)이 보였다. 겉옷을 벗고 그것을 입은 가즈오는 장지문을 열고 안방에 들어갔다. 안방에는 석유난로가 있고, 곳곳에 갈색 편지봉투와 인쇄물이 흩어져 있었다. 대부분 직물 조합의 이름이 인쇄되어 있었다. 부엌에는 '사와노이'의 한 되짜리 술 세 병이 가지런히 놓여 있었다.

계단을 올라 2층으로 향했다. 에이치의 방인 듯했지만, 이곳에도 주문서 묶음과 견본품이 널려 있었다. 서랍장 위에 작은 브라운관 텔레비전이 놓여 있고, 그 위에 〈산타마 섬유 주보〉라는 업계 잡지가 있었다.

1층으로 내려간 가즈오는 혼자 저녁을 먹었다. 살짝 기운이 났다. 망설이다가 석간신문을 펼쳤다.

'미노베 료키치 씨, 도지사 선거 고사'라는 헤드라인이 눈에 들어왔다.

사회당의 이름이 나오는 기사가 많았다. 33년 후에는 존재하지 않는 정당인데, 이 시대는 세력이 상당한 정당인 것 같았다.

자민당이 대립 후보로 이시하라 신타로에 힘을 싣고 있어서 미노베가 아니면 선거를 이길 수 없다고까지 적혀 있었다.

잠깐, 이시하라 신타로는 33년 후에도 도쿄도지사인데. 이 해에 도지사 선거에 입후보한 것일까?

설령 출마하더라도 이 선거에서 이기지는 못할 것이다.

베스트셀러를 논평하는 칼럼에는 '노스트라다무스의 대예언'이 사실이냐는 제목의 기사가 실려 있었다.

오이카와는 평범하지 않은 죽음을 맞이한다. 어떠한 사건에 연루되어 살해당하는 게 틀림없다. 어쩌면 신문에 오이카와와 관련이 있을 만한 사건이 나와 있을지도 모른다.

전공투 운동('전국학생공동투쟁회의'의 줄임말. 1960년대 대학가를 중심으로 확산한 학생운동-옮긴이) 시대부터 연합적군(1971년부터

1972년까지 활동한 일본 신좌파 테러 조직-옮긴이)의 아사마 산장 점거 사건 등 과격파의 역사가 특집으로 구성되어 있었다.

그렇다고 하더라도 폭탄 테러가 일어나다니, 무서운 시대다.

하치오지 시내에서 사건은 일어나지 않았다.

라디오를 문화 방송으로 돌리고 8시 30분이 되자, 이 시대 최고의 MC 미노 몬타의 목소리가 흘러나왔다. 33년 후와 다른 상당히 젊은 목소리에서 활력이 느껴졌다.

오이카와의 집에는 씻을 곳이 없었다. 가즈오는 추위를 견디기가 힘들어 안방에서 석유난로를 꺼내 불을 붙였다. 그때 따르릉 소리를 내며 검은색 전화기가 울렸다. 오이카와일지도 모른다는 생각에 살며시 수화기를 들었다. 꽤 무거웠다.

수화기 너머로 여자의 목소리가 들렸다. 상대는 전화를 받은 사람이 오이카와가 아니라는 사실을 바로 알아차린 듯 물었다.

"저……, 에이치 씨 계신가요?"

지금 집에 없다고 하자 알겠다며 전화를 끊으려고 했다.

"전화를 주신 분은 누구신가요? 전화 왔었다고 전해드리겠습니다."

"…… 괜찮습니다. 다시 전화하겠습니다."

그 말을 끝으로 전화가 끊겼다.

10

밖에서 차가 멈추는 소리가 났다. 오이카와가 돌아왔다. 벽시계를 보니 밤 10시가 넘었다. 드르륵하며 미닫이 유리문이 열리고 오이카와가 모습을 드러냈다.

"오, 난로 켰구나."

"아, 네."

"우리 집은 샤워할 곳이 마땅치 않아서 목욕탕을 가야 해. 밤 11시까지는 영업하니까 아직 갈 수 있는데, 어떻게 할래?"

"오늘은 괜찮습니다."

"아, 그래? 미안하군. 내일 알려줄게."

그렇게 말한 오이카와는 옷걸이에 걸린 가즈오의 점퍼에 손가락을 대고 신기한 듯 문질렀다.

"이야, 독특한 원단이네. 어디 거야? 유……니클로?"

"아, 그건……. 외국 다녀온 사람에게 선물로 받았습니다."

이 시대에는 유니클로도 없고 에어텍 등의 소재도 아직 발명되지 않았다.

섬유 업계에 종사하는 오이카와로서는 궁금했을 것이다.

방이 따뜻해졌다. 오이카와는 재빨리 식사를 마치고 뒷정리를 끝낸 후, 안방에 이불을 깔아주었다.

그러고는 공장으로 가 방적기를 돌리며 일을 시작했다.

가즈오도 공장에 들어갔다.

"이거, 조심하지 않으면 위험하죠?"

가즈오가 셔틀의 뾰족한 끝부분을 가리키자, 오이카와는 바지를 걷어붙이며 그 언저리를 불빛에 비춰 보여주었다.

"넋을 놓고 있다가는 이렇게 되니, 조심해."

왼쪽 무릎관절에서 5센티미터 정도 아래, 바깥쪽 다리에 피부가 오그라든 1센티미터 정도의 상처가 보였다.

가즈오는 가슴이 덜컥 내려앉았다. 상처의 부위와 형태가 케이스케의 것과 완전히 똑같았다.

"제대로 당하면 이렇게 되니까."

"아……, 그렇습니까? 조심하겠습니다."

가즈오가 도와준다고 하자, 오이카와는 오늘은 괜찮다며 쉬고 있으라고 대답했다.

가즈오는 다다미방으로 돌아왔다. 밥상에 오이카와의 숄더백이 놓여 있다. 빌려준 잠옷으로 갈아입고 안방에 깔린 이불 속으로 들어갔다. 휴대전화를 어디에 두어야 하나 고민하다가 그냥 이불 밑에 집어넣었다.

올려다본 천장은 낮고 전체적으로 방이 거뭇거뭇한 것을 보니 상상 이상으로 오래된 집인 듯했다. 솜이불이라 그런지 제법 무거웠다.

목 언저리까지 이불을 바짝 끌어당겼다. 아직 꿈속에 있는 것 같았다. 시공간을 뛰어넘어 떨어진 이 세상에 조금도 익숙해지지 않았다.

게다가 하필 이런 변두리의 공장에 누워 있다는 것 자체가 믿기지 않았다. 생각해보면, 오늘 아침에 일어나 하루를 세 시간이나 더 보낸 셈이다.

몸도 마음도 지쳐 있었다. 완전히 에너지를 소진해버렸다. 낯선 일을 해서가 아니다.

재작년 설 연휴, 태국과 베트남을 훑듯이 여행하고 귀국했다. 그런 문화 충격에 빠져버린 듯한, 뭐라 설명할 수 없는 피로와 비슷했다.

병원에 있었던 것이 일주일 전처럼 느껴졌다.

어쩌다가 시간을 거슬러 이런 곳까지 떨어졌을까?

병원이 있던 곳과 똑같은 장소라면 다마 구릉의 산속으로 떨어져야 하는 게 아닌가? 그런데 하필이면 왜 버스 안으로 타임슬립을 한 것일까? 케이스케는 정밀 검사를 잘 받았을까?

기계가 돌아가는 모터 소리가 아직도 울리고 있었다. 오이카와는 이렇게 늦은 밤까지 어디에 갔었던 것일까? 나흘 후, 오이카와는 누군가에게 살해당한다.

문득 라디오에서 들었던 '과격파'라는 단어가 되살아났다. 연쇄 기업 폭파 사건을 일으킬 만한 무리라면 사람을 죽일 수도 있을 것이다. 어쩌면 오이카와는…….

이 모든 게 꿈이다. 자신은 지금 악몽을 꾸고 있다. 내일 아침 눈을 뜨면 평소대로 고야스마치의 집에서 익숙한 이불을 덮고 있을 것이다. 이런 시대에 왔다는 사실을 틀림없이 잊어버릴 것이다……라고 생각하고 싶다. 그랬으면 좋겠다. 부디 그렇게 되기를 바랐다.

다음 날 아침, 가슴이 답답해 잠에서 깼다. 슬며시 눈을 떠보니 거무스름한 빛이 감도는 낮은 천장이 눈에 들어왔다. 다시 한 번 눈을 감았다가 천천히 떠보았다. 달라진 것은 없었다. 무거운 이불을 걷어내고 벌떡 일어났다.

온몸 마디마디가 쑤셨다. 눈이 침침해 주위가 흐릿하게 보였다. 피로가 풀리지 않았다. 주변은 빈 통과 주문표로 어수선했다. 어젯밤 잠들기 전에 봤던 모습과 똑같았다.

가즈오는 실망했다. 역시 자신은 시간을 거슬러 이곳에 와버린 것이었다. 사후 세계도 그 무엇도 아니었다. 받아들이기 힘들지만, 이건 현실에서 일어나고 있는 일이다. 하지만 살아 있다는 것은 변함이 없었다.

오이카와는 부엌에서 아침 식사를 준비하고 있었다. 구멍 난 가즈오의 청바지가 측은함을 불렀는지, 오이카와는 두꺼운 면바지를 빌려주었다. 가즈오와 키가 거의 비슷해 바지 밑단의 길이도 딱 좋았다. 된장국과 식은 밥, 절임 반찬이 올라간 밥상 앞에 앉았다.

아직 완전히 깨지 않은 정신으로 이 시대에서 일어났던 일을 하나하나 떠올렸다. 어쨌든 무언가 계기를 만들어야 한다고 생각했다.

"저, 다나카 가쿠에이는 이미 붙잡혔나요?"

차게 식은 밥알을 씹으며 가즈오가 물었다.

"다나카 가쿠에이가 왜 잡혀?"

"록히드한테 뇌물을 받아서요."

오이카와가 의아한 표정으로 가즈오를 바라보았다.

"뇌물? 무슨 말이야?"

"아, 죄송합니다."

가즈오가 황급히 정정했다.

그렇구나. 다나카 가쿠에이는 총리 자리에서 내려오기만 했을 뿐, 아직 체포되지 않았다.

"그러면 석유 파동은 어떻게 되었죠?"

"석유 파동? 이봐, 왜 그래. 벌써 일 년도 더 됐잖아. 자네, 머리 괜찮은 거야?"

오이카와가 된장국을 홀짝이며 대답했다. 독설이었지만 비꼬는 말투는 아니었다.

"아, 그렇구나. 그렇네요. 뭐, 물가도 안정된 것 같고."

"물가가 어쨌다고? 콜록!"

오이카와는 한 번 더 기침했다.

"아뇨, 그……. 인플레이션이 굉장히 심했었잖아요. 마트에서 화장지를 사재기하기도 했고."

자신도 모르게 과거형으로 말해버렸지만 오이카와는 신경 쓰는 것 같지 않았다.

"인플레이션……. 자네, 세련된 단어를 쓰는구먼. 그렇군, 하지만 난 잘 모르겠네. 미안하네."

그러고는 오이카와가 지갑에서 1만 엔짜리 지폐를 꺼내 가즈오에게 건넸다.

그것을 물끄러미 바라보았다. 지폐에는 후쿠자와 유키치 대신 쇼토쿠 태자가 인쇄되어 있었다. 뜨거운 무언가가 복받쳐 올랐다. …… 아아, 덕분에 살았다.

"일단 이걸로 좀 봐줄 텐가. 콜록."

오이카와가 기침을 계속했다.

"아, 미안하네. 오늘은 아무래도 몸이 좋지 않아. 그건 이번 달 월급에서 빼놓을 테니까. 기억해두게."

"네, 감사합니다."

"그리고, 이거. 불편할 테니, 괜찮다면 사용하게."

오이카와는 주머니에서 은색으로 빛나는 손목시계를 꺼내 가즈오에게 건넸다.

묵직한 무게의 손목시계였다. 세이코의 제품. 딱딱해 보이는 스테인리스 받침에 둥근 다이얼. 시곗줄도 스테인리스다.

'LM SPECIAL'이라는 브랜드명이 글자판에 새겨져 있었다. 그리고 작은 프레임 안에 요일을 나타내는 '화(火)'와 날짜를 나타내는 '4'가 나란히 표시되어 있었다. 4일, 화요일이었다.

시계를 차보니 딱 맞았다.

"LM……."

"'로드매틱(LOADMATIC)'의 약자라네. 자동 감기로 되어 있어."

"제가 사용해도 되나요?"

오이카와는 밥을 먹으며, 사람 좋은 얼굴로 고개를 끄덕였다.

식사를 마치고 오이카와는 싱크대 앞에 서서 가즈오가 먹은 그릇까지 설거지했다.

오이카와의 차는 닛산 프린스 스카이라인이었다. 성냥갑 같은 직사각형의 자동차인데, 좌우에 커다란 헤드라이트 두 개가 달려 있다. 상당히 예전 모델이다.

9시 전, 오이카와는 어디에 간다는 말도 없이 숄더백을 소중하게 끌어안고 차 없이 외출했다.

잠시 후 오이카와와 교대로 시게가 출근하자 공장이 돌아가기 시작했다. 어젯밤 오이카와가 셔틀을 만들고 있던 이유를 알 것 같았다. 자카르 기계는 씨실이 들어간 셔틀이 없으면 직물을 제작할 수 없는 것이다. 분주하게 일하는 시게에게 오이카와는 어디에 갔느냐고 물어봤지만, 그녀는 말끝을 흐릴 뿐이었다.

"맞다, 어젯밤 어떤 여자한테서 전화가 왔었는데."

가즈오가 혼잣말을 했다. 시게에게까지 들리지 않는 듯했다.

"오이카와 씨, 감기라도 걸렸나요?"

이번에는 조금 큰 목소리로 말했다.

"에이치는 학생 때 결핵을 앓았거든. 겨울철에 더 심해져서."

"…… 아, 그런가요."

결핵이라는 말에 가즈오는 등 뒤에서 물을 뒤집어쓴 듯한 느낌이 들었다. 케이스케의 폐에도 자연 치유된 결핵의 흔적이 남아 있다. 가족들은 물론이고, 의사조차 눈치채지 못했다. 그것은 다름이 아닌 오이카와가 결핵을 앓았던 흔적일지도 모른다.

어제 오이카와가 보여준 왼쪽 무릎의 상처와 결핵까지, 틀림없었다. 케이스케가 한 말은 사실이었던 것이다. 오이카와 에이치가 바로 케이스케가 환생하기 전 인간이다.

그러는 동안에도 생실이 배달되거나 정경(일정한 길이의 날실을 한 장의 시트에 가지런히 맞추는 공정-옮긴이)업자가 찾아와 2미터 가까운 막대에 감긴 날실을 납품하고 갔다. 그때마다 시게는 오이카와가 만든 수표를 건넸다. 수표가 현금보다 안전한 것이다.

10시가 다 되어 오이카와가 돌아왔다. 시게가 걱정스러운 얼굴로 공장에 들어온 오이카와에게 다가갔다. 가즈오는 귀를 기울였다.

"…… 어때, 알아낸 게 있어?"

"으응, 어떻게든 될 것 같아요."

"아, 맞다. 어제 미야즈 씨에게 전화가 왔었어."

시게는 가즈오의 말을 제대로 듣고 있었나 보다. 그보다 시게가 말한 이름이 마음에 걸렸다. 분명 '미야즈'라고 했다.

현관 미닫이문이 열리는 소리가 났다. 가즈오가 나가보니 서른 내외로 보이는 체구가 작은 남자가 봉당에 서 있었다. 단골인 듯 고개를 앞으로 쭉 내밀고는 눈꼬리가 올라간 쌍꺼풀 없는 눈으로 가즈오를 보고 있었다.

"아, 사쿠마 씨. 안녕하세요."

시게가 따라 나와 인사하며 완성한 지 얼마 안 된 직물을 운반했다.

"슈지 씨가 오셨어요."

시게는 그대로 공장으로 돌아가 오이카와에게 그렇게 전했다.

사쿠마 슈지……, 이 이름도 어디선가 들어본 것만 같았다.

사쿠마는 방 끝에 털썩 걸터앉아 직물을 집어 들었다. 바로 옆에서 보면 상당한 매부리코에 매정하게 깎아 올린 헤어스타일, 귀는 피조개처럼 짓눌린 모양이었다.

부랴부랴 나온 오이카와가 그 앞에 앉자, 사쿠마는 기다렸다는 듯 다 알고 있는 것처럼 오만한 어조로 말했다.

"이 정도면 그럭저럭 나쁘진 않군."

"나머지도 금요일까지는 마무리할 예정이니 잘 부탁드립니다."

오이카와가 공손한 말투로 말했다.

몹시 불쾌하다는 표정으로 그들의 대화를 듣고 있는 시게가 신경 쓰였다.

"그렇지, 금요일까지 끝내지 못하면 곤란하다고. 그런데 전에 그거, 월요일이 기한 아니었나?"

사쿠마가 비열한 미소를 지으며 직물이 담긴 상자를 들어 올렸다.

"내일은 시간 맞춰 올 테니까. 뭐, 잘 부탁해."

사쿠마는 그렇게 말하며 상자를 짊어지고 집을 나갔다. 사쿠마가 집 앞에 차를 세워놓은 것 같아 가즈오도 밖으로 나가보았다. 사쿠마는 트렁크를 열고, 그 안에 상자를 넣고 있었다. 고급스러운 쿠페 타입의 자동차. 분명 히노 자동차의 모델이다.

트렁크 측면에 'CONTESSA'라는 엠블럼이 붙어 있었다. '콘테사'라고 읽는 걸까?

차체는 꽤 낡았지만 디자인이 아름다워 가즈오는 감탄했다.

사쿠마가 수상쩍은 시선으로 가즈오를 돌아보고는 운전석에 올라타 차를 출발시켰다.

"정경업자 주제에 뭐니, 저 거만한 태도는. 어휴."

시게가 차를 향해 내뱉듯 말했다.

"…… 정경업자는 무슨 일을 하나요?"

시게는 약간 어이없다는 표정으로 대답했다.

"진짜 풋내기구나? 우리 가게에서 짠 옷감의 풀린 부분을 고치고 다림질해서 빳빳하게 펴는 것밖에는 없어."

"그런가요?"

그렇다면 정경업자는 방직공장이 없으면 성립할 수 없는 장

사가 아닌가? 오이카와는 어째서 그런 남자에게 그렇게 공손한 태도를 보였을까? 그리고 채 오 분도 되지 않아 숄더백을 든 오이카와가 차를 타고 외출했다.

가즈오는 시계에게 사쿠마라는 남자에 관해 물었다.

"그야, 여러 가지가 있어."

그랬더니 말끝을 흐리는 이런 모호한 대답이 돌아왔다.

궁금했던 것을 하나 더 물어봤다.

"저기, 어젯밤에 걸려 온 전화의 여성분이요. 혹시 '미야즈 씨'라고 하는 분인가요?"

"후미요 씨잖아."

가즈오는 충격을 받았다.

미야즈 후미요.

틀림없다. 자신의 어머니다.

11

점심을 먹고 3시가 넘어서까지 일을 계속했더니 셔틀이 바닥났다. 그 바람에 가즈오는 시게에게 자리를 내주었다.

작업 도중, 시게는 가즈오의 손목에서 빛나는 로드매틱을 보며 거듭 주의하라는 듯이 말했다.

"그 시계, 소중히 해."

"네, 그럼요."

"꽤 비싼 건데. 에이치는 사람이 너무 좋아."

그런 말을 들어도 시게가 한 말이니, 가즈오는 달리 확인할 방법은 없었다.

"그건 그렇고, 이상하네. 지난달에는 산 지 얼마 안 된 닛산 켄메리를 팔아버리더니, 저런 볼품없는 자동차로 바꿔버리고."

"켄메리?"

"닛산의 2000GT 모델. 몰라?"

그것보다 더 궁금한 게 있었다. 미야즈 후미요에 관한 것이다.

"저, 저 필요한 게 있는데 잠시 외출해도 될까요?"

"그래. 하지만 4시 정도까지는 돌아와."

"알겠습니다."

가즈오는 공장을 나와 안방으로 들어갔다.

어쩌면 어머니의 이름이 들어간 주소록이나 편지 같은 게 있을지도 모른다는 생각에, 서랍이나 벽장을 열고 찾아보았다. 1층에는 없는 것 같아 몰래 2층으로 올라갔다. 그럴듯한 것은 찾을 수 없었다.

어쩔 수 없이 외투를 입고 공장을 나섰다. 바람은 없이 잔뜩 흐린 날이었다. 얼굴에 닿는 공기가 차가웠다.

좁은 길은 포장이 벗겨진 곳도 많았다. 나이키 조깅화를 신고 왔다는 것을 그제야 깨달았다. 가즈오는 자신의 감에 의지해 골목에서 골목으로 빠져나갔다. 집들은 대부분 정원이 넓은 목조 건물이고, 조립식주택은 없었다.

마당에 심은 나무는 말라 있었지만, 잎이 자라는 여름철에는 33년 후보다 훨씬 녹음이 짙을 것이다.

한참을 가다 보니 3층 구조의 콘크리트 건물이 보였다. 하치오지 시민회관이 틀림없다. 가까워질수록 어딘가 기묘한 느낌이 들었다. 건물 서쪽으로 숲이 우거져 있고, 큰길은 그곳에서 뚝 끊겨 있었다.

33년 전, 이곳은 아직 미나미오도리가 생기지 않았다. 잰걸음으로 그곳을 지나 언덕길을 올라갔다. 33년 전에 비해 왠지 모르게 거리가 넓은 것 같았다. 낯익은 양호학교를 돌아 한참을 걸으니 단단해 보이는 콘크리트 문이 보였다. 멀리서도 직조기 소리가 들려왔다.

문기둥 앞에서 '센다 직물'이라는 이름을 확인했다.

틀림없다. 삼촌의 공장이다. 가즈오는 그곳에서 한 걸음도 움직일 수 없었다. 이곳에 센다 구니요시가 있다. 하지만 뭐라고 말하면서 센다와 만나야 할까? 자신을 본명으로 소개할 수는 없었다. 자신은 아직 이 시대에 태어나지 않았다.

어머니 후미요는 집단 취직으로 미야기현의 이시노마키에서 하치오지의 공장까지 일하러 왔다. 자신도 똑같이 이시노마키 출신이라는 것을 전하면 어떨까?

어쨌든 그 방법밖에는 없었다. 가즈오는 마음을 단단히 먹고 마당으로 들어갔다.

도요타 하이에이스로 보이는 승합차 두 대가 서 있었다. 공장 지붕은 높고 안쪽으로도 깊어 보였다. 오이카와의 공장과는 비교도 안 될 정도로 컸다. 공장 창문이 열려 있어 내부를 볼 수 있었다. 나란히 늘어선 직조기 사이에 대여섯 명의 여자가 일하고 있었다. 공장 한쪽 구석에 있는 사무실은 유리문으로 되어 있어 안이 훤히 들여다보였다. 세 남녀가 책상 앞에 앉아 일에 몰두하고 있었다. 안쪽에는 두툼한 책상이 놓여 있었다. 작업복 차림의 남자가 그곳에 앉아 전화 통화를 하고 있었다.

젊어서 깜짝 놀랐다. 어렸을 적, 자신의 기억 속에 있는 센다 구니요시가 틀림없다.

그리움과 불안함에 금방이라도 울음이 터질 것 같았다. 다리가 제멋대로 움직여, 정신을 차렸을 때는 이미 센다의 앞에 서 있었다. 손목에 찬 빛나는 은색 팔찌는 33년 후나 지금이나 똑같았다. 검은색 전화기의 수화기를 원래 자리에 돌려놓은 센다가 가즈오를 올려다보았다.

가즈오는 가슴이 벅차올라 어떤 말도 나오지 않았다. 센다가 당황한 눈빛으로 가즈오를 보고 있었다. 가즈오가 꾸벅 고개를 숙였다.

"음. 누구였지?"

센다가 입을 열었다.

"아, 오이카와 씨의 공장에서 일하고 있습니다."

순간적으로 말이 나왔다.

"아, 그렇군. 그자와 일하고 있군."

어딘가 무시하는 듯한 말투였다.

"그런데 무슨 일인가?"

"네? 아, 저는……."

당신과 같은 이시노마키 출신이라고 말하려다가 뒷말을 삼켰다.

오이카와에게는 고향이 기류라고 말했다. 앞뒤 말이 다르면 자칫 일이 이상하게 돌아갈 수도 있다.

센다는 가만히 가즈오의 말을 기다리고 있었다.

"저기……, 여기도 넥타이를?"

"넥타이는 오이카와의 공장에 하청을 주고 있네. 그건 이익이 별로 안 남으니까. 우리는 기모노가 전문이지. 본업은 컴퓨터의 인쇄회로 기판 공장. 방직공장은 봉사활동 같은 거고. 듣고 있지?"

"아, 네."

"한 가지 짚고 넘어가자면, 요즘 같은 세상은 아무리 실력이 뛰어나도 넥타이 하나로는 힘들어. 우리처럼 다각화하지 않으면 안 된다는 말이지."

얼굴을 마주하고 있으니 의욕이 확 달아났다. 자신의 진짜 이름을 꺼낼 수 있을 리 없었다. 하물며 시간을 거슬러 미래에서 왔다는 말은 입이 찢어져도 할 수가 없다. 그 사실을 너무나도 뼈저리게 깨닫고 말았다.

"뭐, 마음이 내키면 언제든지 여기에서 일하게 해줄게. 맞다, 마침 잘됐네. 내친김에 이거 부탁해야겠군. 오이카와에게 전해주겠나? 발주서라고 하면 알 거네."

센다는 갈색 봉투에 종이 몇 장을 넣어 가즈오에게 건넸다.

가즈오는 다시 한번 인사를 하고 센다에게서 멀어졌다.

"아, 자네."

센다의 부름에 가즈오가 멈춰 섰다.

"이름이 뭔가?"

"아, 실례하겠습니다."

그렇게 말하며 고개를 숙인 가즈오는 이름을 밝히지 않은 채 사무실을 빠져나왔다.

식은땀을 흘리고 있었다. 자신의 행동에 화까지 났다.

쉴 새 없이 소리를 내는 직물 공장의 옆을 지나고 있었다. 그때 공장 창문으로 한 여자의 옆모습이 살짝 보였다. 자신도 모르게 부를 뻔했다.

어머니…….

가즈오는 침과 함께 소리를 삼켰다. 눈도 깜빡이지 않고 쳐다보았다. 믿을 수가 없었다. 설마 이런 곳에서 만날 줄은 꿈에도 몰랐다.

잘못 봤을 리가 없다. 짧은 헤어스타일도, 얼굴형도 조금도 달라진 게 없었다. 사진 속에서 본 젊은 시절의 어머니, 그 자체였다. 이 시대에 후미요는 스물아홉, 자신보다 어릴 것이다.

시선을 느낀 듯 후미요가 손을 멈추고 가즈오를 힐끗 돌아보았다. 정면에서 보는 어머니의 얼굴은 놀라울 정도로 젊고 아름다웠다.

눈이 마주치자 후미요는 살짝 눈살을 찌푸렸다.

퍼뜩 정신을 차린 가즈오도 자리를 털고 일어나 걷기 시작했다.

격양된 감정이 쉽사리 가시지 않았다. 어머니를 만났다는 사실에 그저 감사하고 싶은 심정이었다. 그러나 그것도 오래가지는 못했다.

공장의 직조기 소리가 멀어지면서 가즈오는 마음이 차갑게 식어갔다. 센다에게나, 어머니에게나 자신의 이름을 밝힐 수도 없는 노릇이다. 그것을 뼈저리게 깨달았다. 그런데도 후미요의 얼굴이 머릿속에서 떠나가지 않았다. 방금 만난 후미요는 배 속에 자신을 품고 있을 것이다. 그렇기에 함부로 자신의 이름을 밝힐 수 없었다. 가즈오는 마음속 깊이 안타까움을 느꼈다.

도대체 왜 자신은 시간의 균열에 빠지게 된 것일까? 장난치고 싶었던 신께서 자신을 이 세상으로 보낸 것일까?

삼촌을 만나면 이 궁지에서 벗어날 수 있을 줄 알았던 자신이 한심했다. 얼굴을 마주하고 자신이 당신의 아들이라는 말을 꺼낸다고 한들 후미요가 믿어줄 리 없었다. 이상한 사람으로 취급받기 십상이다. 그렇다고 이대로 물러설 수는 없었다.

어떻게든 자신이 후미요의 아들이라는 사실을 전해야 했다. 그러나 아무리 고민해봐도 뾰족한 방법이 떠오르지 않았다.

바람이 차갑게 느껴졌다. 공장으로 돌아오니 자동차는 없었다. 센다에게 받은 발주서를 시게에게 건넸다.

시게는 센다 직물의 이름이 들어간 봉투를 보고는 의아한 눈빛으로 가즈오를 돌아보았다.

"에이치가 너한테 여기 다녀오라고 시켰어?"

"아니요. 오기 전에 조합에서 소개받아서요. 여기에 다닌다고 전해야겠다고 생각했거든요."

미리 생각해둔 거짓말을 했다.

"아, 그래?"

시게는 석연치 않은 듯한 표정으로 봉투 안을 확인했다.

"저……. 어젯밤에 전화 온 미야즈 씨라고 하는 분, 센다 씨 공장에서 일하는 분이죠?"

시게가 힐끗 고개를 들어 가즈오를 쳐다봤다.

"맞아. 그런데 어떻게 알았어?"

"아, 아뇨. 우연히 부르는 소리를 들었어요."

역시, 어머니가 확실하다.

시게가 장난스럽게 웃으며 가즈오에게 말했다.

"그 사람, 예쁘지?"

"어휴, 그런 말 마세요. 그런 거 아니니까요."

가즈오는 손사랫짓하며 말을 계속했다.

"미야즈 씨는 여기에서 일했었나요?"

"여기? 설마. 계속 센다 씨와 함께 일했지. 왜?"

"아뇨, 여기로 전화를 걸었으니……."

"안 된다니까, 그 사람은."

"오해하지 마세요. 그런 거 아니니까요."

"웃고 넘기려고 해도, 안 되는 건 안 되는 거야."

"정말 그런 게 아니라니까요."

"아하하."

시게가 봉투에서 꺼낸 종이를 한 장씩 살폈다. 그중에 넥타이 디자인 도안 같은 것도 있었다. 작은 학이 금방이라도 날아오를 것처럼 날개를 펼치고 있는 그림이었다. 뾰족한 부리나 날개 각도 등이 후미요가 즐겨 하던 일본 자수의 도안과 매우 흡사했다.

혹시 저건 어머니가 그린 도안이 아닐까? 후미요가 한때 직물의 무늬 디자인을 전문으로 했던 적이 있다고 들었다.

후미요에 관해 조금 더 파고들어 물어보고 싶었지만, 가즈오는 화제를 센다 직물로 돌렸다.

작은 직물 가게로 시작한 센다는 망해가는 직물 공장을 사들여 규모를 확대해, 봉제 공장까지 갖고 있었다. 그리고 최근 몇 년간 직물 대신 컴퓨터용 인쇄회로 기판 공장으로 바꾸어 성공했다고 한다.

가즈오는 처음 듣는 이야기였지만, 33년 후의 센다를 생각하니 확실히 그럴 만도 하다며 고개를 끄덕였다. 어쨌든 33년 후의 센다는 사업가로서 하치오지역 근처에 주차장 빌딩까지 갖게 되기 때문이다.

5시가 넘어 기계를 멈추고 시게에게 양해를 구한 가즈오는 다시 센다의 공장으로 향했다. 후미요의 모습을 다시 한번 보고 싶었다. 보고 나서 안심하고 싶었다. 가능하다면 이야기를 더 나누고 싶었다. 넥타이 디자인을 핑계로 대화할 수 있을지도 모른다. 대화의 물꼬만 트면 나머지는 어떻게든 될 것이다. 그렇게 생각하고 싶었다.

양호학교 뒤뜰에서 공장 정문을 지켜보았다.

오이카와에게 빌린 로드매틱을 바라보며 가만히 기다렸다.

5시 반, 낯익은 쿠페가 문 안으로 들어갔다. 히노 자동차의 콘테사다. 차가 멈추고, 차에서 내린 사쿠마가 사무실로 들어갔다.

여기에서도 일감을 받는 듯했다. 석양에 오렌지빛으로 물든 서쪽 하늘이 점점 그늘지면서 주위가 금방 어둑어둑해지기 시작했다. 사쿠마는 아직 나오지 않았다.

6시가 가까워지자 공장 소음이 딱 멈추었다. 잠시 후 여자들이 삼삼오오 공장을 나왔다. 가즈오는 집중하여 그 모습을 지켜보았다. 기장이 긴 코트를 입고 베레모를 쓴 여자가 모습을 드러냈다. 후미요다. 그녀는 또래 동료들에게 손을 흔들고는 혼자 걷기 시작했다. 가즈오는 재빨리 달려갔다.

"저기."

뒤를 쫓아간 가즈오가 후미요를 불러 세웠다.

후미요가 뒤를 돌았다. 눈이 마주친 순간, 무표정한 얼굴에 아주 잠시나마 온기가 비쳤다고 가즈오는 생각하고 싶었다.

"그러니까……."

가즈오는 단단히 마음먹고 말을 걸었지만, 좀처럼 입이 떨어지지 않았다.

"저, 이번에 오이카와 씨의 공장에서 일하게 된 사람인데요."

"아, 아까 그분?"

후미요가 중얼거렸다. 가즈오는 구원받은 것 같았다. 역시, 자신을 기억해준 것이다. 아주 찰나의 순간이었는데, 틀림없이 자신에게 무언가를 느낀 것이다.

"가즈오입니다……. 미……, 아니. 그러니까, 고바야시 가즈오라고 합니다."

무의식중에 '미야즈'라고 나갈 뻔해서 서둘러 가명을 말했다.

"저야말로 잘 부탁드립니다. 미야즈입니다."

순순히 이름을 말해주었기에 가즈오는 일단 안심했다. 이대로만 간다면 괜찮을지도 모른다.

"아, 제가 할 말입니다."

극심한 갈증이 났다.

"혹시 오늘 저희 공장에 주신 넥타이 디자인 도안, 미야즈 씨가 그리신 것 아닌가요?"

후미요는 눈을 깜빡이며 가즈오를 바라보았다.

"맞아요……. 그런데 왜 그러시죠?"

"역시."

"네?"

"아니요. 그냥 궁금해서요. 음, 그리고 말이죠. 일본 자수도 하고 계시지 않나요?"

후미요의 얼굴에 다시 당혹스러운 빛이 떠올랐다. 가즈오는 아차 싶었다. 이 나이의 어머니는 아직 일본 자수에 관심이 없을지도 모른다. 그보다 중요한 것을 알려야만 했다. 앞으로의 일에 관한 이야기도 있다.

"아까 사장님이랑 얘기했는데요, 저도 똑같이 이시노마키에서 왔거든요. 당신과 출신이 같습니다……."

후미요는 의아한 얼굴로 이쪽을 바라보고 있었다.

갑자기 출신 이야기를 꺼낸 것이 역효과를 낸 것 같았다.

"…… 하지만 어렸을 적, 기류로 이사하고 이시노마키에는 가본 적이 별로 없어서. 음, 그러니까……. 잘 모릅니다."

횡설수설로 내뱉어버렸다. 이 이상은 힘들 것 같았다. 이러다가는 의심만 받을 것 같았다.

"저……, 그러니 앞으로도 잘 부탁드립니다."

가즈오는 꾸벅 인사를 하고 발길을 돌렸다. 마찬가지로 후미요도 뒤돌아 걷기 시작했다. 굽 높은 가죽 신발에서 기분 좋은 소리가 났다.

그 뒷모습을 눈에 가득 담은 가즈오도 반대 방향으로 걷기 시작했다. 모퉁이를 돌자마자 뒤로 돌아 후미요가 간 쪽을 보았다.

큰길을 건넌 후미요를 확인하고 그 뒤를 따라나섰다.

가즈오는 후미요와 알게 됨으로써 이 세계와 연결되는 듯한 느낌을 받았다. 움츠러들어 있던 몸이 가벼워진 것 같았다. 그래도 자신이 태어나기 전의 어머니의 뒤를 미행한다는 게 어딘가 꺼림칙했다.

가즈오의 생일은 이번 해 11월 10일, 8개월 후다. 후미요의 거처를 알아봤자 딱히 방법이 있는 것도 아니다. 하지만 사는 곳 정도는 알아두고 싶었다.

후지모리 공원의 야구장을 왼편에 두고 한참을 앞으로 가던 후미요가 오른쪽으로 돌았다. 주택가 길에서 서쪽을 향해 걷다가 두 집이 이어진 연립주택이 있는 마당으로 들어갔다.

후미요는 빨랫줄에 걸린 수건을 걷은 뒤, 마당 안쪽에 있는 문의 잠금장치를 열고 집으로 들어갔다. 문이 닫히고, 집 안에서 노란색 불빛이 켜졌다.

연립주택은 전체적으로 오른쪽으로 살짝 기울었고, 나무판자로 된 벽은 아코디언의 주름상자처럼 군데군데 말려 올라가 안의 흙이 드러나 있었다. 어머니는 이렇게나 허름한 집에 살았던 것일까?

발소리를 죽인 가즈오는 문 앞에 있는 녹슨 우편함을 살폈다.

후미요의 이름밖에는 적혀 있지 않았다. 왠지 모르게 마음이 놓여 그곳을 떠나려고 할 때, 자동차 헤드라이트가 휙 지나갔다.

황급히 건물 그늘로 몸을 숨겼다. 길의 반대 방향으로 자동차가 후진해 들어갔다. 히노 콘테사다. 차가 멈추고 라이트가 꺼졌다. 가로등 불빛에 작지만 다부진 체구가 떠올랐다. 사쿠마가 아닌가. 왜 이런 곳에 사쿠마가 나타나는 것인가. 숨죽인 가즈오는 점점 가까워지는 사쿠마를 바라보았다.

이윽고 바로 옆에 있는 문을 두드리는 소리가 들리고 안쪽에서 문이 열렸다. 불빛이 땅을 비추었다. 사쿠마가 후미요의 집 안으로 들어가고 문이 닫혔다.

심장이 요동쳤다. 영문을 알 수 없었다. 후미요와 사쿠마, 두 사람은 어떤 사이인가.

나무 벽에 귀를 대고 집 안의 상황을 살폈다. 소리 하나 들리지 않았다. 발소리를 죽이고 뒷문으로 돌아갔다. 그때 신발 끝에 무언가 닿은 것이 느껴졌다.

쨍그랑, 맥주병 같은 것이 깨지는 소리가 공기를 가르듯 울려 퍼졌다. 집 안에서 인기척이 났다.

가즈오는 그 자리에서 뒤를 돌았다. 너무 어두워서 땅이 잘 보이지 않았다.

눈앞에 빨랫줄이 있었다. 좌우로 피하려다가 화분을 밟고 말았다. 또다시 도자기가 부서지는 소리가 울려 퍼졌다. 현관문이 열리고 사람 그림자가 튀어나왔다.

가즈오는 눈을 딱 감고 정원을 가로질렀다. 계속해서 물건이 닿는 소리가 났다. 큰 도로로 나왔다. 왔던 길과 반대 방향으로 곧장 내달렸다. 뒤를 돌아볼 여유는 없었다.

팔이 얼얼해질 정도로 양손을 흔들며 딱딱한 아스팔트를 걷어찼다. 약 300미터 정도를 숨도 못 쉬고 내달렸다. 숨이 턱 끝까지 차올랐다. 멈추지 않은 채 뒤를 돌아보았다. 뒤에는 아무도 없었다. 목구멍으로 장기가 튀어나올 것만 같았다. 숨을 크게 들이마셨다. 일단은 사쿠마를 따돌린 것 같았다. 운동으로 수영 강습을 받지 않았다면 분명 사쿠마에게 붙잡혔을 것이다.

이런 지경에 이를 줄은 꿈에도 몰랐다. 땀이 촉촉하게 배어났다. 후지모리 공원을 크게 돌아 공장이 있는 동네로 돌아갔다. 다시 후미요의 집에 가볼 마음은 생기지 않았다. 귓가에 닿은 차가운 바람에 귀가 시큰거렸다.

12

추위가 점점 심해졌다. 공장으로 돌아왔을 때는 몸에서 온기가 완전히 사라지고 없었다. 유리문의 자물쇠가 열려 있었다. 오이카와는 아직 돌아오지 않았다. 가즈오는 어제처럼 혼자 저녁을 먹었다.

그 뒤로 사쿠마는 후미요의 집으로 돌아갔을 것이다. 두 사람은 무슨 관계일까? 한 번 만났을 뿐이었지만, 가즈오는 사쿠마라는 남자에게 호감이 가지 않았다. 그런 남자가 어머니를 찾아간 것은 의외였다기보다 유감이었다.

무엇보다 자신이 태어난 이후로 후미요의 입에서 저런 남자의 이야기를 한 번도 들은 적이 없었다. 그러나 두 사람이 남녀관계일 가능성을 부인할 수 없었다.

가즈오의 가슴속에 체념이라고도 할 수 없는 무언가가 퍼져갔다. 그렇다고 하면 앞으로 자신은 어떻게 되는 걸까?

어쨌든 혼자 살아갈 방법을 고민해야 했다. 그런 생각을 하고 있으니, 마치 무인도에 홀로 남겨진 것 같은 허무한 고독이 몰려왔다.

석간신문을 펼쳤다. 여전히 미노베 도지사는 3선 불출마를 표명하는 듯했지만, 확실하지는 않다. '다나카 금맥'이라는 헤드라인이 눈길에 들어왔다. 경시청이 택지 건물 거래법 위반으로 다나카 전 총리와 관련된 기업의 수사를 개시했다고 했다. 주식 면을 본 가즈오는 깜짝 놀라 눈을 크게 떴다. 주가가 모두 100엔 안팎. 1천 엔을 넘는 주식은 거의 없었다.

배달된 이번 주 〈산타마 섬유 주보〉를 펼쳤다.

한쪽 면에 '생실 시세에 정부가 개입, 교토 니시진에서 반대의 목소리가 높아지고 있다'고 쓰여 있었다.

국내 잠사업 종사자를 보호하기 위해 생실 가격이 국제 시세보다 높게 설정되어 있다. 그것이 하치오지 직물에도 사활을 건 문제가 되는 듯했다. 1950년대부터 60년대까지 직물업은 하치오지에서 크게 주목받는 산업이었다. 도시의 부자 순위에 직물업자의 이름이 올랐고, 하치오지시의 요직도 직물 업계에서 많이 배출했었다는 사실도 가즈오는 알고 있었다. 그러나 1970년대, 하치오지의 섬유산업은 쇠퇴기에 접어든 것 같다.

그건 그렇고, 오이카와는 언제 돌아올까?

가즈오는 2층으로 올라갔다. 소니에서 만든 텔레비전에는 영어로 '트리니트론'이라고 적혀 있다. 텔레비전 전원을 켜자 작은 화면에 컬러 영상이 나왔다. 사극이다. 처음 보는 남자배우가 '덴시치 두목'이라 불리고 있었다.

사극은 좋아하지 않아 채널을 돌렸다. 노래를 부르는 야마구치 모모에의 얼굴이 화면에 크게 클로즈업됐다. 팔베개를 한 채 한참 동안 텔레비전을 보았다. 1975년, 어머니든 연예인이든 일본이라는 나라는 굉장히 젊었던 것 같다.

"오, 여기 있었구나."

갑자기 계단에서 오이카와가 나타나자 깜짝 놀라며 벌떡 일어났다.

"아, 죄송합니다."

"미안해, 아래에는 텔레비전이 없어서."

오이카와는 기분이 좋은 듯 점퍼를 옷걸이에 걸고 계단을 내려갔다. 말투가 조금 밝아진 것 같았다. 공장에서 기계 돌아가는 소리가 들려왔다. 어젯밤 어머니 후미요에게 걸려 온 전화가 생각났다. 도대체 무슨 용건이 있었을까? 업무 관련 이야기일까? 안방의 작은 테이블에 오이카와가 애용하는 숄더백이 있었다. 몰래 가방 안을 보고 싶다는 생각이 들었지만, 그랬다가는 유리창 너머로 들킬 것이다. 결국 가즈오는 그냥 공장으로 들어갔다.

오이카와가 흘끗 가즈오를 돌아보았다. 충혈된 흰자에는 왠지 모르게 누런빛이 감도는 듯했다.

"괜찮아, 괜찮아. 아직 일이 익숙하지 않을 텐데, 피곤하지 않아?"

오이카와가 쾌활한 어조로 말하며 염색된 생실을 링에 걸었다.

"아닙니다, 도와드릴게요."

오이카와의 관자놀이가 아주 살짝 움츠러드는 것처럼 보였다. 하지만 바로 주름이 사라지고, 웃음이 돌아왔다. 가즈오는 안도했다.

"괜찮은가? 목욕탕은 갔다 왔지?"

"아뇨, 아직."

"그래? 그러면 내일 가볼 텐가?"

"네, 데려가주세요."

"그러지."

기분 좋게 말하는데, 파란 생실이 '틀'에 빨려 들어갈 것처럼 감겼다.

"예쁘네요."

그 장면을 보며 가즈오가 진심으로 말했다.

"살아 있는 생명체라네, 생실은. 그렇지 않은가?"

한껏 들뜬 목소리로 말을 건네는 오이카와의 얼굴에 희망의 빛이 떠올랐다.

"생명체, 그렇군요."

"넥타이 하나를 만드는 데 누에고치가 얼마나 필요한 줄 알아?"

"잘 모르겠습니다."

"누에 200마리가 여름 내내 열심히 뽕잎을 먹거든. 대략 6킬로그램 정도. 그러면 고치가 300그램이 만들어지는 거야. 그걸 정련(천연섬유에 있는 잡물을 없애고 염색하기 위한 준비 공정-옮긴이)

하면 겨우 생실 60그램이 완성되지."

"그게 넥타이 한 개 분량이라는 건가요?"

오이카와는 생실에 굉장한 애착이 있는 듯 고개를 끄덕였다.

11시가 넘어서까지 일을 한 후, 오이카와는 2층으로 올라갔다. 계단을 오르는 발소리가 가벼워 보였다. 역시, 오늘 무슨 좋은 일이 있었나 보다.

가즈오는 손목시계를 풀고 독서대의 서랍에 넣었다. 서랍에는 장난감 공기도 들어 있었다. 비단으로 만든 공기는 알록달록하고 아기자기했다. 제작하고 남은 비단으로 만들었을 것이다. 가즈오는 이불을 덮고 누웠다.

생각해보면 후미요가 센다 삼촌의 공장에서 일하는 것은 당연했다. 후미요는 오래전 이시노마키에서 집단 취직으로 하치오지에 왔다. 같은 고향 출신인 센다가 후미요를 고용하는 것은 어쩌면 당연한 이야기다. 눈을 감자 공장을 찾아와 거만하게 큰소리치던 사쿠마의 얼굴이 떠올랐다. 참으로 마음에 안 드는 인간이다.

사쿠마……, 사쿠마 슈지. 어디선가 들어본 기억이 있는 것 같아 몇 번이고 머릿속으로 되뇌었다. 희미했던 기억이 점차 또렷해졌다.

벌떡 일어났다. 오이카와 에이치에 관해 알아보기 위해 중앙도서관에 갔을 때였다. 1975년 3월 20일이 있던 주에 하치오지 시내에서 폭주족 집단 폭주에 휘말려 사고를 당한 남자가 있었다. 그 이름이 사쿠마 슈지가 아니었던가.

오이카와가 세상을 떠나고 몇 주 후에 사쿠마도 목숨을 잃는다.

하지만 모르겠다. 그냥 이름이 같은 다른 사람일까?

바지에서 지갑을 꺼내 신용카드 사이에 끼워놓았던 사진을 빼냈다. 올 설에 가족 네 명이 찍은 사진이었다. 사진 속 오른쪽 끝에 전통 옷을 입은 후미요와 오늘 본 후미요의 모습이 겹쳐 보였다.

이 우아하고 가냘픈 몸에 자신을 품고 있다고 생각하니 가즈오는 애틋함이 샘솟았다. 후미요의 배 속에 있는 자신의 아버지는 어떤 사람일까? 아무렇지 않은 얼굴로 후미요의 집에 들어간 사쿠마의 얼굴이 또다시 떠올랐다. 그때 후미요도 순순히 사쿠마를 들이지 않았는가. 그것만은 인정하고 싶지 않았다. 설마 하는 생각이 들었다. 그럴 리 없다. 자신의 아버지가 그 사쿠마 슈지일 리 없다.

13

부엌에서 들리는 말소리에 가즈오는 눈을 떴다. 시게가 벌써 출근했나 보다. 가즈오는 이불 속에서 귀를 기울였다.

"에이치, 사실대로 말해. 괜찮아?"

시게가 정색하고 말했다. 전날과는 다른 분위기에 가즈오는 이불에 배를 깔고 엎드려 누웠다.

"응, 오늘 오후에는 알 수 있을 거예요."

오이카와의 목소리는 침착했다.

"그래?"

"확실한 소식통이니, 이번만큼은 틀림없어요."

"그러면 좋겠지만. 우리 집에 여유가 좀 있다면 나올 구석이 있었을 텐데."

"시게 씨의 마음은 고맙게 받겠습니다."

"그렇게 말해주니 기쁘긴 하지만, 이번 주를 끝으로 대가 다 무너져버리면 어쩌나 싶어서. 분해서 밤에 잠을 잘 수가 있어야지."

대가 다 무너져? 도대체 무엇이 무너진다는 걸까? 이 공장을 말하는 것일까?

어쨌든 가즈오도 걱정이 되었다.

"그보다 시게 씨, 금요일이 어머님 일주기 아닌가요?"

"맞아, 말하는 걸 깜빡했어. 오전 중에 잠시 나갔다 와도 될까?"

"물론이죠."

가즈오가 옷을 갈아입고 옆방으로 들어가자 두 사람은 대화를 멈추었다.

오이카와와 마주 앉아 아침 식사를 했다.

계란프라이는 아마도 시게가 만들었을 것이다. 반찬으로 잘게 다진 양배추도 있었다.

어제 아침은 오이카와와 단둘이 보냈는데, 오늘은 시게가 평소보다 일찍 온 것 같다. 두 사람의 대화로 미루어 볼 때, 시게는 걱정이 되어 안절부절못하는 느낌이다.

그런 시게를 아랑곳하지 않고, 오늘 아침의 오이카와는 기분이 좋은 듯 밥 한 공기를 더 펐다. 일찍 식사를 마친 가즈오가 싱크대 앞에 서서 설거지를 했다. 된장국이 들어 있던 냄비를 수세미로 문지르기 시작했을 때, 시게의 괴상한 외침이 들려왔다.

뒤를 돌아보니, 시게의 손에 휴대전화가 들려 있다.

가즈오는 큰일이라고 생각했다. 어젯밤에 숨겨두는 것을 잊어버렸다.

"고바야시 씨, 이게 뭐야?"

"아, 그건……."

시게가 접혀 있던 휴대전화를 열었다.

전원이 꺼져 있어, 일단 가즈오는 가슴을 쓸어내렸다.

"그러니까……. 테, 텔레비전 리모컨이에요."

"텔레비전의 뭐?"

식은땀이 났다. 또 해서는 안 될 말을 해버린 모양이다. 2층에 있는 텔레비전을 떠올렸다. 이 시대는 텔레비전에 리모컨이 없을지도 모른다.

"그런 게 아니라, 그러니까……."

"카메라 아니야?"

오이카와가 옆에서 끼어들었다.

"렌즈 같은 게 달려 있는데."

시게가 휴대전화를 뒤집어 작은 렌즈를 바라보았다.

"정말이네."

"맞아요, 네. 카메라……입니다."

당황한 가즈오가 허둥지둥 둘러댔다.

카메라폰이니 아주 거짓말은 아니다. 영상 통화 같은 기능은 이 시대 사람들이 도저히 이해할 수 없을 것이다. 시게의 손에서 휴대전화를 가져와 전원을 켜고 카메라 모드로 한 뒤, 렌즈를 상대에게 향하게 하고 버튼을 눌렀다.

찰칵.

아뿔싸, 이 소리는 적절하지 않았다.

멍한 얼굴로 이쪽을 돌아본 오이카와를 향해 살갑게 웃었다. 휴대전화를 작게 접어 바지 주머니에 넣었다. 오이카와는 아무 일도 없었다는 듯 주문표를 펼쳐 메모하기 시작했다. 그저께보다 훨씬 표정이 부드러워진 느낌이 들었다.

그때 봉당에 단발머리를 한 작은 여자아이가 나타났다.

"유우, 오늘은 아침 일찍 왔네."

오이카와가 함박웃음을 지으며 여자아이를 안아 올렸다. 세 살쯤 되었을까. 여자아이는 조금의 저항도 없이 오이카와의 무릎 안으로 쏙 들어갔다. 근처에 사는 아이라고 했다.

"강아지 산책은 다녀왔어?"

오이카와의 물음에 여자아이가 고개를 끄덕였다.

"응, 엄마랑."

"오늘은 뭐를 하고 놀까?"

어제와 달리 오이카와는 꽤 여유로웠다.

오이카와가 가즈오의 얼굴을 빤히 바라보는 여자아이를 알아차렸다.

"이 아저씨는 우리 공장에 새로 온 사람이야. 고바야시 씨라고 한단다."

"고바야시……."

그러자 아이는 부끄러운 듯 오이카와의 가슴에 얼굴을 폭 묻었다. 그래도 눈은 아직 가즈오를 향하고 있었다. 왠지 모르게 낯익은 얼굴이다.

"어라, 이상하네. 얼굴이 빨개졌어."

오이카와가 간지럽히자 여자아이는 까르르 웃음을 터뜨렸다. 옅게 들어간 보조개를 보며 가즈오는 숨이 멎는 듯한 기분이 들었다. 설마. 이쪽을 바라보는 여자아이의 시선과 마주치자 가즈오는 터질 것처럼 콜록거렸다.

"왜 그래?"

"아, 아닙니다. 죄송합니다."

가즈오는 벌떡 일어나 부엌으로 돌아갔다.

심장이 터질 듯 요동치고 있었다.

하필이면, 왜. 저 아이는 어째서 이런 곳에 있는 것인가.

여자아이는 어렸을 적의 유키에가 분명했다. 사진에서 본 것과 똑 닮았다.

삼촌 센다에 어머니 후미요, 그리고 오늘은 이른 아침부터 부르지도 않았는데 33년 전의 아내가 저절로 찾아왔다. 어째서 자신은 계속해서 미래의 가족들과 만나야만 하는 걸까?

"아저씨한테 사진 찍어달라고 할까?"

오이카와는 그렇게 말하며 유키에를 안았다.

가즈오는 어쩔 수 없이 휴대전화를 열고 액정 화면을 보았다. 미소 짓는 두 사람은 마치 부녀 같았다. 유키에는 오이카와가 편한 듯 보였고, 오이카와도 유키에가 귀여워 어쩔 줄 모르겠다는 표정을 짓고 있었다. 그런 두 사람을 보고 있자니, 프레임이 흐미하게 번져 갔다. 가슴이 찢어지는 듯한 서글픔이 북받쳐 올랐다. 프레임 안의 남자는 이틀 후 살해당해 이 세상에서 사라진다. 그 사실을 알면 유키에가 얼마나 슬퍼할까?

무언가 방법을 찾아야만 한다. 그렇게 생각하는 자신을 깨닫고 가슴이 철렁했다.

가즈오는 천천히 셔터를 눌렀다. 두 사람을 찍은 사진은 미니 SD 카드에 저장되었다.

타임 슬립을 하기 직전, SD 카드의 데이터를 전부 다 컴퓨터로 옮겨 놓았다. 그래서 그동안 찍은 사진은 한 장도 남아 있지 않았다.

유키에는 방 한구석에 있는 독서대의 서랍을 열었다. 그리고 그 안에 있던 공기를 집어 다다미 위에 올려놓았다. 가즈오가 넣어 둔 로드매틱을 발견한 유키에가 손목시계를 꺼내 들었다.

"그거, 고바야시 씨에게 전해줄래?"

오이카와의 말에도 유키에는 로드매틱이 마음에 든 듯 좀처럼 손에서 놓지 않았다.

오이카와가 공기놀이를 하자며 부르자 그제야 유키에가 손목시계를 가즈오에게 건넸다.

마치 자기 딸처럼 유키에를 대하는 오이카와를 가즈오는 신기한 표정으로 바라볼 수밖에 없었다.

유키에가 돌아가자 오이카와는 가즈오에게 자카르 기계의 작동법을 알려주었다. 어쨌든 실이 한 가닥이라도 끊어지면 기계는 자동으로 멈추도록 설정되어 있다고 했다.

11시가 되기 직전, 오이카와는 하던 일을 멈추고 차를 두고 외출했다.

오이카와가 나가고 교대로 염색업자가 방문해 염색이 끝난 실을 두고 갔다.

점심 전에는 도안 가게에서 왔다는 여성이 패턴 묶음을 들고 왔다. 자카르 기계로 만들 직물 모양의 바탕이 되는 것으로, 후미요가 디자인한 문양에서 따온 것이다.

전화벨이 울리자 시게가 받았다. 업무 관련 이야기인지 시게가 수화기를 내려놓고 가즈오를 돌아보았다.

"여기는 이제 괜찮으니, 부탁 하나만 해도 될까?"

"아, 네. 무엇이든."

"센다 씨 공장에 좀 다녀올 수 있어? 어제 납품한 만큼의 대금을 받아오면 돼."

"어제 납품한?"

"왜, 사쿠마 씨가 와서 가지고 갔었잖아. 그 사람이 직물을 정리해서 센다 씨 공장으로 바로 운반해주거든. 그걸 센다 씨 공장에서 봉제하면 넥타이가 완성되는 거지. 내가 전화로 고바야시 씨가 간다고 전해놓을게. 차로 다녀와도 되니까."

어제저녁, 사쿠마가 센다의 공장에 간 이유를 이해할 수 있었다. 그때 사쿠마는 이곳에서 짠 직물을 가공하여 센다의 공장에 가져다준 것이다.

가즈오는 공장을 나와 닛산 스카이라인에 올랐다.

프런트 패널은 간소했고 주행거리는 200킬로미터라고 표시되어 있었다.

수동 차량은 운전 학원 이후 처음이었다. 시동을 건 다음, 빠르게 변속레버를 뒤로 넣고 액셀을 밟았다.

덜컥 엔진이 멈추었다. 클러치를 조절하며 조심스럽게 액셀을 밟았다. 그제야 차가 움직이기 시작했다. 좁은 골목에서 기어를 바꿔 저속 기어에 넣었다.

액셀에 올린 발에 힘을 주자 앞으로 꼬꾸라질 듯 차가 달리기 시작했다. 갑자기 속도가 40킬로미터 정도까지 오르는 바람에 가즈오는 당황하여 액셀에서 발을 뗐다. 정말 반응 속도가 빠른 차다.

햇살이 내리쬐지 않는 흐린 날씨였다. 추위가 어느 정도 풀린 듯해도 창문을 열면 바람은 살을 에는 듯 차가웠다.

센다의 공장에 갈 수 있다고 생각하니 가즈오는 가슴이 뛰었다. 심지어 제대로 된 용건이다. 후미요와도 만날 수 있을 것이다. 아니, 만나야만 한다. 이 세계에 온 뒤로 벌써 세 번째다. 오늘이야말로 어떻게든 자신에 대해 알아주어야만 한다. 일어난 일들을 솔직하게 이야기하면 분명 이해해줄 것이다. 안 되면 지갑 속에 있는 네 명의 가족사진을 보여주면 된다. 그 사진만 보여주면 후미요도 인정할 것이다.

센다 직물에 도착한 가즈오는 가장 먼저 직물 공장 쪽을 바라보았다. 후미요의 모습이 보이지 않았다.

센다는 사무실에서 저번과 똑같은 장소에 있었다. 가즈오를 발견하고 서랍에서 작은 갈색 봉투를 꺼내 책상에 두는 것이 보였다.

"아, 기다렸네. 자, 이거."

센다가 봉투를 건넸다.

봉투 안을 확인했다. 15만 엔짜리 수표다. 넥타이 1,100개 분량의 대금이다. 틀림없다.

"감사합니다."

고개를 숙인 가즈오는 다시 센다의 얼굴을 바라보았다. 후미요의 거처를 묻고 싶었지만 어째서인지 입이 떨어지지 않았다. 다시 한번 고개를 꾸벅 숙이고 사무실을 뒤로 했다. 직물 공장 안을 들여다보았다.

후미요가 보이지 않았다.

"오이카와는 뭐 하고 있나?"

가즈오의 뒤를 따라 나온 센다가 말을 걸었다.

"아, 지금 외출 중입니다."

"요즘 일이 잘 풀리지 않는 것 같으니, 그렇게 전해주게."

"아아……, 알겠습니다."

센다는 아직 할 말이 남았다는 듯 가즈오를 쏘아보고 있었다.

"자네, 이런 곳에서 뭐 하나?"

"아뇨, 딱히."

"우리 공장에서 일하고 싶으면 말하게."

"지금은 괜찮습니다."

"그렇게 점잔 뺄 필요 없네."

센다의 말투가 갑자기 사나워졌다.

"우리 직원이 넥타이 디자인을 한다는 얘기는 도대체 어디서 들었어?"

가즈오는 귀를 의심했다. 넥타이를 디자인하는 직원은 후미요를 가리키는 것이 아닌가. 혹시 후미요가 보고해버린 걸까?

"…… 그건."

"내가 알 바 아니지만. 이상한 짓 했다가는 큰코다칠 줄 알아. 알았어?"

"……."

"자네, 도대체 어디서 온 누구인가? 조합에도 물어봤는데, 고바야시라는 사람을 소개한 적이 없다고 하던데. 도대체 어디에서 온 건가?"

"군마에서 왔습니다."

"군마 어디에서 왔냐고 묻고 있네."

"음, 기류요."

등골이 오싹해졌다. 역시 후미요가 자신에 관해 말한 것일지도 모른다. 이시노마키 출신인 것까지. 만약 그렇다면 참 안타까운 일이 아닐 수 없다. 하지만 잘못은 자신에게 있다. 후미요의 입장에서는 거의 초면인 인간에게 느닷없이 사생활에 가까운

이야기를 들은 것이다. 불쾌한 마음에 센다에게 상담했어도 전혀 이상하지 않았다.

가즈오는 그 자리를 벗어나기 위해 차에 올라탔다.

차를 후진했지만 다시 엔진이 문제를 일으키고 말았다.

센다가 쫓아와 창문에 손을 얹었다.

“이봐, 도망갈 생각인가?”

“아뇨, 다시 오겠습니다.”

뒤를 보며 차를 후진했다.

“이대로 끝내지 않을 거야. 오이카와를 찾아가 진실을 밝힐 테니까.”

흥분해서 외치는 센다의 목소리를 들으며 가즈오는 공장을 나와 핸들을 돌렸다.

어리석었다. 일방적으로 도움을 요청한 자신이 바보였다. 후미요도, 센다도 자신을 생판 남이라고 생각한다. 어쩌면 당연한 얘기다. 미래에서 왔다는 말은 목에 칼이 들어와도 할 수 없다. 말한다고 해도 믿어줄 리가 없다. 지독한 후회에 시달리며 가즈오는 액셀을 밟았다.

14

오후 3시쯤 오이카와가 집으로 돌아왔다. 아침과 달리 말수가 줄어들었다.

셋은 묵묵히 일했다. 시게는 평소처럼 저녁을 차려놓은 후에 퇴근했다.

오이카와가 라디오 전원을 켜고 부엌에서 사와노이를 가지고 왔다.

"자, 취업 축하."

그렇게 말한 오이카와는 잔이 찰랑거릴 정도로 가득히 술을 따라 가즈오에게 건넸다.

"아, 고맙습니다."

오이카와도 자신의 잔에 술을 채우고 가즈오의 잔에 가까이 가져갔다.

"잘 부탁하네."

"저도 잘 부탁드립니다."

가즈오는 잔을 가볍게 맞댄 후, 입으로 가져갔다. 톡 쏘는 알

싸한 맛이 입안에 퍼졌다.

오이카와는 잔에 따른 술의 절반을 목구멍으로 훌훌 넘겼다. 라디오에서는 여전히 도지사 선거 얘기가 흘러나오고 있었다.

“미노베 도지사는 출마하지 않는 걸까?”

오이카와는 혼잣말을 하며 시게가 만든 만두를 입에 넣었다.

“출마할 거예요.”

가즈오는 저도 모르게 역사 속 사실을 말해버렸다.

“허, 그럼 미노베와 이시하라의 일대일 대결인가. 자네는 누가 이길 것 같나?”

“미노베입니다.”

“흠, 그런가. 이시하라도 나쁘지 않다고 생각하는데.”

그 후 조용해지며 라디오 소리만 울려 퍼졌다.

…… 하자마구미 폭파 사건 관련 뉴스입니다. 폭파 용기를 특정하기 위해, 아카사카 경찰서에서는 현장에서 채취한 유류품의 선별 작업을 시작하였으나, 용기의 특정에는 어려움이 따를 것으로 예상됩니다. 다음 소식입니다. 오늘 낮 12시경 요코하마 야마시타 공원에서, 강아지를 산책시키던 주부가 현금 300만 엔이 든 종이봉투를 발견하고 가가초 경찰서에 신고하였습니다. 분실자는 아직 나타나지 않았습니다. 마지막으로…….

“내일모레 오전에는 시게 씨가 없을 거야.”

오이카와가 입을 열었다.

"어머님의 일주기라고 하셨죠?"

"응. 아마 오후에 출근할 거야. 자, 밥 먹었으면 이제 일을 해야지."

"제가 도와드릴게요."

가즈오의 말에 오이카와는 미소를 지었다.

15

3월 6일 목요일

시계가 출근하고 공장이 움직이기 시작했다. 가즈오는 오이카와의 상황을 살피며 일했다. 9시가 넘어서 오이카와는 겨드랑이에 숄더백을 끼고 현관 앞에 섰다. 문을 열고 걸어 나가는 모습을 가즈오는 곁눈질로 바라보았다.

시게에게 일이 생겼다고 말하고 가즈오도 공장을 나왔다. 급한 걸음으로 골목으로 나갔다. 스웨이드 점퍼를 입은 오이카와의 뒷모습을 발견했다. 걸음걸이에는 어딘지 모르게 긴장감이 서려 있었다. 어젯밤 오이카와는 밝은 분위기였다. 식사를 끝내고 두 사람은 같이 일했다. 그때도 뭔가를 결심한 듯한 느낌은 있었다.

하치오지역에 도착했다. 오이키와는 표를 산 뒤, 선로 위 구름다리로 올라갔다. 가즈오도 일단 다치카와까지 가는 표를 사서 개찰구를 통과했다. 빠른 걸음으로 오이카와를 뒤쫓았다.

오이카와는 구름다리에서 주오 쾌속선의 상행 플랫폼으로 내려갔다. 가즈오도 뒤따랐다. 얼굴을 가리기 위해 매점에서 〈아사히신문〉을 샀다. 50엔. 〈니혼게자이신문〉 역시 50엔이었다. 플랫폼의 큰 시계는 오전 9시 20분을 가리키고 있었다. 잠시 후, 도쿄행 쾌속 열차가 들어왔다. 열차는 이 시대에도 변함없이 오렌지색이었다.

오이카와가 앞에서 여섯 번째 칸에 타는 것을 확인한 가즈오는 그 옆 칸에 올라탔다. 붐비는 시간이 지나 빈자리가 있었다. 가즈오는 문 옆에 선 오이카와가 보이는 위치로 자리를 옮겨 손잡이를 잡았다. 열차가 천천히 움직이기 시작했다.

문득 손목에 찬 로드매틱을 바라보았다. 시곗바늘은 8시 15분을 가리킨 채 멈춰 있었다. 아차 하는 생각이 들었다. 고장이다. 벌써 한 시간 넘게 움직이지 않은 모양이다. 손목에서 로드매틱을 풀러 주머니에 넣었다.

직장인들은 하나같이 회색 혹은 연한 갈색의 코트를 입고 손에는 납작한 가방을 들고 있었다. 여자들이 입고 있는 옷차림은 굉장히 촌스러웠다. 둘 중 한 명은 청바지나 발목까지 내려오는 롱스커트를 입고 있었다. 게다가 종이를 겹쳐 붙여 만든 연극 소품처럼 굽 높은 신발을 신고 있었다. 다치카와와 고쿠분지를 지나도 문 옆에 선 오이카와는 내릴 기미가 없었다. 창문 너머로 보이는 밖은 놀라울 정도로 녹음이 짙었다.

미타카역부터 고가가 되어 있었다. 신주쿠역에 도착했다. 사람들이 우르르 내리고, 그와 비슷한 수의 사람들이 열차에 탔다. 오이카와는 내리지 않았다. 오늘은 반드시 오이카와가 무엇을 하고 있는지 알아내야만 했다. 오이카와는 어디로 가서 누구와 만나는가. 아마도 업무와는 관련이 없을 것이다.

오차노미즈역 플랫폼에 열차가 진입하자 갑자기 오이카와의 모습이 보이지 않았다. 가즈오는 황급히 밖을 내다보았다. 오이카와는 열차에서 내려 옆 플랫폼에 멈춰 있는 소부선 열차를 타러 가고 있었다. 가즈오도 서둘러 전철을 갈아탔다.

열차가 곧 출발했다. 간다강을 건너 아키하바라를 지나 아사쿠사바시에 가까워지자, 오이카와가 다시 문 앞에 모습을 드러냈다.

플랫폼은 큰 짐을 짊어진 보부상 아주머니들로 붐볐다. 오이카와는 동쪽 출구의 개찰구로 나갔다. 가즈오는 개찰구에서 표를 정산하고는 서둘러서 오이카와의 뒤를 따랐다.

아사쿠사바시는 처음이었다. 인형 도매 거리인 듯, 커다란 간판이 줄지어 서 있었다. 하지만 오이카와는 인형 도매 거리 방향이 아닌 니혼바시 방면으로 향했다. 야스쿠니도오리를 지나 남쪽으로 걸어, 좁은 거리에서 이어지는 아케이드를 통과했다.

그곳은 양품 도매상과 원단 도매상이 즐비한 섬유 도매 거리였다. 수건 전문 도매상이나 무명만을 취급하는 도매상까지 있었다. 문 앞에 '소매는 하지 않습니다'라는 문구를 써 붙인 가게도 많았다.

오이카와는 일 때문에 이곳을 찾아왔나 보다. 오이카와는 사거리에서 왼쪽으로 돌아, 두 번째로 있는 작은 아파트로 들어갔다. 그 앞을 지나가며 슬쩍 엿보았다. '엑시드 아사쿠사바시'라는 아파트였다.

오이카와는 좁은 현관에 있는 우편함을 열어 안을 확인한 후, 계단을 올라갔다.

가즈오는 오이카와가 사라진 아파트 현관으로 몰래 들어갔다. 낡은 아파트에는 엘리베이터도 없었다.

오이카와가 보고 있던 301호 우편함에는 '마루코 상사'라고 적혀 있었다. 섬유 관련 도매상일 것이다. 오이카와는 업무와 관련해 이곳을 찾은 것이다. 다른 우편함에도 섬유 관련 이름이 많았다. 따로 매장을 차리지 않고, 이곳에 사무실 하나를 두고 장사하고 있을 것이다.

가즈오는 오이카와가 과격파와 관련이 있다고 추측했던 자신이 한심해졌다.

계단을 내려오는 소리에, 가즈오는 재빨리 그곳을 벗어났다.

대각선 앞의 비단 도매 가게 구석에서 아파트 현관을 바라보았다.

오이카와가 나타났다. 상대가 부재중이었던 것일까? 오이카와의 모습이 어딘가 이상했다. 눈썹 끝을 잔뜩 치켜세우고, 인상을 찌푸리고 있었다. 곤란한 일이라도 생긴 것일까? 처음 보는 표정이었다. 오이카와는 다시 아케이드까지 돌아가, 지하에 있는 카페 계단으로 내려갔다. 가즈오는 어쩔 수 없이 반대편의 수건 도매 가게 안으로 들어가, 유리 너머로 길 건너를 바라보았다. 벽시계의 바늘은 11시를 가리키고 있었다.

오이카와가 나온 것은 11시 30분이었다. 가즈오는 다시 오이카와의 뒤를 따라갔다.

오이카와는 똑같은 아파트를 다시 찾았다. 이번에도 상대가 부재중이었는지, 이 분도 걸리지 않아 내려왔다. 아까보다 더 심각한 표정을 짓고 있었다. 숄더백을 끼고 걷는 오이카와의 모습은 이전보다 훨씬 작아 보였다.

오이카와는 불안한 발걸음으로 아사쿠사바시역 방향으로 걸어갔다. 야스쿠니도오리를 지나 아사쿠사다리를 건너지 않고 간다강을 따라 걸었다. 바로 앞은 간다강과 스미다강이 만나는 곳이었다. 그 앞에 있는 작은 다리로 걸음을 내디뎠다. '야나기다리'라는 명판이 붙어 있었다.

다리를 절반쯤 건너다가 걸음을 멈춘 오이카와는 난간에 상체를 기대고 강을 내려다보았다. 강 양쪽에는 놀잇배와 작은 배 여러 척이 줄지어 정박해 있었다.

가즈오는 하류에 있는 건물 그늘에서 몰래 오이카와를 지켜보았다.

오이카와는 그대로 가만히 움직이지 않았다. 점퍼 차림이 추워 보였다. 다리 밑 마른 버드나무 가지가 바람에 흔들리고 있었다. 하치오지를 나올 때의 생기는 사라지고 어깨를 축 늘어뜨린 채 풀이 죽어 있었다. 그 아파트에서 무슨 일이 있었던 것일까?

건너편 기슭에서 코트를 입은 여자가 천천히 다가와 오이카와 옆에 멈춰 섰다.

고개를 돌린 오이카와가 놀란 듯 여자의 얼굴을 마주했다. 깜짝 놀란 것은 오히려 가즈오였다. 왜 이런 곳에 후미요가 나타난 것일까?

머릿속이 의문으로 가득 찼다. 두 사람은 어깨를 나란히 하고 강을 내려다보았다.

그들은 누구라고 할 것 없이 드문드문 입을 열었다. 너무 멀리 있는 가즈오는 그들이 말하는 입 모양을 읽을 수 없었다.

그렇게 오 분 정도 가까이 있던 두 사람은 다리를 건너 목조 상가가 즐비한 골목으로 접어들었다. 그러고는 메밀국수 가게 입구에 걸린 천막을 지나 안으로 들어갔다.

가즈오는 혼란스러웠다. 두 사람이 만난 모습으로 봐서는 약속하고 만난 것 같지는 않았다. 후미요가 오이카와를 찾아 그 다리까지 왔다고밖에 생각되지 않았다. 손은 잡지 않았지만, 몸을 가까이하고 걷는 두 사람은 아무리 봐도 단순히 업무로 만난 사이라고 보기에는 어려웠다. 틀림없이 서로를 마음에 두고 있는 이들의 특별한 분위기가 풍겨왔다.

가즈오는 도대체 영문을 알 수가 없었다. 어젯밤은 사쿠마가 후미요의 집에 가지 않았는가.

도대체 세 사람은 어떤 사이일까?

가즈오는 건너편 대각선에 있는 카페로 들어가 메밀국수 가게를 주시했다.

약 한 시간 정도 지나자 오이카와가 가게 문을 열고 나왔다. 잠시 후 후미요가 모습을 드러냈다. 두 사람은 다시 마루코 상사가 있는 아파트를 찾았지만 결과는 마찬가지였다.

두 사람은 아사쿠사바시역에 도착해 소부선에 올라탔다. 오차노미즈에서 주오선 다카오행 쾌속 열차로 갈아탔다. 열차 안에서 두 사람은 대화를 거의 하지 않았다.

오후 2시 30분이 넘어 하치오지에 도착했다. 두 사람은 계단을 올라 구름다리에서 남쪽 출구를 향해 걸었다. 계단을 내려가 개찰구에 다다랐다. 개찰구를 나오자 두 사람은 좌우로 갈라졌다. 후미요는 남쪽 출구에 있는 광장을 향해 걷기 시작했다.

그 앞에는 눈에 익은 차가 멈춰 서 있었다. 히노 콘테사다.

조수석 문이 열렸다. 잠시 머뭇거리던 후미요가 조수석에 올라탔다. 운전석에는 차가운 표정을 한 사쿠마의 옆모습이 보였다.

가즈오는 오이카와와 마주치지 않도록 다른 길을 통해 빠른 걸음으로 돌아왔다. 그가 공장에 도착한 것은 오후 3시 정각, 오이카와는 아직 도착하지 않았다. 주머니에 있던 손목시계를 독서대 서랍에 넣었다. 가즈오는 시계에게 사과한 뒤 실 뽑는 일을 시작했다. 씨실의 실 막대가 쌓이자 바로 자카르 기계를 가동했다.

꽤 익숙해졌다. 5시 넘어서까지 일을 했다.

역에서 후미요를 애타게 기다리던 사쿠마가 머릿속에서 떠나지 않았다.

오이카와는 6시가 넘어서 돌아왔다. 언제나처럼 둘이 술을 마시고 저녁 식사를 마친 후, 오이카와는 2층으로 올라갔다.

가즈오는 라디오를 켜고 석간신문을 들어 사회면을 펼쳤다.

오이카와와 관련 있어 보이는 기사는 없었다. 8시가 되기 전에 오이카와가 목욕탕을 가자며 공장을 나섰다. 가즈오는 그와 걷는 길이 어색했다.

오이카와가 낙담하고 있음이 명확하게 느껴졌다. 아사쿠사바시에서의 일 때문일까?

아니면……, 사쿠마 때문일까?

두 사람이 후미요를 두고 삼각관계에 있다고밖에 생각할 수 없었다. 오늘 본 바로는 오이카와가 승산이 있는 것처럼 보였지만, 실제로는 어떤지 알 수 없었다.

그보다 후미요가 더 문제였다. 지금 시점에서 후미요는 이미 배 속에 자신을 품고 있다. 자신의 아버지는 오이카와나 사쿠마 중 한 명일 가능성이 높지 아닐까?

"괜찮은 아파트 구했어?"

오이카와가 불쑥 물었다.

"오늘 자리를 비웠다면서?"

시게가 말했나 보다.

"아, 아뇨. 아직요."

"지금처럼 지내도 괜찮아. 조급해하지 않아도 되니까."

"아, 감사합니다."

내일이면 오이카와는 사가미 호수에서 살해당할 운명이다.

가즈오는 그 사실을 곧이곧대로 믿을 수 없었다. 이 남자는 정말 내일 사가미 호수에서 비참한 최후를 맞이할까?

"저, 질문이 하나 있는데요."

가즈오가 머뭇거리며 입을 열었다.

"왜 그래? 새삼스럽게, 이상하네."

"저기……, 낚시 같은 거 하시나요?"

"낚시……. 자랑은 아니지만 태어나서 한 번도 안 해봤네."

"그러신가요. 그러면……, 사가미 호수 같은 곳에 가십니까?"

"그렇지, 사가미 호수. 예전에 초등학교 때 소풍으로 가본 적은 있네만. 자네는 좋아하는가?"

"네. 폭포를 보러 가는 길에 들르기도 합니다."

"'다키미'라는 폭포를 보러 가는 거야?"

"네."

역시 이 남자는 사가미 호수에 갈 용건이 없다. 그런 남자가 사가미 호수에서 의문의 변사를 당한다. 범인은 밝혀지지 않았다. 경찰도 움직인다. 가즈오는 갑자기 무서운 생각이 들었다.

경찰은 당연히 오이카와의 신변을 살필 것이다. 그러면 나흘 전부터 한 지붕 아래에서 함께 살게 된 자신도 당연히 이것저것 조사를 받을 수 있다. 경찰은 신분증 하나 없는 자신을 이상하게 생각할 것이다. 돈을 노리고 오이카와에게 손을 댔다고 의심할 것이 분명했다.

사실대로 말한다고 해도 경찰이 믿어줄 리 없다. 가장 유력한 용의자로 거론될 것이 뻔하지 않은가.

어떻게 해야 좋을까. 벌써 내일이 아닌가. 도망갈 곳도 없었다.

절벽에 몰린 기분이 들었다.

오이카와의 얼굴을 살폈다.

이 남자가 자신의 아버지일까? 아니, 그건 아닐 것이다. 하지만 적어도 케이스케가 환생하기 전의 인간이다.

사쿠마의 얼굴이 머릿속에 떠올랐다. 코끝이 아래로 처진 모양이 자신과 비슷한 것 같기도 했다.

인정하고 싶지는 않지만, 역시 사쿠마라는 남자가 자신의 아버지일 가능성이 컸다. 오이카와의 얼굴에 케이스케의 얼굴이 겹쳐 보였다. 가즈오는 깜짝 놀랐다. 케이스케는 이 남자의 환생이다.

가즈오와 눈이 마주친 오이카와가 싱긋 미소를 지었다.

내일이면 분명 살해당할 것이다. 그렇게 생각하자 가즈오는 가슴이 조일 듯 아프기 시작했다. 눈앞에 닥친 내일의 위기를 알려주지 않아도 되는 걸까? 이대로 순순히 이 남자를 사지로 내몰아도 괜찮은 것일까?

케이스케를 죽게 내버려두는 듯한 느낌이 들었다.

이 사람은 운명에서 도망칠 수 없다. 엄연한 사실에 반박할

여지는 없었다. 그럼에도 가즈오는 그와 정반대의 마음이 샘솟았다. 마음만 먹으면 이 남자의 목숨을 구할 수도 있지 않을까?

복잡한 표정을 짓고 있는 가즈오를 알아차린 듯, 오이카와가 그를 바라보았다.

"자네의 신발이 특이하구만."

"신발……요?"

"'니케'라고 쓰여 있지 않은가. 그거, 어디 브랜드인가? 일본에는 없는데."

오이카와는 신발에 적혀 있는 'NIKE'를 '나이키'라고 읽지 않고 '니케'라고 읽은 것이다.

"…… 미국제입니다."

"음. 어제 센다 씨의 공장에 갔다면서?"

큰일 났다고 생각했다. 그때 센다의 무섭고 사나운 태도로 보아 아마도 오이카와에게 연락한 듯했다.

"아, 왠지……."

"심한 말을 들었지? 센다 씨한테서 전화가 왔어. 그 이상한 놈은 누구냐면서."

"…… 죄송합니다."

센다는 자신이 조합에서 오지 않았다는 사실도 분명 오이카와에게 말했을 것이다. 오이카와는 모두 알고 있었다. 그래도 자신을 받아주었다.

"또 어떤 말을 해올지도 모르지만, 신경 쓸 것 없어. 그보다 전부터 물어보고 싶은 게 있었는데, 괜찮은가?"

"뭔가요?"

"자네가 입고 있는 외투, 어느 나라 제품인가?"

"아, 그건……."

"하는 일이 이래서, 그래도 의류 쪽은 안목이 좀 밝거든. 그 외투, 원단도 봉제도 본 적이 없는 거라서 말이야. 혹시 소련제?"

소련……. 이 시대에는 아직도 냉전이 계속되고 있었다. 물끄러미 자신을 바라보는 오이카와의 눈과 마주친 가즈오는 깜짝 놀랐다. 자신의 눈은 속일 수 없다고 얼굴에 쓰여 있는 듯했다.

'자네는 도대체 어디의 누구인가?'라고도 말하는 것 같았다. 오이카와가 자신을 공산권에서 보낸 첩자라고 생각할지도 모를 일이다.

16

조간신문의 날짜를 보았다. 1975년 3월 7일 금요일. 마침내 오고야 말았다.

틀림없다, 오늘이다. 같은 지붕 아래에서 사는 남자는 확실히 오늘, 죽는다. 아니……, 살해당한다. 그 생각만 하다 보니, 어젯밤은 괴로움에 쉽게 잠을 잘 수 없었다. 자신은 어떻게 하면 좋을까? 이대로 손을 놓고만 있다가는, 내일 이맘때쯤 분명 경찰의 유치장에 들어갈 것이다. 월급을 미리 받아, 오늘이라도 이 집을 나가는 방법도 생각했다. 하지만 사람 좋아 보이는 오이카와에게 그런 말을 꺼낼 수는 없을 것 같았다.

오이카와와 둘이 식탁에 둘러앉았다. 밥이 목구멍으로 넘어가지 않았다. 된장국을 곁들여 억지로 위 안으로 밀어 넣었다. 차를 마시며 신문을 보는 오이카와를 바라보았다.

이 남자는 죽는다. 오늘, 틀림없이 살해당할 것이다. 그 누군가에게.

도대체 어느 누가 오이카와를 죽이는 것일까? 혹시 사쿠마……?

그 이름이 입에서 새어 나올 뻔한 것을 꾹 참았다.

오이카와가 공장 기계의 스위치를 눌렀다. 공장이 소음에 휩싸였다. 오늘 오전, 시게는 공장에 없다.

가즈오는 달아나지도, 어떠한 행동도 하지 못한 채 일을 시작했다. 그저 묵묵히 일만 했다.

시간이 천천히 흘렀다. 덜컹덜컹, 덜컹덜컹. 기계가 돌아가는 소리만 울렸다. 평소와 달라진 것이 아무것도 없었다.

문득 가즈오는 아무 일도 일어나지 않을지도 모른다는 생각이 들었다. 이렇게 공장에서 일만 한다면 오이카와는 목숨을 잃지 않을 것이다. 만약 오이카와가 살해를 당한다면, 무언가 절박한 상황이 펼쳐져야 하지 않을까?

하지만 오이카와가 무조건 살해당할 거라는 생각만 하면 가즈오는 온몸이 돌처럼 딱딱하게 굳어졌다. 오이카와는 오늘 언제 살해당할 것인가? 분명 오후일 것이다. 그런데 몇 시에? 알 수 없다. 그런 가즈오의 생각에 끼어들듯 갑자기 전화벨이 울리기 시작했다.

오이카와는 진지한 표정을 지으며 옆방으로 들어갔다. 수화기를 들고 맞은편을 향해 돌아섰다. 30초가 채 지나지 않아 수화기를 내려놓은 오이카와는 계속 등을 돌린 채 벌떡 일어나더니, 봉당으로 내려가 밖으로 나가버렸다.

가즈오는 쏜살같이 달려, 밖으로 뛰쳐나갔다.

오이카와가 운전하는 차가 골목을 돌아 나가고 있었다.

"오이카와 씨!"

소리를 높여 외쳤지만 목소리가 닿지 않았다. 자동차는 맹렬하게 달리기 시작했다.

가즈오도 달려서 골목을 나왔다. 좌회전한 자동차는 큰길로 접어들어, 더 이상 가즈오가 따라잡을 수 없었다.

오이카와가 나가고 눈 깜짝할 사이에 15분이 지났다. 일이 손에 잡히지 않았다.

그 신문 기사는 역시 사실이었던 것일까? 이대로 오이카와는 사가미 호수에서 죽임을 당할 운명인 걸까? 아까 걸려 온 전화는 누구였을까?

만약 그렇다면……, 이대로 살해당하고 만다면……. 가즈오는 오이카와가 너무나 불쌍했다. 그래도 어찌할 방법이 없었다. 아무 일도 일어나지 않기를 바라며, 그저 가만히 기다리고 있을 수밖에 없었다. 가즈오는 조금씩 정신이 현실로 돌아왔다. 오이카와가 살해당한 이후를 생각하면 애간장이 끓었다. 경찰은 곧 이곳으로 올 것이다. 그들이 이것저것 물으면 어떻게 대답해야 좋을까?

차가운 것이 발 언저리에 내려앉았다. 시게는 공장에 없다. 자신의 알리바이를 증명해줄 사람은 아무도 없었다. 벽시계를 올려다보았다. 오전 9시 45분.

집 밖의 자갈길로 차 들어오는 소리가 들렸다. 가즈오는 가슴을 쓸어내렸다. 오이카와가 돌아온 것이다. 가즈오는 재빨리 밖으로 나갔다.

하지만 다가오는 차는 스카이라인이 아닌 검게 빛나는 세단이었다. 저 자동차는 크라운이다. 운전석을 본 가즈오는 어안이 벙벙했다. 센다가 여기에 무슨 일일까? 조수석에는 후미요가 타고 있었다.

큰일이다. 하필 이럴 때, 왜 이렇게 타이밍이 좋지 않을까.

자신을 수상하게 여긴 센다가 후미요를 데리고 오이카와에게 직접 담판을 지으러 온 것이다.

크라운이 눈앞에서 멈췄다. 작업복 차림의 센다가 운전석에서 고개를 내밀고 이쪽을 쳐다보고 있었다.

"오이카와 있나?"

가즈오는 고개를 가로저었다.

"있다, 없다. 어느 쪽인가?"

"어, 없습니다."

센다는 차에서 내려 공장으로 들어갔다. 그 자리에 우두커니 서 있는데, 다시 센다가 밖으로 나왔다. 그러고는 가즈오를 거들떠보지도 않고 바로 차에 올라탔다.

불현듯 떠올랐다. 센다든 후미요든, 원래는 자신과 매우 가까운 사람이다. 아니, 가족이다. 그런 두 사람이 이렇게 여기에 온 것은 무언가 인연이 있는 게 아닐까? 그렇게 생각하니 그렇게밖에 보이지 않았다.

가즈오는 성큼성큼 차로 다가가 뒷좌석의 문을 열고 차에 올라탔다.

"뭔가, 자네?"

놀란 듯 뒤를 돌아보는 센다를 향해 가즈오는 큰 소리로 외쳤다.

"알고 있습니다. 그러니 사가미 호수로 가주시지 않겠습니까? 오이카와 씨는 그곳에 있습니다."

센다가 흠칫한 얼굴로 가즈오를 쏘아보다가 옆에 있는 후미요의 얼굴을 바라보았다.

"얼른요."

가즈오가 재차 말했다.

"사가미 호수까지 부탁드려도 될까요?"

"마음대로 해."

후미요의 말에 센다가 거칠게 내뱉었다. 머리 위로 높게 휘두르듯 뒤를 돌아보더니 후진으로 자동차를 몰기 시작했다.

걱정스럽게 바라보는 후미요를 향해 가즈오는 고개를 끄덕여 보였다.

고슈 가도를 타고 계속 서쪽으로만 달렸다. 센다가 작은 목소리로 후미요와 이야기하는 터라 가즈오에게는 잘 들리지 않았다.

게이오선 다카오야마구치역을 지나자 가즈오는 초조해졌다.

"앞으로 얼마나 걸립니까?"

백미러 너머로 센다가 힐끗 가즈오를 노려보았다.

"오이카와가 사가미 호수로 갔나?"

"그건……, 뭐……."

"갔느냐 말이다."

"확실히 그렇게 말했습니다."

거짓말을 할 수밖에 없었다. 조금이라도 빨리 도착해야 했다.

오타루미 고개를 올라 사가미 호수까지 단숨에 내려갔다. 뿌옇게 안개가 낀 사가미 호수가 가까워졌다.

자신이 이 세상에 떨어진 이유는 무엇일까? 가즈오는 계속 그것을 생각했다.

왜 오이카와의 집에서 살게 되었을까? 모든 것은 이 순간을 위해서가 아닐까? 이제 사가미 호수에서는 어떤 사건이 발생한다. 자신은 그것을 눈으로 직접 확인하기 위해 이 세상에 온 것이 아닐까? 그뿐만이 아니다. 어쩌면 자신에게 다른 역할이 주어진 것일 수도 있다.

호숫가의 모습은 33년이 지난 후와는 전혀 달랐다. 세련된 분수 광장은 없고 흙이 드러난 주차장만 있다. 호숫가에는 삼각 지붕의 조정 창고와 같은 것이 있었다. 그러나 선착장의 모습은 놀라울 정도로 33년 후와 비슷했다. 그 맞은편에 있는 가게나 오락실도 별반 다르지 않았다.

차가 멈추자 가즈오가 제일 먼저 뛰어내렸다. 호수 위 하늘은 줄무늬 모양의 새털구름으로 덮여 있었다. 찬 기운이 얼굴에 닿았다. 겉옷을 입지 않았더니 온몸에 추위가 스며들었다.

우중충한 날씨의 호수에는 백조를 닮은 새하얀 유람선이 떠 있었다. 호수 곳곳에 팔로 젓는 보트와 모터보트도 있었다. 그 광경을 본 가즈오는 33년 후의 세계로 돌아온 것 같은 착각이 들었다. 호수의 색도, 호수를 에워싼 산들도 완전히 똑같다. 발밑이 꽁꽁 얼어붙는 듯한 불안감을 느꼈다.

오이카와는 도대체 어디에 있는 것일까?

머뭇거릴 시간이 없다. 빠른 걸음으로 오락실까지 향했다.

소풍 온 유치원생들이 노란 모자를 쓰고 두 줄을 맞춰 걷고 있었다. 그 행렬을 가로질러 가려고 그들 사이로 들어가다가 한 아이와 부딪혔다. 하마터면 넘어질 뻔했던 아이를 붙잡아주고, 겨우 그들을 빠져나왔다.

선착장 북쪽에 있는 식당과 기념품 가게는 거의 달라진 게 없었다. 오락실 안으로 들어갔다. 꼬마 열차도 회전목마도 없었다. 작은 놀이 도구만 있을 뿐이었다. 부두로 나와보니 양옆에 보트가 정박해 있었다. 어디에도 오이카와의 모습은 보이지 않았다.

부두 끝까지 걸어가 호수 위의 보트를 바라보았다. 보트에는 대부분 두 사람이 타고 있었다.

가까이에 있는 보트는 타고 있는 사람을 확인할 수 있지만, 멀리 있는 보트는 타고 있는 사람의 얼굴이 잘 보이지 않았다. 다시 오락실로 돌아간 가즈오는 호수 방향으로 설치된 쌍안경을 향해 내달렸다. 쌍안경에 100엔 동전을 넣었다. 딸그락 소리가 나며 렌즈 안으로 시야가 선명하게 펼쳐졌다.

쌍안경을 호수로 향했다. 수면을 샅샅이 훑듯 쌍안경을 움직이자 팔로 젓는 보트가 보이기 시작했다. 젊은 커플이었다. 타고 있는 사람의 얼굴이 또렷하게 보였지만 오이카와가 아니었다. 쌍안경을 다른 보트로 돌렸다. 멀리 있어 흐릿하게 보였지만 이번에도 커플이었다. 오이카와가 아니었다.

다른 보트를 확인했다. 학생으로 보이는 남자 세 명이 타고 있었다. 이 보트도 아니다.

계속해서 모터보트를 확인했다. 꽤 빠른 속도로 달리고 있던 모터보트에도 오이카와는 타고 있지 않았다. 속이 울신거리기 시작했다.

오이카와는 이미 호수 어딘가의 물밑에 가라앉아 있는 게 아닐까? 그렇게 생각하고 있을 때, 갑자기 케이스케가 했던 말이 되살아났다.

"나, 저기에서 살해당했어."

가즈오는 쌍안경을 강 건너편 포구로 향했다. 잿빛 호수가 숲으로 빨려 들어갈 것처럼 안쪽으로 뻗어 있었다. 오이카와가 목숨을 잃은 곳이 저곳인가?

실눈을 뜨고 쌍안경으로 꼼꼼히 살폈다. 보트라고 할 만한 것은 보이지 않았다.

하지만 너무 멀다. 거리로 치면 1킬로미터 정도 떨어져 있을지도 모른다. 지금 이곳에서는 오이카와를 확인하기 어렵다. 보트를 타고 저곳까지 가는 수밖에 없었다.

결심한 가즈오는 오락실 출구로 향했다. 벽시계는 10시 반을 가리키고 있었다. 주차장을 둘러보았지만 센다와 후미요가 타고 있는 차는 보이지 않았다. 차 안에서 센다는 그냥 가보기만 하는 것이라는 말을 입에 달고 있었다. 벌써 돌아가버린 것이다. 그때 매표소 건너편의 식당 문이 열리며 그 인물이 모습을 드러냈다.

'오이카와.'

가즈오는 늦지 않았다고 생각했다. 역시, 오이카와는 사가미 호수에 와 있었다.

그 전화는 사가미 호수로 나오라고 불러내는 전화였음이 분명했다. 그때 호수에서 엔진 소리가 들려왔다. 뒤를 돌아보니 모터보트가 부두로 다가오고 있었다.

모터보트를 조종하고 있는 남자를 본 가즈오는 숨이 멎을 뻔했다.

'사쿠마가 아닌가.'

가즈오는 공포로 온몸이 굳어졌다. 사쿠마의 시선은 오이카와를 향하고 있었다. 두 사람의 거리가 좁혀졌다.

가즈오의 머릿속에서 눈에 보이지 않는 누군가가 고함을 지르고 있었다. 이대로는 안 된다. 사쿠마와 오이카와는 후미요라는 여자를 두고 추악한 싸움을 벌이고 있다. 역시, 그랬다.

가즈오는 마치 혈관이 얼어붙은 듯 그 자리에서 움직일 수 없었다. 오이카와는 사쿠마의 보트를 타고 아까 그 포구로 가는 것이다.

꿈에서 보던 광경이 뇌리에 선명하게 떠올랐다. 자신의 두 손이 부드러운 오이카와의 목을 조르던 모습. 몸부림치고 괴로워하며 물속으로 사라지는 오이카와의 얼굴이. 자신이 바로 사쿠마였던 것이다. 사쿠마는 호수의 포구에서 오이카와의 목을 졸라 이 얼어붙은 호수로 빠뜨릴 것이다.

그랬다. 사쿠마야말로 자신의 전생 속 인간이다. 한심했다. 절망과 분노가 뒤섞여 한꺼번에 몰려왔다.

이대로 두 사람이 보트를 타면 오이카와는 분명 살해당할 것이다. 사쿠마도 그를 쫓아가듯 사고사를 당해 바로 자신으로 환생한다.

사쿠마에게 걸어가는 오이카와를 바라보았다.

폭풍우와 같은 무언가가 가즈오의 마음속에 휘몰아쳤다. 연민이라든가 그런 감정은 아니었다. 안타까워서 가만히 보고 있을 수가 없었다. 이대로라면 오이카와는 죽임을 당하고 만다. 이런 차가운 물에 빠지면 분명 추울 것이다. 게다가 목을 졸렸으니 얼마나 괴로울 것인가.

가즈오는 저주했다. 도대체 자신은 왜 이곳에 있는 것인가. 누가 이런 짓을 시킨 것인가. 신인가? 만약 그렇다면 자신은 지금 어떻게 해야 하는 것인가.

자신의 전생 속 인간이 살인을 저지른다.

그래도 괜찮은가? 사쿠마는 곧 자신이다. 자신의 영혼을 가졌던 인간인 것이다.

그런 짓은 도저히 용서할 수 없다.

그렇다면 어떻게 해야 한다는 말인가. 지금 이 순간 자신은 무엇을 해야 하는가.

갑자기 번뜩이는 생각이 온몸을 관통했다. 가즈오는 마침내 깨달았다. 이 시대로 찾아온 이유, 오이카와의 집에 머물게 된 이유와 사쿠마라는 남자를 알게 된 이유, 그 모든 것을. 이제야 자신이 가야 할 길이 보이는 듯했다.

이 '미야즈 가즈오'라는 인간은 오이카와와 사쿠마, 그리고 자신의 영혼까지 모두를 구하기 위해 이 시대로 온 것이다. 이것이야말로 신께서 주신 기회다. 죽음을 피한 오이카와는 오래오래 살다가 케이스케가 되어 다시 태어난다. 사쿠마도 살인이라는 큰 죄를 짓지 않아도 된다. 그렇다, 자신은 두 사람 사이에 서기 위해 이 세계에 온 것이다.

오이카와가 지켜보는 앞에서 사쿠마가 모터보트를 부두에 딱 붙였다.

가즈오는 마음을 굳게 먹고 한 걸음 내디뎠다.

"오이카와 씨."

오이카와를 불러 세우자 그는 여우에 홀린 듯한 표정으로 가즈오를 돌아보았다.

사쿠마가 보트에서 내려 거칠게 부두로 올라왔다. 뭔가 분위기가 이상했다. 사쿠마가 자신에게 다가오고 있었다. 사쿠마의 얼굴에 가득 담긴 분노를 읽은 가즈오는 숨을 삼켰다. 순식간에 가까워지더니 다부진 사쿠마의 손이 자신의 목 언저리를 파고 들었다. 이상하다. 어째서 이렇게 전개되는 것인가.

이건 아니다. 이게 무슨 짓인가. 사쿠마, 당신이 이런 짓을 하고 있을 때인가.

도저히 영문을 알 수 없었다.

가즈오의 손이 무의식중에 사쿠마의 손을 잡았다.

꿈쩍도 하지 않았다. 사쿠마의 숨이 얼굴을 덮쳐왔다.

"이거 놔."

고통스러운 목소리로 겨우 쥐어짜듯 내뱉자 사쿠마의 손이 떨어지고, 그의 모습이 보이지 않게 되었다. 불안한 표정으로 바라보는 오이카와의 얼굴이 보였다. 그때 등 뒤에서 누군가의 팔이 자신의 허리춤을 감쌌다. 고개를 돌리자 뒤에서 덮쳐오는 사쿠마의 얼굴이 보였다. 패닉에 빠졌다. 사쿠마를 뿌리치려고 발을 굴렀다. 사쿠마의 발을 밟았다. 몸 왼쪽을 걷어차였다고 생각한 순간, 발이 땅에 닿지 않았다. 사쿠마의 주먹이 배에 꽂히고 그대로 둘이 허공으로 떠올랐다.

서서히 시야가 기울어지면서 잿빛 호수 표면이 가까워졌다. 다음 순간, 전기가 나간 듯한 충격이 느껴졌다. 시야가 사라지고 입안으로 차가운 물이 들어왔다.

허리에 엉켜 있던 손이 풀어졌다. 바로 앞에 사쿠마의 얼굴이 어렴풋이 보였다. 사쿠마는 자신과 마찬가지로 물속에서 발버둥 치고 있었다.

차가웠다. 숨을 쉴 수가 없었다. 몸이 돌처럼 굳어 움직일 수 없었다. 심장에 칼이 꽂힌 것처럼 아프기 시작했다. 사쿠마가 자신보다 먼저 떠올랐다. 사쿠마는 수면까지 올라간 듯 선헤엄을 치기 시작했다.

가즈오는 자석에 이끌리듯 바닥을 향해 가라앉았다. 손도 발도 자신의 것이 아닌 것처럼 느껴졌다. 손가락 하나 움직일 수 없었다. 의식이 몽롱해졌다. 탁한 잿빛 속으로 몸이 녹아들었다.

17

정신을 차려보니 숨을 쉬고 있었다. 조금도 괴롭지 않았다. 앉아 있는 것 같았다. 수선스러운 소리가 들렸다. 익숙한 느낌이다. 위화감은 없었다. 종이 같은 것을 움켜쥐고 있었다.

살을 에는 듯한 차가운 물의 감촉이 아직도 몸에 남아 있었다. 하지만 추위는 느껴지지 않았다. 오히려 지나치게 따뜻할 정도였다. 고개를 흔들었다.

사쿠마와 몸싸움했을 때 들어간 힘이 아직도 팔에 남아 있었다. 그때 뿜어낸 아드레날린이 갈 곳을 잃은 듯 온몸을 누비고 있다. 꿈이 아니다. 그것은 현실에서 일어난 일이다. 그런데……, 이것은 어떻게 된 일인가.

가즈오는 손에 들고 있던 건강보험료 고지서를 책상에 내려놓았다. 온몸의 피가 발끝을 향해 아래로 흐르는 것이 느껴졌다. 눈을 감고 잠시 그대로 있었다. 진정되기를 기다렸다가 살며시 실눈을 떴다.

별명이 '너구리'인 후루사와 계장이 책상 앞에 앉아 글을 쓰고 있었다. 저쪽 서무과 자리에서 검은 안경이 예산서를 넘기고 있었고, 과장 히데코가 그 뒤에서 기다리고 있었다. 익숙한 풍경이지만 묘하게 다른 느낌이었다. 자신이 앉아 있는 위치 때문인 것 같다.

"저기, 미야즈 씨. 옷을 갈아입고 오는 게 어때요?"

바로 옆에서 자신을 부르는 목소리에 가즈오가 뒤를 돌아보았다.

미우라가 자신을 보고 생긋 웃고 있었다. 그녀는 계장 자리의 바로 오른쪽에 앉아 있었다.

왜 그녀가 이런 곳에 있는 걸까? 저 자리는 자신의 자리가 아닌가. 그녀가 가리키고 있는 바지를 내려다보았다.

빳빳한 면바지를 보고 가즈오는 가슴이 덜컥 내려앉았다. 오이카와가 빌려준 바지다. 상의는 두꺼운 플란넬 셔츠, 그리고 나이키 신발. 33년 전의 세계에서 입었던 것이었다. 직원들은 모두 열심히 일하고 있었다. 벽시계는 오전 11시 30분을 막 지나고 있었다. 모두의 주목을 받는 것 같았지만, 가즈오의 존재를 신경 쓰는 직원은 아무도 없었다.

조금씩 현실감이 돌아왔다. 자리 하나만 다를 뿐인데, 사무실이 전혀 다르게 보이는 것은 굉장한 충격으로 다가왔다. 게다가 미우라는 접수 담당 직원이었다. 그런데 왜 건강보험 세금과에 있는 것인가.

검은 안경이 너구리에게 다가가 무슨 말을 건넸다. 세율 개정

표를 운운하는 소리가 들려와 가즈오도 귀를 기울였다.

"미우라 주임."

"네네."

도움을 요청하려는 듯한 너구리의 부드러운 목소리에 미우라가 대답했다.

미우라가 주임? 그녀는 평사원이 아니었던가. 책상에 있는 명패를 보았다. 자신의 이름 옆에 주임이라는 두 글자가 보이지 않았다. 대신 미우라의 이름 옆에는 주임이라고 적혀 있었다. 가즈오는 검은 안경과 너구리의 사이에서 세율 개정표를 설명하기 시작한 미우라를 멍하니 바라보았다. 그건 자신의 업무라고 외치고 싶은 것을 꾹 참았다. 주위를 둘러보았다.

자신이 애용하던 노트북이 미우라의 책상 위에 있었다. 자신의 자리인 듯 보이는 책상 위는 책 한 권 없이 깔끔하게 정리되어 있었다. 서랍을 열어보니 '미야즈'라는 도장과 자신의 글씨로 적힌 파일이 죽 늘어져 있었다.

아무래도 여기가 자신의 자리인 게 확실해 보였다.

낯선 휴대전화도 들어 있다. 도코모의 슬라이드폰이다. 휴대전화를 살펴보니 가족이나 지인들 전화번호가 등록되어 있었다. 이것이 이 세상에서 자신이 쓰고 있는 휴대전화인 것 같았다. 너구리 주변으로 사람들이 몰려 있었다. 미우라의 설명이 답답할 정도로 명쾌하지 못했다. 자신이 대신 대답하고 싶었다. 지독한 딜레마에 사로잡혔다. 미우라보다 일을 잘하는 자신이 어째서 주임이 아닌 것인가.

가즈오는 불과 십여 분 전까지 사가미 호수에 있었다는 사실이 도저히 믿기지 않았다. 무사히 원래의 세계로 돌아온 것 같은데, 도대체 이게 어떻게 된 일인가.

자리에서 일어나 아무도 없는 라커룸으로 들어갔다. 다시 옷을 갈아입었다. 물 한 방울 묻지 않았다. 도코모의 폴더폰이 주머니에 들어 있었다. '미야즈'라고 적힌 사물함에는 이제껏 본 적 없는 가죽점퍼가 들어 있다. 아마도 자신의 것인 듯했다.

사물함 위에 내팽개쳐진 신문지가 눈에 들어왔다. 과장 히데코가 매일 아침 신문을 들고 와 꼭 그곳에 둔다. 가즈오는 신문을 들어 날짜를 확인했다.

2008년 3월 3일 월요일.

가슴이 먹먹해졌다. 역시 되돌아왔다. 33년 후의 세계, 자신이 속한 세계로. 게다가 33년 전으로 타임 슬립한 날과 시간이 딱 일치했다.

가즈오는 자리에 앉아 책상 서랍에서 슬라이드폰을 꺼냈다. 거기에 지금까지 사용하던 휴대전화의 미니 SD 카드를 삽입했다. 다시 전원을 켜고, 카드에 저장된 사진을 확인했다. 딱 한 장이 들어 있었다. 오이카와와 세 살 정도의 유키에가 사이좋게 앉아 있는 사진이다. 그것은 꿈이 아니었다. 불과 얼마 전까지 자신은 있었던 것이다, 33년 전의 세계에.

그리고 본래 있어야 할 자신의 세계로 돌아왔다. …… 그래야 했는데, 이게 무슨 일인가. 그 익숙한 세계는 어디로 가버렸단 말인가. 이 세계가 현실이라니, 받아들이기 어려웠다. 주임이어야 할 자신은 어디로 사라져버린 걸까?

갑자기 떠오른 생각에 가즈오는 움찔했다. 3월 3일……. 오늘은 케이스케를 병원에 데리고 가는 날이 아닌가. 정밀 검사 시간은 11시 30분. 이런 곳에서 뭉그적거릴 여유가 없다.

가즈오는 황급히 슬라이드폰을 집어 들었다. 전화번호부에 번호가 차례로 입력되어 있다. 가족 폴더에서 후미요의 번호를 골라 전화를 걸었다. 지금쯤 후미요는 케이스케를 데리고 병원 대기실에 있을 것이다. 자신이 나타나지 않아 분명 당황하고 있을 것이다. 그런데 후미요가 좀처럼 전화를 받지 않았다. 가즈오는 일단 전화를 끊었다.

혹시나 해서 집으로 전화했다. 집 전화도 바로 안 받았다. 전화를 끊으려고 할 때, 후미요의 목소리가 들려왔다.

"여보세요."

"…… 아, 엄마."

"가즈오니? 무슨 일이야?"

왜 후미요는 집에 있는 것일까?

"병원 아니야?"

"병원? 무슨 말이니, 예약은 다음 주인데. 이제 나가야 하니 그만 끊으마."

"아, 잠깐만."

전화가 뚝 끊겼다. 가즈오는 휴대전화를 귀에 댄 채, 골똘히 생각에 잠겼다. 지금 자신이 있는 이 세계는 원래의 세계와는 조금 다른 모습이었다. 후미요의 말대로, 케이스케의 정밀 검사 날짜도 다음 주로 미뤄진 것 같다.

평소와 똑같이 배달된 도시락을 먹었다. 점심시간에는 사물함에 넣어둔 아파트 관련 책을 읽으며 시간을 보냈다.

다시 업무로 돌아왔다. 이 세계에서 가즈오에게 주어진 업무는 건강보험의 가입과 탈퇴를 접수받는 일이었다. 원래 이건 미우라의 일이었다. 자존심이 상했지만, 이미 모두 빠삭하게 알고 있는 일이었다. 두 시간 정도 지나자 날카롭게 곤두섰던 신경이 가라앉았다.

가즈오는 불과 반나절 전까지 자신이 있었던 33년 전의 세계를 떠올렸다.

사가미 호수에서 자신과 사쿠마가 몸싸움을 벌인 후, 오이카와는 어떻게 되었을까? 사쿠마는 오이카와를 모터보트에 태워 강 포구까지 데리고 갔을까? 문득 떠오르는 생각에, 위에서 두 번째 책상 서랍을 열었더니 구찌 세컨백이 있었다.

가즈오는 안도했다. 재작년 생일 때 유키에가 준 선물이었다. 하지만 그 안에 들어 있는 지갑은 처음 보는 것이었다. 여러 장의 카드를 수납하는 가죽 장지갑. 자신이 사용하던 지갑은 정기권을 넣을 수 있는 반지갑이었는데. 지갑에서 면허증을 꺼내 살펴보았다. 자신의 얼굴이 찍혀 있는 컬러 사진은 본 적이 있는 것이다. 예전과 같다. 면허증에 인쇄된 생일도 11월 10일, 변함이 없다. 한시름 놓은 가즈오는 옆에 있는 단말기 앞으로 이동했다.

비밀번호를 입력하고 주민기본대장 네트워크 시스템(거주 관계를 공증하는 주민기본대장을 네트워크화한 일본의 지방공공단체 간 공동 시스템-옮긴이)에 로그인했다. 사적으로 사용한다는 것이 살짝 마음에 걸렸지만, 지금은 어쩔 수 없었다. 조심조심 키보드로 그 이름을 입력했다.

오이카와 에이치

엔터 키를 눌렀다. 화면에 주민기본대장이 바로 표시되었다.

오이카와 에이치, 1944년 6월 21일 출생, 63세

역시 오이카와는 살아 있다. 살아서 이 세상에서 생활하고 있었다. 그때 오이카와는 죽지 않았다. 아니, 살해당하지 않았다. 역사가 바뀌었다. 아니, 가즈오 자신이 바꿨다. 그렇게 말하는 것이 맞았다. 지금 있는 세상이 드디어 이해될 것만 같았다.

그렇다, 역사는 달라지고 말았다. 그때 사가미 호수에서 순간적으로 판단해 오이카와의 목숨을 구했다. 그것을 바탕으로 세계가 조금씩 달라진 것이 아닐까?

그렇다고밖에 생각할 수 없었다. 그렇지 않고서는 자신이 평

사원이거나 사용하던 지갑이 달라졌을 리가 없다.

바로 자신이 바꾼 것이다. 33년 후의 지금, 자신이 있는 이 세계를.

자신의 전생 속 인간은 죄를 짓지 않고 끝났다. 자신의 영혼은 더럽지 않았다. 그렇게 생각하니 가즈오의 가슴속에 상쾌함과 후련함이 퍼져갔다. 오후 5시가 되자 직원들이 퇴근 준비를 시작했다. 가즈오는 어쩐지 집에 돌아가기가 조금 두려웠다.

자신의 자리에서 5시 반까지 기다렸다. 사람은 한 명도 남아 있지 않았다.

라커룸에서 가죽점퍼를 걸쳤다. 딱 맞았다. 이 세계의 자신은 취향까지 다른 것 같았다. 청사를 나서자 해가 뉘엿뉘엿 지고 있었다. 건물 뒤편의 주차장으로 향했다. 그런데 항상 주차해 두던 장소에 자신의 스쿠터가 보이지 않았다.

그러나 가즈오는 초조해하지 않았다. 천천히 주위를 둘러보았다. 안에서 두 번째 줄 모퉁이에 눈에 익은 스쿠터가 세워져 있었다. '미야즈'라고 적혀 있는 것을 확인한 가즈오는 열쇠를 꽂았다. 한 번에 시동이 걸렸다. 천천히 주차장을 빠져나왔다.

평소 같으면 히요시초부터 산타마치로 빠지는 길을 택했을 것이다. 하지만 오늘은 그러지 않았다.

히요시 교차로에서 좌회전하고 고슈 가도로 진입했다. 가는 길에 높이 100미터의 고층 아파트가 보였다. 하치만초 교차로를 가로질렀다. 33년 전의 세계로 타임 슬립을 했을 때의 교차로다. 다이마루 백화점이 서 있던 곳에는 20층 건물의 고층 아파트가 올라가 있었다. 스쿠터를 타고 역 앞까지 달렸다. 소고 백화점과 도큐 스퀘어가 있었다. 상점가는 깔끔하게 정비되어 있었다. 보아하니 이 거리는 어느 하나 달라진 곳이 없었다.

자신이 세상을 바꿨다는 것은 조금 과장이었을지도 모른다. 자신의 주변 상황만 아주 약간 달라진 것뿐이다. 생각해보면 그건 그거대로 당연한 것 같기도 했다. 변하지 않는 게 더 이상할 정도였다. 이전 세계에서 사용하던 휴대전화를 둘로 접어 부순 후 쓰레기통에 버렸다. 하지만 집에 가까워질수록 조금씩 불안감이 커졌다.

33년 후의 세계에서 오이카와가 살아 있는 것이 약간 당혹스러웠다. 죽을 고비를 피한 오이카와는 사건 이후, 몇 년 뒤 적당한 때에 세상을 떠날 것이라고 제멋대로 믿고 있었기 때문이다. 그러나 오이카와는 현재까지 살아 있다. 그건 어떤 의미일까?

오이카와는 케이스케로 다시 태어나야 할 인간이 아니었나? 그런데 어째서 아직 살아 있는 것일까? 생각할 수 있는 것은 하나다. 케이스케는 오이카와의 환생이 아니었던 것이다.

주위는 완전히 어두워져서 땅거미가 젖어들고 있다. 드디어 집에 도착했다. 가늘고 긴 부지에 세워진 단층집을 보며 가즈오는 마음을 놓았다. 집의 벽도, 현관문도, 작은 마당에 심은 매화나무도, 하나도 달라진 게 없었다. 주차 방지턱 맞은편에 있는 현관의 문패를 바라보았다. '미야즈'라고 쓰여 있었다. 틀림없다, 자신의 집이다.

유키에가 아직 집에 돌아오지 않았는지 주차 공간이 비어 있었다. 스쿠터를 세우고 헬멧을 벗었다. 현관문을 열고 집 안으로 들어갔다. 싸늘한 공기가 흐르고 있었다.

꽤 오랫동안 집을 비운 것 같았다. 보아하니 현관은 깨끗하게 정리되어 있었다. 오동나무로 만든 신발장도 낯설지 않았다.

"다녀왔습니다."

작게 소리를 냈다. 대답이 없었다. 신발을 벗고 올라갔다. 오른쪽 방의 장지문을 열었다. 고타쓰에 들어간 후미요가 열심히 손을 움직이며 일본 자수를 하고 있었다.

한동안 그 뒷모습을 바라보았다. 후미요는 머리카락이 거의 다 하얗게 세고, 등도 무척 굽었다. 기분이 묘했다. 불과 열몇 시간 전까지 서른 살이 안 된 후미요와 함께 있었다.

그런 후미요가 마법이라도 걸린 것처럼 순식간에 늙어버린 느낌이었다. 타임 슬립을 했기 때문이라는 것을 알면서도, 실제 감각이 쉽게 따라가지 못했다.

가즈오가 돌아왔음을 알아차렸는지, 후미요가 중얼거리듯 말했다.

"어서 와."

"아아……, 다녀왔습니다."

"낮에는 무슨 일이야, 병원 예약을 다 물어보고."

"아아, 미안. 별일 아니야."

"내 예약은 다음 주야."

내 예약? 케이스케의 예약이 아니라?

어딘지 모르게 쌀쌀맞은 느낌이 들었다. 천천히 장지문을 닫았다.

"케이스케!"

집 안 어디에서라도 들릴 만큼 큰 목소리로 외쳤다. 케이스케는 나타나지 않았다.

유키에와 함께 외출한 것일까? 부족하다고 느낀 건 집 안의 냄새였다. 무언가가 부족했다. 툇마루에서 거실로 들어가 형광등을 켰다.

가즈오의 두 눈이 휘둥그레졌다. 썰렁할 정도로 깨끗하게 정리되어 있었다. 아무것도 없다고 하는 게 더 정확했다. 낙서투성이였던 케이스케의 책상이 없었다. 벽에는 케이스케가 그린 그림 한 장 붙어 있지 않았다. 밝게 빛나는 형광등 불빛이 묘하게 하얗게 보였다. 인기척이 없었다. 부엌도 어둡다. 이상하다. 벽시계가 7시를 알렸다.

댕, 댕.

익숙한 소리가 방 안 구석구석으로 퍼졌다. 왜 후미요는 저녁 식사를 준비하지 않는 것일까? 식탁으로도 사용하는 고타쓰 위에 반찬을 꺼내놓아야 한다. 하지만 거실에는 고타쓰 자체가 없었다. 그때 헤드라이트 불빛이 집 안으로 들어왔다. 시동 꺼지는 소리가 났다. 유키에가 돌아온 것이다. 기다리기가 힘들었던 가즈오가 현관을 통해 밖으로 나왔다.

주차장에는 한 번도 본 적 없는 차가 서 있었다. 혼다 피트, 이건 누구의 차일까? 이전 세계에서는 혼다 스탭왜건을 탔었다. 가즈오가 멍하게 바라보는데, 유키에가 등을 새우처럼 구부리며 차에서 내렸다. 빵빵하게 부풀어 오른 쇼핑백을 양손에 들고 있었다. 차에 관해 물어보려 했는데, 유키에가 선수를 쳤다.

"잠깐만 이것 좀 부탁해."

유키에가 내민 쇼핑백을 받아 들었다. 손가락이 끊어질 정도로 무거웠다. 뒤로 돌아 쇼핑백을 부엌으로 옮겨 놓았다.

"미안, 내가 조금 늦었지."

부엌으로 들어온 유키에가 잽싸게 벽에 걸려 있던 앞치마를 입고 냉장고를 열었다. 그러고는 쇼핑백에 든 물건을 익숙하게 꺼냈다.

우유, 대파, 잘게 썬 돼지고기 팩을 차례차례 제자리에 두었다. 마지막으로 상자에 담은 냉동식품을 냉동실에 아무렇게나 넣고, 발로 살짝 밀어 닫았다. 부엌에서 손을 씻은 유키에가 양파 껍질을 벗기기 시작했다. 가즈오는 어안이 벙벙해져 그 모습을 바라보았다.

도대체 어떻게 된 일인가. 유키에는 언제나 집에 돌아오자마자 고타쓰에 앉아, 후미요에게 오늘 반찬이 뭐냐고 묻는 것이 관례였다. 후미요는 저녁을 만들지 않는 걸까?

케이스케는 어디에 있을까? 밖으로 나와 피트를 들여다보았다. 사람의 흔적을 찾아볼 수 없었다.

이상하다. 유키에가 케이스케를 데리고 나간 게 아니었나? 아니면 아직 친구 집에서 놀고 있는 걸까? 집으로 들어가 후미요의 방을 들여다보았다.

"엄마, 케이스케는 어디 갔어?"

후미요는 얼빠진 얼굴로 가즈오를 바라보았다. 한마디도 못하고 시선을 손으로 떨어뜨렸다.

말이 안 된다. 부엌에 있는 유키에에게 똑같이 질문했다.

유키에는 뒤도 돌아보지 않았다. 익숙하게 도마 위의 양파를 잘랐다. 한동안 그 훌륭한 칼질을 보고 있었다. 집 안의 냄새를 떠올렸다. 역시 뭔가가 빠져 있었다. 있어야 할 것이 없었다. 부족한 어떤 것의 정체가 희미하게 드러나기 시작했다. 전류와 같은 전율이 온몸을 휘감았다. 그 자리에 우뚝 멈춰 섰다. 다리가 움직이지 않았다. 이런 바보 같은 일이……, 있을 리 없다.

가즈오는 침실로 들어갔다. 옷장 맨 위의 서랍을 열었다.

블라우스, 셔츠……. 유키에의 옷이다. 두 번째 서랍을 여니 가즈오의 셔츠와 바지로 가득 차 있었다. 세 번째 서랍은 유키에의 속옷, 네 번째 서랍은 가즈오의 속옷, 다섯 번째 서랍은 유키에의 옷, 여섯 번째 서랍은 가즈오의 옷. 케이스케의 옷은 어디에도 없었다.

벽장을 열었다. 여름 의류를 넣은 플라스틱 상자가 있었다. 뚜껑을 열고 상자 안 물건을 살폈다. 케이스케의 물건은 양말 한

켤레도 보이지 않았다. 빼곡한 장난감 상자도 없었다. 옆방으로 들어갔다. 가즈오의 방이다.

벽에 붙어 있던 로버트 드니로의 영화 〈미드나잇 런〉의 포스터가 사라졌다. 책장으로 고개를 돌렸다. 대부분 낯익은 책이다. 하지만 케이스케가 좋아하던 그림책은 한 권도 없었다.

책상에 있는 데스크톱 브랜드가 후지쓰에서 NEC로 달라져 있었다. 그것을 본 가즈오는 절망과 비슷한 감정을 느꼈다. 컴퓨터 전원을 켜고 그 안에 들어 있는 데이터를 살펴보았다. 예상대로 케이스케의 사진은 단 한 장도 없었다.

주위 벽을 둘러보았다. 케이스케가 그린 낙서나 흔적이 전혀 없었다.

무릎이 떨려왔다. 이건 너무나도 불합리하다. 너무나도 질 나쁜 장난이다. 그렇게 자신을 타이르며 현관으로 돌아왔다. 신발장을 뒤졌지만 어린이 신발은 단 하나도 보이지 않았다.

고함을 지를 뻔했으나 간신히 참고 거실로 돌아왔다. 머릿속에서 최악의 사태를 그렸다. 불단 앞에 무릎을 꿇고 고개를 숙였다.

제발 그것만은 아니기를.

기도하면서 위패를 꺼냈다. 후미요의 외가 조상의 계명(죽은 사람에게 붙여 주는 이름-옮긴이)만 적혀 있을 뿐 이전과 똑같았다. 케이스케는 죽지 않았다. 부엌에서 유키에가 기분 좋은 소리를 내며 냄비에 양파를 볶고 있었다. 잘게 썬 어묵을 넣더니 적어도 다섯 개는 되어 보이는 날달걀을 그릇에 부었다. 그녀를 보고 있는 동안 계란덮밥에 올릴 소스가 완성되었다.

이렇게 요리를 잘하는 유키에는 처음 봤다.

"엄마는……, 요리 안 하셔?"

뒤에서 살짝 말을 걸었다.

"그러게. 일 년에 한 번이라도 좋으니 해주시면 좋을 텐데."

유키에는 불쾌한 기색이 가득 담긴 목소리로 대답했다.

식기 건조대 안을 살펴보았다. 케이스케의 숟가락이나 밥그릇이 없다.

부엌의 좁은 식탁에 능숙하게 세 명의 식기를 차린 유키에를 지켜보았다. 식탁 한가운데에 완성된 계란덮밥 소스를 냄비째 올려놓았다.

"여보, 부탁해."

그러고는 유키에가 냉장고 위에 있는 소형 텔레비전의 전원을 켰다. 밥솥에서 덮밥용 그릇에 밥을 담고 덮밥 소스를 올렸다. 한 사람 몫만 하더니 그 이상은 손도 안 댈 거라는 듯 의자에 앉아 텔레비전을 올려다보았다.

얼이 빠진 가즈오가 멍하니 유키에를 바라보고 있자, 유키에가 따지는 듯한 눈으로 가즈오를 뾰족하게 쳐다봤다.

"뭐 해? 빨리 부르지 않으면 음식이 식잖아."

유키에는 후미요를 부르러 가라는 것이었다.

가즈오는 시키는 대로 후미요의 방으로 향했다. 저녁 식사 준비가 다 됐다고 전하자, 후미요는 그제야 무거운 듯 몸을 일으켰다.

부엌으로 나온 후미요가 냉장고에서 단무지가 담긴 폴리에틸렌 용기를 꺼내 식탁에 올려놓은 뒤, 덮밥용 그릇에 밥을 푸고 덮밥 소스를 접시에 나누어 담아 자리에 앉았다. 그러고는 찻잔에 차를 따라 입을 축인 후 밥을 먹기 시작했다.

가즈오는 시선을 마주하지 않으려 하는 두 사람을 번갈아 쳐다보았다. 그 누구도 입을 열지 않았다.

유키에는 대화 없이 그저 텔레비전을 보고 있을 뿐이다. 후미요가 단무지를 아작아작 베어 무는 소리가 공허하게 느껴졌다. 어째서 케이스케가 없는 것일까?

눈가에서 뜨거운 것이 떨어졌다. 뺨을 타고 흘러 바지 위에 얼룩을 만들었다. 눈앞에 있는 아내도, 어머니도, 가즈오의 변화를 눈치채지 못했다. 어쩌다 이렇게 되어버린 것일까? 텔레비전에서 불임 치료 특집 프로그램이 나왔다. 유키에가 재빨리 리모컨을 집어 다른 채널로 돌렸다.

후미요가 자신이 사용한 식기의 설거지를 끝내고 부엌을 나갔다. 그때 유키에를 향해 속삭이는 소리가 들렸다.

"언제쯤 손자의 얼굴을 볼 수 있으려나."

얼굴이 벌겋게 달아오른 유키에가 덜커덕 소리를 내며 의자에서 거칠게 일어나 부엌문에 손을 얹었다. 세차게 내리치듯 문 닫는 소리가 들렸다.

"됐어, 어차피 유키에 씨가 낳을 게 아니니까."

후미요가 내뱉은 말에, 자신이 먹던 그릇을 움켜쥔 유키에가 아직 남아 있는 밥을 거칠게 쓰레기통에 내팽개쳤다. 흠칫 놀란 가즈오는 그 모습을 지켜봤다.

18

저녁밥이 목구멍으로 넘어가지 않았다. 집 안을 돌아보았다. 앨범에서도 케이스케의 모습을 찾을 수 없었다. 케이스케의 존재를 느낄 만한 것이 단 하나도 없었다. 가즈오는 포기할 수 없었다. 다른 방으로 이동할 때마다 금방이라도 케이스케가 뛰어나올 것 같은데, 목소리도 들을 수 없었다.

오후 10시.

후미요는 잠이 든 모양이다. 목욕을 마친 유키에는 수건을 머리에 두르고 화장대 앞에서 크림을 바르는 데 집중하고 있었다.

가즈오는 약간 간격을 두고 펴져 있는 이불 위에 앉았다.

케이스케에 대해 이야기하고 싶었다. 키가 조금 작고 푸딩을 매우 좋아하는 아이. 열을 동반한 감기에 자주 걸리는 아이. 아버지의 피를 이어받아 건담 프라모델을 사랑했던 애교쟁이. 그 사랑스러운 존재가 더 이상 이 세상에 없다는 것을 유키에에게 말해주고 싶었다. 자신들에게 둘도 없는 존재였음을 알려주고 싶었다.

참지 못하고 입에서 새어 나왔다.

"케, 이, 스, 케."

그다음 말이 나오지 않았다.

케이스케는 분명 존재했다. 자신의 손으로, 팔로 매일매일 품에 가득 안지 않았는가. 케이스케는 이 세상에 태어나 이 집에서 생활하고 있었다. 분노와 절망이 뒤섞여 밀려왔다. 감정을 주체하기가 힘들었다. 누구라도 좋으니 케이스케에 관해 이야기하고 싶었다. 이제 곧 초등학교에 들어가는데, 아직 아기 같은 말투를 떼지 못한 케이스케를.

지금 유키에의 안에는 케이스케라는 사람이 존재하지 않는다.

마음과 다르게 기운 빠진 소리가 새어 나왔다.

"유, 유키에."

"왜?"

유키에는 얼굴에 로션을 바르고 있었다.

가즈오는 침을 한 번 삼키고 입을 열었다.

"아이는, 어떨까?"

"아이?"

뜬금없는 가즈오의 말에 유키에도 할 말을 잃은 듯했다.

"…… 이제 슬슬 어떤가 해서."

거울에 비친 유키에의 표정이 흐려졌다. 역시, 저녁 식사 때의 일이 아직 마음에 남아 있는 것 같았다.

"무슨 말이야? 밑도 끝도 없이."

예상했던 대로 유키에는 기분이 상한 듯했다.

유키에가 한숨을 쉬었다.

"7년 전이었지."

"7년 전? 왜, 무슨 일?"

당황한 가즈오가 물었다.

유키에는 앉은 채로 가즈오를 돌아보았다. 눈가가 뾰족하게 올라가 있다.

"…… 잊었어? 유산했잖아."

"유산?"

"딱 한 달 만에 떠나보냈잖아. 당신, 화냈지? 기억 안 나? 내 탓이라고 했잖아."

유키에는 다시 거울로 고개를 돌렸다.

가즈오는 깜짝 놀랐다. 역시 케이스케는 유키에의 배 속에 머물러 있었다. 케이스케는 이 세상에서 생을 받았다. 아니, 받으려고 했다. 그것도 잠시, 이 세상에서 사라지고 말았다. 단 한 달 만에.

결정타를 맞은 것 같았다. 어찌할 도리가 없었다. 온몸에서 힘이 빠져나가는 것을 깨달았다. 몸의 절반이 사라져버린 것 같은 극심한 상실감이 찾아왔다. 숨조차 쉬기 어려웠다.

"잘 자."

형광등이 꺼지고 어둠에 잠겼다. 몸을 눕히고 이불을 뒤집어썼다. 난방을 틀지 않아서 그런지 방 안 공기가 순식간에 쌀쌀해졌다. 가즈오는 뜬눈으로 계속 케이스케를 떠올렸다. 이것도 꿈일까? 만약 그렇다면?

타임 슬립을 하고 맞이한 첫날 밤이 떠올랐다. 그날 밤에 오히려 구제의 방법이 있었다. 케이스케가 사라진 이유는 무엇일까? 이 세상에 한 번은 태어났었는데, 어째서 사라져버린 걸까? 생각할 수 있는 것은 오직 하나밖에 없었다.

오이카와 에이치.

오이카와 에이치는 케이스케로 환생해 이 세상을 살아가야 할 사람이었다. 그러나 오이카와는 죽지 않고 아직 살아 있다. 죽어야 할 때 죽지 않았다. 그래서 케이스케는 그 영혼을 이어받지 못한 채, 허무하게 이 세상을 떠나버린 것이 아닐까?

지독한 자기혐오에 시달렸다. 분통이 터졌다. 왜 자신은 그때 오이카와 에이치를 도왔을까? 죽도록 후회해도 끝이 없었다. 자기 자신을 비난하고 욕했다. 하지만 무엇 하나 달라지지 않았다. 케이스케는 없다.

19

얼굴에 닿는 냉기를 느끼며 잠에서 깼다. 창밖이 밝아지고 있었다. 잠을 잔 것인지 안 잔 것인지 모르겠다. 머리가 멍했다. 쭈뼛쭈뼛 옆을 보았다. 유키에가 등을 돌리고 자고 있었다. 케이스케가 잠을 자던 이불은 없었다. 유키에의 머리맡에 있는 시계는 아직 6시 전. 이불을 머리까지 뒤집어쓰고 다시 눈을 감았다.

다시 눈을 떴을 때, 유키에는 이미 이불 속에 없었다. 부엌에서 소리가 들렸다. 7시 반을 지나고 있다. 희미한 기대를 품으며 잠옷을 입은 채 집 안을 돌아다녔다. 벽을 둘러보았다. 케이스케가 쓰고 붙인 흔적은 없었다. 거실 중앙에 있는 큰 기둥을 손으로 만졌다. 케이스케가 키를 잴 때마다 표시해둔 흔적도 없었다.

케이스케의 흔적이 말끔히 사라졌다.

유키에가 부엌에서 아침 식사를 준비하고 있었다. 이전 세계에서도 아침 식사는 유키에가 담당했다. 밥과 무 된장국을 직접 떠서 식탁에 앉았다. 반찬은 시금치 무침과 짠지뿐이지만, 이전 세계와 큰 차이는 없었다.

8시가 넘어서 유키에는 차를 타고 나갔다. 뒷정리는 후미요의 일인 듯했다. 싱크대에서 세 사람이 먹은 식기를 설거지하며 후미요가 가즈오에게 말을 걸었다.

"가즈오. 내일 시내에 나가는데, 뭐 사 올 것 있니?"

"강좌?"

"그것 말고는 없잖아."

후미요는 일본 자수 강좌의 보조 강사를 맡고 있었다. 그것은 이 세계에서도 변함이 없는 것 같았다. 후미요는 매주 화요일과 목요일 오전 9시, 버스를 타고 혼마치에 있는 '이초홀'로 향한다. 이초홀은 하치오지시 문화시설의 거점으로, 과거 다이마루 백화점이 있던 장소의 바로 북쪽이다.

"아니, 없어."

출근할 마음이 들지 않았다. 8시 반, 시청에 전화를 걸어 반차를 내겠다고 전하고 잠시 후에 집을 나섰다. 하늘은 맑고 햇살은 눈이 부셨다.

발길은 자연스럽게 고야쓰 공원으로 향했다. 케이스케와 자주 와서 놀았던 공원이다.

케이스케는 비닐 공으로 캐치볼을 흉내 내는 것을 좋아했다. 포근한 햇살이 내리쬐는 벤치에 앉았다.

작은 미끄럼틀을 바라보았다. 철제 미끄럼틀을 미끄러져 내려오는 케이스케가 눈앞에 그려졌다. 작은 그네에 앉아 보았다. 자신의 무릎 위에 앉아 까르르 웃는 케이스케의 목소리가 들릴 것만 같았다. 눈물이 서서히 뺨을 적셨다. 정면에서 내리쬐는 햇빛 때문에 눈이 따가웠다. 더 이상 참을 수가 없었다. 케이스케가 없는 세상은 인정할 수 없었다.

바람이 불어왔다. 그제야 스웨터 한 장밖에 입지 않았다는 것을 깨달았다. 집으로 돌아갈 마음이 들지 않았다. 길 건너편에서 아이들의 환호성이 들려왔다. 익숙한 목소리다. 아담한 정원에서 아이들이 찬바람을 맞으며 뛰어다니고 있었다. 케이스케가 다니던 유치원이다.

담장에 기대어 물끄러미 바라보았다. 반바지를 입은 통통한 남자아이가 우당탕 뛰어다니고 있었다. '나카친'이라는 별명을 가진 나카다 도시유키. 바짝 마른 체형에, 어딘가 반항적으로 보이는 오이시 이사오도 있었다. 두 아이 모두 케이스케의 친한 친구다. 보고만 있어도 눈시울이 뜨거워졌다. 뛰어다니는 아이들을 눈으로 좇았다.

혹시.

케이스케는 평소처럼 이 아이들과 함께 있는 게 아닐까? 남자아이들의 얼굴을 하나하나 확인했다. 케이스케는 없었다. 모래밭이나 정글짐에도 아이들이 있었지만, 여기에서는 또렷하게 보이지 않았다.

문틈으로 안으로 들어갔다. 모래밭으로 걸음을 옮겨 아이들을 바라보았다. 여기에도 케이스케는 없었다. 아무도 없는 교실 한쪽에 붙은 사진들이 눈에 들어왔다. 그에 이끌리듯 자신도 모르게 교실로 들어갔다. 겨울방학이 끝나고 교실에 모두 모인 원아가 찍혀 있었다.

손가락으로 짚으며 하나하나 찬찬히 들여다보았다. 사진 속에 나카다도, 오이시도 있었다.

하지만 어디를 봐도 케이스케의 모습은 없었다.

"누구시죠?"

경계하는 목소리에 뒤를 돌아보았다. 쉰이 넘은 여성이 입구에 서서 이쪽을 매섭게 바라보고 있었다.

"원장 선생님……."

그만 입 밖으로 내뱉고 말았다. 원장 선생님이 누군가를 부르는 동작을 반복했다.

당황한 가즈오가 황급히 교실을 빠져나와 교정 끝까지 내달렸다. 살짝 열린 문으로 빠져나왔다. 뒤는 돌아보지 않았다. 숨이 차올랐다.

가즈오는 사가미 호수에서 오이카와를 발견했을 때를 떠올렸다. 사쿠마와 몸싸움을 한 것도. 그리고 문득 생각했다. 33년 전의 세계에 아직 자신이 머물러 있었다면 어떻게 되었을까?

유키에와는 결혼하지 않았을 것이고 케이스케도 태어나지 않았을 것이다.

"도대체 무슨 생각인가?"

누군가 말을 거는 목소리에 가즈오는 카운터 너머로 손님을 바라보았다.

철 지난 새빨간 바람막이 점퍼를 입은, 머리가 희끗희끗한 남자가 물끄러미 이쪽을 쏘아보고 있었다.

남자는 국민건강보험료 고지서를 내밀었다. 지난달 조합건강보험을 해지하고 국민건강보험에 가입한 것으로 되어 있다. 청구액은 6만 5천 엔. 가즈오는 곤란했다. 조합건강보험의 보험료는 월급에서 공제되어 국민건강보험료에 비해 저렴하게 느껴진다. 심지어 국민건강보험에 가입할 때는 대부분 무직 상태이기에 돈이 없다. 이번에 국민건강보험에 가입한 남자는 갑자기 터무니없는 액수가 청구되어 깜짝 놀라 찾아온 것이다.

"지난달부터 가입하신 거죠?"

"당연하지! 이런 돈을 누가 낼 수 있겠어?"

시비조의 고객을 잘 상대하진 못하지만, 가즈오는 일단 세금 산정 방법을 설명했다.

계장을 비롯해 과장도 귀를 쫑긋 세우고 있었다.

설명하고 있는 동안 한층 더 거세게 흥분한 남자가 갑자기 가즈오의 멱살을 잡았다.

"이 자식아, 나를 뭐라고 생각하는 거야?"

"그러니까……."

보안요원이 달려올 때까지 가즈오는 살아 있다는 기분이 들지 않았다.

3시, 드디어 휴식 시간이 찾아왔다. 다른 사람에게 접수처를 맡긴 가즈오는 마음을 가다듬고 단말기 앞에 앉았다. 그런 다음 주민기본대장 시스템에 로그인했다.

'미야즈 케이스케'라고 입력한 뒤, 엔터 키를 눌렀다.

위 사람을 찾을 수 없습니다.

불빛이 무심하게 깜빡임을 되풀이했다. 몇 번이나 시도해보았으나 없는 것은 없는 거였다.

그때 사쿠마가 머릿속을 스쳤다. 사가미 호수에서 사쿠마는 물에 빠지지 않았을 것이다. 물 위로 떠올라 헤엄을 치던 광경이 뇌리에 박혀 있다. 어느 쪽이든 금방 구조됐을 것이다. 그 후 자신은 어떤 대우를 받게 되었을까?

사쿠마야말로 자신의 전생 속 인간일 것이다. 그러나 오이카와 에이치처럼 아직도 살아 있다면? 만약 그렇다면 사쿠마는 자신의 전생 속 인간이 아니라는 말이 된다. 오히려 그게 더 고마운 마음이 들었다.

'사쿠마 슈지'라고 입력하고 엔터 키를 눌렀다.

사쿠마 슈지

하치오지시 묘진초 잇초메 40-2

1975년 4월 5일 사망

역시, 사쿠마는 세상을 떠났다. 사가미 호수에서 둘이 물속으로 뛰어든 지 한 달도 안 되는 사이에. 하지만 뭔가 다르다. 가만히 모니터를 바라보았다.

그래, 사망 날짜가 다르다. 과거로 타임 슬립을 하기 전에는 3월 20일이 있던 주에 죽었을 것이다. 4월 5일 사망이라니, 이게 어떻게 된 것인가. 자신과 마찬가지로 사가미 호수에 빠진 후 의식을 잃기라도 한 걸까? 그래서 식물인간이 되어버린 걸까? 그리고 한 달이 지나서야 병원에서 숨을 거둔 것일까?

근무를 마친 가즈오는 스쿠터를 타고 중앙 도서관까지 달렸다. 2층 참고 도서실로 뛰어 올라갔다. 사서에게 마이크로필름으로 33년 전 〈마이초신문〉의 지방판을 열람할 수 있게 해달라고 부탁했다.

사서가 마이크로필름 기계에 필름을 세팅하고 전원을 켰다. 해당 날짜까지 손잡이를 계속 돌렸다. 1975년 3월 7일 조간신문이 나왔다. 전에 봤던 기사와 거의 똑같다. 다음 날 조간신문으로 넘어갔다. 1975년 3월 8일 토요일. 눈을 크게 뜨고 사회면을 살폈다.

'하치오지시 시청 인건비 문제 홍보물 접전', '가짜 경찰수첩을 든 소년을 계도'.

사가미 호수라는 글자는 어디에도 없었다. 전날 오이카와 에이치가 살해되지 않았기 때문이다. 그건 알고 있다. 하지만 자신은 어떻게 된 것일까?

그날 자신은 사가미 호수에 있었고, 호수에 빠졌다. 그리고 33년 후의 미래로 돌아왔다. 그건 틀림없는 사실이지만, 결론적으로 자신은 사가미 호수의 밑바닥에 가라앉은 채로 있는 것이다. 아무도 구해주려고 하지 않은 것인가? 오이카와라는 목격자도 있었다. 단순 사고로 종결되어 뉴스로서 가치가 없다고 판단된 걸까?

손잡이를 돌려 날짜를 넘겼다. 1975년 3월 20일. 가즈오가 타임 슬립을 하기 전의 세계에서, 사쿠마가 폭주족의 집단 폭주에 휘말려 목숨을 잃은 날 즈음이다.

…… 없다. 21일도 살폈다. 역시 없었다. 22일에도, 23일에도 비슷한 기사는 없었다. 1975년 4월 6일까지 넘어갔다.

야엔 가도에서 뺑소니?

4월 5일 새벽. 하치오지시 기타노마치의 야엔 가도에서 사쿠마 슈지 씨(35)가 쓰러져 있는 것을 지나가던 운전자가 발견해 119에 연락했지만, 이미 그는 사망한 상태였다. 현장은 전망이 좋은 커브길로, 하치오지 경찰서는 뺑소니 사건으로 보고 수사를 개시했다. 그러나 현장에서 브레이크를 밟은 흔적은 발견되지 않았으며, 심지어 전날 밤은 심한 뇌우가 있었기 때문에 사람을 치고 도망갔을 만한 차의 페인트를 채취하는 데에 어려움이 있어 수사는 난항을 겪고 있다.

기타노마치라면, 사쿠마가 살고 있는 묘친초에서 뛰어서 십 분이면 도착한다. 그런데 사쿠마는 왜 한밤중에 그런 곳에 있었을까? 게다가 뇌우가 쏟아지는 날이다. 어쨌든 사쿠마는 죽을 운명이었다. 그것은 확실한 것 같았다. 날짜가 조금 달라진 것뿐이라고도 해석할 수 있다.

참을 수가 없었다. 역시 사쿠마는 사망하여 자신으로 다시 태어났다. 그래도 가즈오는 조사를 멈추지 않았다. 단서를 하나라도 더 찾고 싶었다. 마이크로필름을 3월 초로 되돌렸다.

자신이 타임 슬립을 한 3월 3일의 기사부터 하루하루 찬찬히 읽어 내려갔다.

3월 3일 기사에서는 하자마구미의 폭파 사건을 크게 다루고 있었다. 미노베 도지사의 3선 문제에도 주목하고 있었다. 사회면에는 도쿄에서 늙은 아버지를 죽인 남매가 나라현으로 넘어가 자살한 사건도 있었다. 날짜를 돌려 3월 7일 이후의 기사를 훑어보았다. 요코하마의 야마시타 공원에서 강아지 콜리를 산책시키던 주부가 현금을 주운 사건의 후일담도 있었다.

자신과 오이카와와 관련 있어 보이는 사건은 없었다. 혹시나 하는 마음에 선반에서 1900년대 근대사 책과 신문 축소판 인쇄물을 꺼내 책상에 펼쳤다. 일본의 거품 경제와 9 · 11 테러 사건도 다루고 있었다. 오이카와를 구하면서 달라진 역사는 가즈오 자신의 주변으로 한정되어 있고, 사회 전반에는 영향을 미치지 않은 듯했다.

도서관 폐관 시간이 다가왔다. 밖은 어두워져 있었다. 이제 들를 곳이 없었다. 집으로 가는 게 아무래도 내키지 않았다. 케이스케가 없는 집은 도저히 자신의 집이라고 할 수 없었다.

사쿠마의 기사를 읽으면서 후미요에 관한 의문이 떠올랐다. 33년 전 그날 밤, 사쿠마는 후미요가 살고 있던 연립주택을 방문했다. 3월 4일 화요일이었다. 그리고 후미요는 다음 날 아사쿠사바시에서 오이카와 에이치를 만났다. 후미요에게 두 사람은 어떤 존재였을까?

20

유키에가 돌아온 듯, 주차 공간에 차가 들어와 있었다. 그와는 별개로 하얀 닛산 세드릭이 서 있었다. 누구의 자동차일까? 본 적이 없는 자동차다.

현관문을 열자 집으로 들어가는 문턱에 센다가 걸터앉아 있었다. 타임 슬립을 하기 전 센다의 자동차는 도요타 셀시오였는데, 이 세계에서는 닛산 세드릭인가 보다. 회색 정장도 어딘지 모르게 수수한 느낌이었다. 집 안으로 들어가지 않고 이런 곳에서 이야기를 나누고 있는 것도 이상했다. 난처한 표정으로 앉아 있는 후미요도 어딘가 이상했다.

"아……, 안녕하세요."

인사를 했지만 센다는 가볍게 고개를 끄덕일 뿐, 가즈오를 거의 무시했다.

"아, 가즈오. 마침 잘됐다. 어떻게 할래?"

후미요가 가즈오를 올려다보며 도움을 청하는 듯한 목소리로 말했다.

"무슨 일인가요? 두 사람 다 이상하게."

그렇게 말하자, 센다가 성가시다는 표정으로 흘끗흘끗 곁눈질했다.

"지난번에 했던 얘기 말이야."

후미요가 다시 입을 열었다.

이 세계에서는 뭔가 다른 일이 진행되고 있는 듯했다. 그러나 그것이 무엇인지는 알 수 없었다. 그 자리에 굳은 듯 움직이지 않는 두 사람을 보며, 가즈오는 지금 꽤 난감한 상황 같다는 생각이 들었다. 무엇에 관한 이야기인지 차분히 들을 수밖에 없을 것 같았다.

"뭐, 일단 삼촌도 이런 곳에 계시지 말고 집으로 들어가는 게 어떠세요?"

크게 숨을 들이쉬며 센다는 느리게 일어섰다. 그러고는 후미요를 힐끗 쏘아보며 말했다.

"그럼, 다음에 보자고."

센다는 가즈오의 옆을 지나쳐 현관을 나갔다.

"삼촌."

가즈오가 불러 세웠지만 센다는 뒤도 돌아보지 않았다. 세드릭은 후진하자마자 빠르게 달려 사라졌다.

안심한 듯 보이는 후미요에게 이유를 물어보았다.

"잊어버렸니? 아무래도 요즘 너 이상하다니까. 이 집을 비워달라고 하셨잖아."

"비워달라고? 또 왜?"

후미요는 한심하다는 표정으로 가즈오를 바라보았다.

"여기에 센다 씨가 아파트를 올릴 거야."

"뭐야, 아닌 밤중에 홍두깨 같은 소리는. 무엇보다 우리가 가진 집이잖아. 그렇게 간단히 나갈 것 같아?"

가즈오는 그렇게 말하며 집으로 들어섰다.

"너 어디 아프니?"

후미요가 뒤를 따라왔다.

"이 집의 부지가 센다 씨 명의잖아. 우리가 빌리고 있을 뿐이라고. 가즈오, 내가 대금을 내고 있는 거, 잊은 건 아니겠지?"

이 집이 빌린 땅이라고?

가즈오가 후미요를 돌아보았다.

"그러면 이 집은 누가 지은 거야?"

"무슨 말을 하는 거야. 나 말고 누가 지었겠니?"

아, 집까지 달라졌구나. 가즈오는 생각했다. 이전 세계에서는 집도 땅도 자신들 소유였다. 하지만 이 세계에서는 그렇지 않은 듯했다.

침실에 틀어박혀 있는지 유키에는 부엌에 없었다. 식탁에는 차가워 보이는 유부초밥과 간표마키(양념한 박고지를 속에 넣은 김초밥-옮긴이)가 덩그러니 놓여 있었다. 다른 요리는 없었다. 어제 저녁 후미요와의 갈등이 아직도 이어지는 듯했다.

후미요는 기분이 언짢은 듯 그릇을 꺼내 즉석 된장국을 넣고 뜨거운 물을 부었다.

가즈오는 침실을 들여다보았다. 유키에가 화장대 앞에 앉아 글을 쓰고 있었다.

"밥, 다 먹었어?"

가즈오가 말을 걸어도 유키에는 거들떠보지도 않았다. 당혹스러웠다. 이럴 때 케이스케가 있었으면 좋았을 텐데. 유키에의 팔을 붙들고 부엌으로 데리고 나오는 케이스케의 모습이 눈에 선했다. 아니, 케이스케가 있었으면 유키에와 후미요가 서로 날을 세우고 갈등하는 일도 없을 것이다.

가즈오는 다시 센다를 떠올렸다. 이전 세계에서는 마치 가족처럼 이것저것 챙겨줬다. 그랬는데 지금은 손바닥을 뒤집듯 굉장히 쌀쌀맞았다. 정말이지, 끔찍한 일이 벌어지고 말았다. 전화기 옆에 놓여 있는 주소록을 집어 들었다.

휘리릭 페이지를 넘겼다. 센다의 이름은 찾아볼 수가 없었다. 오이카와가 생각나 'ㅇ' 항을 살펴보았지만 보이지 않았다.

슬그머니 후미요의 방으로 들어갔다. 장롱 맨 위의 서랍을 열었다.

생각했던 대로 가죽 재질의 주소록이 있었다. 후미요가 예전부터 사용하고 있는 것이다. 거기에도 센다와 오이카와의 이름은 적혀 있지 않았다. 혹시나 하는 마음에 사쿠마의 이름을 찾았지만 역시 보이지 않았다.

궁금한 것은 오이카와였다. 아사쿠사바시에서 두 사람이 조심스럽게 만났던 장면이 머릿속에서 떠나질 않았다. 이 세계에서 오이카와는 아직 살아 있다. 자신이 그렇게 만들었다. 하지만 그 대가는 너무 컸다. 케이스케로 다시 태어나야 할 인간이 이 세계에 살고 있다. 그 생각만 하면 가슴이 꽉 조여왔다.

오이카와는 알고 있다. 33년 전, 사가미 호수에서 자신이 목숨을 구해주었다는 것을. 모를 리가 없을 것이다.

21

3월 5일 수요일

원래 세계로 돌아온 지도 이틀이 지났다. 33년 전의 세계로 떨어진 날도, 지금의 세계로 돌아온 날도, 똑같이 3월 3일 오전 11시 30분. 이날 이 시간은 특별한 힘으로 연결되어 있다고밖에 생각할 수 없었다.

집에 있는 물리학 책에 시간에 관해 다루는 내용이 있었다. 그중 시간을 일차원으로 파악한 '시간의 고리'라는 개념이 마음에 걸렸다.

종이 한 장의 세로축을 시간, 가로축을 공간이라고 하고, 세로축을 중심으로 종이를 둥글게 말아 원통을 만든다. 이것을 세로로 두면 공간은 그 통 사이의 좁은 공간으로 한정되지만, 시간은 세로 방향으로 무한히 열린 시공이 완성된다. 그와 반대로 가로축을 중심으로 둥글게 만들면, 공간은 가로로 무한하게 열리지만, 시간은 통 안의 닫힌 공간을 영원히 돈다는 개념이다. 어느 쪽이든 그 원통 안에 들어가 앞으로 나아가다 보면, 어느 시점에서 원래의 장소로 돌아온다는 것 같다. 게다가 이것은 일반상대성이론에서 가능한 일이라고 했다.

그런 관점에서 생각해보면, 2008년 3월 3일과 1975년 3월 3일은 이 원통 안, 딱 풀칠하는 여백 부분에 해당하는 날이 아니었을까? 공교롭게도 이날은 똑같이 월요일이다.

각기 다른 해에 날짜와 요일이 일치하는 건 드문 일이 아닐까? 조사해본 결과, 다음번 날짜와 요일이 모두 일치하는 해는 2014년과 2025년이라고 한다. 당시 하치오지의 날씨는 맑았고 가끔 흐렸다.

올해 3월 3일도 마찬가지다.

완전히 똑같은 날짜, 똑같은 요일에 지구와 다른 천체의 운행이 서로 겹치면서 기압 배치와 기류, 온도, 습도까지 모두 일치했다. 그리고 지구의 지자기가 흔들리고, 보이지 않는 '시간의 고리'가 입을 크게 벌린다.

블랙홀과 화이트홀을 연결하는 '웜홀'이라고 불리는 것일지도 모른다. 그리고 예를 들어 병원 MRI와 같은 자기장이 더해지면서, 자신이 과거로 아주 살짝 밀려난 게 아닐까?

오후 3시가 가까워졌다. 손님은 한 명도 오지 않았다. 어떠한 변화도 없는 하루가 지나가고 있었다. 휴게 시간에는 아직 읽지 못한 아파트 관련 책을 펼쳤지만, 내용이 조금도 머리에 들어오지 않았다. 자신도 모르게 케이스케의 얼굴을 머릿속에 그리고 있었다.

케이스케가 없는 세계가 아직도 믿기지 않는다.

케이스케의 이야기를 누구에게도 할 수 없었다.

케이스케를 잃은 슬픔을 나눌 수 있는 사람이 단 한 명도 없었다.

옷 조각이든, 뭐든 좋았다. 케이스케와 통하는 것을 찾고 싶었다. 분명 무언가가 있을 것이다. 비록 살고 있는 세계가 달라졌다고 하더라도, 케이스케는 분명히 존재하고 있었다. 연기처럼 사라져버리다니, 이건 너무나도 가혹했다.

이제 케이스케는 가즈오의 기억 속에만 존재한다. 어느 날 아침에 눈을 떴는데 케이스케의 기억만 쏙 빠져버린다면, 그때 정말로 케이스케라는 사람은 완전히 소멸하고 만다. 가즈오는 온몸이 떨려왔다.

오이카와 에이치가 가슴을 스쳐 지나갔다. 어제까지만 해도 오이카와가 살아 있다는 것 자체를 용서하기 어려웠다. 그때 오이카와가 죽었다면 케이스케로 환생했을 것이다.

그러나 가즈오는 그 응어리가 조금씩 희미해지는 것을 알 수 있었다. 오히려 오이카와를 생각하면 마음 한구석에 작은 불이 켜지는 것처럼, 그리움과 비슷한 감정이 북받쳤다. 도대체 이게 어떤 의미일까?

일을 마친 가즈오는 찬바람을 맞으며 고슈 가도를 타고 동쪽으로 달렸다.

주오선 건널목을 건너 우에노마치로 들어갔다. 구획이 정리된 우에노마치는 좁은 골목이 철거되면서 33년 전의 모습이 완전히 사라졌다. 모든 집이 땅을 가득 메우고 있었다. 그런 탓에 집과 집 사이에 여유가 없었다. 선로를 따라 난 새로운 길을 조금 더 가니 말끔한 2층 건물이 나타났다. 그 앞에 스쿠터를 멈추었다. '오이카와 직물'이라는 문패가 보였다.

33년 전에 적갈색 함석 담장의 공장은 모던한 가정집 겸 공장으로 변해 있었다. 낮은 모터 소리가 새어 나왔다. 도로에서 돌계단을 다섯 칸쯤 올라가니 알루미늄 새시 문이 있고, 유리 너머로 켜져 있는 형광등이 보였다.

이곳에 살고 있는 사람이야말로 유일하게 케이스케와 통하는 존재다. 그렇게 생각하니 기대라고도, 뭐라고도 할 수 없는 감정이 가슴속에서 부풀어 올랐다.

가즈오는 돌계단에 발을 내디딘 채 투명한 유리 너머로 안을 들여다보았다.

현관 건너편은 좁고 긴 사무실로 되어 있고 왼편이 공장이었다. 자카르 기계와 비슷한 기계 몇 대가 움직이고 있었다. 사람의 모습은 보이지 않았다. 문 옆에 있는 호출 벨을 눌렀다.

가즈오는 가슴이 뛰었다. 오이카와와는 이틀 전에 막 헤어진 참이었다.

그러나 실제로는 33년 동안 만나지 않았다는 계산이 나온다. 오이카와는 자신을 기억하고 있을까? 33년 전, 고작 며칠이지만 함께 자고 생활한 자신을. 사가미 호수에서 목숨을 구해준 자신을. 가즈오는 오이카와가 기억하고 있으리라고 생각했다. 아니, 기억해주길 바랐다.

공장에서 노인이 느릿느릿 모습을 드러냈다. 문을 열리자 가즈오는 좁은 현관 앞으로 미끄러지듯 들어갔다. 오이카와는 여전히 몸집이 작았다. 뚱뚱하지도, 마르지도 않았다. 고양이처럼 약간 굽은 등과 길게 기른 머리카락의 흰머리가 눈에 띄었지만, 옛날과 크게 다르지 않았다. 노란빛이 감도는 흰자위가 자신을 쳐다보았을 때, 가즈오는 왠지 얼굴이 화끈거리는 것 같았다.

"시청에서 오셨는가."

오이카와가 침착한 목소리로 말했다. 활력은 없었지만, 틀림없이 오이카와의 목소리다.

"아, 맞습니다. 바쁘신 와중에 감사드립니다."

그리고 가즈오는 상대의 얼굴을 뚫어지게 쳐다봤다. 자신을 바라보는 오이카와의 표정에는 어떠한 낌새도 보이지 않았다. 오이카와는 자신의 얼굴을 잊어버린 듯했다.

"아마 대단한 내용은 가르쳐주지 못할 것 같은데. 그래도 괜찮은가?"

"네, 괜찮습니다."

이곳에 오기 전, 미리 전화로 보험연금과에서 발행하고 있는 〈국민건강보험 소식〉에 하치오지의 넥타이 직물 특집을 게재한다는 것을 알렸다. 그 취재를 위해 방문하고 싶다고 요청했는데,

오이카와가 수락해주었다. 물론 실제로 그런 특집 기사가 실릴 예정은 없었다.

"일은 혼자서 하시나요?"

"혼자서 근근이 유지하고 있네."

오이카와가 말했다.

"과거에 비해 기계가 좋아져서 어떻게든 처리는 하고 있지. 자, 그러면 무슨 얘기를 하면 좋은가."

"34년 전의……. 음, 1975년 무렵의 넥타이 직물을 둘러싼 상황을 듣고 싶습니다. 당시에 공장은 어느 정도 있었나요?"

오이카와는 하얗게 센 눈썹을 찌푸리며 팔짱을 꼈다.

"어디 보자, 넥타이 직물 가게는 쉰 곳 정도 있었으려나. 그 무렵이면 완전히 기울어졌을 때라서."

"미국과 일본의 섬유 협상의 영향이 컸을 텐데, 어떠셨나요? 오키나와를 반환하는 대신, 일본이 미국으로 수출하는 섬유를 자율 규제하는 방안을 정부가 무리하게 밀어붙였으니까요."

"그렇지, 그것 때문에 호되게 당했다고. 당시에는 '실을 팔아 밧줄을 산다'라는 말까지 나왔으니."

여기에서 밧줄(縄)은 오키나와(沖縄)를 가리킨다.

"비단의 경우, 생실의 수입 가격이 점점 비싸졌다고 들었는데요."

"정치인이 양잠 농가를 보호하려고 가격 통제를 단행한 거야. 이전보다 가격이 배로 뛰어올라 채산이 맞지 않게 된 거지. 참 힘들었어. 같이 일하던 사람들은 점점 다른 일을 알아보게 되었다네."

그때 시게가 나라에서 실을 사들인다고 말했었다. 가격 통제란 그것을 말하는 것이다. 하지만 그런 얘기는 어찌 되든 상관없었다. 오이카와는 그렇게 시대의 거친 파도에 시달리면서도, 어떻게든 살아남았다. 주민등록표를 검색했을 때, 오이카와는 혼자였다. 호적을 살펴봐도 결혼한 기록은 없었다.

"조금 다른 얘기일지도 모르겠지만, 해도 괜찮을까요?"

오이카와는 어리둥절한 모습으로 가즈오를 바라보았다.

약간의 망설임 끝에 가즈오는 취조라도 하듯 말을 꺼냈다.

"오이카와 씨, 그 무렵 '미야즈 후미요'라는 여자와 만나지 않았습니까?"

오이카와가 미간을 깊게 찌푸리며 가만히 생각에 잠기는 듯 보였다. 한동안 오이카와의 말을 기다렸지만 대답이 돌아오지는 않았다.

"죄송합니다, 이런 얘기를 꺼내서. 하지만 아무래도 신경이 쓰여서요. 제가 미야즈 후미요 씨의 아들입니다."

오이카와는 눈을 가늘게 뜨더니, 다시 가즈오의 얼굴을 바라보았다. 그 눈동자가 아련하게 빛나는 듯한 느낌이었다.

"33년 전……, 1975년 3월 7일. 사가미 호수에 계셨죠?"

오이카와의 표정이 순식간에 어두워지며, 마치 유령을 본 듯한 표정을 지었다. 하지만 그것도 잠시, 바로 가즈오에게서 시선을 뗐다.

그때 알람이 요란하게 울려 퍼졌다. 기계의 실이 엉킨 것이다.

뒤를 돌아 공장으로 들어가는 오이카와를 바라보았다. 가즈오는 이곳에 머물러봤자 더 이상 소득이 없을 것 같았다. 사가미 호수에서 일어난 일에 관해 묻지 못한 것은 유감이었지만, 오이카와의 눈에 당혹스러운 빛이 떠오른 것은 분명했다. 오이카와는 33년 전에 만난 고바야시라는 인물을 떠올린 것이다. 그리고 고바야시가 눈앞에 있는 자신과 쏙 빼닮았다는 것을 눈치챈 것이 아닐까?

당시의 외모와 조금도 달라지지 않았다는 사실에 놀랐을 것이다. 만약 그렇다면 자신을 고바야시의 아들이라고 생각했을지도 모른다. …… 아니, 거기까지는 떠올리기 어려울지도 모른다. 어쨌든 33년 전의 일이다.

인사도 없이 오이카와의 공장을 빠져나왔다. 이제 두 번 다시 이곳에 올 일은 없을 것이다. 스쿠터에 올라타고 집으로 향했다.

바람이 차가웠다. 오이카와의 집에서 멀어질수록 허무함이 밀려왔다. 자신은 무엇 때문에 오이카와의 집을 찾은 것일까? 오이카와에게서 케이스케의 흔적을 찾으려고 했던 것일까?

어쩌면 오이카와의 얼굴을 마주하고 이런 말을 내뱉고 싶었던 것이 아닐까? '당신이 살아 있는 탓에 케이스케가 사라져버렸다'라고.

하지만 그것은 잘못된 생각이었다. 케이스케와 연결되어 있다니, 오이카와의 시선에서는 그저 가즈오가 제멋대로 한 추측에 불과하다. 오이카와와 케이스케는 부모 자식 관계도 아니고, 아는 사이도 아니다. 아예 생판 남인 것이다.

집에 도착할 무렵, 머릿속에는 당시의 일을 알고 있는 또 다른 당사자들로 가득 찼다. 후미요다. 오늘은 반드시 후미요의 입으로 직접 들어야 한다. 오이카와와 사쿠마, 두 사람과 어떤 관계였는지를.

세 사람이 차가운 식탁을 에워쌌다. 저녁 식사를 마친 후미요는 자기 방으로 돌아갔다. 유키에는 바로 목욕물을 데우고 먼저 씻으러 들어갔다.

그 사이, 가즈오는 후미요의 방을 찾았다.

역사가 바뀐 것은 자신이 오이카와 에이치를 도운 날 이후다. 그때까지 오이카와와 사쿠마, 두 사람이 어떤 관계이든 후미요와 알고 지냈다는 것은 분명한 사실이다.

후미요는 어떻게 자신을 낳고 키워왔을까? 여자 혼자 힘으로 집을 마련하고 자신을 대학까지 보냈다. 대체 그 돈은 어느 누가 부담한 것일까?

"엄마, 내가 태어났을 때 센다 삼촌의 공장에서 근무했지?"

"그랬지. 그게 왜?"

후미요가 불쾌한 듯 대답했다.

"어떤 일을 했어?"

"그야 당연하잖아. 아침부터 저녁까지 직조기에 달라붙어 있었어. 나뿐만 아니라 집단 취직했던 학생들은 다 똑같아."

"하지만 엄마는 직물 디자인도 했잖아? 꽤 수입이 괜찮았다고 하지 않았어?"

"아주 조금밖에 못 받았어. 게다가 곧 그만두게 되기도 했고."

"어? 그만뒀어?"

"아, 도안 가게에서 근무했는데, 얼마 안 가 모두 컴퓨터로 작업하게 되면서 그만뒀지. 도저히 따라갈 수가 없어서. 그 뒤로 도쿠다케 씨에게 신세를 지기도 하고, 정말 힘들었어. 몸이 가루가 되도록 일했으니까."

도안 가게는 직물의 무늬를 디자인하는 곳이고, '도쿠다케'는 근처에 있는 도시락 배달 가게다. 이 세계의 후미요는 그런 곳에서도 일을 했단 말인가. 가즈오는 매우 놀랐다.

"왜 그렇게 일했어?"

"너를 대학까지 보내야 한다는 일념으로 줄곧 해온 거잖아. 뭘 또 새삼스럽게 그런 거를 묻는 거야, 정말."

"오이카와 에이치라는 사람은 알아?"

후미요가 미세하게 반응을 보이는 것 같았다.

가즈오는 말을 계속했다.

"우에노마치에서 넥타이 직물을 하고 있는 사람인데, 들은 적 없어?"

"센다 씨 공장에서 일할 때, 들어본 적 있는 이름 같기도 해. 그런데 왜?"

가즈오는 이번에도 틀렸다고 생각했다. 후미요는 시치미를 뗄 생각인 듯했다. 33년 전 아사쿠사바시에서 두 사람을 목격했다는 말이 저도 모르게 입 밖으로 튀어나올 것만 같았지만, 겨우 참았다. 이어서 사쿠마 슈지의 이름을 꺼냈다.

오이카와 에이치의 이름을 말했을 때와 비교하면, 이번에는 무시나 다름없었다.

가즈오는 역시 후미요가 숨기고 있는 비밀이 있다고 확신했다. 아들인 자신에게도 말할 수 없는 비밀이 있다. 그것은 과연 무엇일까?

그날 밤, 잠을 자려고 누웠는데 오랜만에 어머니 생가가 있는 이시노마키에 갔을 때가 떠올랐다. 중학교 2학년인가 3학년 때였다. 섣달그믐날에 가까운 겨울방학의 어느 날이었다. 센다이역까지 신칸센을 탔다. 도호쿠 지역인데도 눈이 쌓이지 않는 것이 신기했다. 센다이역에서 센세키선으로 갈아탔다. 잠시 후 차창 밖으로 복잡한 해안선이 보이기 시작했다. 후미요는 여기가 그 유명한 마쓰시마라고 알려주었다.

점점 새하얀 눈이 보이기 시작했다. 내린 곳은 '헤비타'라는 특이한 이름의 역이었다. 작은 역사를 나왔을 때, 얼어붙을 것만 같았던 추위를 가즈오는 아직도 선명하게 기억했다.

역에는 친척이라는 남자가 마중 나와 있었다. 그 사람이 운전하는 차를 타고 외갓집으로 향했다. 그때 태어나서 처음으로 눈보라를 보았다. 도로에 쌓인 눈을 날려버릴 듯한 엄청난 소리와 함께 바람이 휘몰아쳤다. 후미요가 외갓집에 거의 다 왔다고 가즈오의 귓가에 속삭였다.

어렸을 때 몇 번 만났겠지만, 외갓집의 큰아버지나 큰어머니의 얼굴은 전혀 기억에 남아 있지 않았다. 그것이 조금 불안했다. 완만한 오르막길로 접어들었다. 운전하는 남자도 눈길에는 익숙했을 텐데, 차는 그 언덕을 오르던 도중 타이어가 미끄러져 움직일 수 없게 되었다. 당황한 그 남자의 모습이 잊히지 않는다.

외갓집은 후미요의 오빠 부부가 작은 민박으로 운영하고 있었다. 그곳에 도착하자마자 2층 객실로 안내받았다. 큰어머니가 찾아와 마치 진짜 손님처럼 대해주었다.

1층에 큰아버지 부부가 사는 방도 있었고 아이 목소리도 들렸지만, 아이들은 2층으로 올라오지 않았다. 저녁으로 나온 생선회가 굉장히 맛있었다는 것만큼은 아직도 생생하게 기억하고 있다. 큰어머니와 후미요의 대화 속에서 들어본 적 없는 물고기 이름을 들었다. 뒤늦게 올라온 큰아버지가 자신의 머리를 쓰다듬어주었지만, 어딘지 모르게 어색했다. 해가 넘어가도 이곳에서 지낸다고 했었는데, 다음 날 아침 택시를 타고 역으로 향했다. 외갓집에 머문 것은 그날 밤뿐이었다.

그 이후 이시노마키를 방문한 적은 없다. 큰아버지 부부가 하치오지에 찾아온 적도 없었다.

22

3월 6일 목요일

유키에는 수증기가 자욱하게 올라오는 가스밥솥에서 밥을 퍼서 보온밥통으로 옮겼다. 평소 같으면 전기밥솥에 밥을 짓는데, 오늘따라 무슨 일일까? 심지어 아침 7시부터.

“어라? 영양밥? 오늘 무슨 날이었나?”

“갑자기 먹고 싶어서. 괜찮지?”

유키에가 영양밥을 밥그릇에 담아 가즈오의 앞에 내려놓았다. 갈색의 밥 안에 잘게 다진 우엉과 닭고기가 섞여 있다. 유키에는 영양밥 중에서도 초봄에 죽순을 넣은 밥과 가을철에 밤을 넣은 밥을 좋아한다.

저녁 식사까지 생각한 메뉴였을까? 영양밥은 반찬을 많이 만들지 않아도 된다. 아직도 후미요와의 냉전이 계속되고 있는 걸까? 가즈오는 잠옷을 입은 채 의자에 앉아 신문을 펼쳤다. 유키에가 된장국을 떠서 가즈오의 앞에 놓았다.

외출할 채비를 갖춘 후미요가 다가왔다. 이제 곧 일본 자수 강좌에 나갈 것이다. 어젯밤 오이카와에 관해 물었던 것은 까맣게 잊은 듯했다.

냉장고 위에 있는 텔레비전을 보았다. 아침 뉴스가 나오고 있었다.

자막에 표시된 시간은 7시 50분. 신문을 읽고 있을 여유는 없어 보였다.

된장국 한 모금을 뜬 후, 영양밥을 입에 넣었다.

"영양밥 잘 지어진 것 같네, 유키에 씨."

후미요의 칭찬에도 유키에는 관심 없는 척 부엌에서 절임 반찬을 자르고 있었다.

"먹고 가, 엄마."

"괜찮아, 다녀와서 먹을게. 그럼 유키에 씨, 문단속 부탁해."

후미요는 그렇게 말하고 부엌에서 나갔다.

후미요는 이제 버스로 혼마치의 이초홀까지 간다. 가장 가까운 버스 정류장인 요로스초까지 걸어서 오 분은 걸린다.

"다녀오세요."

유키에는 감정이 전혀 실리지 않은 말을 내뱉었다.

8시 10분. 가즈오도 미적거리고 있을 틈이 없었다. 식사를 마치고 서둘러 옷을 갈아입었다. 유키에도 곧 출근할 것이다. 후미요가 돌아올 때까지, 오늘 오전에는 집에 아무도 없다. 또다시 케이스케의 생각이 떠올랐다.

그저께 산 유니클로 점퍼를 입었다. 스쿠터를 타고 미나미오도리를 서쪽으로 달리다가 16번 국도의 교차로를 가로질렀다.

시민회관 앞을 지나 고슈 가도의 센닌초 교차로에 가까워졌다. 마침 신호등이 파란불로 바뀌었다. 그때 서쪽에서 고슈 가도를 달려오는 구급차의 사이렌이 들려왔다. 구급차가 교차로로 천천히 진입했다. 일단 스쿠터를 멈춘 가즈오는 구급차를 보낸 뒤 교차로를 건넜다.

시청에 도착한 시각은 8시 25분. 자리에 앉았을 때, 마침 영업 시작을 알리는 음악이 흘러나왔다. 접수대에는 이미 세 명이 줄을 서 있었다.

첫 번째 고객의 이야기를 들었다. 협회건강보험 탈퇴로 국민건강보험의 가입을 희망하는 고객이었다. 신청서 용지를 건네며 작성 방법을 설명했다. 첫 번째 고객이 작성하는 동안 다음 고객의 이야기를 들었다.

고액의 요양비가 청구되었다는 고객이었다. 창구를 잘못 찾았으니 두 번째 창구의 보상 담당자에게 가보라고 말했다. 그러는 동안 고객이 늘어났다. 다른 담당자들은 자리에서 차를 마시거나 쓸데없는 잡담을 하고 있었다. 이쪽으로 와서 도와달라고 말하고 싶었다.

그때 가슴 주머니 속 휴대전화가 울리기 시작했다. 고객에게 양해를 구하고 휴대전화를 꺼냈다. 유키에의 전화였다. 바빠서 전화를 받을 때가 아니었다.

울리는 전화를 강제로 끊었다. 종료 버튼을 누르고 주머니에 넣었다.

그런데 20초도 지나지 않아 미우라가 가즈오를 불렀다.

“미야즈 씨.”

“네에.”

“아내분이 전화를 주셨어요.”

참, 뭐 하는 짓인가. 다른 사람에게 자리를 부탁한 후, 전화를 받았다.

“여보……, 어머니가 말이야……. 내가 집에서 나갈 때 전화가 걸려 왔는데, 큰일 났어…….”

유키에는 몹시 당황한 듯했고, 그녀가 무슨 말을 하고 싶은 건지 가즈오는 전혀 알 수가 없었다.

“무슨 일이야. 처음부터 침착하게 얘기해봐.”

“…… 사고, 어머니가 사고를 당하셨어.”

“사고?”

“방금 집으로 전화가 왔는데, 어머니가 타고 있던 버스가 트럭이랑 부딪쳐서 어머니가 의식이 거의 없으시대. 지금 구급차로 이동하는 중이래.”

목소리가 나오지 않았다. 싸늘한 기운에 등줄기가 오싹했다.

아까 본 구급차는 사고 현장으로 향하고 있었던 것이다. 후미요가 타고 있던 버스가 딱 그 무렵, 고슈 가도를 달리고 있었을 것이다.

23

후미요는 침대에 반듯하게 누워 있었다. 머리부터 이마까지 붕대를 감고 있었고, 큰 눈은 감겨 있었다. 침대 옆에서 나온 산소 튜브가 오른쪽 코에 꽂혀 있고, 그 밖에도 혈압계 등 수많은 기계에 둘러싸여 있었다. 작게 가슴이 오르내릴 뿐, 숨 쉬는 소리도 들리지 않았다.

후미요를 태운 버스는 주오선 건널목을 건너 16번 국도를 북쪽으로 달리다가 고슈 가도와 만나는 교차로에서 우회전했는데, 그때 직진하던 트럭이 버스의 왼쪽 뒤를 들이받았다. 운 나쁘게도 그곳에 앉아 있던 후미요는 바닥으로 크게 구르며 머리를 심하게 부딪혔다.

오후 3시. 유키에는 말 한마디 없이 후미요의 손가락을 꼭 움켜쥐고 있었다. 수술복에서 흰 가운으로 갈아입은 의사가 살며시 문을 열고 후미요의 상황을 살피러 들어왔다. 오십 전후로 보이는 의사는 은테 안경을 쓰고 있어, 굉장히 성실해 보이는 이미지였다. 후미요의 혈압과 맥박을 확인한 뒤, 의사는 침통한 표정으로 가즈오에게 말을 걸었다.

“그다지……, 좋은 상황이라고는 하기 어렵습니다.”

“네……?”

“머리에 고인 피는 수술로 빼내긴 했지만, 전부 빼낸 것은 아닙니다. 부종이 심해 지금도 조금씩 뇌 속에서 피가 새어 나오고 있습니다.”

의사는 붕대로 감싼 후미요의 머리를 가리켰다.

“붕대를 감아 잘 보이진 않지만, 그 아래의 두개골을 잘라냈습니다.”

가즈오는 숨을 삼켰다.

“…… 뇌가 드러났다는 건가요?”

그러자 의사는 양손으로 원을 만들어 보이며 말했다.

“딱 이 정도…….”

두 사람의 대화를 듣고 있던 유키에가 얼굴을 찡그렸다.

“그, 그래도 괜찮은가요?”

“머리뼈는 다른 곳에 보관하고 있습니다. 나중에 접합 수술을 하면 문제없습니다. 그보다 미야즈 씨, 이대로 두개강내압이 떨어지지 않으면 몸이 버티기가 힘듭니다.”

“버티기가 힘들다는 말은…….”

“오늘 밤이 고비입니다. 그때까지 두개강내압이 내려가지 않으면, 마음의 준비를 하셔야 할 것입니다.”

가즈오는 그렇게 말하는 의사의 얼굴을 믿을 수 없다는 표정으로 바라보았다.

거짓말 같았다. 불과 오늘 아침까지만 해도 건강한 모습이었는데……. 어떻게 이런 일이. 버스를 타고 가다가 사고를 당하다니. 목숨이 왔다 갔다 하는 큰 사고라니.

의사가 나가자, 유키에는 참지 못하고 울음을 터뜨렸다. 가즈오는 유키에의 어깨에 살짝 손을 얹었다. 떨림이 전해져 왔다.

가즈오도 울고 싶었다. 울어서 해결된다면 얼마나 좋을까도 생각했다.

유키에에게서 떨어져 창가로 다가갔다. 커튼을 열자 하치오지 거리의 풍경이 보였다. 여기는 케이스케가 다니던 병원이다. 그렇게 생각하니 더욱 견딜 수 없었다. 불과 며칠 사이에 아들이 사라지고, 이번에는 어머니까지 생사의 기로에서 헤매고 있다. 도대체 자신의 주변에서 무슨 일이 벌어지고 있는 걸까?

참을 수 없었다. 어떻게든 후미요가 다시 일어났으면 했다. 이대로 손 놓고 침대 옆에만 있어봤자 그녀에게 어떠한 도움도 되지 않는다. 가즈오는 병실을 빠져나갔다.

진찰 시간이 끝난 병원은 조용했다. 뇌외과 병동에서 엘리베이터를 타고 1층으로 내려갔다. 낮인데도 복도 조명이 군데군데 꺼져 있고, 비상구의 위치를 알리는 표지판 불빛만 희미하게 빛나고 있었다.

사고 소식을 접한 이후, 가즈오는 줄곧 무서운 생각에 사로잡혔다.

케이스케는 사라져버렸고, 후미요마저 목숨이 위태롭다.

이것은 타임 슬립이 원인이 아닐까? 33년 전의 세계로 떨어지지 않았다면 케이스케가 사라지지 않았을 것이다. 후미요가 사고를 당할 일도 없었다. 이 모든 게 자신이 타임 슬립을 한 결과가 아닐까? 어딘가에서 잘못된 방향으로 엇나가버린 것이 틀림없다. 그것은 이 병원에서 시작되었다.

아무도 없는 대기실을 지나 개미집 같은 복도를 걸었다. 판자를 덧댄 복도를 건넜다. 잠시 후 팻말이 걸린 방을 발견했다. '가노'라고 적혀 있었다. 역시 가노는 존재했다. 그날 케이스케의 입에서 오이카와 에이치의 이름을 끄집어낸 인간은 역시 이 세계에도 존재했다.

노크도 하지 않고 슬쩍 문을 밀었다.

마른 남자가 이쪽을 돌아보았다. 청바지에 플란넬 셔츠를 입은 편안한 차림으로 서 있었다. 최면 치료사 가노다. 의심 가득한 얼굴로 가즈오를 바라보고 있었다.

"아……, 어떻게 오셨죠?"

그 말을 들은 가즈오는 고조되어 가던 감정이 순식간에 식는 기분이었다.

지금의 가노는 케이스케는 고사하고, 가즈오의 이름조차 알지 못한다. 그런 인간에게 케이스케에 대해서나 자신의 타임 슬립을 말해봤자 어떤 일이 벌어질지 결과가 눈에 그려졌다. 채 오분이 안 돼 경비원에게 붙들려 이 방에서 쫓겨나게 될 것이 뻔했다.

가즈오는 케이스케의 주치의 이름을 꺼내며 자신의 이름과 신분을 말했다.

"오바타 선생님이시군요. 알겠습니다. 그래서 어떤 상담이신가요?"

"전생……, 아니 최면 치료에 관해 묻고 싶습니다."

가노의 얼굴에서 의심의 빛이 사라지며 표정이 누그러졌다.

가노가 권하는 대로 의자에 앉았다.

가즈오는 자신의 사례를 들어가며 사람의 환생에 관해 질문했다.

가노에 의하면, 사람은 몇 대에 걸쳐 환생을 반복한다고 한다. 영혼이 되어 천상계에 머물렀다가 다시 인간세계로 돌아오는데, 그 간격은 몇 달일 때도 있고 수십 년일 때도 있다는 것이다. 그뿐만 아니라 사람의 영혼은 다른 사람의 몸에 들어가, 자기 자신을 바라보거나 관점을 자유롭게 바꾸어 내다볼 수도 있다고 했다.

타임 슬립에 관한 일반적인 내용도 물어보았다. 과거로 타임 슬립을 했다가 과거를 바꾸고 다시 현재로 돌아왔을 때 어떻게 되는지 말이다. 대화를 마친 가즈오는 인사를 하고 방을 나왔다.

가노가 한 말이 마음에 걸렸다. 타임 슬립을 해 과거를 바꾸고 현재로 돌아왔다고 해도, 그 순간에 역사는 다시 써지고 있다. 그래서 그와 동시에 기억도 다시 쓰이는 것이므로, 과거로 타임 슬립을 했던 기억이 사라지고 만다는 것이었다. 과거의 기억이 남아 있다면, 아직 타임 슬립이 끝나지 않은 것이라고 가노가 가르쳐주었다.

만약 가노의 말이 사실이라면, 자신이 이렇게 행동하는 지금도 아직 타임 슬립 중이라는 걸까? 이 타임 슬립은 언제 끝나는 걸까? 아니, 끝은 있는 것일까? 답을 찾으려는 듯 가즈오의 발길이 그곳으로 향하고 있었다. 바로 일주일 전, 타임 슬립을 했던 그 장소로.

몇 개의 복도를 지나 검사 병동으로 보이는 건물로 들어갔다. 엘리베이터를 타고 5층 버튼을 눌렀다. 생각했던 대로 5층에 방사선과가 있었다.

타임 슬립은 아직 미완성인 것이다.

그 생각이 점점 강해졌다. 가즈오는 CT 검사실을 지나 그 방 앞에 섰다.

거대한 도넛 모양의 기계가 보였다. 그 밖에는 아무 표시도 없었다. 하지만 여기가 틀림없다. 인기척은 느껴지지 않았다. 살며시 문을 열고 들어갔다.

순간 주위 공기의 밀도가 짙어진 듯한 느낌이 들었다. 이명 비슷한 소리를 들은 것 같은데, 갑자기 몸이 움직이지 않았다. 벽이 흔들리며 어딘가에서 날갯짓 소리가 들려오기 시작했다. 발밑이 쩍 갈라지면서 골짜기의 밑바닥에 던져진 것 같았다. 노란 불빛에 휩싸이며 뇌리에 섬광이 번쩍였다. 거센 바람과 함께 몸 전체가 그 속으로 빨려 들어갔다. 눈을 뜨고 있을 수가 없었다. 언젠가 경험한 적 있는 느낌이었다.

24

주위가 조금씩 밝아졌다. 노란 불빛 속으로 빨려 들어갔다.

날갯짓 소리와 비슷한 소리가 들리는가 싶더니 순식간에 사라졌다. 눈을 크게 뜨고 주위를 둘러보았다. 가즈오는 다시 버스의 맨 뒷줄에 앉아 있었다. 창문 너머로 빌딩이 줄지어 있었다. 낯익은 광경이다. 분명 하치오지다. 혹시…….

몸이 왼쪽으로 기울었다. 교차로에서 오른쪽으로 돌았다.

"다음 정류장에서 정차합니다."

차내 방송이 흘러나왔다.

버스가 천천히 멈췄다. 가즈오는 당황하지 않고 자리에서 일어났다. 버스 앞부분에 있는 운임 표지판을 바라보았다. 가장 싼 요금은 30엔이다. 운전사에게 만초에서 탔는데 티켓을 잃어버렸다고 말하며, 지갑에서 30엔을 꺼내 내고 버스에서 내렸다. 짜릿한 찬바람이 얼굴에 닿았다.

큰 빌딩이 눈앞에 서 있다. 입구 위에 'DAIMARU'라는 엠블럼이 보였다. 다이마루 백화점이다.

편도 2차선의 넓은 도로에는 오래된 모델의 차들이 쉴 새 없이 달리고 있었다. 스바루 360이 푸른색 배기가스를 휘날리며 달려 나갔다. 그 앞 도보로 아케이드가 연결되어 있다. 틀림없다. 이곳은 과거의 하치오지, 고슈 가도다.

가즈오는 어떤 확신을 품고 역으로 향했다. 아니나 다를까, 역 앞에는 직물 타워가 서 있고 마루이 백화점도 있었다. 초라한 역사에는 '하치오지역'이라는 간판이 걸려 있다. 매점에서 살짝 신문을 꺼냈다.

1975년 3월 3일 월요일.

역시 그렇다. 자신은 33년 전의 하치오지로 돌아온 것이다.

신문을 제자리에 집어넣고 분홍색 공중전화가 있는 곳으로 갔다. 지난번과 마찬가지로 전화번호부에서 이름을 찾았다. 센다의 이름이 있고 오이카와의 이름도 보였다. 후미요의 이름은 찾아볼 수 없었다. 이전과 똑같다. 뒤를 돌아 역을 바라보았다. 오전 8시 35분.

전에 타임 슬립을 했을 때와 같다.

가즈오는 마루이 백화점 앞에서 잠시 생각에 잠겼다. 어째서 또다시 같은 시대의, 게다가 같은 시간대로 돌아온 것일까? 게다가 묘하게 일치하는 부분도 있다.

자신이 타임 슬립을 해온 장소……, 그 버스다.

그것은 33년 후, 후미요를 태운 버스가 사고 난 때와 거의 같은 시간대를 달리던 버스가 아닌가. 그보다 더 시급한 문제가 있었다.

이제 어떻게 할 것인가. 또 33년 후의 세계로 돌아갈 수 있다는 보장은 어디에도 없다. 병원 침대에 누워 있는 후미요의 얼굴이 떠올랐다. 이 세계에서 후미요는 건강하게 일하고 있을 것이다. 후미요는 하치오지의 어디에 살고 있을까? 그렇게 생각하니 가즈오의 다리가 제멋대로 움직이기 시작했다.

구마사와 서점에서 왼쪽 모퉁이로 돌아 주차장 빌딩 앞을 지났다. 고층 아파트는 하나도 보이지 않았다. 빌딩도 33년 후와 달리 모두 높지 않았다. 하늘이 넓게 느껴졌다. 엷은 햇살이 내리쬐는 흐린 날씨는 이전과 같았다. 엉덩이 주머니에는 도코모의 슬라이드폰이 들어 있었다.

육교를 건너 선로를 따라 서쪽으로 향했다. 불현듯 오이카와가 머리를 스쳤다. 나흘 후에는 역시 비극적인 결말이 기다리고 있는 것일까? 그 기묘한 운명과 또다시 같은 시기에 타임 슬립을 해온 자신을 생각했다. 시민회관을 지나 언덕을 올랐다. 양호학교를 지나 한참을 걸으니 센다 직물의 문이 나타났다.

안으로 들어갔다. 도요타 하이에이스 두 대가 주차되어 있고, 공장 창문은 열려 있다. 직조기가 움직이는 소리가 요란하게 들려왔다. 살며시 다가가 안을 들여다보았다. 눈이 핑핑 돌아갈 정도의 기세로 움직이는 직조기 안쪽으로 한 사람의 모습이 보였다. 가즈오는 숨이 멎을 뻔했다. 어머니…….

머리에 스카프를 두른 후미요가 분주하게 움직이고 있었다.

안심한 가즈오는 긴 숨을 내쉬었다. 역시 틀림없다. 이곳은 후미요가 있는 33년 전의 하치오지다.

"무슨 일로 오셨나?"

들려오는 목소리에 뒤를 돌아보니, 작업복 차림의 센다 구니요시가 서 있었다.

차츰 눈 주위가 누그러졌다. 가장 도움이 필요할 때 나타나는 소중한 사람. 그것은 예나 지금이나 다를 바 없었다.

"네, 일 때문에 찾아왔습니다."

가즈오가 또박또박 말했다.

"일이라니, 무슨?"

센다는 의아한 눈으로 가즈오를 바라보았다. 손목에 반짝이는 팔찌를 본 가즈오는 그리움이 한층 더 심해졌다. 지금도, 그리고 아주 나중에도 조금도 변하지 않을 것 같았다.

"일자리를 찾고 있습니다."

"오호……, 그런데 왜 우리 공장으로 왔나?"

"자카르를 조금 다룰 수 있습니다."

센다는 그제야 경계를 누그러뜨렸다.

"아, 그렇군. 하지만 우리는 지금 꽉 찼네. 다른 공장을 알아보는 게 어떤가?"

"아……. 그런데 저, 이시노마키 출신입니다."

그만 입 밖으로 내뱉고 말았다.

고향 이름을 꺼내면 틀림없이 편의를 봐줄 것이다.

"오호, 미야기현 말인가?"

"네."

기대를 담아 센다를 바라보았다.

"그러면 섬유 조합을 소개해줄까?"

가즈오는 낙담했다.

"아니요, 괜찮습니다."

"어디로 갈 건가, 방법 있나?"

여기가 안 된다면 그곳밖에는 없다. 달리 어디에서 일을 하나는 말인가.

"오이카와 씨에게 가보려고 합니다."

"오이카와? 넥타이 가게? 아는 사이인가?"

"네."

"그자도 그렇게 일손이 필요하지 않을 텐데. 뭐, 어쨌든."

센다는 흥미를 잃은 듯 사무소로 들어갔다.

하지만 가즈오는 마음이 한결 가벼워졌다. 이 세계에는 이렇게 걱정해주는 센다가 있고 후미요도 있다. 가즈오는 우에노마치를 향해 걸었다.

곤고인의 담장을 따라 걸으며 낯익은 골목으로 들어섰다. 달그락거리는 소리가 들려왔다. 자갈길을 밟으며 함석담이 올라간 집을 돌아서 들어갔다. 유리 미닫이문을 당기자 공장이 한눈에 보였다. 체구가 작은 긴 머리의 남자가 자신을 돌아보았다. 오이카와 에이치였다.

그리움이라고밖에는 뭐라고 표현할 수 없는 감정이 가슴속에 가득 부풀어 올랐다. 역시 돌아왔다. 여기밖에 없었다. 여기 말고 어디로 간다는 말인가. 오이카와가 현관 앞까지 다가왔다.

"조합에서 왔어?"

오이카와가 미소를 지었다.

"그렇습니다."

"빨리 왔군. 자, 이리 들어오게."

다다미방으로 올라갔다.

"그래, 자카르 경험은 있나?"

"조금 있습니다. 실을 뽑는 것 정도는 바로 할 수 있습니다."

"그렇다면 도움이 되겠군."

"제 소개가 늦었습니다. 고바야시 가즈오라고 합니다."

오이카와는 사람 좋은 얼굴로 싱긋 미소를 지었다.

25

가즈오는 누구에게도 가르침을 받지 않고 '실을 뽑는 일'에 착수했다. 그 모습을 본 오이카와가 안심한 듯 자동차를 타고 외출했다. 시게는 자카르 기계에 집중하고 있었다. 가즈오는 마치 오래전부터 여기에 계속 머물렀던 것 같았다.

월급이나 대우 등의 조건은 같았다. 이시노마키 출신이라고 하며 오이카와의 반응을 관찰했다.

점심을 먹으며 시게에게 오이카와에 관한 이런저런 이야기를 들었다. 가즈오는 자신의 고향이 미야기현 이시노마키라고 소개했다.

6시, 기계를 멈추고 시게는 저녁 식사를 만든 뒤 돌아갔다. 반찬은 탕수육이었다.

안방에서 석유난로를 꺼내 불을 붙였다.

가즈오는 도착한 지 얼마 안 된 석간신문을 바라보며 라디오를 들었다.

…… 지난달 2월 28일 밤에 발생한 도쿄 아오야마에 있는 토목 회사 하자마구미 본사 빌딩 폭파 사건과 관련해, 동아시아 반일 무장 전선의 한 그룹인 '전갈'이 신문사에 범행 성명문을 보냈습니다. 이에 따라 경시청은…….

저번에 들었던 라디오 뉴스와 똑같은 내용이 흘러나왔다.

가즈오는 눈에 들어온 업계 잡지 〈산타마 섬유 주보〉를 읽기 시작했다.

'국가가 직조기를 매입'이라는 헤드라인이 있었다. 하치오지 시내에 500곳 정도 있었던 직물 업체가 차례로 업종을 바꾸거나 폐업하면서, 지금은 300곳까지 줄었다고 한다. 전 · 폐업을 촉진하기 위해 정부는 직조기를 한 대당 10만 엔에 사들이는 정책을 펼치고 있지만, 이는 결국 자살하라는 것과 다름없다며 글을 끝맺고 있었다. 잡지 구석의 작은 칸에는 '악질 도매상 활개, 하치오지에도 피해 업자 속출'이라는 기사가 '우지마'라는 기자의 서명과 함께 게재되어 있었다.

라디오를 들으며 난로 앞에서 뜬눈으로 기다렸다.

후미요가 전화를 걸어온 시간은 분명 8시 30분이었던 것으로 기억한다. 이번에도 전화가 올까? 혹시 전화가 오면 뭐라고 전해야 할까?

과감하게 자신에 관해 얘기해볼까?

'오늘 공장을 방문했던 당신의 후배'라고 소개하는 정도는 괜찮지 않을까?

그런 생각을 하고 있는데 전화가 울렸다.

“저……, 에이치 씨 계신가요?”

예상은 했지만, 가즈오는 가슴이 철렁했다.

역시, 어머니……. 문득 병원 침대에 누워 있는 후미요의 모습이 겹쳐왔다. 그것만으로도 가즈오는 가슴이 벅차올랐다.

“저…….”

“아, 죄송합니다. 오이카와 씨는 지금 안 계십니다.”

“그런가요. 그럼 다시 전화하겠습니다.”

전화는 허무하게 끊겼다.

체념한 가즈오는 수화기를 살짝 내려놓았다.

점퍼에 붙은 유니클로의 라벨을 가위로 잘라낸 후 벽에 걸었다. 벽장에 있는 이불을 꺼내 깔았다. 벽장 안쪽에는 야구 글러브 두 개가 있었다.

오후 10시가 넘어 오이카와가 돌아왔다. 석유난로를 켜고 이불까지 덮고 있는 가즈오를 보자 놀란 기색이었다.

“우리 집은 샤워할 곳이 마땅치 않아서 목욕탕을 가야 해. 11시까지 영업하니 아직 갈 수 있는데, 어떻게 할래?”

“오늘은 괜찮습니다.”

“알겠네.”

그렇게 말한 오이카와가 서둘러 식사를 했다. 가즈오가 오이카와에게 사용한 식기를 설거지하겠다고 하자, 오이카와는 기쁜 듯 고맙다고 말하고는 쉬지도 않고 공장으로 들어갔다.

잠시 후, 공장의 불이 꺼지고 오이카와가 돌아왔다.

"일을 꽤 많이 해둔 것 같은데."

오이카와가 감탄한 듯 말했다.

"실 뽑는 일은 꽤 익숙해서 한꺼번에 해놨습니다."

"도움이 많이 됐네."

"야구 하시나요?"

"고등학교 때 야구부였어."

"오, 포지션은요?"

"유격수."

"대단하시네요."

"자네도 야구를 하나?"

"중학교 때 조금."

문득 케이스케가 떠올랐다.

"아직 늦지 않았는데, 목욕탕 가지 않겠나?"

"저는 괜찮습니다."

"알겠네. 얼른 다녀올 테니, 먼저 자고 있어."

오이카와가 나가고 가즈오는 홀로 남았다.

2층으로 올라갔다. 방 한쪽 구석에 오이카와가 들고 다니던 숄더백이 있었다.

몰래 내용물을 꺼내보았다.

반으로 접힌 1만 엔짜리 지폐가 고무줄로 아무렇게나 묶여 있었다. 세어보니 50만 엔이다. 도장도 있었는데, 인감도장 같았다. 은행 정기예금 통장도 들어 있었다. 작년 9월에 200만 엔, 11월에 100만 엔이 인출되었다. 계좌에는 한 푼도 남아 있지 않았다. 갈색 봉투에서 금전 차용증서가 나왔다. 제대로 된 공정증서였다.

돈을 빌려준 사람은 오이카와 에이치였다. 작년 11월 20일의 날짜로 '에바라 섬유'라는 회사에 100만 엔을 빌려주었다. 같은 날 오이카와가 정기예금에서 뺀 금액과 같았다. 그 돈을 고스란히 에바라 섬유에 빌려준 것 같았다.

상환일은 한 달 뒤인 12월 20일로 되어 있었지만, 정기예금 통장에 돈이 들어온 기록은 없었다.

가즈오는 선반에서 청구서 뭉치를 꺼내어 휙휙 넘겼다.

에바라 섬유에서 오이카와 앞으로 보내는 여러 장의 청구서가 발견되었다. 최근 몇 년 동안 오이카와는 에바라 섬유에서 생실을 사들이고 있는 것 같았다. 섬유 불황으로 에바라 섬유도 자금 사정에 어려움을 겪고 있을 것이다. 오이카와는 오래 알고 지낸 사이라 돈을 빌려달라는 에바라 섬유를 거절할 수 없었던 것이다. 아니, 그것뿐일까?

오이카와는 날마다 업무 이외의 일로 외출하는 것 같았고, 시게는 '이번 주를 끝으로 대가 다 무너져버린다'라고 말했었다.

오이카와 자신도 자금 사정이 빠듯한 게 아닐까? 그렇다면 에바라 섬유에 빌려준 100만 엔은 굉장히 큰 금액이다. 빌려준 돈을 받으러 아사쿠사바시로 갔을 가능성도 있다.

가즈오는 다시 한번 차용증을 보았다. 에바라 섬유의 주소는 이케부쿠로로 되어 있다. 아사쿠사바시가 아니었다. 그래도 신경이 쓰였다. 〈산타마 섬유 주보〉의 기사를 떠올렸다. 악질 섬유 도매상이 난무한다는 서명이 들어간 기사다. 혹시.

에바라 섬유는 빚을 떼어먹으려는 것인지도 모른다.

가즈오는 그것들을 다시 가방에 원래대로 넣어두고 이불 속으로 들어갔다.

낮은 천장 때문에 답답했다. 지난번만큼은 아니지만 피곤했다. 밖에서 문이 열리는 소리가 난 것 같지만, 가즈오는 바로 잠에 빠져들었다.

26

다음 날 아침, 오이카와가 면바지와 손목시계를 빌려주었다. 임시로 1만 엔도. 그러고는 9시가 되기 전, 통장이 든 숄더백을 안고 나갔다. 오이카와는 아직 그리 멀리 가지 못했을 것이다. 가즈오는 사야 하는 물건이 있다며 시게에게 양해를 구하고 공장을 나왔다. 오이카와를 따라잡았다. 오이카와는 곤고인 근처 건널목을 건너고 있었다.

어깨는 축 처지고 얼굴은 새하얗게 질려 기운이 없었다. 두 블록을 더 걸어 고슈 가도 모퉁이에 있는 시중 은행으로 들어갔다.

가즈오도 그 뒤를 따라 들어갔다. 33년 후와 달리 은행에는 보안 요원도 없이 한가로운 분위기가 감돌고 있었다. 오이카와는 맨 구석 창구에 앉아 검은 뿔테 안경을 쓴 남자 담당자와 이야기하고 있었다. 이마에 손을 얹은 오이카와는 몹시 난처해 보였다.

가즈오는 오이카와 근처에 있는 카운터로 향했다. 대체예금

신청 용지를 집어 볼펜으로 쓰는 척하며 두 사람이 대화를 주고받는 모습을 지켜보았다.

행원이 작은 종이를 꺼내 오이카와 앞에 두었다.

"어떻게 할까요. 에바라 섬유가 당신 앞으로 발행한 이 약속어음은……."

약속어음…….

"하아."

오이카와는 몸을 움츠리고 대답했다.

"저번에 당신이 에바라 섬유에 발행한 어음은 할인되어 이미 현금화되어 있습니다. 알고 계십니까?"

"그런 것 같더군요."

"남의 일처럼 말씀하시면 곤란합니다. 당신이 발행한 어음 350만 엔은 3월 10일, 돌아오는 월요일까지가 납부 기한이니까요. 오늘을 포함해도 앞으로 일주일밖에 남지 않았습니다."

"……."

"아니면 에바라 씨에게 따로 돈을 돌려받겠다는 약속이라도 하셨나요?"

"아니요."

"에바라 섬유에 관해 이런저런 정보가 들어와서요. 그다지 좋은 회사는 아닌 것 같습니다."

행원이 잠시 틈을 두고 말을 이어 나갔다.

"오이카와 씨, 저희가 융통어음을 눈치채지 못하리라 생각하셨습니까? 이러다가는 오이카와 씨와 에바라 씨 모두 어음거래가 불가능해집니다."

"그건……, 네."

"어쨌든 이 어음, 다음 주 월요일에는 거래소로 들어갑니다. 그때까지 계좌로 입금해주시지 않으면 부도가 날 수 있어요. 아시겠습니까?"

오이카와는 행원에게서 고개를 돌려 바닥으로 시선을 떨어뜨렸다.

그때 안쪽에서 다른 행원이 찾아왔다. 오이카와는 카운터 안으로 떠밀려 그대로 세 명이 안쪽 별실로 들어갔다.

가즈오는 그 모습을 지켜보다가 은행에서 나왔다.

오이카와의 어려운 형편이 이해가 갔다. 대학에서 회계 수업을 들은 적 있어서 어음에 대해서는 알고 있다.

자금 상황이 곤란한 업자끼리 임시방편으로 가공의 어음을 주고받는 것이다. 융통어음이다. 상대방도 돈에 쪼들리고 있으니 어음이 부도날 가능성은 높다. 아마도 에바라 섬유는 자금 사정이 어려워 오이카와에게 돈을 빌리고, 그것도 부족해 오이카와를 부추겨 이 수법을 사용한 것으로 보인다.

30분 후, 공장으로 돌아온 오이카와는 표정이 약간 밝아져 있었다. 별실에서 무슨 좋은 얘기라도 들은 걸까?

오이카와의 입으로 에바라 섬유와 어음에 대해 직접 듣고 싶었다. 빌려준 돈도 돌려받지 못한 채 300만 엔이 넘는 돈을 융통했다. 왜 그렇게까지 에바라 섬유를 신뢰하고 있을까? 지난해 9월 정기예금에서 뽑은 200만 엔도 신경이 쓰였다. 그 돈은 어디에다가 썼을까?

그러나 어제 막 고용된 자신이 그에 대해 물으면 이곳에서 쫓겨나고 말 것이다. 시게가 오이카와에게 어젯밤 후미요에게 전화가 왔었다는 것을 전했다. 그때 대문이 열리고 체구가 작은 남자가 나타났다. 사쿠마다.

지난번과 똑같다.

"오, 너구나. 이시노마키 출신이라는 사람이."

사쿠마는 신기한 듯 가즈오를 빤히 바라보며 말했다. 센다 직물에서 가즈오에 대해 들은 것 같았다.

"아, 네. 잘 부탁드립니다."

"사쿠마 씨, 어서 오세요."

그렇게 말한 시게는 막 완성된 직물을 사쿠마에게 보여주고는 오이카와를 부르러 갔다.

"이 정도면 그럭저럭 나쁘진 않군."

다가온 오이카와에게 사쿠마가 거만한 태도로 말했다.

"나머지도 금요일까지는 마무리할 예정이니 잘 부탁드립니다."

오이카와는 여전히 공손했다.

"그렇지, 금요일까지 끝내지 못하면 곤란하다고. 그런데 전에 그거, 월요일이 기한 아니었나?"

의미심장하게 말한 사쿠마가 히노 콘테사에 직물을 싣고 공장을 떠났다.

월요일이 기한이라니, 무슨 말일까? 불현듯 약속어음이 떠올랐다.

그로부터 오 분 뒤, 오이카와는 숄더백을 챙겨 차를 타고 외출했다.

3시가 넘어, 가즈오는 시게에게 양해를 구하고 공장을 나섰다.

오전과 같은 길을 걸으니 고슈 도로가 나왔다. 하치만초에 들어선 후, 섬유회관 옆 골목으로 북쪽을 향해 나아갔다. 모퉁이마다 톱 모양의 지붕을 받치고 있는 직물 공장이 있었다. 염색 공장과 사쿠마가 근무하는 정경 공장도 있었다.

전봇대에 붙은 주소 표지판을 따라 3층짜리 건물 앞에 섰다. 입구에 '주식회사 산타마 섬유 주보'라는 간판이 걸려 있었다.

2층으로 올라가 편집부로 보이는 방의 문을 열었다.

책상이 네 다리로 마주 보고 놓여 있는 아담한 공간이었다.

글을 쓰고 있는 마흔 살 정도 되어 보이는 여자가 가즈오를 돌아보았다.

"실례합니다. 이곳에 우지마 씨라고 계신가요?"

가즈오가 여자에게 말했다.

"무슨 일로 오셨습니까?"

창가의 소파에 앉아 있는 남자가 가즈오를 쳐다보았다.

가즈오는 들고 온 〈산타마 섬유 주보〉를 꺼내며, 묻고 싶은 이야기가 있다며 정중하게 물었다. 우지마는 가즈오에게 자기 앞에 앉으라며 손짓했다.

“음, 어디에서 오셨죠?”

가즈오는 시내의 직물 공장에서 일하고 있는 고바야시라고 대답했다.

우지마는 직접 찾아온 것이 불쾌한 것 같지는 않아 보였다. 입고 있는 와이셔츠는 주름투성이였지만, 노란 실크 넥타이는 새것 같았다. 살집이 있는 몸에, 아랫배가 불룩했다. 서른 안팎 정도 된 중견 기자의 느낌이었다.

가즈오는 바로 기사를 꺼냈다. 우지마가 쓴 ‘악질 도매상 활개, 하치오지에도 피해 업자 속출’이라는 기사다.

“흐음.”

우지마는 고개를 끄덕였다.

“혹시 이 업체, 에바라 섬유 아닌가요?”

가즈오가 물었다.

“혹시 당신도 걸렸습니까?”

“아뇨, 제가 아니라 지인이요.”

“그렇군요……. 지금 막 돌아온 참이었는데, 당신은 안 가셨나요?”

“어디를 말입니까?”

“조합에서 에바라 섬유의 채권자들이 모여 정보를 교환한 지 얼마 안 됐어요. 기사로 쓸 만한 게 생길 줄 알고 나도 달려갔는데."

역시, 에바라 섬유는 좋지 않은 회사인 것 같다.

"사람이 많이 왔던가요?"

"세 명뿐이었어요. 하치오지보다 니시진의 업자들이 더 피해를 많이 본 것 같고."

"니시진이라면, 교토 말입니까?"

"그렇습니다. 여기랑 니시진이 본고장이잖아요. 당신은 어디 공장입니까?"

"얼마 전 일하던 공장에서 정리 해고를 당해, 지금은 일자리를 구하는 중입니다."

"정리 해고? 그게 뭡니까?"

"아, 죄송합니다. 회사에서 해고당했어요. 그런데 그 회의에서 오이카와 씨도 보셨습니까?"

우지마의 눈빛이 살짝 빛났다.

"있었는데……. 당신, 그 사람을 잘 압니까?"

"…… 네."

오이카와는 행원들의 안내를 받아 더 안쪽으로 들어갔다. 그때 담당자는 오이카와에게 조합에서 채권자 회의가 열린다는 것을 알려준 게 아닐까?

"그 사람이 제일 많이 당하지 않았나요?"

"글쎄, 어떨까요. 그렇다 하더라도 에바라 섬유는 정말 형편없는 회사 같지 않나요?"

우지마는 동의하는 기색은 보이지 않았다.

"음, 하지만 오래 알고 지냈으니까요. 나쁜 업자도 아니었고, 지급이 늦어지기 쉬운 직물 가게의 형편도 봐줬는데. 많을 때는 하치오지에서만 서른 곳 가까이 도매로 하지 않았을까요? 그런데 지금은 불황이잖아요. 어딘가에서 가난 복권이라도 뽑은 걸까요."

어쩐지 에바라 섬유를 두둔하는 듯한 긍정적인 뉘앙스가 신경 쓰였다.

"역시 부도일까요?"

"맞아요, 올해 들어와서 바로. 작년 가을 초부터 힘들다는 소문은 돌았거든요. 하지만 그동안의 신용이 있어서 어떻게든 그럭저럭 꾸려나가고 있었던 것 같은데."

가즈오는 오이카와가 곤경에 빠졌다는 것을 확신했다.

생각한 대로였다. 자금 사정이 어려운 에바라 섬유는 융통어음이라는 더러운 수법으로 오이카와에게서 돈을 가로챘다. 어음은 부도날 가능성이 크니 오이카와 본인이 전액을 부담해야 할 처지에 놓인다. 그렇게 되면 오이카와는 도산하고 말 것이다.

연쇄 도산은 아니다. 분명한 사기다. 지독한 업자에게 걸려버렸다.

어쨌든 엿새 후인 월요일까지 오이카와는 350만 엔이 필요하다. 그 돈을 마련하기 위해 오이카와는 이곳저곳을 돌아다니고 있는 것이다.

가방에 들어 있던 현금 50만 엔은 오이카와가 아는 사람에게 부탁해 빌린 돈일 것이다. 어쨌든 300만 엔이 부족하다.

가즈오는 오전에 찾아온 사쿠마의 말이 생각났다.

'그렇지, 금요일까지 끝내지 못하면 곤란하다고. 그런데 전에 그거, 월요일이 기한 아니었나?'

그 마감이란 약속어음의 결제 기일을 가리키는 게 아닐까? 만약 그렇다면 사쿠마는 오이카와의 곤경을 알고 있다는 말이 된다. 어쨌든 다가오는 월요일이 기한이다. 그때까지 부족한 300만 엔을 어딘가에서 구해 오지 않으면, 오이카와는 파산하고 말 것이다.

"에바라 섬유는 이케부쿠로에 있죠?"

가즈오가 물었다.

"그렇죠."

"그런데 무슨 정보는 없었나요?"

"사장이 자취를 감춰버렸어요. 하지만 아사쿠사바시에서 다른 명의의 회사를 차린 것 같더군요. 왜, 거기는 도매상이 수천 개가 있어서 섞여 들어가기에는 안성맞춤인 동네니까."

"그 새롭게 차렸다는 회사, 혹시 마루코 상사 아닙니까?"

우지마가 살짝 몸을 움찔하며 말을 잇지 못한다는 것을 알 수 있었다.

긍정도, 부정도 하지 않았다. 아무래도 맞는 듯했다. 문득 우지마가 매고 있는 넥타이 무늬가 눈에 띄었다.

오이카와는 오늘 채권자 회의에 참석해 마루코 상사에 대해 알게 된 것이다. 직접 담판을 짓기 위해 모레는 아사쿠사바시로 향할 것이다. 어쩌면 오늘도 갔을지 모른다.

"혹시 그 넥타이 무늬, 학 맞나요?"

가즈오가 말하자, 우지마는 이상할 정도로 새하얀 손가락을 넥타이로 가까이 가져갔다.

"맞는데, 왜 그러시죠?"

"그 넥타이, 오이카와 씨가 짠 것 아닙니까?"

"아, 이거."

우지마는 넥타이의 매무새를 고치며 말했다.

"그럴지도 모르죠."

"디자인은 미야즈 후미요 씨가 했죠?"

우지마는 약간 뜸을 들이며 의심 가득한 얼굴로 입을 열었다.

"어떻게 알았죠?"

"무늬를 본 기억이 납니다. 멋진 디자인이에요."

"작년 직물 디자인 대회에서 준우승했을 정도니까."

"그랬나요?"

"뭐, 우리가 말이야. 아니, 우리라고 하기보다 내가……."

거기까지 혼잣말을 하던 우지마는 그 뒷말을 삼켰다.

무언가 말하기 어려운 사정이라도 있는 걸까?

우지마와 이야기를 마친 가즈오는 사무실을 나왔다. 그리고 곧장 사쿠마가 근무하는 정경 공장으로 향했다.

'유한회사 시라이시'라는 간판이 걸린 공장은 블록 담벼락으로 둘러싸여 있었다. 기계가 맹렬하게 움직이는 소리가 안쪽에서 새어 나왔다. 쇠창살을 단 창문이 열려 있어 안을 들여다볼 수 있었다.

증기를 자욱하게 내뿜고 있는 기계 앞에서 사쿠마는 땀투성이가 되어 일하고 있었다. 오이카와 공장에 방문했을 때와 같은 기고만장한 위세는 없었다.

이외에도 종업원 세 명이 바쁘게 일하고 있었다. 말을 걸기가 어려워 보였다.

오이카와는 지금쯤 아사쿠사바시에 갔을까? 아니면 돈을 빌리기 위해 지인을 찾아 돌아다니고 있을까?

구두 가게에서 운동화를 구매해 그 자리에서 갈아 신었다. 가게를 나와 맨 처음 발견한 쓰레기통에 나이키 신발을 버렸다.

공장으로 돌아가 5시까지 일한 뒤, 시게에게 양해를 구하고 공장을 나왔다.

시민회관 옆을 지나 언덕을 올랐다. 다이마치에 도착할 무렵에는 해가 져 주위가 어둠으로 뒤덮여 있었다. 후미요는 이미 집으로 돌아갔고, 노란색 형광등 불빛만 켜져 있었다.

바깥 도로에서 보이는 자동차 헤드라이트 너머로 히노 콘테사의 실루엣이 떠오른다.

문이 열리고 사쿠마가 내렸다. 이날 저녁, 사쿠마는 역시 후미요를 찾아갔다. 그것만은 반드시 확인하고 싶었다.

사쿠마가 자신의 전생 속 인간이라는 사실은 틀림없다. 그런 사쿠마는 후미요에게 어떤 사람인 것일까? 역시 애인……일까?

비록 사쿠마가 자신의 전생 속 인간이라 할지라도 이 세계에서 후미요는 오이카와와 맺어졌으면 했다. 지금까지의 전개는 지난번 타임 슬립 때와 조금도 다르지 않다.

사쿠마는 아마 오이카와에게 손을 댈 것이다.

그대로 내버려두면 자신의 전생 속 인간이 살인이라는 큰 죄를 저지른다. 지난번에는 그 운명의 갈림길에서 막았다. 이번에도 자신이 마음만 먹으면 그때처럼 범죄를 막을 수 있을지도 모른다. 그러나 그렇게 하면 아들 케이스케는 또……, 이 세상에 태어날 수 없게 된다.

그런 생각에 이르자 가즈오의 눈앞이 캄캄해졌다. 33년 후의 세계로 돌아갈 수 있다는 보장은 어디에도 없다. 이대로 계속 이 세상에서 살아갈 각오를 하는 게 좋다.

공장으로 돌아가 차가워진 몸을 석유난로로 데웠다.

가즈오는 공장에 들어가 푸른 명주실을 링에 감고, 방적기의 전원을 켰다. 기계가 윙윙 소리를 내며 동축이 돌기 시작했다. 한 시간 정도 계속하자 이틀 분량의 실타래가 완성되었다.

때마침 오이카와가 돌아와 함께 일을 재개했다.

오이카와는 기분이 좋은 듯 누에고치 이야기를 해주었다.

"…… 그러면 고치가 300그램 만들어지는 거야. 그걸 정련하면 생실 60그램이 겨우 완성되지."

오이카와는 성공적으로 돈을 모을 수 있었을까? 이렇게 어려운 상황 속에서, 무엇 하나 의심하지 않고 자신을 고용하고 함께 살게 해주었다. 왜 그렇게까지 해주는 걸까? 이야기를 듣던 가즈오는 결심했다.

이 남자를 그렇게 쉽게 죽게 할 수는 없었다.

“저, 오이카와 씨.”

가즈오는 격식을 차린 어조로 말했다.

“오늘 염색 가게에서 들었는데, 에바라 섬유가 굉장히 형편없는 회사인가 봐요.”

오이카와의 표정이 순식간에 굳었다.

“…… 맞아.”

“단골 거래처에 빌린 돈도 갚지 않는다면서요? 정말인가요?”

“우리도 약간 빌려주었지.”

가즈오는 순순히 인정하는 오이카와를 물끄러미 바라보았다.

“괜찮은가요?”

“어떻게든 될 거야. 선대부터 오래 알고 지낸 사이고.”

이런 상황에서 에바라 섬유를 감싸는 오이카와를 보며 가즈오는 속이 탔다. 이대로라면 이 공장은 망해버리지 않을까? 자신이 할 수 있는 일은 무엇일까? 그때 불현듯 지난번 타임 슬립에서 들었던 라디오 뉴스가 뇌리를 스쳤다. 요코하마의 야마시타 공원에서 주부가 현금을 주운 사건이다.

27

다음 날 아침, 공장에 유키에가 찾아왔다. 휴대전화는 숨겨두었으니 저번처럼 실수는 하지 않을 것이다. 그건 그렇고, 유키에는 오이카와를 매우 좋아하는 것 같았다. 오이카와의 무릎에서 내려오려 하지 않았다.

유키에를 데리러 온 할머니가 살살 달래서 겨우 돌아갔다. 그 뒤 오이카와는 바로 숄더백을 챙겨 공장을 나섰다. 차는 가지고 가지 않았다. 돈을 마련하느라 오늘은 오후 3시가 넘어서까지 돌아오지 않을 것이다. 벽시계를 봤다. 오전 10시 35분이다.

가즈오는 일에 집중하고 있는 시게에게 말을 걸었다.

"센다 직물에 무슨 볼일 없나요?"

시게가 순간 번뜩인 듯 말했다.

"맞아, 어제 납품한 몫이 있었어."

"수표를 받아 올까요?"

"그렇게 해주면 고맙지. 내친김에 은행에서 돈으로 바꿔다 주면 더 고맙고."

"알겠습니다."

"차 타고 가."

"그렇게 하겠습니다. 그리고 시내 아파트를 몇 군데 둘러보고 싶은데, 괜찮을까요?"

"알았어. 너무 늦지는 마."

"알겠습니다."

가즈오는 스카이라인에 올라탔다.

대시보드에 하치오지 시내 도로 지도가 있어 펼쳐 보았다. 하시모토로 빠지는 하치오지 자동차 전용도로는 이 시대에는 아직 생기지 않았다. 하치오지 가도로 되어 있을 뿐이다. 요코하마와 하치오지의 거리를 계산해보았다. 하시모토까지 약 10킬로미터, 거기에서 도메이 요코하마 IC까지는 20킬로미터, IC에서 요코하마의 사쿠라기초까지도 20킬로미터. 총 50킬로미터로, 왕복 100킬로미터다. 잘하면 네 시간 만에 갔다가 돌아올 수 있다. 이 시대에 도로를 달리는 자동차는 33년 후에 비하면 절반 혹은 그 이하일 것이다.

계기판의 연료를 확인했다. 눈금이 딱 중간쯤을 가리키고 있었다. 33년 후의 세계로 돌아갈 수 있다는 보장은 없다. 곤란에 빠진 오이카와를 돕는다. 지금은 그것뿐이었다.

가즈오는 공장을 나섰다. 하치오지 가도를 타고 남쪽으로 향했다. 33년 후의 하치오지 가도는 언제나 정체였는데, 이 시대는 예상대로 텅텅 비어 있다. 교차로도 깜짝 놀랄 만큼 적었다.

하시모토까지 15분 만에 도착했다. 이대로라면 앞으로 40분 안에 요코하마에 도착할 수 있다. 모레인 3월 7일, 오이카와는 사쿠마에게 죽임을 당할 운명이다. 하지만 자신이 있는 한 그것을 막을 수 있다.

케이스케는 그렇다 치더라도, 후미요가 사쿠마와 맺어지는 것은 도저히 용납할 수가 없다.

11시 30분, 오코하마항의 야마시타 공원에 도착했다. 공원 주차장에 차를 세우고, 걸어서 공원으로 들어갔다. 앞바다에 있어야 할 요코하마 베이브리지도, 랜드타워도 없었다. 마린타워만 우두커니 서 있을 뿐이었다.

항구에서 불어오는 바람이 차가웠다. 계절상 관광객은 거의 없었다.

여객선 히카와마루가 있는 곳까지 채 오 분이 걸리지 않았다. 왼편으로 펼쳐진 항만시설 오산바시에 여객선이 정박해 있었다.

뉴스에서는 오늘 오전, 강아지를 데리고 산책하는 주부가 있다고 했다. 확실한 시간은 모른다. 어쩌면 그 주부는 이미 이곳에 와 있을지도 모른다. 그래도 가즈오는 아직 그녀가 오지 않았다는 쪽에 승부를 걸었다.

근처에 있는 벤치나 식물이 심어진 곳을 살펴보았다. 쇼핑백 같은 것은 보이지 않았다.

손목시계를 봤다. 날짜를 표시하는 칸에 오늘 날짜를 나타내는 '수(水)'와 숫자 '5'가 있었다.

3월 5일 수요일, 오늘이 확실하다.

11시 45분이 되었다. 오산바시 방향에서 콜리를 끌며 걸어오는 여자의 모습이 보였다. 가즈오는 식물이 우거진 곳의 그늘에 몸을 감추고 여자를 지켜보았다. 지난 타임 슬립에서 1975년 3월 5일 오전 요코하마 야마시타 공원에서 한 주부가 현금 300만 엔이 든 종이봉투를 주웠다는 뉴스를 들었다. 저 여자가 틀림없다.

마흔 살 전후로 보이는 여자는 흰 모자를 눈이 가릴 정도로 푹 눌러쓰고 있었고, 검은 가죽 신발 위로 황토색 긴 치맛자락이 바람에 흔들리고 있었다. 여자는 히카와마루 바로 앞에서 선박을 정박하려고 쌓은 안벽으로부터 멀어졌다. 그리고 가즈오의 앞을 지나, 물의 수호신이 있는 둥근 연못을 향해 가고 있었다.

여자의 목적지를 예측했다. 연못을 지나면 공원의 중앙 출입구가 있다. 여자를 시야 안에 두고, 가즈오도 그쪽으로 이동했다. 연못을 지나자 예상했던 대로 여자는 중앙 출입구로 향했다. 그때 중앙 출입구 왼쪽 통로 안쪽에 갈색빛이 도는 물체가 보였다. 종이봉투 같았다. 벤치 아래다.

갑자기 콜리가 여자를 끌고 달리기 시작했다. 하필이면 그 방향이 종이봉투가 있는 벤치 쪽이었다. 가즈오는 심어진 식물을 뛰어넘어 내달리기 시작했다.

콜리가 끄는 힘이 강해, 여자가 제압하는 정도로는 멈출 것 같지 않았다. 하마터면 모퉁이에서 강아지와 부딪칠 뻔했다. 그 바람에 강아지도 달리기를 멈추고, 주인에게 달라붙어 애교를 부렸다. 가즈오는 좁은 통로를 지나 벤치로 달려갔다.

가즈오가 벤치 아래에서 종이봉투를 집어 올렸다. 그 순간 바로 뒤로 콜리와 여자가 지나갔다.

가즈오는 선 채로 종이봉투 안을 들여다보았다. 숨이 멎을 뻔했다.

은행 이름이 적힌 띠에 묶인 돈다발 세 뭉치가 들어 있었다. 모두 1센티미터 정도의 두께로, 300만 엔이다. 가즈오는 주위를 둘러보았다. 아무도 없었다. 빠른 걸음으로 그곳을 떠나 차로 돌아왔다. 곧바로 시동을 걸고 액셀을 밟아 주차장을 빠져나왔다.

심장이 터질 듯 요동치고 있었다.

가즈오가 돈을 줍지 않았다면 콜리를 데리고 나온 여자가 경찰서에 신고했을 것이다. 이 시대에 300만 엔은 엄청나게 큰돈이다. 일을 완수했다는 생각보다 불안감이 점점 증폭되었다. 바로 나흘 전, 33년 후의 세계로 돌아간 다음 날이다. 중앙 도서관을 찾아 33년 전 3월 신문을 마이크로필름으로 조사했다. 그때 뉴스의 뒷이야기를 읽었다.

오늘로부터 사흘 후, 자신의 돈이라고 주장하는 한 남자가 돈을 보관하고 있던 가가초 경찰서를 찾을 것이다. 경찰이 남자에게 돈의 출처를 추궁했지만, 남자의 설명에 수상한 구석이 많아 돈은 돌려주지 않았다.

그리고 경찰은 독자적으로 수사를 진행했다. 그 결과, 남자가 요코하마 일대에서 악덕 부동산업자를 상대로 사기를 반복하던 그룹의 일당이라는 사실을 알아냈다. 남자는 체포되고 다른 일원들도 줄줄이 붙잡혔다고 기사에 적혀 있었다. 그날은 속여야 할 상대가 먼저 눈치채버려, 뒤를 밟히는 바람에 어쩔 수 없이 벤치 아래에 돈을 숨긴 모양이었다. 이 300만 엔은 사기로 얻은 돈인 것이다.

그런 돈을 가지고 오는 것에 죄책감이나 찝찝함은 느끼지 않았다.

하치오지로 돌아왔을 때는 정각 2시였다. 센다 직물에 도착하여 바로 사무실로 들어갔다. 센다는 언제나 있던 자리에 앉아 있었다.

인사를 한 가즈오가 센다에게 말했다.

"저, 어제 납품한 직물 대금을 받으러 왔습니다"

"그렇군."

센다에게 받은 봉투 안을 보니, 15만 엔짜리 수표가 들어 있었다.

가즈오는 고개를 숙이고 재빨리 사무실을 나왔다. 후미요는 공장에 없었다. 문득 생각이 나, 공장 뒤쪽으로 돌아갔다. 유리창 안을 들여다보니, 후미요가 의자에 앉아 기모노의 데생을 그리고 있었다. 다른 사람은 없었다.

어떻게 해야 할지 한참을 망설이던 가즈오는 창문에 손가락을 대고 톡톡 두드렸다.

후미요가 이쪽을 돌아보았다. 가볍게 인사한 가즈오는 유리창에 손을 가져갔다. 창문은 쓱 옆으로 열렸다.

"저, 죄송합니다. 오이카와 씨에 관한 이야기입니다."

그만 입 밖으로 꺼내버렸다. 딱히 할 말이 생각나지 않았다.

오이카와의 이름은 효과적이었다. 얼굴에서 의심을 지운 후미요가 창문으로 다가왔다.

"오이카와 씨의 공장에서 일하는 고바야시라고 합니다. 오늘은 수표를 받으러 왔습니다. 수상한 사람은 아닙니다."

"…… 네."

후미요가 작게 대답했다.

"오이카와 씨의 공장 말인데요. 지금 조금 곤란해서……."

"알아요. 월요일까지 돈을 마련해야 하는 거죠?"

역시 후미요는 그 사실을 알고 있었다.

"그 돈 말인데요. 어쩌면 마련할 수 있을지도 모릅니다."

후미요의 얼굴이 확 밝아졌다가, 바로 원래대로 돌아왔다.

"다행이다……. 그래서 오이카와 씨는 지금 어디에 있나요?"

"아, 지금요?"

후미요는 가만히 가즈오의 얼굴을 바라보고 있었다.

"예전의……."

가즈오가 말했다.

"에바라 섬유라고, 있지 않습니까?"

"아, 네."

가즈오는 에바라 섬유가 아사쿠사바시에 '마루코 상사'라는 별도의 회사를 설립했다는 사실을 설명했다.

후미요는 수긍하는 모습이었지만, 안색이 급격하게 어두워졌다. 마루코 상사에 대해서는 오이카와에게 이야기를 들었을지도 모른다. 내일 후미요도 아사쿠사바시에 가니까. 하지만 가즈오는 300만 엔을 주워 왔다는 사실은 알려줄 수 없었다.

"아, 제가 한 이야기는 오이카와 씨에게는 비밀로 해주실 수 없을까요? 제가 같이 일하고 있는……."

"시게 씨?"

"네, 맞아요. 시게 씨한테 들은 얘기인 데다가, 오이카와 씨에게 알려도 괜찮은지도 모르겠고요."

"물론, 그렇게 할게요. 알려주셔서 감사합니다. 절대로 말하지 않을게요."

그때 방문이 열리고 센다가 모습을 드러냈다. 가즈오는 잘 부탁한다고 말하며 창문을 닫았다. 빠른 걸음으로 돌아 나와 차에 올라탔다.

어쨌든 전할 말은 전했다. 나머지는 이 돈을 어떻게 하느냐다.

은행에 들러 수표를 현금으로 바꾸고 공장으로 돌아왔다. 시게는 아무 말도 하지 않았다. 그리고 곧 오이카와 씨도 돌아왔다. 세 명이 두 시간 정도를 더 작업한 후, 오이카와가 기계를 멈췄다. 오후 5시 정각이었다. 시게가 평소처럼 저녁 식사를 차리기 시작했다. 가즈오가 벽장에서 글러브 두 개를 꺼냈다. 한쪽 글러브에는 연식 야구공이 들어 있었다.

"괜찮으면 캐치볼 하지 않으실래요?"

오이카와는 놀란 얼굴로 글러브를 받아 들고는 몸을 일으켰다.

캐치볼을 하는 게 몇 년 만인지 모르겠다.

오이카와의 모습이 케이스케와 겹쳐 보였다. 가즈오는 골목 안쪽에 선 오이카와를 향해 공을 던졌다.

높게 들어 올린 오이카와의 글러브로 공이 쏙 들어갔다.

오이카와는 양손을 흔들며, 크게 원을 그리듯 팔을 휘둘렀다. 가즈오의 몸 안쪽으로 공이 날아왔다. 묵직했다.

묵묵히 서로 공을 주고받았다. 오 분 정도 하니 몸에 열이 올랐다.

그러다가 갑자기 케이스케를 잃은 슬픔이 차올랐다. 케이스케와 캐치볼을 할 수 있는 날은 영원히 찾아오지 않는다. 차가운 바람이 불어와 몸 안으로 파고들었다.

문득 가즈오의 뇌리에 자신의 아버지가 스쳐 지나갔다. 이름조차 모르는 아버지와 이렇게 캐치볼을 할 수 있다면 얼마나 좋을까? 그런 상상만으로도 가슴에 따뜻한 감정이 차올랐다. 눈앞이 조금 흐릿해졌다.

가즈오는 온 힘을 다해 공을 던졌다. 공은 경쾌한 소리를 내며, 오이카와의 글러브에 빨려 들어갔다. 가즈오는 마침내 마음을 굳혔다. 자신은 이 사람을 위해서라면 무엇이든지 할 수 있다.

28

3월 6일 목요일, 오전 9시 30분. 오이카와가 공장을 나섰다. 가즈오는 그를 뒤쫓았다.

전과 마찬가지로 오이카와는 하치오지역에서 도쿄행 급행열차를 탔다. 가즈오는 신문을 구매해 같은 열차에 올라탔다. 오이카와의 목적지를 알고 있으므로 천천히 신문을 볼 수 있었다.

손목에 찬 로드매틱을 바라보니 8시 15분을 가리키며 멈춰 있었다. 지난번에도 같은 시간에 고장 났었던 것이 떠올랐다. 로드매틱을 풀러 바지 주머니에 넣었다.

오이카와는 오차노미즈에서 소부선으로 환승한 후 아사쿠사바시에서 내렸다. 가즈오는 동쪽 출구 개찰구로 나가는 오이카와를 바싹 뒤쫓았다. 섬유 도매상 거리에 도착한 오이카와는 다시 예전의 그 건물로 들어갔다. 엑시드 아사쿠사바시. '마루코 상사'가 입주해 있는 아파트였다.

가즈오는 대각선 건너편에 있는 비단 도매 가게로 들어가 건물을 지켜보았다. 벽시계를 보니 오전 10시 50분. 건물에서 나온 오이카와가 왔던 길을 되돌아 걸어갔다.

앞으로 오이카와는 카페에서 40분 가까이 시간을 보내고 돌아올 것이다.

결심한 가즈오는 건물로 들어갔다. 301호실 우편함에 '마루코 상사'라고 쓰여 있었다. 오늘은 도매상 거리의 모든 가게가 영업을 하고 있었다. 오이카와가 올 것을 상대가 이미 눈치채고, 부재중인 것처럼 오이카와를 속인 게 아닐까?

발소리를 죽이고 계단을 올라갔다. 3층에 도착했다. '301'이라고 적힌 문 앞에 섰다. 튼튼해 보이는 철제문에는 안을 볼 수 있는 작은 창이 있었다. 사람은 없었다.

허리를 구부리고 문의 손잡이 부근에 귀를 살짝 댔다. 오이카와도 분명히 이런 식으로 안쪽 상황을 살폈을 것이다. 차가운 쇠의 감촉이 전해졌다.

아무 소리도 들리지 않았다. 역시 부재중인 듯했다. 가만히 삼 분 정도를 그대로 있었다. 소리 하나 들리지 않았다. 역시 아무도 없는 것 같았다.

일어서려고 문에서 귀를 뗐을 때, 안쪽에서 딸깍하는 소리가 새어 나왔다. 슬리퍼를 신고 걷는 듯한 소리가 나며, 소곤소곤 사람의 말소리가 들려왔다. 사람이 걸어 나오는 기척이 느껴졌다.

가즈오는 발소리를 내지 않고 문에서 멀어져 그대로 살금살금 1층까지 내려갔다.

다시 비단 도매 가게로 들어가 아파트 입구로 시선을 옮겼다.

잠시 후 양복에 넥타이를 매지 않은 남자가 내려왔다. 짧은 머리에 운동화를 신은 모습이 언밸런스했다. 예순 정도 되었을까. 처음 보는 얼굴이었다. 그 뒤로 스키 모자를 깊숙이 눌러 쓴 남자가 나타났다. 가즈오는 남자의 모습에서 눈을 떼지 못했다.

사쿠마였다.

가즈오는 혼란스러웠다. 왜 이런 곳에 사쿠마가 있는 것일까? 두 사람은 건물 앞에서 헤어졌다. 사쿠마는 빠른 걸음으로 30미터 정도 떨어진 맞은편 건물로 들어갔다. 가게에서 나온 가즈오는 길 반대편에 있는 전봇대 그늘에서 사쿠마가 들어간 빌딩을 바라보았다.

2층 커피숍 창가에 모습을 드러낸 사쿠마는 자리에 앉아 담뱃불을 붙였다. 사쿠마의 시선은 마루코 상사가 입주해 있는 건물 입구에 쏠려 있었다.

그제야 가즈오는 사쿠마의 계략을 알아차렸다. 오이카와를 감시하는 것이었다. 오이카와가 조금 전 마루코 상사를 방문했을 때, 두 사람은 안에 있었다. 오이카와가 포기하고 돌아가기를 기다렸다가 방을 나온 것이다.

방금 헤어진 남자는 마루코 상사의 관계자가 아닐까? 사쿠마는 마루코 상사와 어떤 연결고리가 있는 것일까? 하치만초의 공장에서 일하던 사쿠마의 모습이 가즈오의 머릿속에 떠올랐다. 그때의 모습과 지금 모습에서 접점을 도저히 상상할 수 없었다. 가즈오는 가만히 눈을 부릅뜨고 그 자리에서 사쿠마의 모습을 지켜보았다.

30분 후, 길 건너편에서 오이카와가 다가왔다. 가즈오는 고개를 돌려 그를 지나쳐 보냈다. 다시 건물로 들어간 오이카와는 오 분도 안 되어 다시 나왔다. 그리고 그대로 아사쿠사바시역 방향으로 걷기 시작했다.

문득 올려다보니 사쿠마의 모습이 보이지 않았다. 전봇대 그늘에서 나오려고 할 때, 눈앞으로 사쿠마가 지나갔다.

사쿠마는 멀어져 가는 오이카와의 등을 매섭게 쳐다보며 조심스레 걸음을 내디뎠다. 50미터 정도 거리를 두고 오이카와의 뒤를 미행하기 시작했다.

간다강을 따라 걷던 오이카와가 야나기다리에 다다랐다. 다리 중간쯤에서 걸음을 멈춘 오이카와가 난간에 몸을 기대고 강을 내려다보았다. 사쿠마는 근처의 가게로 자취를 감추었다. 잠시 후, 다리 건너편에서 후미요가 찾아왔다.

지난번과 똑같은 타이밍이었다. 오이카와가 깜짝 놀라 뒤를 돌아보았다.

두 사람은 잠시 그 자리에 머무르다가 몸을 기대듯 바싹 붙어 다리를 건너기 시작했다. 사쿠마가 가게에서 나와 두 사람의 뒤를 따랐다.

오이카와와 후미요는 골목을 돌아 메밀국수 가게로 들어갔다. 이대로 두 사람은 메밀국수 가게에서 오래 머무를 것이다.

사쿠마는 메밀국수 가게를 지나쳤다. 술집 앞에 있는 공중전화 부스로 걸어가 수화기를 귀에 대고 동전을 넣은 다음, 전화 다이얼을 돌렸다. 잠시 후 사쿠마가 입을 열었다. 멀리 떨어져 있어서 가즈오는 그 내용을 알아들을 수 없었다.

고개를 몇 번 끄덕인 사쿠마는 전화번호부를 집어 받침대 위에 놓더니 거칠게 페이지를 넘겼다. 그러고는 가슴 주머니에서 꺼낸 볼펜으로 거기에 무언가를 적더니, 페이지를 찢고 수화기를 던지듯 내려놓았다.

사쿠마는 메밀국수 가게를 돌아보지도 않고 아사쿠사바시역 방향으로 걸어갔다. 두 사람보다 한발 먼저 하치오지로 돌아갈 것이다. 공중전화 부스의 전화번호부는 펼쳐져 있었다. 궁금했던 가즈오가 공중전화 부스로 들어갔다.

사쿠마가 무언가를 적고 찢은 바로 다음 페이지를 조심스레 잘라낸 다음, 전화번호부를 원래대로 돌려놓았다. 종이를 접어 주머니에 넣고 역으로 향했다.

하지만 도중에 마음이 바뀌어 마루코 상사가 입주해 있는 건물로 돌아왔다. 3층까지 단숨에 뛰어올랐다. 301호실 앞까지 온 가즈오는 철문에 귀를 갖다 대었다.

아무 소리도 들리지 않았다. 문을 두드렸다.

인기척이 전혀 없다. 가즈오는 건물을 나와 아사쿠사바시역으로 향했다.

29

돌아가는 다카오행 급행열차는 혼잡하지 않았다. 의자에 앉아 사쿠마를 생각했다. 그는 왜 마루코 상사에 있었을까? 마치 오이카와의 방문은 이미 예상하고 있었던 것 같았다. 뒤늦게 찾아온 후미요와 합류하는 것을 본 사쿠마는 제 역할을 다했다는 듯 자리를 벗어났다.

후미요, 오이카와, 사쿠마.

오늘이야말로 세 사람의 관계를 분명하게 밝혀내야 한다. 하치오지역에 도착했다. 역내 시계는 오후 2시 30분을 막 지나고 있었다. 가즈오는 남쪽 출구 개찰구로 나왔다.

예상했던 대로 눈앞에 히노 콘테사가 서 있었다. 한 번 그 앞을 지나친 다음, 유턴했다. 사쿠마는 눈치채지 못했다. 콘테사의 뒷문에 손을 가져갔다. 허무하게 문이 열렸다. 가즈오는 뒷자리에 올라탔다.

순간 흠칫한 표정으로 사쿠마가 가즈오를 돌아보았다. 쌍꺼풀이 없는 눈을 동그랗게 뜨고 가즈오의 얼굴을 바라보았다.

"안녕하세요."

가즈오가 인사했다.

사쿠마는 한마디 대꾸도 없이 미간을 찌푸린 채 가즈오를 바라보고 있었다. 가즈오가 누구인지 모르는 것 같았다. 차 안은 담배 냄새로 지독했다.

"지금, 저도 막 역에 도착했거든요. 데리러 와주신 건가요?"

사쿠마의 표정이 살짝 풀어졌다. 가즈오가 누군지 떠올린 것이다.

"너는……, 오이카와 공장의……."

사쿠마의 얼굴이 약간 굳어졌다.

"무슨 일인가?"

"그러니까 아사쿠사바시에 갔었다니까요."

"아사쿠사바시가 어쨌다고?"

"당신도 가지 않았나요?"

사쿠마가 매부리코를 찡긋거리며 코웃음을 쳤다.

"너 잠꼬대하냐?"

"니혼바시 바쿠로초 엑시드 아사쿠사바시, 301호 마루코 상사."

가즈오는 단숨에 내뱉었다.

사쿠마는 영문을 모르겠다는 얼굴로 가즈오를 바라보았다.

"대답 못 하시겠다면 이렇게 말하면 아실까요? 당신은 거기에서 마루코 상사 사장과 만났습니다."

사쿠마는 고개를 돌렸다.

"마루코 상사라고 하기보다, 에바라 섬유 사장이라고 해야 이해가 쉬울까요?"

쌍꺼풀 없는 눈에 살짝 경련이 일어난 사쿠마가 턱을 당기고 가즈오를 바라보았다.

"만약 그랬다면, 그게 뭐 어쨌다고?"

"당신을 알고 있지 않나요? 오이카와 씨가 그 남자 때문에 곤욕을 치르고 있다는 것을."

사쿠마는 관심 없다는 표정으로 오른손을 핸들 위에 올려놓았다.

그 표정을 백미러 너머로 바라보았다.

"당신은 그것을 알고 있는데도, 그 남자를 오이카와 씨에게 데려가지 않았습니다. 왜 그랬죠?"

사쿠마는 손가락으로 핸들을 신경질적으로 두드렸다.

"당신은 오이카와 씨의 공장이 망했으면 좋겠다고 생각한 거죠. 그래서 에바라 섬유의 사장과 만나지 못하도록 한 게 아닌가요?"

사쿠마의 눈동자가 두리번거리며 바쁘게 움직였다.

"미야즈 후미요 씨죠?"

가즈오의 말에 사쿠마의 손가락이 멈추었다.

"오이카와 직물이 망하면 당신에게 유리해지죠. 그래서 오이카와 씨에게서 후미요 씨를 떼어내려고 하는 거예요. 후미요 씨를 뺏으려고."

사쿠마는 눈을 깜빡였다.

"이봐, 아직 이름을 못 들었는데."

"고바야시입니다."

"이시노마키의 어디 출신이야?"

"헤비타."

"호오……, 헤비타. 이봐, 고바야시 씨. 나도 이시노마키 출신이라고. 이시노마키의 이나이 출신."

그렇게 말한 사쿠마가 품에서 세븐스타 담배를 꺼내 성냥으로 불을 붙였다.

가즈오는 깜짝 놀랐다. '이나이'라는 지명은 모르지만, 헤비타 근처일 것이다.

"나랑 너, 나이 차이도 그렇게 많이 나지 않잖아. 당신도 집단 취직?"

사쿠마가 불쑥 말했다.

예상치 못한 사쿠마의 말에 가즈오는 숨을 삼켰다.

"히노의 트럭 공장 근처에서 하치오지로 흘러들어 온 녀석이지? 아니야?"

사쿠마는 비꼬는 듯 말했다.

가즈오는 필사적으로 생각했다. 여기에서는 장단을 맞춰줄 수밖에 없다.

"쳇."

가즈오는 최선을 다해 연기했다.

"사쿠마 씨, 당신도?"

사쿠마가 우쭐한 표정으로 가즈오를 돌아보았다.

"그래, 맞아. 히노의 공장이다. 좁고 답답한 4인실에 처박혀서, 날이면 날마다 생산 라인에 우뚝 서서, 멍청하게 큰 엔진에 못을 박는 일이었지. 그럴 거면 차라리 배를 타고 나가 정어리라도 낚는 게 낫겠더라. 기숙사를 나오고 정말 고생했지. 하치오지에 자리를 잡았을 때 이미 서른이 넘었더라고."

사쿠마는 담배를 깊게 들이마신 뒤, 앞 유리를 향해 연기를 내뿜었다.

"그래서 센다 씨에게 신세를 졌지."

센다라면 같은 고향 사람이니 분명 의지가 되었을 것이다. 그 기분은 가즈오도 알 수 있었다.

"뭐, 그런 이야기는 내버려두고."

사쿠마가 말했다.

"미야즈 씨가 어쩌고저쩌고, 그건 도대체 무슨 말이야?"

사쿠마가 백미러 너머로 가즈오의 얼굴을 바라보았다.

"몇 번이나 말하게 하지 마."

가즈오는 말투가 거칠어졌다.

"더러운 짓은 하지 말라는 거야."

"당신, 뭔가 착각하고 있는데."

"착각하는 건 당신이야."

사쿠마가 불쑥 말을 꺼냈다.

"미야즈 후미요 씨의 본가, 알고 있나?"

"몰라."

"헤비타역 앞에 '선스토어'라는 작은 슈퍼마켓 있지? 거기가 본가야. 동네 사람이라면 누구나 알고 있잖아?"

가즈오는 대답하지 않은 채, 백미러에서 눈을 돌렸다.

"그 슈퍼, 후미요 씨의 오빠가 운영했는데 작년 여름에 망했어. 500만 엔 가까이 빚을 지고 그 형님은 도망가버렸지. 부모님도 안 계시잖아. 그래서 그 빚이 그대로 연대보증인이 된 후미요 씨에게까지 온 거야. 처음에 개업할 때, 적당한 말을 둘러대면서 도장을 찍게 한 형님도 형님이지만, 후미요 씨 본인도 설마 슈퍼가 망할 줄은 몰랐던 거지. 자신이 가진 돈을 몽땅 털어 넣고, 그것도 모자라 필사적으로 분할 상환을 약속하고, 겨우 하치오지까지 오게 된 거야."

가즈오는 어제 후미요에게 오이카와가 진 빚을 갚을 방법이 생겼다고 말했다. 그때 후미요가 크게 기뻐 보이지 않았던 이유는 어쩌면 자신도 문제를 안고 있었기 때문이 아니었을까? 이 남자의 말이 거짓이 아닐지도 모른다.

후미요의 오빠가 만든 빚의 일부를 오이카와가 대신 갚아주었을 가능성이 있다. 작년 9월, 오이카와는 자신의 정기예금에서 200만 엔을 뺐다. 바로 이것 때문이었다.

하지만 지금 그게 문제가 아니었다.

이 남자는 자신의 전생 속 인간이다. 이대로라면 내일 살인이라는 큰 죄를 짓게 된다. 그것만은 어떻게든 막고 싶었다.

"미야즈 씨가 어찌 되었든 상관없어. 오이카와 씨의 일이야."

가즈오가 말했다.

"오이카와가 어쨌다는 거야?"

"절대 가까이 가지 마. 그 사람을 불러내지도 마."

"이봐, 여기가 어떻게 된 거 아니야?"

사쿠마는 관자놀이 옆에서 손가락을 빙글빙글 돌렸다.

가즈오는 사쿠마의 어깨에 손을 올리고 힘을 실었다.

"입 다물어. 귀찮게 말대꾸하지 마. 오이카와 씨에게 절대로 가까이 다가가지 마. 담당도 바꿔. 알겠어?"

사쿠마는 가즈오의 손을 뿌리쳤다.

"뭐라는 거야. 이봐, 영문을 모르겠다고. 도대체."

"알겠어, 사쿠마? 이것만은 말해두지. 잘 들어. 이대로 오이카와 씨에게 손을 떼지 않으면, 넌 큰일 날 거야. 다음 달 5일, 한밤중에 너는 야엔 가도에서 뺑소니를 당해 죽어. 하지만 범인은 절대 잡히지 않지. 그래도 오이카와 씨를 따라다닐 생각인가?"

사쿠마의 표정이 변했다. 가즈오는 안중에도 없는 듯 무언가를 골똘히 생각하는 것 같았다.

"내려."

갑자기 사쿠마가 말했다.

"빨리 내려."

사쿠마의 시선이 향한 곳에는 마침 후미요가 계단을 내려오고 있었다. 가즈오는 반사적으로 차 문을 열고 밖으로 뛰쳐나갔다. 후미요를 등지고 차에서 재빨리 멀어졌다.

30

"좋은 집 찾았나? 오늘 계속 자리를 비웠다면서?"

오이카와가 걸으면서 불쑥 말했다.

"아직 못 찾았어요."

"지금처럼 살아도 괜찮아. 서두르지 않아도 되니까."

"감사합니다."

가즈오는 밤하늘을 올려다보았다. 목욕탕으로 가는 길은 어두웠지만 별이 또렷하게 빛나고 있었다.

"저, 하나 물어봐도 될까요?"

가즈오가 입을 열었다.

"무슨 일 있어? 갑자기 정색하다니. 이상하네."

"오이카와 씨는 사람의 영혼에 관해 어떻게 생각하세요?"

"응? 영혼?"

오이카와는 웃어넘기듯 말했다.

"그야, 있지 않을까? 그런데 왜?"

"아뇨, 그냥 그런 생각이 들어서요. 사람이 죽으면 영혼은 어떻게 될까, 하고요."

"자네는 어떻게 생각해?"

"…… 육체는 사라져도, 그래도 역시 영혼은 남아 있지 않을까요? 오이카와 씨는 어떻게 생각하십니까?"

"육체가 사라지면 영혼도 같이 없어진다고 생각하는데."

"왜요?"

"인간은 동물과 달리 죽음이라는 것을 알고 있잖아? 죽음이 너무나 두렵고 무서우니까, 그 두려움에서 벗어나려고 적어도 영혼만은 불멸한다. 그렇게 생각하고 싶은 게 아닐까?"

가즈오는 오이카와가 달관한 듯 생각하는 것이 부모님을 일찍 여읜 탓이라고 생각했다.

"꽤 메마르시네요."

"영혼은 사람의 전매특허가 전혀 아니라고 생각해. 동물이나 식물에도 있다고 생각하거든. 하지만 그게 영원히 사라지지 않고 이 세상에 남아 있으면 조금 성가시지 않을까?"

"그건 그럴지도 모르겠네요. 그보다 오이카와 씨, 저 시게 씨에게 이런저런 이야기를 들었어요. 공장에 대해서."

"공장의 무엇을?"

오이카와의 목소리가 진지해졌다.

가즈오는 오이카와가 악덕 업자 때문에 빚을 지고 있고, 이대로 가면 공장이 도산할 수도 있다는 것, 공장 토지도 담보로 잡혀 있어 은행이 가져갈 수도 있다는 것 등을 이야기했다.

"…… 뭐, 거짓말은 아니지."

오이카와가 솔직하게 인정하자 가즈오는 안도했다.

"저……, 저에 대해 어떻게 생각하시나요?"

"갑자기 사람이 이상해졌네. 무슨 일이야?"

"조합에 문의하지 않으셨나요? 주민등록표도, 아무것도 없이 갑자기 찾아온 저에 대해."

"…… 하긴 했지. 그래도, 뭐 어때. 사람마다 각자 사정이 있을 테니까."

"고, 고맙습니다."

"괜찮으니까. 자, 서두르자. 너무 춥군."

걸음이 빨라진 오이카와를 따라가며 가즈오는 유니클로 점퍼를 벗었다. 이 시대에는 없는 에어텍 소재다. 오이카와 옆으로 다가가 점퍼를 눈앞에 내밀었다.

"이거, 아마 눈치채셨을 거예요."

오이카와는 점퍼를 보지도 않고 말했다.

"아. 본 적도, 만져본 적도 없는 원단 말이지? 바느질도 그렇고. 하지만 라벨은 잘라냈고."

"저의 본가에서 만든 시제품이거든요."

오이카와의 걸음걸이가 느려졌다.

"본가에서 하치오지의 직물 가게에 가서 연수를 받으라는 분부를 받고 왔습니다. 이곳저곳 조사해보니, 오이카와 씨의 공장이 좋다고 생각했거든요. 그래서 신세를 지게 되었습니다."

오이카와는 멈춰 서서 가즈오의 얼굴을 들여다보았다.

“자네의 본가라니, 분명 이시노마키의…….”

“태어난 곳은 이시노마키지만, 기류에서 자랐습니다.”

“그렇군. 기류, 좋은 곳이지.”

기류도 모직물의 지방이다. 기지를 발휘했다.

“오지랖이라고 생각은 하지만, 제 얘기를 들어주시겠어요?”

가즈오는 본가에 사정을 얘기하면 당장 필요한 회전 자금 정도는 무이자로 빌려줄 것이라고 이야기했다. 오이카와는 대답 없이 걷기 시작했다. 목욕탕이 점점 가까워져 왔다.

목욕탕 입구의 천막을 걷으려던 오이카와가 가즈오의 얼굴을 힐끗 돌아보고, 빙긋 미소를 지으며 말했다.

“생각해봐도 될까?”

“물론입니다. 사실 돈은 이미 저에게 있어요. 오늘 돈을 빌리러 본가에 다녀왔습니다.”

오이카와는 놀란 표정을 지었다.

“…… 그 말은.”

“오이카와 씨, 당신의 일은 누구도 따라 할 수 없어요. 저도 필사적으로 일할 테니, 앞으로도 계속해나가자고요.”

깊게 고개를 끄덕인 오이카와가 가즈오의 손을 잡았다.

“알았네. 이 은혜 잊지 않을게.”

가즈오는 가슴을 쓸어내리며 오이카와의 뒤를 따라 천막을 통과했다.

집에 돌아와, 가즈오는 바로 이불 속으로 들어갔다. 몸이 노곤해져 잠이 솔솔 올 것 같았다. 내일을 생각했다. 오늘 사쿠마에게 필사적으로 알아듣게 말했다. 이제 오이카와를 사가미 호수로 불러내지는 않을 것이다. 오이카와도 가즈오가 건넨 300만 엔을 흔쾌히 빌렸다. 돌려받을 생각은 털끝만큼도 없었다. 당분간은 공장이 도산할 걱정도 없고 사가미 호수에 갈 일도 없다.

오이카와는 앞으로 쭉 살아갈 수 있다.

그걸로 된 것이다. 조만간 이 공장을 나와서 다른 동네에서 살 생각이다. 어쨌든 이 세상에서 살아가야만 한다.

자정이 지날 무렵, 밖에서 어렴풋이 자동차 엔진 소리가 들려오는 것 같았지만, 그때 가즈오는 이미 잠에 취해 있었다. 꿈 하나 꾸지 않고 아침까지 푹 잤다.

31

3월 7일 금요일. 다시 그날이 찾아왔다.

평소대로 8시 반부터 공장이 움직이기 시작했다. 오늘 오전에 시게는 출근하지 않는다.

하룻밤 자고 일어나보니, 막연하게 허탈감이 몰려왔다. 오이카와는 기운을 되찾은 것 같았다. 목숨을 잃는 일은 피할 수 있을 것이다. 기계를 움직이는 오이카와의 모습을 보며 가즈오는 후회라고도 할 수 없는 감정을 느꼈다. 케이스케였다.

잘한 선택일까? 이대로라면 아마 케이스케는 세상에 태어나지 않을 것이다. 그러나 그것은 그것대로 어쩔 수 없다. 지난번과 마찬가지로, 앞으로 자신이 33년 후의 세계로 돌아갈 수 있다는 보장은 어디에도 없다.

갑자기 울리는 전화벨 소리에 가즈오는 깜짝 놀랐다. 옆방으로 향하는 오이카와의 뒷모습을 바라보았다.

한동안 이야기에 집중하던 오이카와가 수화기를 내려놓았다. 그리고 그대로 봉당으로 내려가 외출해버렸다. 이런 바보 같은 일이 있나. 사쿠마가 전화했을 리 없다.

가즈오는 공장을 뛰쳐나왔다. 오이카와가 운전하는 자동차가 후진하여 골목을 빠져나가고 있었다.

말려도 소용없다는 것은 알았다. 가즈오는 골목으로 사라지는 자동차를 보고 있을 수밖에 없었다. 오이카와의 목적지는 그곳밖에 없다. 사가미 호수다.

가즈오는 공장으로 돌아가 기계를 멈췄다. 도대체 사쿠마는 무엇을 할 생각일까? 어제 그렇게 당부했는데 소용이 없었던 걸까? 그렇게까지 해서 후미요를 자신의 것으로 만들고 싶은 것일까?

오이카와가 나간 지 벌써 오 분 가까이 지나버렸다. 빠르면 지금쯤 다카오역 근처를 지나고 있을 것이다. 앞으로 벌어질 일을 생각하니 가즈오는 아무것도 손에 잡히지 않았다.

오이카와는 사가미 호수에서 사쿠마에게 살해당한다. 그걸 막을 수는 없는 것인가.

사쿠마를 만날 수만 있다면 막을 자신은 있다. 하지만 시간이 없다. 지금 택시를 불러도 늦는다. 벽시계는 9시 40분을 가리키고 있었다.

가즈오는 화가 났다. 최악의 상황을 가정하고 렌터카를 빌려뒀어야 했다. 그때 자동차 소리가 들려와 가즈오가 밖으로 나갔다. 천천히 진입하는 크라운을 보며 가즈오는 머리가 혼란스러웠다. 조수석에 후미요가 타고 있었다. 지난번과 하나부터 열까지 똑같지 않은가.

오이카와가 살해당하는 최악의 사태를 막기 위해 그토록 뛰어다녔다. 그런데 조금도 달라지지 않았다.

운전석에 앉은 센다가 말을 걸어왔다.

"오이카와 있나?"

가즈오는 고개를 가로저었다.

"있다, 없다. 어느 쪽인가?"

가즈오는 머리에서 피가 떨어지는 듯한 감각을 느꼈다. 똑같다, 하는 말조차도.

"없습니다."

차에서 내린 센다가 공장 안쪽을 둘러보며 오이카와가 없다는 것을 확인하고는 차로 돌아왔다. 가즈오도 반사적으로 뒷좌석에 올라탔다.

"뭔가, 자네?"

센다가 놀란 듯 말했다.

"얼른 가주세요."

"가다니, 어디로?"

"사가미 호수요. 오이카와 씨도 그곳으로 향하고 있습니다."

센다가 놀란 얼굴로 후미요와 얼굴을 마주 보았다.

"네가 그걸 어떻게 알아?"

"본인에게 들었습니다. 빨리 부탁드립니다."

센다는 가즈오의 얼굴을 힐끗 쏘아보고는 후진해서 골목을 빠져나왔다.

자신을 바라보는 후미요에게 가즈오가 말했다.

"괜찮습니다. 오이카와 씨의 공장은 도산하지 않아요."

고슈 가도를 달렸다. 센다는 정말 오이카와가 사가미 호수로 갔는지 확인했다. 가즈오는 확실하다며 밀어붙였다. 오타루미 고개에서 사가미 호수까지 내려갔다. 잿빛의 사가미 호수가 가까워지고 있었다.

무엇이 잘못되었을까? 어디가 부족했을까?

가즈오는 사쿠마와 나눈 대화를 곰곰이 되새겼다. 그만큼 으름장을 놓았으니, 오이카와가 살해당하면 사쿠마는 자신이 경찰에 신고할 것임을 알고 있으리라. 그런데도 왜 굳이 오이카와를 사가미 호수로 불러낸 것일까?

사가미 호수로 불러낸 이상, 사쿠마는 오이카와를 죽일 작정이다. 대화로 문제를 매듭짓겠다는 생각은 하지 않는 것이다.

오이카와는 아마도 사쿠마가 대화하기 위해 자신을 불렀다고 착각하고 있다. 그래서 보트 위에서 뒤를 습격당하는 것이다.

그만큼 사쿠마는 후미요를 마음에 품고 있다는 것일까?

"도대체 어느 쪽이냐고."

가즈오는 그만 목소리를 높이고 말았다. 센다와 후미요가 동시에 뒤를 돌아봤다.

자동차가 호숫가 주차장에 들어섰다. 가즈오는 두 사람을 내버려두고 뛰기 시작했다.

바람이 차가웠다. 진회색의 호수 위로 유람선과 보트가 떠 있었다.

하늘은 온통 줄무늬 모양의 새털구름으로 뒤덮여 있다. 오이카와의 모습은 어디에도 보이지 않았다. 오락실을 향해 달렸다. 노란 모자를 쓰고 줄 맞춰 가던 유치원생들과 부딪혔다. 오락실에서 부두로 나갔지만 오이카와의 모습은 보이지 않았다.

여기저기 떠 있는 보트를 살폈다. 손으로 젓는 보트가 네 대, 모터보트가 한 대.

틀림없다. 지난번과 완전히 똑같다.

오락실로 들어갔다. 거칠게 쌍안경까지 덤벼들어 100엔 동전을 넣고 렌즈를 들여다보았다.

가즈오는 보트를 한 대씩 확인해갔다. 어디에도 오이카와의 모습은 없었다. 강 건너 포구를 보았다. 거기에도 보트처럼 보이는 것은 없었다. 가즈오는 오락실 끝에 있는 매표소로 돌아왔다. 사람은 없었다. 여기에서 기다릴 수밖에 없다.

오락실을 나와 길 건너편에 있는 식당 겸 카페로 눈을 돌렸다. 오이카와는 저 안에 있다. 반드시 나타날 것이다. 여기에 있기만 하면 분명 오이카와를 찾을 수 있다. 아직 늦지 않았다. 벽시계는 10시 30분을 가리키고 있었다.

시간은 확실히 기억하고 있다. 지금이다. 이 순간, 오이카와가 다가올 것이다. 저 식당 문을 열고. 하지만 오이카와는 모습을 드러내지 않았다.

일 분이 지났다. 이 분……. 삼 분.

시간을 착각한 걸까? 아니, 그럴 리 없다.

지난번에는 딱 10시 30분에 오이카와가 저기에서 나왔다.

35분이 되었다. 가즈오는 점점 초조해지기 시작했다. 다른 장소인가?

오락실을 둘러보았다. 비슷한 그림자도 보이지 않았다.

가즈오는 자리를 박차고 뛰어나갔다. 건너편 식당으로 달려가 문을 열었다.

아이를 데리고 나온 부모 손님들만 있을 뿐, 오이카와의 모습은 없었다. 그럴 리가 없다. 지금까지 흐름이 모두 똑같지 않았던가.

그때 사격장 안쪽에서 나타난 인물을 가즈오는 믿을 수 없다는 표정으로 바라보았다. 사쿠마가 어째서 이런 곳에 있는 거지…….

가즈오는 바로 식당으로 들어갔다. 눈앞을 지나가는 사쿠마를 지나쳐 밖으로 나왔다. 사쿠마는 매표소를 돌아 부두로 내려갔다. 매표소 맞은편에 호수가 보였다. 미끄러지듯 부두로 들어오는 모터보트가 있었다. 조종하는 사람을 보며 가즈오는 흠칫했다.

어째서 오이카와가 모터보트를 조종하고 있는 것인가.

보트는 건물의 그늘로 들어가 보이지 않게 되었다. 영문을 알 수 없었다.

가즈오는 전속력으로 달리기 시작했다. 어째서? 지금까지 모든 전개가 똑같지 않았는가. 그런데 왜 마지막에 가서야 사태가 이렇게 역전되는 것인가. 위가 뒤틀린 것처럼 쓴맛이 올라왔다.

이렇게 될 줄 알았으면 사실대로 알렸어야 했다. 오늘, 앞으로 일어날 모든 일을 숨기지 말고 오이카와에게 말했어야만 했다.

매표소 옆을 지나, 부두로 내려갔다. 부두에는 사람 하나 없었다. 오이카와가 왼손으로 스로틀 레버를 조작하며 모터보트를 부두 가까이에 정박하고 있었다. 사쿠마가 걸어왔다.

가즈오의 뇌리에 꿈에서 본 오이카와의 마지막 모습이 되살아났다. 목을 조르는 사쿠마의 손을 뿌리치려다가 힘을 모두 소진한 그 얼굴이. 일렁일렁 물속에서 흔들리는 그의 긴 머리카락이.

이대로라면 똑같은 일이 일어난다. 오이카와는 살해당하고 말 것이다. 여기서 멈추지 않으면 정말 늦는다. 두 사람의 거리가 서서히 가까워지고 있었다. 사쿠마가 보트 앞에 도착하기까지 앞으로 3미터도 남지 않았다. 지금이다. 지금밖에 없다. 발을 한 걸음 내디뎠다.

'그래도 괜찮은가.'

뭔가, 다른 곳에서 말을 걸어왔다. 지금 들리는 목소리는 착각인가?

'케이스케는 그렇게 되어도 괜찮은가.'

다시 그 목소리가 들렸다.

그것이 자신의 내면에서 들려오는 목소리라는 것을 깨달은 가즈오가 발을 멈추었다.

'케이스케가 없어도 괜찮은가.'

가즈오는 온몸의 피가 얼어붙은 듯 그 자리에서 움직일 수 없었다.

오늘, 여기에서 오이카와가 죽지 않으면 케이스케는 태어나지 않는다…….

알고 있다. 그런 것쯤은 알고 있다. 그래도 결정하지 않았는가. 오이카와를, 저 남자를 구한다고.

'그래도 괜찮은가.'

가즈오는 그 소리를 뿌리치려는 듯 고개를 흔들었다.

'오이카와를 도와주고 후회하지 않겠는가?'

그런 바보 같은 말이 어디 있을까.

'정말로 괜찮은가.'

오이카와를 구해버리면 케이스케는 태어나지 않는다.

그것은 알고 있다.

'그냥 못 본 척해. 이대로 있어. 말 걸지 마.'

…… 자신은 누구 편인가? 오이카와인가……, 아니면 케이스케인가.

눈앞에서 사쿠마가 모터보트로 옮겨 타려고 하고 있었다. 지금밖에 없다. 지금 말리지 않으면 오이카와는 죽고 말 것이다. 말을 걸려고 했는데, 무언가가 목에 걸려 나오지 않았다.

'되찾고 싶어, 케이스케를.'

그 말이 묵직하게 가슴에 박혔다.

…… 그렇다. 무슨 일이 있어도 케이스케는 케이스케인 것이다. 자신의 피를 나눈 아이다. 누구와도 바꿀 수 없지 않은가. 그게 정말 잘못된 걸까? 아이를 되찾고 싶다고 생각하면 안 되는 것일까?

사쿠마! 소리 내지 않고 그를 불렀다.

빨리 가버려. 부두에서 사라져버려.

자신의 몸이 자신의 것이 아닌 것처럼 느껴졌다. 다리도, 팔도 두 동강으로 찢어진 것 같았다. 가즈오의 다리가 우뚝 멈추었다. 단 1센티미터도 움직일 수 없었다. 그제야 가즈오는 깨달았다.

지난 닷새 동안 자신은 이 순간이 오기를 은근히 기다리고 있었던 것은 아닐까?

오이카와가 지금, 이때, 죽어가는 이 순간을. 가즈오는 그것을 인정하지 않을 수 없었다. 다가갈 수 없었다. 이제는 한 발짝도 앞으로 나아갈 수 없었다.

'오이카와 씨……. 부디 저를 용서하십시오. 당신을 구할 수 없는 자신을 원망하십시오. 그래도 알아주길 바랍니다. 저는 당신을 돕고 싶은 마음으로 여기까지 왔습니다. 그 마음은 조금도 변하지 않습니다. 하지만 이제는 무리인 듯합니다. 저는 그런 가혹한 일은 할 수 없습니다. 또다시 케이스케를 잃을 수는 없습니다. 제발, 제발 그것만은 용서해주세요.'

하지만 이렇게 되면 안 되는 거였다. 역시 이대로는 안 된다. 억지로 발을 내딛으려던 그때, 가즈오는 균형을 잃고 말았다.

몸이 부두에서 떠오르는 것을 느꼈다. 눈앞에 옅은 갈색의 호수 표면이 보였다. 호수 표면이 천천히 눈앞으로 다가왔다. 몸은 가벼웠고, 자신이 떨어지고 있음을 깨달았다. 무섭지는 않았다. 물에 빠지는 것이야말로 유일한 선택지라고까지 생각했다.

32

슬며시 눈을 떴다. 바스락거리는 소리. 낯익은 사무실 풍경이 눈앞에 펼쳐져 있었다. 조금 전 물속으로 뛰어들었을 텐데, 전혀 숨이 막히지 않았다. 차갑지도 않았다. 심장만 빠르게 요동치고 있을 뿐이었다.

대각선 왼쪽으로 너구리, 후루사와 계장이 벌레 씹은 표정으로 서류와 눈싸움을 하고 있다. 카운터의 접수처에서는 미우라가 손님과 대화를 나누고 있다.

숨을 크게 들이쉬고 내뱉었다. 조금씩 두근거림이 가라앉았다.

고개를 숙이자 오이카와가 빌려준 면바지가 눈에 들어왔다. 주머니에서 도코모의 슬라이드폰이 나왔다. 젖지 않았다. 가만히 전원을 켰다. 배터리가 없어 켜지지 않았다. 대각선에 다른 휴대전화가 있었다. 후루사와의 것이었다.

양해를 구하고 휴대전화를 봤다. 날짜와 시간이 크게 표시되어 있었다.

2008년 3월 3일 월요일, 11:30

이전과 똑같다.

자신은 2008년 3월 3일 월요일로 되돌아왔다.

책상에 있는 좌석표로 시선을 옮겼다. 자신의 자리에 '미야즈 주임'이라고 적혀 있다. 아무래도 본래 있어야 할 세계로 돌아온 것 같다.

"미야즈 씨, 옷을 갈아입고 오는 게 좋겠어."

후루사와가 가즈오의 옷을 보며 말을 걸었다.

가즈오는 자신이 입고 있는 옷을 보았다. 타임 슬립을 한 세계에서 입었던 플란넬 셔츠 차림 그대로였다.

엉거주춤 일어나자 후루사와가 손으로 쓴 서류를 건넸다.

"미야즈 씨. 이거 만들었는데, 좀 읽어봐줄 텐가."

가즈오는 숨을 고르고 찬찬히 훑어보았다. 다가오는 3월 12일 진행하는 국민건강보험 운영 협의회용 질의응답이다. 국민건강보험료 한도액 인상에 관한 예상 질문이 나열되어 있고, 그 아래로 답변이 적혀 있었다. 히데코라 불리는 사카모토 히데지 과장이 만든 질문이었다. 그에 대한 대답이 후루사와의 글씨로 쓰여 있었다. 모든 답변이 몇 줄 적혀 있지 않았다. 심지어 한 줄밖에 없는 것도 있었다.

"잠시 제가 가져가도 되겠습니까? 옷 갈아입고 와서 보겠습니다."

가즈오는 서랍에 서류를 넣었다. 서랍에 들어 있던 구찌 세컨백에 시선이 멈췄다. 동전 지갑에서 10엔 동전을 세 개 꺼내 주머니에 넣었다. 접수대 옆을 지나 카운터로 나왔다. 입구까지 빠른 걸음으로 향했다. 자동문 옆에 공중전화 세 대가 놓여 있었다. 집 전화번호를 눌렀다. 호출음이 울렸다. 다섯 번째에 전화를 받았다.

"여보세요?"

후미요다. 역시, 오늘 후미요는 집에 있다. 그렇다는 건…….

"엄마……, 케이스케 있어?"

"왜 그래, 이상한 소리를 하고."

"없어? 케이스케 말이야, 케이스케."

"밑도 끝도 없이 무슨 말이야. 당연히 있지. 참 이상하구나, 가즈오. 케이스케 바꿔줄까?"

어깨가 한결 가벼워졌다. 눈 안쪽이 뜨거워졌다. 역시 케이스케는 있다. 이 세상에 태어나 자신의 아들로 존재하고 있었다. 그 사실이 몹시 눈부시게 느껴졌다.

33

재빨리 사무실로 돌아왔다. 단말기에서 주민기본대장 시스템을 열어 '미야즈 케이스케'라고 입력했다.

일 초도 안 걸려 접근할 수 있었다.

'2002년 1월 12일 출생.'

마음속으로 환호성을 질렀다. 생년월일도 이전과 같았다.

다시 초기 화면으로 돌아갔다. 한 번 숨을 들이마시고 천천히 그 이름을 입력했다.

오이카와 에이치

사망, 1975년 3월 7일 금요일

가즈오는 깜빡이는 '사망'이라는 두 글자를 물끄러미 바라보았다. 예상했던 일이었다. 역시, 그날 오이카와는 죽었다. 사쿠마에게 살해되었다. 그래도 오이카와를 죽음으로 몰아넣은 자신을 용서할 수 없을 것 같았다. 어떤 사정이 있었든, 그때 오이카와를 돕지 않은 자신이 너무나 한심했다.

숨을 고르고 가즈오는 다음 인물의 이름을 입력하고 엔터키를 눌렀다.

사쿠마 슈지

직권 소제, 1975년 9월 4일

뚫어지게 화면을 쳐다봤다.

직권 소제?

사쿠마는 같은 해 4월 5일, 뺑소니로 세상을 떠났어야 하는 게 아닌가. 그런데 어째서 직권 소제 처리가 되어 있을까? 그것도 약 반년이나 지난 9월에.

직권 소제란 해당 인물의 거주 실태가 없다고 확인되었을 때, 주민등록표를 삭제하는 것을 말한다. 사망 사실을 알면 그 시점에서 사망으로 처리된다. 사쿠마는 1975년에 죽지 않았을지도 모른다. 사쿠마의 몸에 도대체 무슨 일이 일어났던 것일까?

오후 5시 30분, 가즈오는 스쿠터를 타고 집을 향해 내달렸다. 아직 하늘은 밝았다. 한시라도 빨리 돌아가 케이스케를 껴안아주고 싶었다. 사쿠마가 신경 쓰이긴 하지만, 지금은 케이스케가 우선이었다. 자신의 아이만큼은 특별한 존재다. 그렇게 생각하면서도 오이카와에 대한 회한의 정이 뇌리에 박혀 잊히지가 않았다.

거리는 조금도 변하지 않았다. 고슈 가도를 따라 고층 아파트가 들어서 있고, 하치오지역에는 소고 백화점이 자리를 지키고 있었다. 미나미오도리에서 집으로 가는 골목으로 들어섰다.

가슴이 두근거리기 시작했다. 꽤 오랫동안 집을 비운 것 같았다. 실제로는 불과 십여 일인데, 일 년도 넘게 집을 비운 듯한 느낌이었다.

주차 공간에 스쿠터를 대고 현관으로 뛰어들었다.

"케이스케!"

큰 소리로 외쳤다.

발랄한 발소리가 들려오자 가즈오는 가슴이 뭉클했다.

"아빠!"

케이스케가 가즈오에게 달려들었다.

가즈오는 아이를 품 안에 가득 끌어안았다. 부드러운 머리카락이 뺨에 닿았다.

"…… 케이스케, 어서 와."

케이스케는 답답한 듯 몸을 떼고 가즈오의 얼굴을 올려보았다.

"아빠, 어서 와."

"다녀왔습니다."

그렇게 말하며 케이스케를 안은 채, 신발을 벗고 올라갔다.

"진짜로 아빠가 왔어. 그렇지, 케이스케?"

참지 못하고 케이스케의 뺨에 입술을 꾹 눌렀다.

꺄하하.

케이스케는 간지러운 듯 몸을 비틀었다. 두 사람은 거실로 들어갔다.

"다녀왔니."

소매 있는 앞치마 차림의 후미요가 부엌에 서서 파를 썰고 있었다. 뚝배기에는 벌써 채소가 가득 담겨 있었다. 그것을 보는 것만으로도 가슴이 메었다.

"아빠."

그렇게 말한 케이스케가 식탁으로 사용하는 고타쓰 위에서 게임을 시작했다.

"다행이야, 케이스케. 정말 다행이야."

케이스케의 머리를 엉클어트리듯 쓰다듬었다.

게임기에서 눈을 뗀 케이스케가 고개를 들고 멍한 얼굴로 가즈오를 바라보았다.

"아. 미안, 미안. 얼른 게임 해."

가즈오는 자신의 방으로 들어갔다. 후지쓰의 데스크톱이 책상을 차지하고 있었고, 눈앞의 벽에는 세월의 흔적이 엿보이는 〈미드나잇 런〉 영화 포스터가 붙어 있었다. 변하지 않았다. 현관에서 헤드라이트 불빛이 들어왔다.

가즈오는 빠른 걸음으로 나갔다. 현관문을 열자 마침 유키에가 스탭왜건에서 내리고 있었다. 작은 종이봉투를 들고 있었다.

마중 나온 가즈오를 보고 유키에는 깜짝 놀란 표정을 지으며, 가즈오의 옆을 지나 집으로 들어갔다. 코트를 입은 채, 거실 고타쓰 앞에 털썩 앉았다.

"어머니, 오늘 반찬은 뭐예요?"

웃음이 차올랐다. 예전 그대로다. 바뀔 리가 없지 않은가. 가족 네 명이 모여 오붓하게 저녁을 먹었다. 포만감이 느껴졌다.

케이스케는 여전히 게임에 빠져 있었다.

33년 전의 세계가 멀게만 느껴졌다. 하지만 자신은 분명 그곳에 있었다. 딱 반나절 전까지만 해도. 지금, 자신이 있는 이 세계는 원래의 세계 그대로일까?

가즈오는 집 안에 있는 것을 하나하나 확인하고 다녔다. 책장에는 외울 정도로 꼼꼼하게 읽은 아파트 관련 책이 줄지어 꽂혀 있었다. 보이지 않는 책도 있었다. 어린 시절 좋아했던 건담 스토리북 한 권이 보이지 않았다. 선반 위에서 먼지를 뒤집어쓰고 있을 초대 타이거 마스크의 비디오테이프도 끝내 찾지 못했다. 돌아온 이 세계는 원래 세계와 약간 다른 것일지도 모른다. 하지만 이 정도는 허용할 수 있는 범위다.

거실에 앉자, 또 다른 불안감이 불쑥 고개를 내밀었다. 이 세계에서도 케이스케는 자신의 전생을 기억하고 있을까? 케이스케에게 직접 물어볼 수도 없었다.

"여보, 케이스케 말이야."

유키에만 들을 수 있도록 작은 목소리로 속삭였다.

"응, 왜?"

유키에는 크게 관심이 없다는 듯이 가즈오를 돌아보았다.

"병원……, 어땠어?"

"병원이라니?"

"왜, 멍 같은 게 나타났잖아."

유키에가 멍한 표정으로 무슨 멍이냐고 되물었다.

"아, 미안. 아무것도 아니야."

"무슨 일 있어? 케이스케, 어디 몸이 안 좋니?"

유키에가 케이스케에게 말을 걸자 가즈오는 당황해하며 말렸다.

"아무것도 아니라니까. 착각이야, 착각. 건강검진을 받아야 하나 싶었거든."

자신이 생각해도 어처구니없는 변명이었다. 유키에는 피곤한 듯 더 이상 관심을 보이지 않았다. 그러고는 멍하니 텔레비전의 일기예보를 보기 시작했다.

이 세계의 케이스케는 자신의 전생에 대해 기억하지 못하는 것 같았다. 그 사실을 알게 된 것만으로도 감사했다. 이제 절대 전생 따위는 떠올리지 않았기를 바랐다. 바지 주머니 속에서 무언가가 손에 닿았다. 꺼내보니 전화번호부 자투리였다.

그것을 본 가즈오는 어제…… 아니, 1975년 3월 6일, 아사쿠사바시의 공중전화 부스에서 사쿠마가 어딘가로 전화를 걸었던 장면을 떠올렸다.

그때 사쿠마는 전화번호부에 뭔가를 적었고, 그 페이지만 찢어냈다. 가즈오가 지금 손에 들고 있는 것은 찢어진 페이지의 다음 장이다.

사쿠마는 무엇을 적었던 것일까? 가즈오는 자신의 방으로 갔다.

책상 서랍에서 연필을 꺼냈다. 의자에 앉아 찢어진 종이를 바라보았다. 광고가 인쇄된 페이지였는데, 공백이 꽤 많았다.

사쿠마가 글을 써넣은 곳은 페이지의 오른쪽 아랫부분이었던 것 같았다. 그 부근에 연필을 눕혀, 위에 덧대듯 연필심을 문질렀다.

이곳에 적은 게 아닌가? 아니면 사쿠마가 꾹꾹 눌러 쓰지 않은 건지, 종이에는 아무것도 나타나지 않았다. 체념하고 연필을 세우려는데 희미하게 형태가 나타났다.

'와(ワ)'

가타카나 같았다.

그 옆도 문질렀다. 이번에는 받침 'ㄴ(ン)'이 떠올랐다. 가즈오는 계속 연필심으로 문질렀다.

'도(ド)'

마침내 '완도(ワンド)'라는 세 글자가 완성되었다.

도대체 무엇일까? 가즈오는 포기하지 않고, 같은 방식으로 그 오른쪽을 연필심으로 문질렀다.

그러자 거기에도 가타카나로 보이는 세 글자 떠올랐다.

'아오타(アオタ).'

완도 아오타.

'아오타'는 인명이나 지명으로도 해석할 수 있을 것 같은데,

'완도'는 무슨 뜻일까? 컴퓨터를 켜고 '완도'를 검색했다. 그러자 놀랍게도 일본어로 '湾処(완도)'라는 글자가 떠올랐다. '湾処'는 포구를 의미하는 단어로, 외래어는 아닌 듯했다.

그대로 적용해보면, '완도 아오타'는 '아오타 포구'라는 의미다. 인터넷에 '아오타 포구'를 검색했지만, 결과는 나오지 않았다.

피로가 몰려왔다. 가즈오는 혼자 목욕했다. 케이스케가 잠들자마자 가즈오도 이불 속으로 들어갔다. 가즈오는 어둠 속에서 눈을 감았다. 충분히 만족스러웠다. 하지만 뭔가가 빠진 듯한 희미한 불안감이 스쳤다. 최면 치료사인 가노와 나눈 대화가 되살아났다.

타임 슬립이 끝나면 기억이 모두 사라져 아무것도 기억하지 못한다고 했다. 하지만 지금 자신은 타임 슬립을 했을 때의 일을 세세하고 또렷하게 기억한다. 케이스케가 정밀 검사를 하던 날부터 눈이 핑핑 돌 만큼 정신없이 과거와 현재를 오갔다. 그 모든 순간이 머릿속에 선명하게 박혀 있었다. 그것만큼은 어떤 일이 있어도 사라지지 않을 것이라는 확신이 있었다. 이게 어떻게 된 일일까? 타임 슬립이 끝나지 않았기 때문일까?

하룻밤을 자도 피로가 풀리지 않았다. 가능하다면 오늘 하루 휴가를 내고 푹 쉬고 싶은 심정이었다. 하지만 신경 쓰이는 일이 태산이었다. 결국 시청으로 출근했고, 저녁에는 중앙 도서관으로 향했다.

가즈오는 2층 참고 도서실로 올라가 마이크로필름 기계 앞에

셨다.

그리고 33년 전 〈마이초신문〉의 지방판을 열람하기 시작했다. 기사 필름을 1975년 3월 8일까지 돌렸다. 그날에 당도했다. 사회면을 보았다.

'사가미 호수에서 변사체'라는 기사 제목이 눈에 들어왔다. 얼굴을 감싸고 싶어졌다. 역시……, 그랬다. 그것은 착각이 아니다. 가즈오는 혀로 입술을 축였다.

7일 오후 5시, 사가미 호수에서 변사체가 발견되었다. 사체의 옷에 들어 있던 면허증을 통해, 사망자는 오이카와 에이치 씨(30)로 밝혀졌다. 사법 해부 결과 익사로 판정되었으나 오이카와 씨의 목에 목을 졸린 듯한 줄무늬 자국이 있어, 사가미하라 경찰서는 살인 사건의 가능성도 염두에 두고 수사를 개시했다. 오이카와 씨는 하치오지 시내에서 넥타이 직물업에 종사하고 있었으며, 7일 오전 자택에 있었던 사실은 확인되었으나 그 이후 행적은 알려지지 않았다.

다시 읽었다. 처음 읽었을 때도 완전히 똑같은 글이었던 것으로 기억한다. 어제보다 더 극심한 자기혐오를 느꼈다. 입안이 썼다. 케이스케의 몸 대신, 소중한 무언가를 잃은 기분이 들어 견딜 수 없었다. 어쩔 수 없었다고 자신을 타일러도 계속 감정이 바닥으로 떨어졌다. 가즈오는 정신을 차리고 다음 날짜로 넘겼다.

3월 기사를 전부 훑어보았다. 사쿠마의 이름은 어디에도 나오지 않았다.

그리고 4월. 1975년 4월 5일, 사쿠마가 뺑소니를 당해 죽는 날이다. 4월 6일 신문의 사회면을 보았다.

어디에도 사쿠마의 이름은 찾아볼 수 없었다. 뺑소니는 고사하고, 교통사고 기사 하나 보이지 않았다. 이상했다. 일주일 전으로 돌아가 다시 한번 읽어나갔다. 4월 기사를 모두 살펴봤지만, 사쿠마와 관련된 기사는 어디에도 없었다.

5월 기사 역시 마찬가지였다. 서둘러 그 이후의 기사도 살폈지만, '사쿠마'라는 이름은 나오지 않았다. 역시 사쿠마는 그해에 사망하지 않았을지도 모른다.

어째서일까? 어렴풋이 짐작할 수 있었다.

타임 슬립을 한 자신이 당시의 사쿠마나 오이카와와 만나면서 역사가 바뀐 게 아닐까? 그렇다고밖에는 생각할 수 없었다. 타임 슬립을 하지 않았다면, 사쿠마는 그해에 세상을 떠났을 것이다. 하지만 사쿠마는 그렇다 치고, 오이카와의 살인 사건은 확실하게 일어나고 있다. 이건 어떻게 해석해야 좋을까?

주머니에 있는 전화번호부 조각을 꺼냈다.

'완도=포구.'

가즈오는 사서에게 사가미 호수가 실린 지형도의 열람을 부탁했다.

잠시 후 대형 지도가 가즈오에게 도착했다. 국토지리원이 발행한 5,000분의 1 축척 지도였다. 형광등 밑으로 가져가 지도를 보았다.

지도 한가운데에 사가미 호수가 오른쪽에서 왼쪽으로 뻗어 있었다. 마을은 호수 북쪽에 집중되어 있었고, 호수 남쪽으로는 산밖에 없었다. 호수의 왼쪽 끝에 가쓰세다리가 놓여 있고, 그곳에서 반도처럼 육지가 돌출되어 있었다. 그 반도 끝에 '青田'라는 글자가 눈에 띄었다.

青田……. '아오타'라고 읽을 것이다.

아오타라고 적힌 부분에 몇 채의 인가가 그려져 있었다. 작은 마을인 듯했다. 마을 끝에서 반도 남쪽을 우회하듯 나 있는 도로를 빙 돌면 가쓰세다리와 연결된다.

아오타의 마을 끝에 포구가 있다. 사가미 호수에서 가장 큰 포구다. 아오타의 '포구'는 여기를 말하는 것일지도 모른다. 갑자기 오한이 일었다.

이 포구는 유람선을 타고 있던 케이스케가 가리킨 곳이 아닌가. '나, 저기에서 살해당했어'라면서.

사건과 관련이 있을지도 모른다. 아직 조사해야 할 게 많이 남았다. 사서에게 〈산타마 섬유 주보〉의 과거 자료를 보여달라고 했다. 이상하게도 후미요에 관한 기사가 몇 개 실려 있었다.

모든 열람을 마친 가즈오는 도서관을 나왔다. 폐관 오 분 전이었다.

34

“케이스케, 목욕하자.”

가즈오의 말에 고타쓰에서 뛰어나온 케이스케가 옷을 벗기 시작했다. 속옷을 머리에서 빼내주었다. 작은 대야에 욕조의 물을 가득 담아 천천히 케이스케의 몸에 뿌렸다.

“앗, 뜨거!”

케이스케가 호들갑스럽게 발을 동동 굴렀다.

“에이, 그렇게 뜨겁지 않아. 자, 욕조로 들어가자.”

먼저 욕조에 들어간 가즈오가 케이스케의 겨드랑이에 손을 넣고 들어 올려 욕조에 넣어주었다.

“어깨까지 푹 담가.”

케이스케가 가즈오에게 몸을 기대었다. 이렇게 케이스케와 목욕하는 것도 꽤 오래간만인 것 같다. 기분이 좋은 듯 케이스케는 나른한 표정으로 욕실 벽을 바라보고 있었다. 얼굴도, 목도 분홍색으로 물들기 시작했다. 케이스케의 몸이 발끝부터 떠올랐다. 왼발 무릎 근처에 가즈오의 시선이 닿았다. 불그스름한 단풍잎과 같은 멍이 보였다.

오이카와의 창백한 맨발이 머릿속에 떠올랐다. 케이스케가 눈치채지 못하도록 목 언저리를 살폈다. 줄무늬 뱀 모양은 발견되지 않았다. 가즈오는 안심하며 욕조 가장자리에 등을 기댔다. 그래도 가즈오의 불안감은 사라지지 않았다.

케이스케는 정말 전생의 일을 기억하지 못하는 걸까? 아니면 기억은 있어도 입 밖으로 꺼내지 않는 걸까?

"있잖아, 케이스케……."

가즈오가 슬며시 입을 열었다.

"케이스케, 오이카와라는 사람 알아?"

하지만 케이스케는 아무것도 듣지 못한 것처럼 눈을 얇게 뜨고 있었다.

아무 대답도 하지 않았다. 가즈오는 가슴이 답답해졌다. 케이스케는 전생 따위는 기억하지 못한다.

"아빠……. 세 번 가면, 그 뒤로는 더 이상 바꿀 수 없어."

케이스케가 갑자기 무슨 말을 하는 것인지, 가즈오는 전혀 이해할 수 없었다.

"케이스케, 바꾼다는 게 무슨 말이야?"

"바꾸면 안 돼. 알았지, 아빠?"

케이스케는 불안한 표정으로 가즈오를 올려다보았다.

"우리를 도와줘."

그 말만 남긴 케이스케는 아무 일도 없었다는 듯 손으로 물장

난을 했다.

도와줘? 케이스케는 무슨 말이 하고 싶었던 걸까? 가즈오가 되물었지만 아이는 대답이 없었다.

35

3월 6일 목요일 아침은 평상시와 달리 일찍 일어났다.

오전 6시, 유키에가 일어나기를 기다렸다가 가즈오도 이불에서 나왔다. 회사 갈 채비를 마치고 거실의 텔레비전을 틀었다. 고타쓰에 들어가 텔레비전을 보는 척하며 아침 식사를 준비하는 유키에의 모습을 힐끗 살폈다.

유키에가 양배추를 얇게 썰면서 물었다.

"어쩐 일이야? 이렇게 빨리 일어나다니."

"눈이 일찍 떠졌어."

어쩐지 진정이 되질 않는다. 지난번 타임 슬립에서는 오늘 후미요가 교통사고를 당해 빈사 상태에 빠지게 된다. 그날 아침 유키에는 영양밥을 만들고 있었다. 그러나 오늘 유키에는 계란프라이를 만들고 있다. 평소와 다름없었다.

7시가 넘자, 후미요가 깨워서 일어난 케이스케가 눈을 비비며 나왔다.

가즈오는 케이스케를 고타쓰에 앉혔다. 아침을 다 먹은 후미요는 자신의 방으로 돌아갔다. 신문을 가지러 밖으로 나온 뒤, 후미요의 방을 들여다보았다.

기모노로 갈아입은 후미요는 거울을 보며 모습을 꼼꼼히 확인하고 있었다. 역시, 일본 자수 강좌에 나가는 것 같다.

"엄마, 부탁이 있어."

"부탁? 무슨 부탁인데 그렇게 목소리도 깔고 말하니."

"오늘 강좌, 안 가면 어떻게 돼?"

"어떻게 되냐니, 구보 씨 혼자서는 힘들잖아."

구보는 일본 자수의 강사다. 후미요는 그의 조수로 일하고 있었다.

"오늘만 안 가면 안 되나?"

"가능할 리 없지. 무슨 일이야, 이상한 말이나 하고. 징그럽다, 얘."

"딱히 나쁜 뜻이 있는 건 아니고. 어쩐지 좋지 않은 예감이 들어서. 그러니까 부탁이야. 제발, 이렇게까지 말할게."

자세를 바로잡은 가즈오가 고개를 숙였다.

"잠깐만, 가즈오. 왜 그러는 거야?"

"오늘은 가지 마."

"아 알았어, 알았어. 이상한 애네, 정말."

마지못해 고개를 끄덕인 후미요가 기모노의 오비를 풀기 시작했다.

36

주오선 사가미호역을 지나자 호수를 따라 구불구불한 길이 반복되었다. 이윽고 커다란 교각이 보이기 시작했다. 가쓰세다리다. 유람선에서 봤을 때보다 육지에서 보는 것이 훨씬 더 커보였다. 다리 밑에 스텝왜건을 세우고 차에서 내렸다. 한 손에 지도를 들고 주위를 둘러보았다.

다리 건너 건너편 기슭에 두 개의 산이 있다. 꽤 높은 산이다. 산 너머로 아오타 마을과 포구가 있었다.

가즈오가 원래 세계로 돌아온 지도 두 주가 지났다.

오늘 가즈오는 유키에에게 친구와 기타아키강에 있는 폭포를 따라 올라가려고 하는데 가족 없이 가기로 했다며 거짓말을 하고 혼자 집을 나왔다. 3월 6일에는 역시 버스 사고가 발생했다. 사고 장소는 고슈 가도와 16번 국도가 교차하는 요카마치 교차로로, 사고 발생 시각은 8시 15분. 장소도, 시간도 이전 세계에서 일어났을 때와 똑같았다.

다행히 25세의 직장인 여성만 경상을 입었다. 하지만 사고가 났다는 점은 변함이 없다. 만약 후미요가 버스에 타고 있었다면, 하고 생각하니 가즈오는 소름이 돋았다.

지도를 접고 다리 아래를 내려다보았다. 지금은 사용하지 않는 오래된 가쓰세다리가 눈에 들어왔다. 다리의 폭은 좁았다. 차는 지나다닐 수 없을 것이다. 가즈오는 차에 올라타 새로 생긴 가쓰세다리를 건넜다.

마주 오는 차선도 있고, 도로 폭도 오래된 다리보다 배로 넓었다. 다리를 건너자 왼편에 호텔 건물 세 채가 모여 있었다. 끝자락에서 길을 따라 오른쪽으로 꺾었다.

사가미강을 따라 현에서 만든 도로를 300미터 정도 직진했다. 히즈레 마을 직전에 좌회전해 아오타 마을 방향으로 진입한 뒤, 작게 도는 커브 길을 나아갔다. 길의 폭이 좁아 맞은편에서 차가 오면 어느 한쪽이 흔들릴 수밖에 없었다. 민가 하나 없이 도로의 양옆을 산이 에워싸고 있었는데, 지금은 반대 방향에서도 차가 올 기미는 보이지 않았다.

삼 분 정도 달렸다. 길가에 민가가 딱 한 채 서 있었다. 그곳을 지나자 조금 탁 트인 곳이 나오고, 지극히 평범한 민가가 네댓 채 모여 있었다. 거기부터는 포장도로가 끊겼고, 산을 휘감듯 좁아지는 길은 그 끝이 보이지 않았다.

차를 세우고 지도를 봤다. 앞으로 100미터 내로 막다른 골목이 나오는 것 같았다. 가즈오는 차에서 내려 주위를 둘러보았다.

막다른 골목 너머는 완만한 경사면으로 밭이 펼쳐져 있었다.

경사 아래쪽에는 하늘 높이 곧게 뻗은 편백나무가 한 줄로 줄지어 있었다. 나무들 사이로 사가미 호수의 포구가 보였다. 물가까지의 거리는 200미터, 아니 그보다 가까웠다. 호숫가 근처에도 집이 있는지 검은색 지붕이 보였다.

가즈오는 포구를 향해 뻗어 있는 오솔길로 걸음을 옮겼다. 주위가 다 대숲이었다.

그 뒤로 케이스케는 자신의 전생에 얽힌 이야기는 일절 입 밖으로 꺼내지 않았다. 가장 신경 쓰이는 것은 '아오타 포구'에 관한 것이었다.

그날 사쿠마는 아사쿠사바시의 공중전화에서 누구와 통화한 것일까? 상대가 오이카와라고는 생각하지 않았다. 만일 오이카와였다고 해도, 그는 낚시도 하지 않을뿐더러 사가미 호수와도 전혀 연관이 없다. 다른 누군가가 있다. 그 사람이 아오타의 포구에 관해 알렸다면, 사쿠마 이외에 오이카와의 죽음에 관련된 사람이 있다는 말이 된다.

대숲에서 튀어나온 잔가지를 쳐내며 오솔길을 내려갔다. 골목 초반은 아스팔트가 깔린 길이었지만, 중간부터는 흙이 드러나 있었다. 그리고 길 군데군데로 샘물이 흘러나와 물웅덩이를 만들고 있었다.

오른쪽으로 오두막집처럼 보이는 폐가가 나타났다. 위에서 봤던 지붕인 듯했다. 지붕부터 벽까지 담쟁이덩굴에 휘감겨 황폐해진 채 방치되어 있었다. 조금 더 내려가자 한쪽 지붕이 기울어진 또 다른 폐가가 나왔다. 이 근처는 과거 별장이 있었던 땅일지도 모른다.

대나무 덤불 안 곳곳에 멧돼지가 죽순을 찾아 판 듯한 흔적도 있었다. 마른 잎사귀가 수북하게 길을 덮고 있었다. 가즈오는 조심조심 내려갔다. 포구가 보였다. 지붕이 완전히 썩어버린 놀잇배가 뭍으로 올라올 것처럼 놓여 있었다.

왼편 경사면에 지장보살과 비석이 한 줄로 나란히 서 있었다. 비석에는 '제삼야(第三夜)'라고 새겨져 있었고, 그 오른쪽에도 비슷하게 평평한 돌에 '백만편(百萬徧)'이라고 새겨져 있었다.

이 일대는 염불강(일본 불교에서 염불을 외우는 재가 신자의 법회를 가리킴-옮긴이)이 성행했던 곳이었을 것이다. '제삼야'는 '이십삼야강'의 잔재일지도 모른다. 두 비석 옆에 머리 없는 지장보살 여덟 개가 늘어서 있었다.

가즈오는 등에 식은땀이 흐르는 것 같았다.

최면 치료사의 진료실에서 케이스케는 오이카와의 이름을 말했다. 그 직전에 케이스케는 숫자를 열까지 세고 멈추었다. 그들을 지장보살이라고 하면서 그중 둘은 무덤이라고 했다. 케이스케의 눈에는 염불강 비석도 무덤으로 보였던 것 같다.

수가 딱 일치했다. 이게 도대체 어떻게 된 일인가.

케이스케는……, 아니 오이카와라고 해야 할지도 모른다. 그는 살해당하기 전, 이 장소를 찾았던 것일까?

가즈오는 그곳에서 나와 더 내려갔다. 바로 평지가 나왔다. 초록빛 물을 머금은 포구가 펼쳐져 있었다. 강 건너편까지는 약 100미터 정도. 그리고 눈앞으로 작은 돌출부 같은 육지가 뻗어 있었다. 그 양옆은 수심이 얕았다.

가즈오는 그 한가운데에 서 보았다. 왼쪽으로 눈으로 돌리니 저 멀리 사가미 호수의 유람선 승차장이 보였다. 오른쪽을 보니 포구가 강처럼 안쪽으로 갈라져 있었다. 낡은 보트 한 척이 좌초된 것처럼 물가로 올라와 있었다.

순간 가즈오의 뇌리에 한 광경이 스쳐 지나갔다. 오이카와와 사쿠마가 탄 모터보트가 눈앞을 지나 이곳에 닿는 장면이.

두 사람은 이곳에서 보트를 내려 지장보살이 있는 곳까지 걸어간 게 아닐까?

그리고 사쿠마는 다시 오이카와를 보트에 태운 후, 목을 졸라 살해했다. 그런데 왜 그렇게까지 해야 했을까?

37

집에 돌아오니 주차 공간에 검은색 도요타 셀시오가 들어와 있었다. 차체가 길다 보니 트렁크의 절반이 차도까지 빠져나와 있었다. 센다의 자동차다. 센다는 후미요의 방에서 고타쓰에 들어가 등을 구부리고 누워 있었다. 남색 스트라이프 슈트에 파란 실크 넥타이. 와이셔츠도 고급스러워 보였다. 가즈오가 인사하자 언제나처럼 쾌활한 대답이 돌아왔다.

"마침 잘됐다. 자, 이쪽으로, 이쪽으로."

가즈오는 센다가 시키는 대로 두 사람 사이에 들어가 책상다리를 하고 앉았다.

"이야, 들었어, 버스 사고. 그날 네가 가지 말라고 말렸다면서? 대단해, 역시 가즈오야. 뭔가 하늘과 통하는 게 있었던 거야, 분명."

센다는 가즈오의 어깨를 두드리며 말했다. 목덜미에 반짝이는 은목걸이가 흔들렸다.

"아, 뭐……. 결과적으로는 그랬죠."

"하지만 효도했어."

"센다 씨, 이제 그만하세요."

후미요가 말했다.

"효도하는 김에 말이야, 어때 가즈오. 후미요 씨에게 말해줘. 전에 그 건에 대해."

삼촌이라고 하려다가 말을 삼켰다. 이 세계에서는 센다와 얼마나 친한지 아직 잘 모른다.

이전에는 후미요를 '후미 씨'라고 친근하게 불렀지만, 오늘은 '후미요 씨'라고 불렀다. 다만 지난번과 달리 이렇게 방까지 들어왔으니, 완전히 남이라고 딱 잘라 말할 수는 없을 것이다.

"이 집."

가즈오는 거기까지 말하고 분위기를 살폈다.

이 집을 팔아 그 돈으로 계약금을 하고, 가즈오가 원하던 아파트를 사라는 건가? 아니면 센다가 이 땅에 아파트를 지어야 하니 나가라는 건가.

지난 두 주 동안 후미요가 집에 관한 이야기를 꺼낸 적은 없었다. 이 세계에서는 이 집이 자가인지, 아니면 빌린 땅인지조차 몰랐다. 그러나 두 사람의 편안한 분위기로 볼 때, 일이 그렇게 급하지는 않으리라 생각했다.

"그렇다고 해도 후미요 씨, 참 대단해요. 여자 혼자서 이 집을 짓고, 가즈오가 시청에서 일할 때까지 이렇게 키워주고 말이야. 가즈오, 그렇지 않아?"

역시 나쁜 이야기는 아닌 것 같다.

"하지만 저는 왠지 이 집을 놓치는 게 아까운 기분이 들어서요."

후미요가 한숨을 쉬며 말했다.

이 세계에서 이 집은 센다에게 받은 것이 아니라, 후미요가 꾸준하게 돈을 모아 산 집 같았다. 가즈오는 그 이유를 생각해보았다.

"그런 말, 할 수 없게 될 거야. 어라."

그렇게 말하며 센다가 뒤를 돌아보았다. 케이스케가 장지문을 열고 복도 쪽에 서 있었다.

"자, 이리 와, 케이스케. 여기로. 춥지?"

센다가 말을 걸자, 마지못해 들어온 케이스케가 책상다리로 앉은 가즈오의 다리 사이에 털썩 앉았다.

"얘도 크면 자기 방을 원할 거고. 그렇지, 케이스케?"

센다가 케이스케의 머리를 쓰다듬자 아이는 홱 고개를 돌렸다. 이 세계에서도 케이스케는 센다를 따르지 않는 것 같았다.

"그건 그렇고. 가즈오, 빅뉴스야. 하치오지역 남쪽의 고층 아파트."

센다가 기쁜 얼굴로 가즈오를 바라보았다.

"남쪽 출구요?"

"그래, 맞아."

가즈오는 센다가 이 얘기를 전해주러 온 것이라고 직감했다.

"다음 주쯤부터 분양 접수가 시작될 것 같더구나. 가장 높은 층부터 팔릴 테니, 서둘러 접수하는 게 좋을 거야."

"그렇군요……. 생각해보겠습니다."

"어라, 어쩐 일이야. 그런 식으로 말하면 안 돼. 펜트하우스는 안 되겠지만, 그래도 조금 도와줄 테니 30층 정도를 노려보는 게 어때. 매일 아래를 내려다보며 생활하는 것도 나쁘지 않을 거야."

"아아……."

"왜 그래? 고층 아파트에 사는 게 꿈 아니었어?"

"그건 맞는데요."

무슨 이유에서인지 이상하게 고층 아파트에 대한 로망이 사라졌다. 가즈오 자신도 신기했다.

"안 돼."

갑자기 벌떡 일어난 케이스케가 센다를 향해 다가갔다.

"아빠를 괴롭히면 안 돼."

그렇게 말한 케이스케가 센다의 등을 두들겼다.

"케이스케, 그러면 안 돼!"

후미요의 다그침에 케이스케는 방을 뛰쳐나갔다.

후미요는 멋쩍은 얼굴로 센다에게 사과했다.

"괜찮네, 괜찮네. 그런데 벌써 시간이 이렇게 됐군. 슬슬 일어나야겠구먼. 가즈오, 쇠뿔은 단김에 빼도록 해라."

센다는 식은 차를 다 마신 후, 자리에서 일어섰다.

센다를 배웅하고 거실로 돌아왔다. 장을 보러 나갔는지 유키에가 집에 없었다. 케이스케는 텔레비전 앞에 서서 가만히 화면을 응시하고 있었다.

고타쓰에 다리를 넣으려고 할 때, 텔레비전에서 '사가미 호수'라는 단어가 흘러나왔다. 경쾌한 음악과 함께 사가미 호수 서쪽에 있는 유원지의 광고가 나오기 시작했다.

가즈오가 황급히 케이스케의 앞을 가로막으며 텔레비전 전원을 껐다.

겨드랑이로 식은땀이 흘렀다. 케이스케를 안고 고타쓰 안으로 들어갔다. 눈앞에 있는 블록 쌓기 장난감을 끌어당겼다.

"케이스케, 이거 하면서 놀자."

케이스케는 가즈오가 시키는 대로 블록을 집어 들었다. 가즈오는 그 옆모습을 빤히 쳐다보았다.

처음부터 텔레비전 광고가 원인이었다. 케이스케가 사가미 호수에 관심을 보이게 된 원인. 방금 나온 유원지의 광고였다.

광고를 본 뒤, 케이스케는 사가미 호수에 가겠다는 말을 꺼냈다. 모든 것은 거기부터 시작된 것이다.

케이스케가 두 번 다시 광고를 보지 않았으면 했다. 사가미 호수에는 절대로 가지 않을 것이다. 설령 무슨 일이 일어난다고 하더라도, 케이스케가 전생을 결코 떠올리지 않기를 바랐다.

지금 이 세계에서 케이스케는 사가미 호수에 가지도 않았고, 목에 멍이 들어 병원에서 검사한 적도 없었다. 이 세계에서 케이스케는 '자각하지' 않은 것이다.

격앙된 가즈오와 달리 케이스케는 아무 일도 없었다는 듯 블록 쌓기에 열중하기 시작했다.

이대로는 안 되겠다고 생각했다. 언제까지 이런 상태가 계속될까?

이대로 영원히 사가미 호수와의, 아니 케이스케의 전생에 대한 기억과 계속 전쟁을 해야 하는 것일까? 그런 생각이 들자 가즈오는 머리가 아파왔다. 하지만 이것만은 말할 수 있었다. 앞으로는 절대 케이스케가 전생을 기억하게 해서는 안 된다. 케이스케의 옆에서 자신이 사가미 호수나 전생의 기억으로 이어질 수 있는 것을 최대한 차단해야만 한다.

38

4월.

케이스케는 무사히 초등학교에 입학했다. 키가 작아서 그런지 교실에서는 맨 앞자리에 앉았다. 입학하고 두 주가 지나자 케이스케는 새로 사귄 친구를 집으로 데려오기 시작했다.

가즈오의 업무도 달라진 것은 없었다. 유키에는 매일 치과로 출근하며 바쁜 나날을 보내고 있다. 후미요도 주 2회 있는 일본 자수 강좌를 거른 적이 없다. 최근에는 심근증도 차츰 호전되고 있었다.

3월의 그 '사건'은 가즈오의 안에 생생하게 남아 있다. 그러나 케이스케는 물론, 후미요나 유키에와는 전혀 무관한 이야기였다. 사실 생명과도 관련이 있는 일이었지만, 4월은 눈 깜짝할 사이에 지나가고 5월 황금연휴가 찾아왔다.

올 연휴는 주말이 껴 있어 긴 휴가를 낼 수 없었다. 그래도 작년부터 가족 세 명이 아키타의 아니마치에 있는 '야스노 폭포'를 보러 갈 계획을 세우고 있었다. 야스노 폭포는 도호쿠 지방에서 손꼽히는 큰 폭포로, 상단과 하단으로 나뉘어 있으며 총 높이가 90미터나 됐다. 하지만 3월 말에 야스노 폭포 주변의 숙소를 예약하려고 하니 연휴 기간에는 모두 예약이 꽉 차 있다며 거절당했다. 그것만으로도 여행 갈 마음이 싹 사라지고 말았다.

대신 선택한 것이 당일치기 지치부 여행이었다.

5월 2일. 하늘은 청명했다. 덥지도, 춥지도 않은 그럭저럭 여행에 안성맞춤인 날씨였다. 연휴 기간에는 어느 곳이나 도로가 꽉 막히기 때문에, 오늘은 오래전부터 케이스케에게 태워주고 싶었던, 이케부쿠로역에서 출발하는 특급열차인 레드애로우호를 탔다. 세 사람은 세이부지치부역에서 내려 히쓰지야마 공원으로 향했다.

공원에 들어서자마자 언덕 경사면에 빽빽하게 심긴 만개한 꽃잔디가 눈에 들어왔다. 온통 연분홍과 흰 꽃으로 가득하여 예쁜 패치워크를 만들고 있었다. 케이스케가 혼자서 꼬불꼬불한 길을 달리기 시작했다.

"케이스케, 아빠 두고 가지 마."

가즈오가 장난스럽게 그 뒤를 따랐다.

꽃에 흠뻑 빠진 유키에와 순식간에 간격이 벌어졌다. 먼저 정상에 도착한 케이스케가 계속 앞을 가리켰다. 언덕 위에 서서 보니, 울타리로 둘러싸인 작은 목장이 펼쳐져 있었다.

"아빠, 아빠."

케이스케가 가즈오의 손을 끌어당기며 울타리로 다가갔다.

“케이스케, 이게 양이야.”

“응? 양?”

“응. 여기 공원 이름에도 ‘양(히쓰지)’이 들어가잖아. 그래서 ‘히쓰지야마 공원’이야.”

“흐음.”

한 손에 디지털카메라를 든 유키에가 뒤늦게 올라왔다.

“하아, 드디어 도착했다.”

“어휴, 케이스케. 엄마 쓰러지려고 한다.”

가즈오는 케이스케를 들어 올리며 껴안았다.

“하아늘.”

높이 들어 올리자, 케이스케가 까르르 웃었다.

“케이스케, 우리 점심 뭐 먹을까?”

유키에가 물었다.

“으음, 초밥 아니면 메밀국수.”

“좋아. 그럼 출바알!”

가즈오는 케이스케를 목말 태웠다.

“밥 먹고 나서 미쓰미네구치라는 역까지 갈 거야. 거기에서 케이블카 탈까?”

“응응!”

케이스케는 가즈오의 어깨 위에서 몸을 마구 흔들었다.

이케부쿠로행 레드애로우호에서 케이스케는 녹초가 되어 잠들었다. 아침부터 쉬지 않고 움직였으니 역시 피곤했나 보다. 가즈오는 곯아떨어진 케이스케의 얼굴을 바라보았다.

지난 두 달 동안, 케이스케에게 전생이 떠오른 듯한 기미는 보이지 않았다. 사가미 호수에 있는 유원지 광고를 보고도 전혀 관심을 보이지 않게 되었다. 하지만 가즈오의 불안은 사라지지 않았다.

두 번이나 경험한 타임 슬립의 기억이 조금도 희미해지지 않았다. 오히려 어제 일처럼 점점 더 선명해졌다. 33년 전의 세계에서 일어난 것, 본 것, 그 모든 것을 손에 잡힐 듯 떠올릴 수 있었다.

최면 치료사인 가노는 타임 슬립이 끝나면 기억이 고정화되어 그동안의 타임 슬립에 관한 기억은 감쪽같이 사라진다고 했다. 만약 그게 사실이라면 왜 자신은 그때의 기억이 이렇게 계속 남아 있는 것일까?

이대로 케이스케는 무사히 성장해 어른이 될 것이다. 아마도, 의심할 여지는 없을 것이다. 하지만 마음에 걸리는 것이 있었다. 지금과는 다른 세계에서 최면 치료사의 물음에 자신의 전생을 이야기한, 또 다른 케이스케의 존재다.

그때 케이스케는 전생을 이야기하며 오이카와의 존재까지 도달했다. 그리고 자신이 살해당한 순간을 이야기한 뒤 과도하게 긴장을 풀며, 이전에는 보지 못한 어른스러운 표정으로 변했다. 가즈오는 그때의 얼굴과 목소리를 잊을 수 없었다.

어쩌면 케이스케를 그 상태로 유도하는 게 더 좋지 않을까?

그렇게 해야 비로소 케이스케의 영혼에 묻은 '얼룩'을 없앨 수 있는 게 아닐까? 그렇게 하지 않고 이대로 케이스케가 성장한다면, 언젠가 어딘가에서 그 '얼룩'이 고개를 내밀어 케이스케를 괴롭히는 게 아닐까? 예를 들면 노이로제나 우울증 같은, 그리고 더 심하게 말하면 범죄로도 이어질 수 있는 그런.

그렇다고 케이스케를 최면 치료사에게 데리고 갈 수는 없었다. 설령 무슨 일이 일어나도 그것만은 절대 안 된다.

그런데 오이카와 에이치는 어떤 사람이었을까?

사쿠마 슈지도 왠지 마음에 걸렸다. 사쿠마가 오이카와를 살해한 것은 명백한 사실일 것이다. 그것은 자신이 꿈에서 전생을 똑똑히 보고 확인했다.

그 사건 직후, 사쿠마는 죽어서 자신으로 환생했다. 그리고 케이스케는 그런 자신의 아들로 태어났다. 다르게 말하면 본인을 죽인 범인의 아들로. 환생이라는 것에 도리나 도덕 따위가 있을 리 없다.

하지만 가노는 세상에 태어날 아이가 부모를 선택해 태어난다는 말도 했다. 만약 그렇다면 케이스케는 본인을 살해한 범인이라는 것을 알면서도 굳이 미야즈 가즈오라는 인간을 부모로 선택했다는 얘기가 된다.

최근 가즈오는 이렇게 생각하게 되었다.

'케이스케……, 아니 오이카와라고 하는 게 좋을지도 모르겠다.'

오이카와는 자신을 죽인 사쿠마를 용서하기 위해 미야즈 가즈오의 아들로 다시 태어난 것이 아닐까? 그런 생각을 하는데, 갑자기 케이스케가 눈을 번쩍 뜨더니 가만히 가즈오의 얼굴을 바라보았다. 가즈오는 심장이 오그라드는 기분이었다. 케이스케가 자신의 생각을 모두 읽고 있는 듯한 느낌이었다.

"왜, 왜 그래, 케이스케?"

가즈오의 말에 케이스케는 몸을 다시 스르륵 창가 쪽으로 기울인 뒤 다시 눈을 감았다.

가즈오는 안도의 가슴을 쓸어내렸다.

39

레드애로우호는 예정된 시간에 이케부쿠로역에 도착했다. 역 내부는 연휴에 이동하는 사람들로 혼잡했다. 매표소에서 하치오지까지 가는 표를 구매해 야마노테선으로 갈아탔다. 6시 반까지는 집에 돌아갈 수 있을 것이다. 집에 있는 후미요에게 전화를 걸었다.

신주쿠역에서 열차를 내려 케이스케를 안아 올렸다. 사람들로 가득 찬 플랫폼을 걸어 지하 통로로 내려가는 에스컬레이터를 탔다.

"오늘 저녁은 할머니가 지라시 스시(초밥 위에 생선, 달걀, 김 등의 재료를 흩뿌리듯 올린 음식-옮긴이) 만들어주신대."

가즈오는 케이스케의 귓가에 말했다.

케이스케는 많은 인파에 지쳤는지 대답하지 않았다.

에스컬레이터에서 내려 지하 통로를 따라 왼쪽으로 향했다. 주오선 쾌속 열차의 플랫폼은 바로 옆이다. 사람이 적은 벽을 따라 걸었다. 그때였다.

반대쪽 벽을 따라 맞은편에서 걸어오는 등이 굽은 남자의 모습이 눈에 들어왔다. 설마.

가즈오는 남자에게 빨려가듯 다가갔다. 사람들의 흐름과 반대로 걸었기에, 몇 번이나 사람들과 부딪쳤다.

"여보, 잠깐만! 어디 가는 거야!"

유키에의 목소리에도 가즈오는 멈추지 않았다. 시선을 놓치지 않고 그 남자를 바라보았다. 찌그러진 듯한 귀, 그리고 콧등이 살짝 올라간 매부리코.

가즈오는 남자를 향해 인파 속을 헤엄치듯 나아갔다. 반대쪽 벽에 도착했다.

앞으로 가려는 남자의 앞을 가로막은 가즈오가 남자를 똑바로 바라보았다.

짧게 깎은 머리 모양까지 똑같다. 얼굴 전체에 잔주름이 눈에 띄고, 뺨이 홀쭉해졌지만 잘못 봤을 리 없었다.

"사쿠마 씨."

가즈오는 천천히 입을 열었다.

남자는 누가 자신을 불렀는지 모르는 것 같았다.

잠시 공백이 생겼다. 쌍꺼풀 없는 눈이 가즈오를 향했다. 그래도 가즈오를 모른다는 듯 고개를 살짝 갸웃거렸다. 가즈오는 다시 한번 사쿠마의 이름을 불렀다.

"엇."

사쿠마가 작게 숨을 들이켜는 소리가 들렸다.

"접니다. 기억 안 나요?"

가즈오는 목소리를 높였다.

"하치오지에서, 오이카와 씨 공장에 있었잖아요."

"하치오지……."

그렇게 말한 사쿠마의 얼굴이 흐려졌다.

어쩌면 당연했다. 사쿠마에게는 33년이나 지난 일이다. 가즈오와는 당시 두 번 정도 만나, 아주 잠깐 대화를 나눴을 뿐이다. 하지만 가즈오에게는 달랐다. 불과 두 달 전, 만난 지 얼마 되지 않았다. 환상을 보는 줄 알았다. 설마, 이런 곳에서 자신의 전생이었던 사람과 만나다니.

어깨 위에서 케이스케가 칭얼거리는 소리에 가즈오는 번뜩 정신이 돌아왔다. 케이스케가 있다는 것을 까맣게 잊고 있었다. 큰일이었다.

가즈오는 케이스케를 어깨에서 내려 재빨리 뒤에 숨겼다. 방금 무심코 자신의 입에서 나온 '오이카와'라는 말을 케이스케가 들었을까? 하지만 지금은 그것을 신경 쓸 때가 아니다. 당시의 일을 알고 있는 남자와 지금 여기에서 헤어질 수는 없다.

"사쿠마 씨 맞죠?"

재차 확인하자, 남자는 마지못해 고개를 끄덕였다.

"잠깐 시간 좀 내주시겠어요? 근처에 카페가 있습니다."

"당신이랑?"

"네. 드려야 할 말씀이 있습니다. 당신과 관련된 일입니다."

가즈오는 다시 한번 케이스케를 안아 올렸다. 케이스케와 사쿠마 사이에 흐르는 공기를 읽었다. 통로 반대편에 유키에의 모습이 보였다.

"여보, 여기야."

가즈오의 목소리에 유키에가 사람을 헤집으며 다가왔다.

사쿠마는 기가 막힌다는 듯 가즈오의 일거수일투족을 지켜보고 있었다.

가즈오는 사쿠마를 시야에서 놓지 않은 채 유키에와 마주 보았다.

"케이스케를 데리고 먼저 돌아가."

케이스케를 넘기자, 유키에는 작게 고개를 끄덕이며 사쿠마를 힐끗 바라보았다.

"옛 지인이야. 잠깐 할 얘기가 있어서."

쫓아내듯 손을 흔들었다. 유키에는 케이스케를 안은 채, 뒷걸음으로 물러났다.

"늦지 않을 거야."

유키에는 알겠다는 듯 고개를 끄덕인 뒤, 케이스케의 손을 잡고 인파 속으로 사라졌다. 가즈오는 사쿠마를 데리고 역 건물의 6층에 있는 카페로 들어갔다. 사람이 가득 찬 엘리베이터 안에서도 가즈오는 사쿠마의 옆에 딱 붙어서 팔을 잡고 놓지 않았다. 사쿠마는 체념한 듯 가즈오를 따라왔다.

구석진 4인 테이블로 안내받았다. 사쿠마를 벽 쪽 의자에 앉게 하고, 커피 두 잔을 주문했다. 사쿠마는 회색 폴로 셔츠 위에 수수한 갈색 재킷을 입고 있었다. 가방 하나 가지고 있지 않았다. 도쿄 경마장에서 돈을 날리기라도 한 듯한 느낌이었다. 자리에 앉아서도 가즈오와 눈을 마주치려 하지 않았다. 도움을 요청하는 듯한 눈빛으로 고개를 출구 쪽으로 돌리고 있었다. 주문한 커피가 나왔다. 종업원이 멀어지자 가즈오는 정면에서 남자를 바라보았다.

"사쿠마 씨, 제 얼굴 잘 보세요."

사쿠마는 가즈오의 목소리가 들리지 않는 척 커피잔을 들었다. 한 모금 홀짝이며 곁눈질로 가즈오의 얼굴을 보았다.

가즈오는 지갑에서 시청의 신분증을 꺼내 사쿠마 앞에 내려놓았다.

사쿠마는 신분증 사진과 가즈오의 얼굴을 번갈아 쳐다보다가 다시 눈을 돌렸다.

"저는 이런 사람입니다. 수상한 사람이 아니에요. 경찰과는 다릅니다."

일부러 경찰이라는 단어를 사용해 사쿠마의 반응을 살폈지만, 표정에 변화는 없었다.

"그래서 무슨 일이야. 나는 너를 모르는데."

카페에 들어와 사쿠마가 처음으로 입을 열었다.

"당신은 잊은 것뿐입니다."

가즈오가 말했다.

"그건 그렇고. 33년 전, 당신은 하치오지에 계셨죠?"

사쿠마의 검은 눈동자가 바쁘게 움직였다. 필사적으로 눈앞에 있는 젊은이를 떠올리려고 하는 것 같았다.

"사실은 저도 당신처럼 이시노마키 출신입니다."

그러자 사쿠마는 깜짝 놀란 표정을 지었다.

"당신은 분명 이나이 출신이었죠. 저는 헤비타입니다."

"아, 헤비타……."

의심이 풀린 듯 사쿠마가 말했다.

"…… 그래서, 뭐야?"

"당신은 집단 취직으로 히노의 트럭 제조업체에서 근무했지만, 바로 그만두고 하치오지에서 섬유 관련 일자리를 구하셨죠? 하치만초의 '시라이시'라는 정경 공장에."

힐끔힐끔 사쿠마와 시선을 주고받았다.

"그게 자네와 무슨 상관인가."

사쿠마는 재킷 안주머니에서 담배를 꺼내 100엔짜리 라이터로 불을 붙였다. 숨을 한 번 들이켜고 '후' 하고 짧게 내뱉더니, 이번에는 숨을 한껏 들이켰다.

"넥타이 직물 가게를 운영하던 오이카와 에이치 씨, 아시죠?"

가즈오는 그렇게 말하고 주의 깊게 상대의 얼굴색을 살폈다. 사쿠마는 대답하지 않았다.

"당신은 오이카와 씨 공장을 담당했습니다. 아닌가요?"

사쿠마는 모르는 척하기로 마음먹은 듯 연기를 성대하게 내뿜었다.

"뭐라고?"

"오이카와 에이치 씨요. 같은 말을 몇 번이나 하게 하지 마세요. 이 사람입니다."

가즈오가 청바지 주머니에서 휴대전화를 꺼내 슬라이드를 열었다.

버튼 몇 개를 눌러 액정 화면에 사진이 표시되도록 했다. 이럴 때 도움이 될 줄은 생각도 못 했다. 오이카와와 세 살의 유키에가 나란히 찍혀 있었다.

1975년 3월 5일, 오이카와 공장에서 가즈오가 찍은 사진이다. 그걸 상대에게 보이도록 커피잔 옆에 놓았다.

한 손에 담배를 들고 무심하게 들여다보던 사쿠마의 표정이 확 달라졌다. 도코모를 손에 들고 얼굴 가까이 가져가 삼킬 것처럼 바라보고 있었다.

"아."

사쿠마의 입에서 소리가 새어 나왔다.

"아는 사람이죠? 오이카와 씨."

가즈오는 휴대전화를 집어 주머니에 넣었다.

"사쿠마 씨, 저는 어떠한 사정으로 하치오지에 있던 시절의 당신과 오이카와 씨를 알고 있습니다. 어떤 관계에 있었는지도 말이죠."

가즈오는 얼이 빠진 사쿠마의 얼굴에 자신의 이마가 닿을 때까지 얼굴을 가까이 가져갔다.

"사쿠마 씨, 오이카와 씨를 왜 죽였나요?"

사쿠마가 홱 물러서듯이 몸을 뒤로 눕혔다.

가즈오는 그를 자극하지 않으려고 고개를 저으며 말을 이어갔다.

"저는 경찰도 아니고, 그냥 시청에서 근무하는 사람입니다. 당신을 경찰에 넘길 생각은 추호도 없으니 안심하십시오."

사쿠마는 온몸이 귀가 되어 듣는 것처럼 경직되었다.

"저는 오이카와 씨가 살해된 이유를 알고 싶습니다. 그냥 그것뿐입니다. 그에 대해 들으면 당신을 놓아드리겠습니다. 약속할게요. 그게 전부입니다."

가즈오는 테이블에 이마가 닿을 만큼 고개를 숙였다.

"자네, 죽였다니. 그런……."

속삭이는 듯한 목소리로 사쿠마가 중얼거렸다.

"사실입니다. 당신이 사가미 호수로 오이카와 씨를 불러 보트에 태우고 목을 조른 뒤 호수에 가라앉힌 것은."

가즈오는 말을 하면서 구역질이 치밀어 오르는 듯한 느낌을 받았다.

"미야즈 후미요라는 한 여자를 둘러싸고, 당신과 오이카와 씨는 다투고 있었어요. 당신은 후미요 씨를 자기 것으로 만들려고 오이카와 씨를 죽이려고 했죠. …… 아니, 죽였습니다."

사쿠마는 굳은 듯 꿈쩍도 하지 않았다. 손가락 사이에 낀 담배에서 타고 남은 재가 테이블로 톡 떨어졌다.

사쿠마의 얼굴에 예기치 못한 기색이 퍼져가는 것을 보며 가즈오는 당황했다. 살인범이라고 불렸는데, 상대의 얼굴에 드리운 것은 싸늘한 모멸의 빛이었다. 굳은 얼굴로 끝까지 시치미를 뗄 것이라고 예상했던 만큼, 사쿠마의 표정 변화에 가즈오는 당황했다.

이럴 때는 더 몰아붙일 수밖에 없었다.

"1975년 3월 6일. 무슨 날인지 아십니까?"

사쿠마는 허공을 바라보며 생각에 잠겼다.

대답이 없자, 가즈오는 다시 입을 열었다.

"당시 사업에 실패하고 자취를 감춘 에바라 섬유라는 섬유 도매상이 있었죠. 그 도매상 사장은 아사쿠사바시에서 몰래 다른 회사를 차려 장사를 재개했습니다. 마루코 상사라고 하죠. 당신은 그날 마루코 상사로 나가 사장과 만나고 있었어요. 오이카와 씨와 거래하지 않으려고."

"그러니까, 내가 왜?"

가즈오를 떠보려는 듯 사쿠마가 물었다.

"그 전날 하치오지에서 에바라 섬유의 채권자 모임이 있었는데, 마루코 상사가 표면으로 드러났기 때문입니다. 당신은 에바라 섬유가 경영 위기에 빠져 있다는 것을 오래전부터 알고 있었어요. 당신은 그런 에바라 섬유에 돈을 빌려주라고 오이카와 씨를 꼬드겼어요. 에바라 섬유에는 임시방편이 마련되는 것이고,

당신에게도 나쁘지 않은 얘기였습니다. 누이 좋고 매부 좋은 격이죠."

"잘 모르겠는데……, 무슨 말인가?"

"오이카와 씨를 무너뜨리기 위한 것이었잖아요. 아직도 시치미를 뗄 생각입니까, 당신은?"

사쿠마는 담배를 재떨이에 짓누르고, 새 담배에 불을 붙였다.

"자네, 착각하고 있구먼."

"착각……?"

"어디에서 그런 얘기를 듣고 왔는지 모르겠지만 말이야. 뭐, 이시노마키의 불량배들인가."

"그렇죠? 갔었잖아요."

"그래, 갔지."

사쿠마는 시원하게 인정했다.

가즈오는 드디어 사쿠마를 몰아넣었다고 생각했다. 자신의 두 눈으로 똑똑히 지켜봤었다. 틀림없다.

"당신은 왜 그렇게까지……."

가즈오는 사쿠마에게 왜 그렇게 오이카와를 떨어뜨리고 싶어 했냐고 말하려다 입을 다물었다.

자신의 어머니가 그 원인이었기 때문이다.

"오이카와와 에바라의 사장을 만나지 못하게 한 건, 뭐 자네 말대로네. 그런데 그날 내가 아사쿠사바시에 간 건 내 의지가 아니야. 다른 사람에게 부탁을 받고 간 거라네. 어쩔 수 없었어."

가즈오는 어이가 없었다. 사쿠마는 여기까지 와서, 아직도 남에게 죄를 덮어씌울 생각인 걸까?

"그런 변명은 통하지 않아요. 사쿠마 씨, 이제 그만 솔직해지시죠."

"이봐, 뭘 어떻게 생각하든 그건 네 자유지만, 사람 말도 좀 듣게. 내가 미야즈 후미요를 두고 오이카와랑 싸웠다고? 그자를 무너뜨리려고 내가 에바라 사장에게 바람을 넣었다고? 농담도 정도껏 해야지. 어떻게 해야 그렇게 생각하게 되는 건가, 참으로."

사쿠마는 허탈한 표정으로 커피잔을 입으로 가져갔다.

"그럼 마루코 상사에는 왜 간 거죠?"

"그러니까, 말했잖아. 부탁을 받았다고."

가즈오는 문득 아사쿠사바시에서 사쿠마가 공중전화로 누군가에게 전화를 걸었던 장면이 떠올랐다. 그때 사쿠마는 부탁을 받았다는 자에게 전화한 것이 아닐까?

"그 사람이 누굽니까?"

사쿠마는 가즈오의 물음에 대답하지 않고 말을 돌렸다.

"오이카와는 역시 살해당한 것인가."

남의 일처럼 중얼거리는 사쿠마를 보며 가즈오는 혼란스러웠다.

"역시라니, 무슨 말인가요?"

"뭐, 어느 정도 짐작은 가지만 말이야."

가즈오는 몸이 타오르는 듯한 초조함을 느꼈다. 사쿠마의 태도도, 이 이야기도 이해할 수 없었다.

가즈오가 다시 바짝 다가갔다.

"말해주세요. 무엇이든, 당신이 알고 있는 것 전부 다."

이번에는 사쿠마도 몸을 뒤로 빼지 않았다.

"이봐, 당시 미야즈 후미요에게 빠진 사람은 오이카와 말고도 또 있었네. 모르는가?"

흡연으로 누렇게 변한 앞니를 보이며, 사쿠마가 냉소적인 미소를 옅게 지었다.

가즈오는 보이지 않는 손으로 뺨을 맞은 듯한 충격을 느꼈다.

오이카와와 사쿠마 이외도……. 어머니를……. 도대체, 어디의 누구인가.

이런 바보 같은. 말도 안 된다. 이 남자는 빠져나가기 위해 있지도 않은 이야기를 꾸며내는 것이다.

머리에 피가 거꾸로 솟으려는 것을 참으며, 사쿠마의 이야기에 귀를 기울였다.

"…… 당시 미야즈 후미요는 그의 오라버니가 진 빚을 떠안게 됐지. 같은 고향을 떠나온 친구들이라면 모두 알고 있었을 거야. 돈을 가진 자가 없으니, 아무도 도와줄 수가 없었어."

"알고 있습니다. 오라버니의 슈퍼가 망해서."

"나도 학창 시절부터 알고 지냈으니, 어떻게 해보고 싶다고는 생각했지만. 얼굴도 예쁘고. 알지, 자네도?"

"아……, 뭐."

"미야즈 후미요는 그런 약점을 갖고 있었던 거야. 거기에 틈새를 노린 게 아닐까?"

시치미를 떼고 남의 일처럼 말하는 거짓말을 참을 수 없었다.

"말도 안 되는 소리를 하면, 용서하지 않아."

사쿠마는 그를 가볍게 받아넘기듯 말을 계속했다.

"뭘 흥분하는 거야. 살인범 취급을 해놓고, 아직도 협박이 부족한 건가? 모처럼 고향 사람이라고 하니 참고 계속 듣고 있었는데. 됐어, 난 이제 돌아가겠네."

"오이카와 씨가 살해된 것은 아시죠?"

"알고 있다마다. 신문에 그렇게 크게 실렸으니."

눈앞에 있는 남자는 끝까지 자신은 범인이 아니라고 시치미를 뗄 작정이다.

"그 밖에 미야즈 씨와 사귀었다는 사람은 누구입니까?"

"뭐, 몇 명 있었지."

본론으로 들어가자, 사쿠마의 태도는 점점 더 종잡을 수 없게 되었다.

"몇 명."

"당신도 그중 한 명이었죠?"

"자꾸 똑같은 말을 하게 하지 마. 끈질기구먼, 자네."

"그럼 말씀해보세요. 누구입니까?"

"그렇게 오래전 일을 다시 들추어내서, 도대체 뭘 어떻게 하겠다는 거야?"

"아주 진지합니다, 저는."

"뭐, 지금은 아무래도 상관없지만. 당시에 꽤 많았다고, 미야즈 후미요를 마음에 품고 있는 사람이. 예를 들어 그림을 그리게……."

무심코 거기까지 말한 사쿠마가 입안에 이물질이 낀 것처럼 입을 다물었다.

그것을 마지막으로 사쿠마를 달래기도 하고 협박도 해봤지만, 그는 꿈쩍도 하지 않았다. 더 이상 사쿠마에게 끌어낼 수 있는 게 없을 것 같았다. 조금 전 아들인 케이스케가 사쿠마를 두려워하지 않은 이유도 이해가 갔다. 어쩌면 오이카와를 죽인 범인은 사쿠마가 아닐지도 모른다. 눈앞에 있는 남자야말로 자신의 전생 속 인간인 줄 알았는데, 그것마저 수상했다.

식은 커피를 마시며 타임 슬립을 했을 때를 생각했다.

3월 4일이었다. 〈산타마 섬유 주보〉의 사무소를 찾아갔다. 거기에서 만난 뚱뚱한 기자. 이상하게 손이 매우 창백했다. '우지마'라는 기자였다.

마지막까지 남아 있던 퍼즐 조각이 모두 맞춰진 것 같았다.

자신의 전생은 도대체 어디의 누구였는가. 확인할 방법은 아직 남아 있었다.

가즈오는 커피잔을 조용히 내려놓았다. 이 남자는 뺑소니를 당해 죽지 않았다. 그 이유를 알 것 같았다. 이 남자랑 이야기하는 것도 이제 마지막이 될 것이다.

"사쿠마 씨, 당신은 오이카와 씨가 살해당한 후에 어떻게 지내셨습니까?"

사쿠마는 목이 메는 듯 한동안 기침을 멈추지 않았다.

"계속 같은 회사에 다니셨나요?"

"어디든, 좋을 대로 생각해."

"혹시 하치오지를 떠나지는 않으셨나요?"

사쿠마는 가즈오의 얼굴을 뚫어지게 쳐다보았다. 지금까지와는 다른 사람처럼, 모든 신경을 오로지 생각에만 집중하는 모습이었다.

"이제 만날 일은 없을 것 같습니다. 그럼 이만."

가즈오는 영수증을 들고 자리에서 일어났다.

그때 전기가 온 것처럼 사쿠마의 얼굴이 굳어졌다. 마치 유령이라도 보는 듯한 눈빛으로 가즈오의 얼굴을 쳐다보았다. 순식간에 사쿠마의 얼굴이 경악의 빛으로 물들어가는 것을 가즈오는 잠자코 바라보았다. 그 순간 가즈오는 모든 것을 깨달았다.

그러나 이제 그것은 상관없는 일이었다.

발길을 돌려 계산대까지 걸어갔다. 등 뒤로 아플 정도로 따가운 시선을 느끼면서.

계산을 마치고 가게를 나왔다. 뒤도 돌아보지 않았다.

마지막에 사쿠마의 얼굴에 떠오른 경악. 그것은 아마도 자신을 떠올렸기 때문일 것이다. 33년 전과 조금도 변하지 않은 고바야시 가즈오라는 사람을. 그때 자신은 사쿠마에게 뺑소니를 당할 것이라고 알렸다. 사쿠마는 그것을 사고가 아니라 살인이라고 해석했다. 그 인물에게 살해당한다고 생각한 사쿠마는 하치오지를 떠났다. 결과적으로 목숨을 건진 것이다.

40

연휴가 밝았다. 가즈오는 평소보다 20분 가까이 일찍 시청에 출근해, 단말기 전원을 켰다. 잠시 후 주민기본대장 시스템이 떴다. 이름은 모르기에 '우지마'라는 성만 입력했다. 네 명의 이름과 생년월일이 나왔다.

남자는 한 명뿐이었다. 1915년 출생. 가즈오는 낙담했다. 나이로 봐서는 이 남자가 아니다. 우지마는 당시 하치오지에 살지 않았던 것이다.

어제 중앙 도서관에서 조사하면서 발견한 기사의 복사본을 다시 읽었다.

하치오지 섬유 업계에 나타난 스타 디자이너, 미야즈 후미요 씨(28). 미야즈 씨는 미야기현 출신. 10년 전부터 하치오지에 거주하기 시작해, 바로 직물 공장에서 근무했다. 그림 그리는 것을 좋아해, 꾸준히 견직물 도안의 디자인을 그려왔다. 미야즈 씨의 그림은 지금까지 기모노나 넥타이 도안으로 여러 차례 채택됐는데, 이번에 섬유 조합이 주최하는 하치오지 직물 디자인 경연대회에서 훌륭하게 준우승의 영광을 쟁취했다…….

이어 후미요와 우지마의 대담이 실려 있었다.

후미요: 우지마 씨의 추천이 없었다면, 입선은 매우 어려웠을 거예요.

우지마: 아닙니다, 애초에 재능이 있으시니까요. 앞으로도 계속 그림을 그려가시는 게 어떻습니까?

후미요: 네, 할 수 있다면 그렇게 하고 싶습니다.

우지마: 디자인 전문점으로 독립하시는 건 어떤가요? 이 정도의 그림을 그리시니 분명 충분히 홀로서기를 하실 수 있을 것 같은데. 괜찮으시다면 제가 주임으로 있었던 공장에 말해보겠습니다.

후미요와 관련된 기사는 그 밖에도 세 건이 더 있었다. 모두 우지마가 쓴 기사들이었다. 모두 후미요가 그린 디자인 그림을 칭찬하고 있었다. 기사는 오이카와가 살해된 날보다 이전에 작성되었다.

가즈오가 편집부를 방문한 1975년 3월 4일. 그때 우지마의 인상은 아직도 머릿속에 또렷하게 박혀 있다.

풍만한 배에 뽀얀 손.

후미요가 디자인한 학이 그려진 노란 넥타이를 매고 있었다.

가즈오가 에바라 섬유의 이름을 꺼내자, 우지마는 에바라 섬유의 채권자 모임에서 온 지 얼마 되지 않았다고 했다. 그 자리에 오이카와도 나왔는데, 에바라 섬유의 최대 피해자라며 신이 나서 이야기했다.

그리고 후미요의 이름을 꺼냈을 때의 의심 가득했던 그 얼굴.

후미요가 그린 그림이 그토록 뛰어났던 것일까? 기사를 있는 그대로 받아들일 수 없었다. 뭔가 꿍꿍이가 있다고 봐야 한다. 흑심이라고 하는 편이 옳을지도 모른다. 우지마는 후미요와 오이카와가 연인 관계라는 것을 알고 있었다. 오이카와야말로 최대의 연적이다. 아마 오이카와가 한발 앞서 있었던 것 같다. 그런 오이카와가 망해버리면 자신이 후미요에게 접근할 수 있다.

당시 섬유 업계의 정보는 가만히 있어도 우지마에게 모여들었다. 기울기 시작한 에바라 섬유의 정보도 우지마는 가장 먼저 파악하고 있었을 것이다. 그리고 우지마는 에바라 섬유 사장에게 오이카와한테 돈을 빌리라고 압력을 가했다. 오이카와는 에바라 섬유의 어려운 사정을 알고, 오랜 친분이 있기에 돈을 빌려준 것이다. 돌아오지 못할 돈일 줄은 꿈에도 모르고.

채권자 모임에서 에바라 섬유가 아사쿠사바시에 마루코 상사라는 새로운 회사를 차렸다는 사실을 흘린 것도 우지마였을지도 모른다.

문제의 3월 6일. 우지마는 오이카와가 다시 아사쿠사바시로 나올 것을 예상하고, 오랜 지인에게 연락해 마루코 상사로 보내서 도망갔던 사장이 오이카와와 만나지 못하도록 했다.

그 오랜 지인이 바로 사쿠마였다. 그리고 마침내 3월 7일이 다가왔다.

우지마는 사쿠마를 이용해 오이카와를 사가미 호수로 불러냈을 것이다. 그리고 그 아오타의 포구에서 오이카와를 기다렸다가 살해했을지도 모른다.

우지마는 기자라는 자신의 직권을 이용해 후미요를 지원했다. 그러나 후미요는 자신에게 시선도 주지 않았다. 두 사람 사이에는 남들이 알지 못하는 치열한 밀고 당기기가 있었을지도 모른다. 마지막 수단으로 자신의 연적인 오이카와를 말살하겠다는 아슬아슬한 선택을 머리에 그리고 실행에 옮겼을 것이다.

우지마는 살인이라는 최악의 수단을 써버렸지만, 막상 일을 벌이자 후회가 밀려왔다. 그리고 자신이 저지른 죄를 견디지 못하고 스스로 목숨을 끊었을 것이다. 그리고 약 반년 후인 11월, 자신으로 다시 태어난 것이 아닐까?

근무를 마친 가즈오는 스쿠터를 타고 하치만초로 향했다. 33년 전과는 완전히 달라져 있었다. 섬유 공장은 단 한 채도 남아 있지 않았다. 〈산타마 섬유 주보〉가 입주해 있던 빌딩도 찾을 수 없었다. 섬유 조합에 들러 〈산타마 섬유 주보〉에 관해 문의했다. 아니나 다를까, 〈산타마 섬유 주보〉는 오래전에 없어졌다. 우지마라는 기자에 관해 물어봤지만, 그를 아는 사람은 없었다. 무거운 발걸음을 이끌고 집으로 향했다.

집에 도착하자마자 가장 먼저 후미요의 방을 찾았다. 후미요는 일본 자수를 하고 있었다.

"잠깐 괜찮아?"

그렇게 말한 가즈오는 후미요의 옆에 앉았다.

"왜 그래? 감기라도 걸린 것 같은 얼굴인데."

"아무것도 아니야."

"저녁 먹을래?"

후미요가 벽시계를 올려다보았다. 오후 6시 정각이다.

"아직 이르지?"

"이 집 말이야."

"뭐야, 새삼스럽게. 결정했니?"

"뭐, 그건 나중에 생각하고. 대충 얼마에 팔 생각이야?"

"무슨 잠꼬대 같은 소리야. 센다 씨가 대략 평가해주셨잖아."

"잊어버렸어. 그때는 별로 내키지 않았고, 귀담아듣지도 않았으니까."

"어휴, 너도 참. 땅이 3천만 엔 정도, 집은 오래된 것이라 값어치가 없고."

후미요는 바늘을 멈추지 않은 채 말했다.

"3천만 엔."

"계약금 정도는 되지? 하지만 역 남쪽의 고층 아파트는 벌써 팔렸다고 하지 않았어?"

"거긴 이제 괜찮아. 아직 다른 곳도 할 수 있을 테니까. 그보다 엄마, 이 집 별로 팔고 싶진 않지?"

"괜찮아, 가즈오. 네가 하고 싶은 대로 해."

"나도 왠지 이 집과 땅을 놓치기 아깝다는 기분이 들어서 말이야."

그건 진심이었다.

"흐음."

"있지, 엄마. 이 집 땅 살 때 많이 무리하지 않았어?"

"그야, 뭐 어느 정도."

"어제, 이시노마키의 큰외삼촌께 볼일이 있어서 전화했었어."

후미요가 움직이던 바늘을 멈추었다.

"미야자키의 '자오'라는 곳에 '산가이 폭포'라는 큰 폭포가 있는데, 거기에 관해 물어봤거든."

가즈오가 폭포라는 단어를 꺼내자 후미요는 안심한 듯 다시 바늘을 움직였다.

사실 큰외삼촌에게는 전화하지 않았다.

"이시노마키의 큰외삼촌이 엄마를 많이 칭찬하시더라고. 그때는 굉장히 민폐를 끼쳐서 미안했다면서. 큰외삼촌이 작은 슈퍼를 하셨지? '선스토어'였나 하는 거. 하지만 망해버려서 그 빚을 엄마가 다 갚았다고?"

가즈오가 하는 말에, 후미요가 신경 쓰는 기색이 역력했다.

"그 빚, 당시 넥타이 직물을 하고 있던 오이카와 에이치라는 사람이 대신 갚아준 거 아니야?"

후미요는 바늘을 내려놓고 가즈오를 쏘아보았다.

"너, 그 이름 어디서 들었어?"

"큰외삼촌한테. 엄마가 가르쳐줬다고 하시던데. 아니야?"

"마음대로 생각해. 알았니, 가즈오? 유키에 앞에서 오이카와라는 이름을 꺼내면 절대로 용서하지 않을 거야."

정색하고 말하는 것을 보니 역시, 맞는 것 같았다.

가즈오는 33년 전 3월 6일 깊은 밤……. 이불 속에서 오이카와가 차를 끌고 나가는 소리를 들었다. 어쩌면 그때 후미요의 집에 갔는지도 모른다. 가즈오가 빌려준 300만 엔을 가지고.

그 6개월 전, 오이카와는 정기예금에서 200만 엔을 인출했다. 에바라 섬유의 사기에 휘말리기 전이다. 그 200만 엔은 후미요에게 주었을 가능성이 크다. 부도난 슈퍼의 부채는 500만 엔. 가즈오가 빌려준 300만 엔과 합치면 액수가 일치하기 때문이다.

오이카와는 자신의 공장보다 후미요가 안고 있던 빚을 우선시했던 게 아닐까? 오이카와가 죽은 후, 후미요는 디자이너로 독립해 나름 돈을 벌어 집을 짓고 자신을 키웠다. 결과적으로 오이카와가 후미요를 구했다고 봐도 무방할 것이다. 다만 후미요는 오이카와가 살해된 사건에 어떤 식으로든 자신이 관련이 있다고 생각하고 있을 것이다. 그렇기에 지금도 오이카와라는 이름을 아예 봉인하려고 하는 것이 아닐까?

"알았어, 그 이름은 꺼내지 않을게. 그런데 엄마도 참 힘들었지? 나 낳고, 또 여자 혼자 힘으로 자식을 대학까지 보냈으니.

직물 디자이너로 일하면서 그렇게 많이 벌었어?"

"꽤 일이 많이 들어왔지. 그런데 그런 건 왜 물어?"

"이 집 말이야. 애착이 있지 않아? 엄마도."

"이상한 애네, 정말."

후미요는 대화가 안 된다는 느낌으로, 다시 일하기 시작했다.

"오늘 일 때문에 옛날 섬유 관련 기사를 봤거든. 왜, 〈산타마 섬유 주보〉라고 있잖아. 들어본 적 없어?"

후미요는 자꾸 대화의 주제가 바뀌는 것을 부자연스럽게 여긴 듯했다.

"하치만초에 있었지, 아마? 옛날 사람들은 다 알지. 네가 초등학교 무렵에 망해서 없어진 것 같은데. 그런데 그게 왜?"

"그렇구나……."

가즈오는 목구멍까지 차오른 '우지마'라는 이름을 끝내 입 밖에 꺼내지 못했다. 그것만큼은 할 수 없고, 해서도 안 된다고 느꼈다. 그 이름이야말로 후미요가 지금까지 짊어지고 온 십자가일 것이다. 이제 와서 그것을 파헤칠 자격이 과연 자신에게 있는 것일까? 가즈오는 이미 알고 있었다. 자신의 아버지에 대해.

41

"이 집, 안 팔 거야?"

부엌에서 설거지하던 유키에가 말했다.

"응, 뭐. 그렇게 될 것 같아."

"아파트는 마음을 접었나 보네."

"으음."

가즈오는 읽다 만 소설을 덮었다.

"아파트도 그렇지만, 당신 최근에 조금 이상해. 폭포도 보러 자주 안 가고, 그동안 거들떠보지도 않던 책도 다 읽고."

"나이가 들었나 봐. 귀찮은 일은 피하고 싶달까."

"케이스케가 커서 자기 방이 필요하다고 하면 어떻게 할 거야?"

"뭐, 그건 그때 가서 생각해야지."

유키에가 차를 끓여 거실로 왔다. 가즈오의 앞에 찻잔을 놓고 한숨 섞인 목소리로 말했다.

"아기일까?"

"왜? 아기가 뭐?"

"요즘 외동보다 형제가 있는 게 케이스케에게도 좋을 것 같다고 생각하거든."

"그건 그렇지만. '한 명 더'라고 하면, 그때야말로 집 문제도 있고."

"경제적인 것은 어떻게든 되지 않을까? 그런 마음이 들었을 때의 이야기지만. 어떻게 생각해?"

일 년에 한두 번은 이 이야기가 나온다. 케이스케의 동생이 태어날 것을 상상하면 그것만으로도 즐거워지지만, 지금은 솔직하게 대답할 수 없다.

"케이스케의 동생이라……."

가즈오는 이야기를 다른 주제로 돌렸다.

"아기는 엄마 배 속에 있을 때 어떨까?"

"어떻다니?"

"배 속에 있는 아기는 바깥세상에 굉장히 민감하잖아?"

"그렇다고 하더라. 임신 중인 엄마가 록 콘서트에 간 얘기, 들었어? 뱃속에서 아기가 심하게 뛰어서 엄마의 갈비뼈가 부러진 적도 있대."

"상당이 힘이 센 아기였나 보네."

"태아는 굉장히 달콤한 음식을 좋아한다나 봐. 단것을 좋아하고, 짠 것은 안 되고."

"아, 그건 몰랐네. 엄마 배에 있었을 때의 일, 당신은 기억 안나?"

"그렇게 옛날 일을 기억하고 있을 리 없지. 하지만 다섯 살 정도까지는 대부분의 아이가 배 속에 있었던 때를 기억한다는 것 같아. 물어봐야 할 것 같은데."

살짝 가슴이 덜컥 내려앉았다. 케이스케가 집에 없을 때여서 다행이었다.

"아기는 배 밖의 소리 같은 거, 많이 듣겠지?"

"응. 산부인과에 입원했을 때, 평상시 엄마 배 속은 분명 아늑할 거라고 임신부들끼리 종종 얘기했거든. 엄마 심장 소리가 언제나 들려서, 항상 지켜주고 있다는 느낌이 아닐까?"

그것이 어떤 느낌일까? 어머니의 심장 소리도 들리겠지만, 온종일 소리를 듣고 있으니 시끄럽지는 않을까? 무엇보다 배 속은 너무 좁고 답답해서 손발도 자유롭게 뻗을 수 없다. 그런 공간에 갇혀 있다면 일분일초라도 빨리 나가고 싶지 않을까? 하지만 입에는 담지 못했다.

"큰일이네, 비가 와."

유키에는 자리에서 일어나 창가로 다가갔다.

6월 셋째 주 토요일. 오늘 아침 일기예보에서 비 소식은 없었다. 케이스케는 후미요를 따라 소고 백화점에 나갔다. 우산은 가져가지 않았다. 마중을 나가야겠다.

"참, 여보. 알고 있었어?"

유키에가 가즈오를 돌아보았다.

"케이스케 말이야."

"응, 뭐가?"

"어제 당신이 야근해서 내가 케이스케를 목욕시켰잖아. 그런데 이 부근에 빨간 줄무늬가 사악 생기더라고."

그러고는 유키에가 자신의 목에 손을 얹고 손가락으로 선을 그었다.

소름이 쫙 끼쳤다. 걱정했던 것이 현실이 된 것 같았다.

지금까지 그 징후가 나타나지 않았던 것은 우연히 시기가 어긋났었다는 의미일까? 언젠가는 이렇게 될 때가 온다고 각오해야 했었는지도 모른다.

가즈오는 애써 아무렇지 않은 척 말했다.

"어떤 상황에서 그게 생겼어?"

"몸을 씻어줄 때. 문득 목 부근을 보니까 빨간 줄이 있는 거야. 세게 문질렀는데, 지워지지 않았어. 누가 괴롭히냐고 물어봤는데, 그건 아닌 것 같고."

"어떻게 생겼어?"

"뭔가 이렇게, 구불구불하다고나 할까?"

"혹시 줄무늬 뱀 같은 느낌?"

"…… 음, 비슷할지도 모르겠다. 당신도 본 적 있어?"

"없지, 있을 리가 없잖아."

"그렇지?"

"그리고?"

"욕조에 몸을 담그고 있으니, 어느새인가 사라졌어."

"그리고 케이스케가 뭔가 말했어?"

"아니, 아무것도."

"그렇구나……."

"오늘 아침은 아무렇지도 않았던 것 같고, 분명 뭔가 알레르기였겠지. 어제저녁에 연어알을 너무 많이 먹은 게 잘못됐나?"

"그럴지도 모르지. 응, 분명 그거일 거야. 알레르기."

가즈오는 단호한 말투로 말을 계속했다.

"앞으로 야근으로 늦어져도 케이스케는 내가 목욕시킬 테니까. 엄마한테도 그렇게 전해줘."

유키에가 의아한 눈으로 가즈오를 바라보았다. 몇 번이나 다짐을 받고 승낙을 받았다.

가즈오는 두 사람을 데리러 갈 채비를 시작했다.

42

하치오지역에 도착할 무렵에는 비가 본격적으로 내리고 있었다.

아무래도 케이스케는 '자각할 때'가 온 것 같다. 원래 영혼 속에 새겨진 기억이니, 억누르기는 어렵다. 그렇다면 좋은 방향으로 끌어주는 게 중요할 것 같았다.

가능한 케이스케의 곁에서 떠나지 않는 게 좋을 것이다. 목욕뿐 아니라 다른 것들도. 줄무늬 뱀 모양의 멍은 둘째치고, '자각'한 후의 케이스케가 하는 말은 자신 말고 다른 사람이 알아서는 안 된다.

다음에는 병원에 가지 말고 상태를 지켜봐야겠다고 생각했다. 그래도 줄무늬 뱀 모양의 멍이 사라지지 않는다면, 그때는 또 다른 방법을 고민할 수밖에 없다. 어쨌든 정밀 검사도 받지 않고, 최면 치료사에게도 데려가지 않을 것이다.

곰곰이 생각해보면, 타임 슬립을 경험한 사람이 자신밖에 없다고는 말할 수 없을지도 모른다. 어쩌면 다른 사람들도 비슷한 경험이 있지 않을까?

하지만 그것이 화제가 되지 않는 이유는, 비록 타임 슬립을 하더라도 돌아오는 과정에서 기억이 깨끗하게 씻겨나가기 때문일 것이다. 다만 마음에 걸리는 것은 가즈오 자신의 타임 슬립에 관한 기억이다. 3개월이 지났지만 조금도 지워지지 않았다. 타임 슬립이 아직 끝나지 않았다는 말일까? 내년 3월 3일에 또 타임 슬립을 하게 될지도 모른다. 그것만은 피하고 싶었다.

역 앞에서 후미요와 케이스케를 만났다. 케이스케는 토이저러스 포장지에 싸인 상자를 품에 안고 있었다.

"그게 뭐야?"

가즈오가 물었다.

"미로 퍼즐!"

케이스케가 대답했다.

"어이쿠, 또?"

"뭐 어때. 케이스케가 좋아하니까."

후미요가 케이스케의 볼을 만지며 말했다.

"그런데 비가 오네. 이제부터 자전거 가게에 가서 케이스케의 자전거를 사려고 했는데."

"에, 그런 약속 했었어? 케이스케, 앙큼하구나."

"괜찮아, 할머니가 사주신다고 했어."

"그렇지, 케이스케? 학교에 올라갈 때 할머니랑 약속한 거였지이?"

"응, 그리고 아까 것도."

"아까 그게 뭐야?"

"장난감 가게의 텔레비전 광고에 나오더라고. 왜, 사가미 호수에, 전에 그거."

후미요가 유원지의 이름을 꺼냈다.

"응? 거기가 왜?"

가즈오는 백미러 너머로 케이스케의 얼굴을 살폈다.

"데려가달라고 조르는데, 어떻게 할래?"

"아, 거기는……."

"갈 거야."

케이스케는 더 이상 기다릴 수 없다는 느낌으로 말했다. 가즈오는 오싹했다.

케이스케는 자신의 전생에 대해 잊지 않았던 것이다.

43

7월 28일 월요일

여름방학에 접어들면서 우려했던 일들이 현실이 되었다. 긴 장마가 끝나고, 파릇파릇한 여름 하늘이 펼쳐진 무더운 날이었다. 케이스케는 아침에 친구 집에 간다며 자전거를 타고 집을 나간 채, 점심이 되어도 돌아오지 않았다. 걱정하는 후미요의 연락을 받고 가즈오와 유키에가 집으로 돌아왔다. 일단 세 사람이 나눠서 찾기로 했다.

후미요는 집에 남고 유키에는 친구들의 집을, 가즈오는 공원을 찾아보기로 했다.

제일 먼저 고야쓰 공원으로 갔다. 작은 공원이라 찾는 데는 채 삼 분이 걸리지 않았다. 케이스케를 찾을 수 없었다. 다음으로 롯본스기 공원을 찾았다. 집에서 꽤 거리가 있지만, 자전거를 타면 오 분도 걸리지 않는다. 차로 향하던 도중, 가즈오는 불길한 예감이 들었다.

롯본스기 공원에는 물이 나오는 큰 연못이 있다. 이 더운 날씨에 케이스케는 연못에서 물놀이하고 있는 게 아닐까? 연못은 꽤 깊을 것이다.

7월에 들어서자, 케이스케는 단념한 듯 사가미 호수에 대해 말하지 않았다. 조금 기운이 없어 보이기도 했고, 가끔 어딘가 골똘히 생각하는 표정을 짓기도 했다. 설마, 그것이 이렇게 될 줄이야.

공원에 도착했다. 햇볕이 쨍쨍 내리쬐는 공원에서 케이스케의 모습은 어디에서도 찾아볼 수 없었다.

연못 앞에 있던 가족들에게 물어봤지만, 그런 아이는 보지 못했다고 했다. 가즈오는 후지모리 공원으로 향했다. 지금까지의 두 공원에 비하면 훨씬 큰 공원이었다.

빠른 걸음으로 공원을 둘러보았다. 목덜미에서 땀이 흘러내렸다. 티셔츠가 흠뻑 젖었다. 케이스케와 비슷한 모습도, 어린이용 자전거도 없었다. 체육관 앞까지 왔을 때 유키에에게 전화가 왔다.

"케이스케 자전거를 찾았대."

유키에의 목소리가 한껏 격앙됐다.

"어디에서?"

"역 남쪽 출구."

"하치오지역?"

"응. 역에서 전화가 왔다고, 지금 어머니께 연락 왔어. 하치오지역으로 가봐. 나도 지금 자전거 타고 가는 중이야."

"알았어."

전화를 끊고 서둘러 공원을 떠났다.

하치오지역에 도착하자마자 다시 유키에에게 전화가 왔다.

"방금 역에 도착했어……."

유키에가 숨을 가쁘게 몰아쉬면서 말을 이어갔다.

"……에 있대. 거기 개찰구에서 케이스케를 돌봐주고 있대."

"응? 뭐라고? 무슨 역?"

"사가미호역."

"주오선 사가미호역?"

"맞아."

가즈오는 귀를 의심했다. 사가미호역? 설마…….

그것만큼은 바라지 않았다. 하필이면 혼자 사가미 호수까지 가다니.

"알았어, 금방 갈게. 당신은 전철을 타고 가. 나는 이대로 차로 갈게."

"그럴게."

전화를 끊은 가즈오는 고슈 가도 방향으로 차를 몰았다.

온몸의 모공에서 땀이 터져 나오고 있었지만, 더위를 느낄 여유가 없었다. 역시 케이스케는 사가미 호수를 잊지 않았다. 아무도 데려가주지 않으니, 혼자 가버린 것이다. 사가미 호수를 멀리한 것이 오히려 역효과를 낳았을지도 모른다.

케이스케의 마음을 무시해온 대가를 치르게 된 것이다. 태어날 때부터 품고 있던 전생의 악행을 토해내고 싶었다. 본능적으로 케이스케는 그것을 느끼고 있었던 것이다. 그것을 억눌러온 자신이 어리석었다.

길은 막히지 않았다. 땀으로 핸들이 미끄러웠다. 핸들을 꽉 쥐었다. 에어컨을 세게 틀었지만, 땀이 식지 않았다.

44

사가미호역 앞 광장은 자동차로 가득했다. 택시 플랫폼에 무리하게 끼어들어 차를 세웠다. 시동을 켠 채 차에서 내렸다. 자동 개찰기 왼쪽에 역무원실이 있었다. 냉방 중이라 닫힌 방 안으로 유키에의 모습이 보였다.

로커에 기대어 멍하니 서 있었다. 두 명의 역무원이 전화 통화를 하고 있다. 무슨 일일까? 케이스케의 모습이 보이지 않았다.

가즈오는 개찰구에 있는 창문을 열고 유키에를 불렀다.

유키에가 이쪽으로 고개를 돌렸다. 입을 굳게 다문 유키에가 고개를 저으며 다가왔다.

"케이스케는?"

"없어졌어."

유키에가 가즈오의 손을 꽈악 움켜쥐었다.

"없어지다니, 그게 무슨 말이야?"

"역무원이 보호하고 있었는데, 고객을 응대하러 창구로 나간 틈에 사라졌대."

땀이 순식간에 식는 느낌이었다.

"그래서……, 어디로……."

유키에는 크게 고개를 저었다.

"전혀 몰라. 어디로 갔는지."

"모르겠다니, 그런 말이 어딨어."

가즈오는 역무원들의 상황을 살폈다. 한 명은 경찰에 아이가 실종됐다고 전하고 있었고, 또 다른 한 명도 비슷한 연락을 하고 있는 듯했다.

가즈오가 유키에의 두 손을 잡았다.

"언제쯤 사라진 거야?"

"내가 도착하기 조금 전."

"그게 몇 시?"

"십 분 전."

가즈오는 벽에 붙은 시계를 보았다. 딱 12시 30분.

우물쭈물하고 있을 수 없다. 여기까지 온 이상, 케이스케가 향할 장소는 하나밖에 없다.

"여기에서 기다리고 있어."

가즈오는 유키에에게 말했다.

"나는 호수로 가볼게."

그렇게만 말하고, 가즈오는 역사에서 뛰쳐나왔다. 역 주변은 자동차로 꽉 막혀 있었다.

사가미 호수까지 빠른 걸음으로 가면 십 분도 걸리지 않는다.

빠른 걸음으로 걸으며, 주위를 둘러보았다. 케이스케의 모습은 보이지 않았다. 20번 국도의 교차로를 건넜다. 눈앞으로 사가미 호수가 펼쳐졌다.

구름 한 점 없는 새파란 하늘이다. 호수에는 보트가 많이 떠 있었고, 호수를 둘러싼 산에는 짙은 초록색이 펼쳐져 있었다. 차도를 지름길로 해서 가파른 언덕길을 내려갔다. 분수 광장에 도착했다. 숨이 차올랐다.

가족과 함께 나온 사람들로 붐비고 있었다. 케이스케와 비슷한 키의 남자아이가 곳곳에 있었다. 다들 부모와 함께 있었다.

혼자 있는 아이를 찾았지만, 케이스케는 없었다. 계단을 내려가 게임센터로 향했다.

가즈오 안에서 의문이 소용돌이치고 있었다. 케이스케는 어떻게 혼자서 여기에 왔을까? 자신의 의지로 온 것이 아니라면, 유괴?

누군가에게 끌려온 것은 아닐까? 불현듯 사쿠마의 얼굴이 스쳐 지나갔다.

아니, 그 남자가 케이스케를 유괴해서 뭘 얻는다고?

역시, 케이스케는 자신의 의사로 온 것이라고밖에 생각할 수 없다.

게임센터로 뛰어 들어갔다. 에어컨으로 공기가 차가웠다. 요란한 소리를 내며 꼬마열차가 달리고 있고, 회전목마가 정신없이 어지럽게 돌고 있었다. 케이스케의 모습은 보이지 않았다. 창문에 달라붙어 호수를 바라보았다. 뉴스원마루가 건너편 강가를 유유히 달리고 있었다. 쌍안경에 100엔짜리 동전을 넣고 호수 위의 보트 한 척 한 척을 살폈다. 수면에 햇빛이 강하게 반사되어 보기 힘들었다. 쌍안경에서 눈을 떼고 오른쪽으로 고개를 돌렸다. 그때였다. 사람 없는 부두 구석에 한 아이가 웅크리고 있었다.

역광이라 잘 보이지 않았지만, 실루엣만으로도 알 수 있었다. 틀림없다. 가즈오는 문을 향해 뛰기 시작했다.

기다려, 케이스케. 그곳에서 가만히 있어. 절대로 움직이면 안 돼.

밖으로 나왔다. 엄청난 열기가 온몸을 감쌌다.

그때 발밑이 갑자기 가벼워지면서, 몸이 붕 뜨는 듯한 느낌이 들었다. 무슨 일이 일어나고 있는지 알 수 없었다. 눈앞에 있던 부두가 보이지 않고, 깊은 구덩이 속으로 떨어지는 듯한 감각에 휩싸였다. 지금까지 들리던 모든 소리가 사라지고, 자신은 모든 것이 차단된 공간 안에 있었다. 햇빛이 퍼지며 만들어진 벨벳과 같은 막이 몸을 폭 감싸 안았다.

그런 감각이었다. 더위가 조금씩 줄어들면서 차가운 것 안으로 끌려 들어갔다. 그러다가 갑자기 그곳에서 스르르 빠져나와 중력을 느꼈다.

살갗을 찌르는 듯한 차가움을 느끼며 등을 꼿꼿하게 폈다. 눈앞에 호수가 펼쳐져 있었다. 사가미 호수가 틀림없다. 그러나 이것은……, 언제인가.

지독한 추위다. 산은 모노톤으로 말라 있었다.

하늘 전체를 뒤덮은, 줄무늬 같은 새털구름을 또렷하게 기억한다. 노란 모자를 쓴 유치원생들이 줄 맞춰 앞을 지나가고 있다. 혹시.

가즈오는 오락실 옆에 있는 매표소로 향했다. 주위의 모습을 살폈다. 북쪽 식당도, 선물 가게도 그 시절의 모습이다. 매표소 앞으로 가서 안을 들여다보았다. 점원 뒤의 벽에 커다란 일력이 걸려 있다.

1975년 3월 7일 금요일.

차가운 것이 발가락 끝까지 내려갔다. 또 왔다.

이 시대의 이곳에 자신은 다시 와버렸다.

'이게 어떻게 된 일이니, 케이스케. 너는 아직도 불만이 있는 거니? 아빠를 같은 곳으로 몇 번을 보내야 직성이 풀리는 거냐.'

풀 길 없는 울분을 아이에게 토해냈다. 달리 배출구가 없었다. 그런데 이게 어떻게 된 일인가.

이번 타임 슬립은 지금까지와는 달랐다. 날짜도, 시간도, 장소도 모두 다르다. 언젠가 케이스케가 목욕하며 했던 말이 불현듯 떠올랐다.

'…… 세 번 가면, 그 뒤로는 더 이상 바꿀 수 없어.'

세 번째에는 도와달라고도 말했다. 케이스케는 도대체 무슨 말을 하고 싶었던 걸까? 얼음처럼 차가운 바람이 불어왔다. 온

몸에 닭살이 돋았다. 오락실로 뛰어들었다. 벽시계는 10시 20분을 가리키고 있었다. 왜 이런 곳으로 되돌아온 것일까? 꿈은 아니다. 땀에 젖은 티셔츠가 피부에 찰싹 들러붙었다. 이를 악물고 주위를 살폈다.

도대체 누굴 찾으려는 것인가. 가즈오는 자신에게 묻고 스스로 답했다. 오이카와를 찾아야 한다. 그 사람밖에 없다. 호수로 시선을 옮겼다. 보트의 위치도, 타고 있는 사람도 그날과 똑같다.

오락실 반대편에 있는 식당 겸 카페를 바라보았다. 오이카와는 저 안에 있을까?

아니면.

가즈오는 호수를 돌아보았다. 다가오는 보트는 없었다. 보트는 모두 그 자리에 움직이지 않고 서 있다.

이 세계는 도대체 언제일까? 지난번 타임 슬립을 했을 때인가, 아니면 그 전인가. 10시 반이 되었다. 도저히 견디기 힘든 추위였다. 오락실에는 사람이 없었다. 다시 한번 호수를 돌아보았다.

진회색빛 호수에서 천천히 멀어져 가는 모터보트 한 척이 눈에 들어왔다. 강 건너 포구를 향해 나아가는 것 같았다. 혹시나 하는 마음에 쌍안경에 100엔 동전을 넣고, 그 방향으로 돌렸다.

움직이는 보트를 살폈다. 사람의 옆모습이 보였다. 다시 한번 눈을 크게 뜨고 그 얼굴을 보았다.

저건 오이카와가 아닌가…….

다른 사람은 타고 있지 않았다. 보트가 향하는 곳을 알 것 같았다.

가즈오는 렌즈에서 눈을 떼고 부두를 바라보았다. 사람 하나 없었다.

오락실을 나왔다. 드러난 팔뚝으로 차가운 바람이 자비 없이 불어닥쳤다. 다시 한번 호수를 바라보았다.

오이카와가 조종하는 모터보트는 선을 그리듯 똑바로 나아가고 있었다. 아오타의 포구를 향해. 이곳에서는 목소리가 저기까지 닿지 않을 것이다. 그때 자신의 이름을 부르는 목소리가 들렸다. 주차장 앞 도로에 히노 콘테사가 멈춰 서 있었다. 운전석 쪽 창문이 열리고, 남자가 이쪽을 바라보고 있었다. 매부리코에 짧게 깎은 머리.

어째서 사쿠마가 저런 곳에 있는 걸까? 정신을 차리자, 사쿠마가 자신을 향해 연신 손을 흔들고 있었다. 그에 이끌리듯 가즈오가 달려갔다. 차 조수석 문이 안쪽에서 열렸다. 차 안으로 뛰어들었다. 차가 갑자기 달리기 시작했다.

"뭐야, 그 꼴은?"

사쿠마가 곁눈질로 가즈오를 보며 말했다.

"뒤에 있어, 뒤에."

사쿠마는 못 본 척하며 말했다.

뒷좌석 구석에 심하게 구겨진 바람막이 점퍼가 있었다. 가즈오는 손을 뻗어 점퍼를 들어 젖은 티셔츠 위에 입었다.

20번 국도 교차로가 나오자, 사쿠마는 핸들을 왼쪽으로 꺾었다.

호수를 따라 구불구불한 포장도로를 달렸다. 3월에 한 번 왔었던 길이다.

사쿠마는 왜 오이카와와 함께 있지 않은 것일까? 왜 자신을 차에 태웠을까? 그리고 지금 어디로 가려고 하는 것일까? 가즈오는 자신이 했던 그 협박을 떠올렸다.

3월 6일, 아사쿠사바시에 나간 날……. 이 세계에서는 어제.

하치오지역에서 후미요를 기다리고 있던 사쿠마의 차에 올라타, 당신은 뺑소니로 죽을 것이라고 말했다. 그게 사쿠마에게 효과가 있었던 것이다.

그 한마디로 사쿠마는 지금까지 자신이 도움을 받아온 남자의 속셈을 간파했다. 그 남자가 오이카와를 헤친다는 것도, 그리고 그 후 입막음을 위해 뺑소니를 가장해 사쿠마 본인을 살해한다는 것도.

과연 예상한 대로 흘러갈 것인지, 그것을 확인하기 위해 사쿠마는 차를 몰고 있는 것이다.

"당신은 알고 있는 건가?"

가즈오가 말했다.

사쿠마는 어깨를 으쓱거리며 핸들을 쥐고 있었다.

가즈오는 계속 말했다.

"앞으로 우지마가 하려는 일을."

사쿠마는 가즈오의 말이 귀에 들어오지 않는 듯 운전에 집중하고 있다. 사쿠마 나름대로 필사적으로 생각하는 것이다. 역시 우지마는 그런 남자였다. 사쿠마가 그렇게 생각할 만한 존재.

"계속 도움을 받았거든."

사쿠마가 어렵게 운을 뗐다.

"트럭 공장을 그만두고, 불량배들과 몰려다니던 나를 그 사람이 구해줬어. 그런 사람의 부탁이었어. 안 들어줄 수가 없었지."

"부탁이라니, 어제 일?"

"당연하지. 그 사람이 아침 일찍 제일 먼저 전화해서 아사쿠사바시에 있는 마루코 상사로 가라고 했어. 오이카와가 냄새를 맡았으니, 오늘쯤 찾아올 거라면서. 오이카와가 오면 안에서 아무도 없는 척해서 쫓아버리라고. 시키는 대로 했지. 오이카와가 태연하게 찾아왔어. 그래서 시킨 대로 녀석을 미행한 거야. 그랬더니 그다음에는 후미요가 찾아오더군. 그 사실을 전화로 알리자, 엄청나게 화를 냈어. …… 정말, 두 손 두 발 다 들었다고."

그리고 사쿠마에게 오이카와를 아오타의 포구로 데리고 오라고 시킨 것이다.

"마루코 상사 사장은 어떻게 했어? 같이 있었잖아."

"에바라? 그런 놈이 의견을 낼 수 있을 리 없지. 그 사람은 에바라가 지고 있던 빚을 전부 갚아주었거든. 게다가 마루코 상사라는 새로운 간판까지 내줬으니까."

"빚을 갚아줬다고? 그럼 어째서 오이카와 씨만 에바라 섬유의 부채를 떠안아야 했던 거지?"

"뭘 모르는구먼, 자네도. 오이카와의 빚을 갚아주면 의미가 없잖아. 이게 다 오이카와 녀석이 후미요의 빚을 대신 갚았기 때문이야. 그래서 그 사람은 당황했지. …… 아니, 머리를 굴렸어. 그게 에바라 섬유였고."

"경영이 기울기 시작한 회사를 왜?"

"오이카와를 곤란하게 만들려고 에바라 섬유를 안고 간 거야. 에바라 섬유는 지난해 가을 초부터 경영이 어려워지기 시작했어. 그 사람은 그 정보를 재빨리 입수해, 오이카와에게 돈을 빌리라고 에바라 섬유 사장에게 지시했어. 융통어음까지 쓰게 해 돈을 빼앗은 셈이지. 오이카와 공장이 망하도록. 그 대가로 에바라 섬유는 아사쿠사바시에 새로운 회사를 설립하게 된 거야."

이해가 가지 않는 이야기였다. 우지마에게 그럴 만한 재력이 있었던가?

핸들을 잡은 사쿠마의 얼굴이 창백했다. …… 이 남자는 두려움에 떨고 있다. 우지마라는 기자에게 마음속 깊이 공포를 느끼고 있다. 이 남자를 이토록 공포에 떨게 만드는 것은 무엇인가. 우지마가 그렇게나 무서운 남자인가?

가즈오는 비로소 그 말을 이해했다.

'아빠……. 세 번 가면, 그 뒤로는 더 이상 바꿀 수 없어.'

그 세 번은 이번 타임 슬립을 말하는 것이었다.

두 번째 타임 슬립에서 자신은 사쿠마를 위협했다. 겁이 난 사쿠마가 오이카와를 혼자 아오타의 포구로 가게 했다.

그런 것이다. 자신이 오늘 이렇게 타임 슬립을 하기 직전까지, 역사는 다시 쓰이고 있었다. 그러나 그것은 더 이상 달라지지 않는다고 했다. 다시 말하면 이번이 마지막인 셈이다. 케이스케는 그 말이 하고 싶었던 게 아닐까?

가쓰세다리가 보였다. 33년 후의 다리와는 비교도 할 수 없을 정도로 작았다.

다리 앞에서 속도를 줄였다. 맞은편에서 오는 차는 없었다. 사쿠마는 다시 액셀을 밟았다. 건너편 물가에는 메마른 산기슭만 있을 뿐, 호텔 하나 서 있지 않았다. 다리에서 보이는 호수 표면은 손이 닿을 정도로 가까웠다. 다리를 건넜다.

막다른 골목을 따라 오른쪽으로 돌았다. 그때 문득 사쿠마가 왼편을 쳐다보았다. 잡목림 안쪽으로 언뜻언뜻 거무스름한 형체가 보였다. 그 형체는 금방 보이지 않게 되었다.

사쿠마의 표정이 달라지며, 갑자기 안절부절못하기 시작했다. 저 거무스름한 형체를 본 이후다. 사쿠마는 갑자기 진로를 왼쪽으로 꺾었다.

큰길을 벗어나, 비포장길로 접어들었다. 아오타 마을로 가는 길이다.

길은 좁고 울퉁불퉁했다. 가즈오는 창틀을 붙잡았다. 메마른 나뭇가지가 차체를 두드렸다. 한동안 달리던 사쿠마가 차를 갑자기 멈추었다. 가즈오는 대시보드에 손을 대고 몸을 지탱했다.

사쿠마는 작게 나 있는 커브 길을 이용해 필사적으로 차를 돌리기 시작했다. 몇 번의 시도 끝에 차가 방향을 바꾸었다. 사쿠마는 가즈오의 옆에 있는 문손잡이를 당겨 문을 열었다.

사쿠마는 겁에 질려 있었다. 한시라도 빨리 이곳을 벗어나고 싶은 눈치였다. 사쿠마는 앞으로 벌어질 일을 감지한 것이다. 이제 이 남자를 믿을 수 없었다. 가즈오가 차에서 내리자마자 콘테사는 흙먼지를 일으키며 달아났다.

45

100미터쯤 가니 민가가 보이기 시작했다. 길 양옆으로 네 채 정도의 건물이 서 있었다. 오래전에 만들어진 집 같았지만, 지난 3월에 본 것과 거의 같은 위치였다. 도로 아래로는 완만한 습지가 펼쳐져 밭을 이루고 있었다. 편백나무의 키는 아직 3미터도 자라지 않았다. 사가미 호수의 포구가 보이고, 그곳으로 이어지는 오솔길이 나 있었다. 망설임 없이 발을 내디뎠다. 이 시대는 사람 하나 지나기 힘든 자갈길이었다.

질퍽질퍽한 길에는 군데군데 사람이 걸어간 흔적이 남아 있었다. 발자국은 생긴 지 얼마 안 돼 보였다. 한 사람의 것이 아닌 듯했다. 불길한 예감이 들었다. 바로 아래에서 벌어지고 있을 일을 생각하니 점퍼 아래의 피부에 소름이 돋았다.

벌써 끝나버린 것일까? 오이카와는 이미 살해당해 물속으로 가라앉았을까? 발길을 되돌릴 수 없었다. 이번 타임 슬립은 케이스케에게 이끌려 자연스럽게 그렇게 된 것 같았다. 이제야 그 이유가 이해되기 시작했다.

눈으로 직접 확인하기 위해 찾아온 것이 아닐까?

이날, 호수에서 벌어지는 일을 이 두 눈에 담기 위해서.

미끄러지지 않도록 조심조심 내려갔다. 예전에 오두막집 같은 건물이 있었을 자리에는 아무것도 없었다. 대숲이 나오더니 길이 좁아졌다. 마른 잎이 떨어져 산더미처럼 쌓여 있었다. 짐승이 다니는 길 같았다. 비석과 지장보살이 줄지어 있었다.

오른쪽으로 오두막처럼 보이는 건물 한 채가 나타났다. 폐가였던 집이다. 지금은 사람이 사는 듯했다. 도로에서 3미터 가까이 떨어진 절벽에 위치해 있었으며, 건너편으로 포구가 보였다. 벽난로가 있는 듯 돌로 만든 굴뚝도 있었다.

길에 울타리가 쳐져 있었다. 그리고 그 아래로, 집 뒤편으로 가는 철제로 된 가파른 계단이 걸려 있었다. 울타리를 밀자 쓱 열렸다. 발로 계단을 밟고 천천히 내려갔다. 땅에 닿았다. 바스락바스락 소리가 났다.

이곳도 온통 낙엽으로 뒤덮여 있었다. 무성한 대나무 사이를 돌아 들어갔다.

사람의 말소리가 들려왔다. 가만히 서서 소리가 나는 방향을 살폈다. 소리는 건물 정면에서 들려왔다. 낙엽 밟는 소리가 나지 않도록 통과했다.

집 현관이 있었다. 앞은 알루미늄 새시 창문. 허술한 구조였다. 현관 왼쪽이 방이었다. 거기에서 목소리가 들리는 듯했다. 자세를 낮추고 집 옆쪽으로 돌아갔다. 물가를 바라보고 길쭉한 툇마루가 튀어나와 있었다. 거기에서 2미터 정도 아래에 낯익은 모터보트기 옆으로 정박해 있다. 오이카와가 타고 온 보트다.

그 부근부터 갑자기 수심이 깊어지는지, 호수는 짙은 군청색을 띠고 있었다. 발소리를 죽이고 집 뒤편으로 돌아왔다. 얇은 목제 문이 있었다. 부엌문이다. 경첩 부분이 판자에서 떨어져 있었다. 아마도 문을 강제로 열고 안으로 들어간 것 같았다.

가즈오는 손잡이를 살짝 움켜쥐었다. 그리고 숨죽인 채, 손잡이를 돌렸다. 몸을 숙여 재빠르게 미끄러져 들어갔다. 콘크리트를 바른 봉당이었다. 부엌은 무서울 만큼 간소한 구조였다. 취사도구도 없었다.

말소리가 들렸다. 발소리를 죽이며 소리가 나는 쪽으로 나아갔다. 모퉁이 뒤에서 조심스레 앞을 들여다보았다. 입구 옆에 있는 방이다. 불투명 유리로 만든 미닫이문이 있는 15평 정도의 넓은 방이었다. 나무 테이블이 있고, 남자는 뒷모습을 보이며 의자에 앉아 있었다. 불투명 유리 너머로 남자의 왼편에 앉아 있는 사람의 그림자가 보였다. 두 사람 다 누군지 알 수 없었다.

테이블 맞은편, 창문 앞에도 남자가 있었다. 그 얼굴을 본 가즈오는 숨을 삼켰다.

오이카와가 팔짱을 끼고 서 있었다.

"…… 이 이상의 조건은 없다."

등을 돌리고 있는 남자가 내뱉은 목소리를 듣고, 가즈오는 자신도 모르게 소리를 지를 뻔했다.

믿을 수 없었다. 의문이 소용돌이처럼 샘솟았다. 저 사람이 왜 여기에 있는 것인가. 지난번 타임 슬립을 했을 때를 필사적으로 떠올렸다. 시간을 계산해보면 저 사람이 여기 있어도 이상하지 않다. 하지만 왜?

두 사람과 조금 떨어진 위치에, 불투명 유리를 통해 비치는 그림자를 응시했다.

회색빛이 도는 옷을 입고 있었다. 그 모습이, 그 존재가 가즈오의 혼란을 가중시켰다. 혹시 저 그림자는.

“뭐, 그래, 편히 있어.”

등을 돌리고 있는 남자가 말했다.

“모처럼 이렇게 세 명이 모였으니, 건배라도 해야 하지 않겠나.”

남자가 의자를 옮기는 소리가 들렸다. 남자는 자리에서 일어나 몸을 옆으로 돌렸다. 작업복 차림이다. 센다 구니요시였다.

센다는 문을 열고 방에서 나왔다.

가즈오는 얼른 고개를 숙였다.

센다는 옆방으로 간 것 같다. 잠시 후, 유리잔이 맞부딪치는 소리가 났다. 뚜껑을 열고, 잔에 액체를 따르는 듯한 소리가 이어졌다.

가즈오는 슬쩍 오이카와가 있는 방을 바라보았다. 문 뒤에서 보이지 않던 또 다른 인물이 보였다.

센다는 와인 잔과 와인 병을 올린 접시를 안고 돌아왔다.

레드 와인이 70퍼센트 정도 담긴 잔을 오이카와 쪽에 놓고, 또 다른 하나를 왼쪽에 앉은 인물 앞에 놓았다. 마지막으로 자신의 잔을 들어 올렸다.

"자, 일단 건배."

그렇게 말한 센다는 단숨에 와인을 목구멍으로 넘겼다. 반쯤 줄어든 잔을 눈앞에 내밀며 득의양양한 목소리로 말했다.

"소중히 간직해온 1970년산 보르도네. 자, 어서. 후미요 씨."

후미요라고 불린 실루엣의 인물은 센다가 시키는 대로 잔을 손에 들었다.

센다가 재촉하자, 오이카와는 하는 수 없이 발걸음을 옮겨 테이블에 놓여 있던 잔을 들어 올렸다.

"자네도 술 잘 마시잖아."

센다는 그렇게 말하며, 다시 한번 와인을 입에 머금었다. 오이카와는 후미요를 향해 가볍게 고개를 끄덕이며 잔을 입에 가져갔다. 후미요와 동시에 와인을 마시기 시작했다.

오이카와가 잔에서 입을 뗐고, 와인은 전보다 절반 이하로 줄어 있었다.

후미요도 잔을 원래 자리에 돌려놓았다.

"어때? 약간 떫긴 한데, 체리 향도 나고 맛이 좋지?"

"네에."

오이카와가 와인에 흘끗 시선을 주자, 어쩔 수 없다는 듯 중얼거렸다.

"그렇네요……."

덩달아 후미요도 입을 열었다.

"정신 사나우니까, 이제 좀 앉아. 오이카와."

오이카와는 잔을 든 채 창가에서 몸을 뗐다.

센다가 후미요 쪽으로 몸을 돌렸다.

"뭐, 액막이라고 생각하면 좋을 거야. 그렇지, 후미요 씨?"

후미요가 고개를 숙였다. 대답하지 않았다.

센다가 체념한 듯 말했다.

"작년 연말쯤부터였지. 우리 공장에도 에바라에서 실이 들어오지 않았어. 그게 아무래도 수상하다고 생각했는데, 그게 아사쿠사바시의……. 뭐였지?"

"마루코 상사."

오이카와가 숨 막히는 듯한 목소리로 말했다.

"너한테 물어보는 게 아니야. 참, 후미요 씨. 당신 어제 갔었다면서?"

"…… 네."

후미요가 기어들어 가는 목소리로 대답했다.

한동안 어색한 침묵이 감돌았다.

센다는 와인 병을 들고 자리에서 일어섰다. 창가에 있는 오이카와의 잔에 와인을 채운 뒤, 후미요를 정면으로 바라보는 위치에 섰다.

"설마, 그런 곳에서 장사를 시작하다니. 니시진 쪽도 깜짝 놀랐을 거야?"

"네에……, 아마도."

후미요가 괴로운 듯 말하자 센다가 오이카와를 쳐다보았다.

"너도 참, 왜 그런 놈한테 걸려서는. 빤히 알고 있으면서 돈을 뜯기다니. 앞으로 어떻게 할 생각인가? 공장도, 땅도 팔 생각이야? 그렇게 되면 아버님이 무덤 속에서 눈물을 흘리실 거야."

턱을 당긴 오이카와가 센다의 시선을 피했다.

"그렇게 입을 다물고 있으면 대화가 안 되지. 자네 말이야, 에바라에게 받은 융통어음. 다음 주 초까지 지급해야 하잖아. 그 350만 엔, 내가 내준다고 했는데. 도대체 어디가 마음에 안 드는 거야?"

"몰라."

오이카와가 무겁게 입을 열었다. 역광이라 표정이 잘 보이지 않았다.

"도대체 왜 당신이 그렇게까지 해주는 거야."

"우리 하청 공장이 무너지고 있는데, 가만히 두고 볼 수는 없지. 하치오지에서 제일가는 유명한 장인이 당장 돈 때문에 곤란해하고 있어. 부모라면 도움을 주는 게 의무라고 생각하는데. 아닌가?"

"그 정도로 마음에 드는가?"

오이카와가 반발하듯이 말했다.

센다는 입에 가져간 잔을 원래대로 돌려놓았다.

오이카와가 말을 계속했다.

"그렇게 후미요 씨가 좋으냐 말이다."

센다는 후미요에게 흘끗 시선을 던지고는, 떼쓰는 아이를 보는 듯한 눈빛으로 오이카와를 바라보았다.

"본인이 있는 앞에서 그렇게 대놓고 할 말은 아닌 것 같은데. 그렇지, 후미요 씨?"

후미요는 고개를 돌렸다.

"그야 오래 알고 지낸 실 장수지."

센다가 말했다.

"돈을 갚아준 네 마음도 알아. 하지만 요즘 같은 시대에 언제까지나 직물로 성공하는 세상이 계속된다고 생각하면 큰 오산이라고."

"그 말이 아니야. 이상한 거야. 에바라 사장이 나를 속이다니, 도저히 이해할 수 없거든."

"그건 비단 하나로 여기까지 해왔으니, 네가 그렇게 생각하는 것도 무리가 아니야. 하지만 에바라도 오랫동안 무리해온 거지. 그래서 그렇게 됐네. 거처는 알아냈으니, 이제 마음껏 쳐들어가면 돼. 하지만 말이야, 다른 사람에게 줄 수 있는 돈은 단 한 푼도 없네, 그 녀석에게는. 그러니까 내가 힘을 보태주려고 하는 게 아닌가. 그 김에 오늘 마음을 터놓고, 앞으로의 후미요 씨의 처신에 관해서도 이야기 나누자는 거 아니겠어?"

노기 어린 목소리로 오이카와가 후미요에게 물었다.

"어때, 후미요 씨. 당신은 어떻게 생각해?"

"어떻게라뇨……, 저는."

후미요가 얼버무리자, 오이카와는 참을 수 없다는 듯 테이블로 바짝 다가섰다. 그리고 와인 잔을 소리가 날 정도로 세게 후미요 앞에 내려놓았다.

"후미요 씨, 이 남자 어떻게 생각해?"

오이카와는 술을 마신 탓인지 눈 주위가 붉게 물들어 있었다.

"그러니까……."

"모르겠어, 이제 아무것도 모르겠어. 후미요 씨, 도대체 무슨 생각을 하고 있는 거야? 이번 가을에 결혼하자는 약속, 잊었어? 아니면 싫어진 거야? 빚을 떠안게 된 내가."

오이카와는 후미요에게 얼굴을 가까이 가져갔다.

센다는 가만히 바라보고 있을 뿐이었다.

"그건……, 미안해서……."

오이카와가 후미요의 말을 가로막았다.

"미안함이나, 그런 거 말고. 센다와 함께할 거냐고 묻는 거야, 나는."

"그만두지 않겠나, 오이카와."

센다가 갑자기 움직였다. 오이카와의 가슴팍을 잡고 창가까지 밀쳤다.

"그렇게 날뛰지 말라고, 발정 난 수컷처럼."

센다가 물러서자 얼굴빛이 확 바뀐 오이카와는 뼈가 부러질 정도로 세게 주먹을 쥐었다.

센다는 그것을 즐기듯 와인으로 입을 적셨다.

"그랬던 거군……."

오이카와가 허탈하다는 듯 말했다.

"그것까지 전부, 당신은 알고 있었다는 건가……."

"이봐, 이상한 소리 하지 마. 어떻게 묻냐에 따라서 그냥 안 넘어갈 거네."

"에바라 사장을 꼬드긴 게 당신인가?"

"이봐, 오이카와. 그게 바로 피해망상이라는 거야. 후미요 씨 앞에서 부끄럽지도 않나?"

"됐어, 이제 그런 건……."

오이카와는 말을 제대로 잇지 못했다.

"후미요 씨도오……, 적당히이……."

오이카와는 갑자기 힘이 빠진 듯 털썩 무릎을 꿇고 바닥에 주저앉았다.

"미안하지만 오이카와, 이미 답은 나와 있어."

센다가 이제 이것이 마지막이라는 듯 말했다.

오이카와가 눈에 힘을 주고 센다를 올려다보았다.

"이렇게까지 말하면 알겠지?"

그렇게 말한 센다가 후미요를 위아래로 훑듯이 쳐다보았다.

"그렇지, 후미요 씨?"

미간을 잔뜩 찌푸린 오이카와가 후미요를 바라보았다.

"이제 되돌아갈 수 없는 사이가 되어버렸다고, 나와 후미요는."

센다가 최후의 일격을 가하듯 보고했다.

오이카와는 의지할 곳 없다는 듯 고개를 떨구었다. 가즈오는 그 모습을 눈 하나 깜빡하지 않고 지켜봤다. 센다가 한 말을 되새겼다. 되돌릴 수 없는 사이? 그건 자신의 어머니와 육체적 관계를 맺었다는 의미일까? 그러면 오이카와와는 어떤 사이인가?

가즈오는 머릿속이 복잡했다. 자신의 아버지는 센다인가? 아니면 오이카와인가?

갑자기 오이카와가 앞으로 기우뚱하며 바닥에 납작 엎드렸다.

그때 그림자처럼 있었던 후미요가 자리를 벗어났다. 오이카와에게 달려가려던 순간, 후미요도 무릎을 꿇으며 무너져내렸다. 도와주려던 오이카와가 몸을 일으켰지만, 두 사람은 그대로 바닥에 쓰러져버렸다.

있을 수 없는 일이었다. 술을 좋아하는 오이카와가 와인 한 잔으로 의식이 없어진다는 것은.

와인에 무언가를 탄 것이다.

가즈오는 쓰러진 오이카와에게 다가가는 센다를 바라보았다.

센다는 오이카와의 양쪽 어깨를 들어 벽까지 끌고 가 상체를 벽에 기대게 한 다음, 허리를 숙이고 한 번에 둘러업었다. 천천히 한 걸음 한 걸음 힘껏 내딛기 시작했다.

가즈오는 얼굴을 찌푸렸다. 무게 실린 발소리가 이쪽을 향해 다가왔다.

현관문이 열리는 소리가 났다. 센다가 밖으로 나가고 있었다. 한숨 돌린 후, 가즈오도 현관으로 향했다. 그리고 문에 달라붙어 밖을 내다보았다.

오이카와를 등에 업은 센다가 벽을 돌고 있었다. 포구 방향이다.

가즈오는 세 사람이 있던 방으로 들어가 창문으로 바깥을 내다보았다. 쿵 소리가 났다. 센다가 툇마루에 오이카와의 몸을 내던지듯 부려놓는 소리였다. 그런데도 오이카와는 꿈쩍도 하지 않았다.

센다는 비탈길을 내려가 양손으로 모터보트를 잡고 끌어당겼다. 보트 끝이 땅으로 올라왔다.

센다는 필사적으로 움직여 오이카와를 들고 보트에 태웠다. 그리고 그대로 천천히 보트를 돌려, 뱃머리를 호수 쪽으로 향하게 했다. 센다의 얼굴이 자신을 향해 있어 가즈오는 고개를 푹 숙였다.

가즈오는 소름이 돋았다. 앞으로 벌어질 일을 너무나도 확실하게 상상할 수 있었다.

이제 자신은 어떻게 하면 좋을까? 케이스케는 왜 자신을 이곳으로 보낸 것일까? 어떻게 하면 케이스케를 도울 수 있을까? 아니, 뭘 돕는단 말인가. 여기에서 오이카와를 도와주면 케이스케는 분명 다시 사라질 것이다.

자신은 오이카와를 도울 수 없었다.

몸이 굳어져 가는 것이 느껴졌다. 자신의 몸이지만, 자신의 것이 아닌 것처럼 느껴졌다. 의식은 또렷한데 몸이 마음대로 움직이지 않았다.

눈앞에 후미요가 쓰러져 있다. 어머니. 가즈오는 그녀에게 호소했다.

가즈오는 엎드린 채 후미요의 곁으로 다가갔다. 조금씩 가까워졌다. 이윽고 후미요의 숨소리가 또렷하게 들렸다. 후미요의 어깨에 손이 닿았다. 그 순간 몸이 가벼워졌다. 정말 이상한 감각이었다. 몸이 공기 중에 녹아드는 듯한, 뭐라고 표현할 수 없는 느낌이었다. 시야에서 후미요가 사라지고, 무언가에 빨려 들어갈 것처럼 어둠 속으로 떨어졌다. 엄청난 속도였다. 계속해서 소리 없는 세계로 내려갔다. 이윽고 어렴풋이 희미한 형체가 보이며, 눈부신 빛에 휩싸였다. 눈앞이 아찔했다. 주위에서 소리와 광경이 홍수처럼 밀려왔다. 두 사람밖에 보이지 않았다. 미소를 지으며 이야기를 멈추지 않는 후미요. 그리고 그것을 가만히 듣고 있는 사람은 오이카와가 분명했다. 두 사람의 몸에 붙어 있던 것이 녹아서 없어졌다. 둘이 딱 붙어 하나가 되었다. 그 순간 가즈오의 뇌리에 부모님의 모습이 또렷하게 새겨졌다. 영원과 같은 시간이 흘렀다.

정신을 차리고 보니 따뜻하고 나른한 것이 온몸을 폭 감싸고 있었다.

가즈오는 이곳이 어딘지 알아차렸다. 자신이 이곳에 온 이유를 이제야 겨우 이해했다. 가즈오는 소원을 빌듯 후미요를 향해 외쳤다.

※ ※ ※ ※ ※

미야즈 후미요는 눈을 번쩍 떴다.

조금 전까지 자신의 이름을 부르는 목소리가 들렸다.

"일어나, 얼른 일어나!"

그렇게 몇 번이나 자신에게 말을 걸었다. 젊은 남자의 목소리였다.

다급하지만 어딘가 그리운 울림도 있었다.

몸은 여전히 무거웠다. 어렴풋이 자신이 있는 곳을 알 것 같았다.

저 집. 포구 바로 옆에 있다.

시야의 한쪽 모서리가 하얗게 희미해져 갔다.

그래도 이상하다. 지금까지 오이카와와 센다가 함께 있었는데.

오이카와 씨는 왜 저렇게 쓰러져 있는 걸까? 손을 뻗어도 닿지 않았다. 갑자기 눈앞이 어두워지면서 몸에 힘이 하나도 들어가지 않았다.

그리고 점점 더 깊은 곳으로 떨어졌다. 오이카와와 자신은 왜 갑자기 잠들어버린 것일까?

와인? 그렇구나, 저 안에 무언가 섞여 있었나 보다.

그런데 왜? 방을 둘러보았다.

이상하다. 아무도 없다.

방금까지 둘 다 여기 있었는데, 어째서 아무도 없는 걸까? 오이카와 씨?

창밖에서 부릉부릉 소리가 들려왔다.

후미요는 천천히 무릎으로 일어섰다. 다리의 떨림이 멈추지 않았다. 창틀에 손을 가져갔다. 유리창 너머로 겨우 바깥을 볼 수 있었다. 바로 앞에 모터보트가 있었다. 동그란 조종 손잡이가 달린 자리에 앉은 센다가 연신 버튼을 누르고 있었다.

그때마다 엔진에서 삐걱거리는 소리가 났다가 금방 꺼졌다.

센다의 옆에 앉아 있는 사람은 오이카와가 분명했다. 고개를 갸웃거렸다. 오이카와는 의식을 잃은 상태였다.

도대체 센다는 저런 곳에서 무엇을 하려는 걸까?

그때 귀가 찢어지는 듯한 소리가 났다. 시동이 걸린 것이다.

보트가 좌우로 흔들렸다. 센다의 손이 좌석 오른쪽에 있는 스로틀 레버를 움켜쥐었다. 오이카와의 목이 불안정하게 움직이다가 뒤이어 똑바로 일어섰다. 그리고 오른편에 있는 센다를 바라보았다.

다행이다, 정신을 차려서.

센다는 눈치채지 못한 듯 움켜쥔 레버를 앞으로 당겼다.

프로펠러가 돌아가는 소리가 났다. 물을 마구 휘저어 갈색 진흙이 떠올랐다.

보트는 천천히 물가에서 멀어졌다. 그때 오이카와가 손을 뻗어 센다의 어깨를 움켜쥐었다.

센다는 당황했다. 그 반동으로 레버가 제자리로 돌아왔다.

물의 저항 때문에 보트는 그 자리에서 오지도 가지도 못했다.

센다는 오이카와의 손을 뿌리치기 위해 핸들을 놓고 오이카와 쪽으로 돌아섰다.

센다의 움직임이 훨씬 압도적이었다. 오이카와는 몽유병 환자처럼 힘없이 두 손을 상대에게 맡기고 있을 뿐이었다.

엎치락뒤치락하는 사이, 물 위의 보트가 천천히 왼쪽으로 회전하기 시작했다.

점점 물가에 가까워졌다. 얼굴이 시뻘게진 센다가 오이카와의 멱살을 잡고 의자로 떠밀었다.

반대편을 향해 있던 오이카와의 얼굴이 조금씩 드러났다.

창백했다. 무표정에 가까웠다. 아직 꿈에서 깨어나지 못한 듯했다. 게다가 입꼬리는 추할 정도로 일그러져 있었다. 그것만이 유일하게 저항하는 방패인 것처럼.

센다는 등을 보이고 있었다. 먹잇감에 덤벼드는 곰처럼 상체가 유난히 부풀어 올라 있었다. 센다의 두 손이 마치 살아 있는 생물처럼 오이카와의 목에 들러붙었다.

센다의 어깨가 들썩이자 배가 천천히 한쪽으로 쏠리기 시작했다.

후미요는 창문을 열 힘조차 없었다. 소리를 내려고 해도 성대가 끊어져 나간 것처럼 목소리가 나오지 않았다. 이곳에 오기 전, 센다의 행동이 이제야 이해가 갔다.

공장에서 기모노 문양을 그리고 있을 때였다. 갑자기 센다가 찾아와 자신을 차에 억지로 태웠다. 어디로 가느냐고 묻자, 오이카와가 사가미 호수에 있는 자신의 별장에서 기다리고 있다며, 세 명이 이야기를 나누자고 했다. 오이카와에게 그런 얘기는 들은 적이 없다. 그래도 가야 한다면 오이카와의 집에 먼저 들렀다 가자고 단호하게 말했다. 센다는 어쩔 수 없다는 듯 후미요의 말을 따랐다. 지금 생각해보니 센다도 오이카와가 사가미 호수로 갔는지 가지 않았는지 확신이 서지 않았던 것 같다.

오이카와의 공장에는 같은 고향에서 온 젊은 남자가 있었다. 그 남자도 오이카와를 걱정하는 듯 사가미 호수까지 동행했지만, 호수 주차장에 도착하자마자 차에서 뛰쳐나갔다. 그리고 다시 센다와 단둘이 남게 되었다.

센다는 원래가 하치오지 출신이었다. 이사노마키에서 하치오지로 왔을 때, 후미요는 센다의 직물 공장에 일자리를 얻었다. 처음에 자신에게 살 집까지 챙겨주어서 친절한 사람이라고 생각했다. 당시 센다에게는 아이는 없었지만, 병에 걸린 아내가 있었다. 하지만 후미요가 근무한 지 일 년도 채 되지 않아서, 센다는 '너만 특별 취급하는 이유를 잘 알지 않느냐'며 갑자기 위협적인 태도로 자신의 몸을 요구했다. 몇 번이나 거부했다. 센다의 아내가 세상을 떠난 지 한 달이 채 되지 않은 토요일 밤, 센다에게 무리한 관계를 강요당했다. 사람을 돌덩이로밖에 생각 안 하는 센다를 미워하면서도, 월급과는 별개로 '수당'이라는 용돈을 받고 있었다. 그것을 거절하고 헤어질 결심을 굳힌 참이었다. 그런데…….

센다는 다시 차를 운전했다. 가쓰세다리를 건너 큰길에서 오른쪽 수풀 속으로 들어가 차를 세웠다. 차에서 끌려 나온 후미요는 호수 기슭을 따라 나지 않은 길을 내몰리듯 걸었다. 15분쯤 지나자 민가가 보이기 시작했다. 사람의 모습은 보이지 않았지만, 분명 생활하고 있는 사람의 숨결이 느껴졌다. 그곳에 도착하기 직전, 후미요는 오솔길로 끌려갔다. 차를 저런 덤불 속에 숨기고 이런 곳까지 왔다. 그건 다른 사람의 눈을 피하기 위한 것이었다.

그때 크게 뜬 오이카와의 눈이 후미요의 눈을 뚫어지게 쳐다보았다.

눈을 부릅뜨고 바라보았다.

보고 있는 동안 오이카와의 눈에서 힘이 점점 사라지고 있음을 알 수 있었다. 후미요는 손을 뻗어 창문을 당기려고 했다.

그런데 갑자기 어디선가 그 목소리가 들렸다.

"아버지!"

후미요는 방 안을 돌아보았다.

사람의 모습은 어디에도 없었다.

다시 오이카와로 시선을 돌리자, 또다시 그 목소리가 들렸다.

"아버지!"

그 목소리의 출처를 깨달은 후미요가 자신의 아랫배에 살며시 손을 얹었다.

찌릿찌릿 전기가 흐르는 느낌이었다.

그랬구나……. 그랬어……. 너의 아버지는 역시 저 사람이었구나.

눈꼬리에서 뜨거운 것이 흘러내렸다. 초점을 잃은 오이카와의 눈이 허공을 향하고 있었다.

어찌할 방법이 없었다. 가위에 눌린 것처럼 몸이 움직이지 않았다.

오이카와가 튀어나올 정도로 눈을 크게 떴다. 힘없이 뻗은 팔이 센다의 어깨에서 떨어졌다.

센다는 오이카와의 목에 감긴 목걸이를 천천히 풀었다. 오이카와를 껴안은 채, 상체를 배 밖으로 내던졌다. 오이카와는 모로 누운 상태로 맥없이 물속으로 빠져들었다. 그것도 잠시, 오이카와가 정신을 차린 듯, 물 위로 얼굴을 내밀고 보트의 뱃머리를 붙잡았다. 보트에 기어오르려고 할 때 센다가 두 손을 뻗어 오이카와의 목을 단단히 움켜쥐었다.

센다는 혼신의 힘을 다해 오이카와의 목을 졸랐다. 보트가 크게 기울었다. 얼어붙은 오이카와의 얼굴이 자신을 보고 필사적으로 호소하고 있었다. 시선을 피해버렸다.

미안해요……. 아무것도 할 수 없어서, 너무 미안해요.

센다는 조금의 망설임도 없이 계속 오이카와의 목에 힘을 가했다.

오랫동안 그러고 있었다. 영원처럼 느껴졌다.

배의 가장자리를 잡고 있던 오이카와의 손이 천천히 떨어졌다. 동그랗게 뜨고 있던 눈이 서서히 감겼다. 부글부글 얼굴이 가라앉았다.

센다의 팔도 덩달아 물에 잠겼다.

잠시 후 센다가 손을 놓았다. 몸을 가누지 못하는 오이카와가 두 손을 늘어뜨리며 보트에서 수면으로 떨어지는 것을 바라보았다. 보트의 머리가 천천히 돌면서 오이카와의 모습은 점점 보이지 않게 되었다.

몸속에서 무언가가 전부 빠져나간 것만 같았다.

센다의 얼굴이 천천히 자신을 향했다. 후미요는 엉덩방아를 찧고 말았다.

안 된다. 이대로는 절대 안 된다.

솜으로 목을 틀어막는 듯한 공포가 온몸을 휘감았다. 보고 있었다는 사실을 센다가 알게 되면……, 자신까지.

후미요는 바닥을 기어서 움직였다. 마치 부러진 것처럼 허리 아래로 힘이 들어가지 않았다. 테이블 근처로 돌아왔다. 툇마루로 내려서는 소리가 밖에서 들려왔다. 이제 곧 저 남자가 온다. 후미요는 눈을 감고 몸을 누였다.

46

가즈오는 눈을 떴다.

마치 붐비는 곳 한가운데 있는 것처럼, 웅성거리는 공기가 피부로 느껴졌다.

천천히 시선을 떨어뜨렸다. 바람막이 점퍼도, 땀에 젖은 티셔츠도 없었다.

셔츠의 가슴 언저리에 사원증도 제대로 걸고 있고, 구두도 리갈 로퍼를 신고 있었다. 바지 주머니에 들어 있던 물건을 꺼냈다. 도코모의 슬라이드폰이었다. 무늬 없는 파란색 바탕화면에 날짜와 시간이 표시되어 있다.

2008년 3월 3일(월) 11:30

역시, 그랬다. 돌아가야 하는 시간은 같은 것일지도 몰랐다.

후루사와 계장이 입을 꾹 다물고 메모지에 글씨를 쓰고 있었다. 뒤쪽으로 비스듬하게 과장 히데코가 앉아 있고, 그 앞에 서

무계장인 검은 안경이 계산기를 두드리고 있었다. 카운터 접수처에는 한가로운 듯 미우라가 멍하니 앉아 있었다. 보아하니 달라진 것은 없어 보였다.

하지만 표면만 그런 것일 수도 있었다. 가즈오는 조금 전 눈앞에서 펼쳐진 광경에 경악을 금치 못했다. 그건 꿈이 아니었다. 이 두 눈으로 직접 봤다고밖에 생각할 수 없었다.

참 묘한 일이었다. 케이스케를 찾기 위해 사가미 호수로 향했던 것이 아득히 옛날 일처럼 느껴졌다. 그곳에서 타임 슬립을 한 것도.

포구의 오두막집 안에서 겪은 신기한 일도 지금까지의 일로는 설명되지 않았다. 그건 타임 슬립이라고 할 수 있을까? 이전의 두 번과는 달랐다.

이번에는 병원의 검사동에서 과거로 떨어졌을 때와 같은 아찔한 충격은 없었다. 오히려 눈부신 햇살에 싸여 있다고 생각했는데, 이미 자신은 다른 시대에 있었다. 그래서 에너지가 빠져나간 듯한 느낌도 없었다. 선잠을 자다가 깨어난 듯한 느낌이었다. 하지만 자신은 확실히 있었다. 그날, 아오타에.

가즈오는 이제 확실히 알았다.

케이스케를 사가미 호수로 데려간 날 밤, 자신이 꾼 꿈에 대해서.

그것은 꿈이 아니었다.

하물며 전생 속 인간의 간접 체험도 아니었다. 어머니의 배 속에서 보았던 분명한 현실일 수밖에 없었다.

자신의 전생은 사쿠마도, 우지마도 아니다. 과거 이 세상에 존재했던 누군가다.

가즈오는 단말기 앞으로 발걸음을 옮겨, 주민기본대장 시스템을 열었다. '미야즈 케이스케'라고 입력했다. 엔터 키를 누르려는 순간, 안개 같은 불안감이 마음속으로 가득 퍼졌다.

자신이 있는 지금 이 세상은 어떤 세상일까?

그 무서운 광경을 목격한 후미요는 아직 이 세상에 살아 있을까? 자신은 유키에와 만나 결혼했을까? 케이스케는 어떨까? 이 세상에서의 삶을 살고 있을까, 아니면 이 세상에 없을까? 이 키를 누르기만 하면 의문은 해결된다.

하지만 가즈오는 좀처럼 행동으로 옮길 수 없었다. 모든 것을 알게 되는 것이 두려웠다.

이 세상을 믿을 수 없었다.

"미야즈 씨, 이거 만들었는데. 좀 읽어줄래."

옆에 있던 후루사와 계장이 손으로 쓴 메모를 건넸다.

3월 12일에 시행되는 국민건강보험 운영 협의회용 질의응답.

이전과 똑같았다. 조금은 마음이 놓였다.

이미 협의회에는 참가하고 있고, 위원들의 질문도 모두 기억하고 있다.

"계장님, 지금부터 반차 들어가야 하는데요."

"아, 그래도……."

후루사와는 뒤에서 기다리고 있는 과장 히데코를 신경 쓰고 있다.

"미야즈 씨, 부탁해. 내일 3시에 회의가 있으니까."

"알고 있습니다. 그때까지는 맞추겠습니다."

47

중앙 도서관.

가즈오는 참고 도서실의 마이크로필름 열람 기계 앞에 앉았다. 33년 전 〈마이초신문〉의 지방판을 세팅했다. 기계의 조작 손잡이를 돌렸다.

1975년 3월 8일 토요일, 사회면.

7일 오후 5시, 사가미 호수에서 변사체가 발견되었다. 사체의 옷에 들어 있던 면허증을 통해, 사망자는 오이카와 에이치 씨(30)로 밝혀졌다. 사법 해부 결과 익사로 판정되었으나 오이카와 씨의 목에 목을 졸린 듯한 줄무늬 자국이 있어, 사가미하라 경찰서는 살인 사건의 가능성도 염두에 두고 수사를 개시했다. 오이카와 씨는 하치오지 시내에서 넥타이 직물업에 종사하고 있었으며, 7일 오전 자택에 있었던 사실은 확인되었으나 그 이후 행적은 알려지지 않았다.

예전에 봤던 기사랑 똑같다. 신문을 다음 날로 넘겼다. 마찬가지로 사회면. 헤드라인이 크게 클로즈업되었다. 가즈오는 침을 삼켰다.

교살 후, 호수에 빠뜨렸다

가나가와현 경찰은 8일, 사가미 호수에서 오이카와 에이치 씨를 살해한 혐의로 하치오지시의 직물업자인 센다 구니요시(34)를 용의자로 체포했다. 용의자 센다는 7일, 오이카와 씨를 사가미 호수 연안에 있는 민가로 데리고 들어간 뒤, 모터보트에 태워 자신의 목걸이를 이용해 목을 졸라 죽인 다음, 그대로 호수에 유기한 혐의를 받고 있다. 사가미 호수를 떠내려간 시체는 호수 건너편에서 발견되었다. 사건을 목격하고 있던 여성의 신고로, 용의자를 체포할 수 있었다.

가즈오는 어느 정도 예상하고 있었다. 사건을 목격한 후미요가 어떻게 행동할 것인지. 그래도 실제 기사를 본 가즈오는 충격에 휩싸였다.

자신이 타임 슬립을 하기 이전, 후미요는 수면제를 먹고 의식을 잃어 사건을 목격하지 못했다. 그러나 범죄가 일어났다는 것은 어렴풋이 느끼고 있었을 가능성이 있다. 그 용의자가 센다라는 것도.

그리고 세 번째 타임 슬립에서 자신의 외침으로 후미요가 깨어나, 센다가 저지른 범행의 전말을 목격했다.

후미요에게는 그보다 더 중대한 일이 있었다.

자신의 배 속에 있는 아이의 아버지는 센다인가, 아니면 오이카와인가.

후미요 자신도 모르고 있었다. 하지만 이번에는 달랐다.

자신이 알린 것이다. 그리고 후미요는 주저하지 않고 고발하기로 결심했다.

자신의 눈으로 본 사실 그대로를. 처음 마주한 진실을.

화면의 기사를 인쇄했다. 여기 오기 전, 시청에서 센다 구니요시에 대해 조사했다.

센다는 형기를 마치고 하치오지로 돌아왔다. 그리고 독신으로 살다가 2004년 7월에 사망했다. 센다의 본적은 하치오지의 주소와 같았다.

센다는 이시노마키 출신이 아니었다. 삼촌이라는 말을 듣고 자랐지만, 사실은 후미요를 애첩으로 돌봐온 것뿐이었다. 재산세과에 방문해 당시의 토지대장에서 센다 구니요시가 소유하고 있던 토지를 찾아냈다.

직물 공장이 있던 다이마치역 외에도 100평 이상의 토지를 소유하고 있었다. 상속인이 없어 지금 소유자는 국가로 되어 있었다. 가즈오는 각오를 해야만 한다고 생각했다.

지금까지 미야즈 가문을 지원해주던 센다는 이제 없다. 아니, 처음부터 센다의 존재는 없었다. 이제 돌아가는 곳에 자신의 집은 있을까? 가족은 있을까? 가즈오는 기계의 손잡이를 돌렸다.

기사가 눈앞을 스쳐 지나갔다. 그것을 보고 있으니 정신이 아득해지는 기분이었다. 어딘지 모르게 머리가 멍해졌다.

자신도 모르게 책상을 잡았다. 가즈오는 이것뿐만이 아니라는 생각이 들었다.

그 밖에도 도서관에서 알아봐야 할 것이 있을 것이다.

하지만 좀처럼 떠오르지 않았다.

무엇일까? 자신은 도대체 어떻게 된 것일까? 생각해내, 얼른. 이름, 이름……. 누구였지?

그래, 사쿠마. 그 이름이다. 그 사람에 대해 알아봐야 한다.

그런데 왜?

사쿠마는, 어디에 사는 누구였지?

잠시 후 쌍꺼풀 없는 눈을 가진 얼굴이 희미하게 떠올랐다.

맞다, 이 얼굴……. 사쿠마다.

호수에서 사쿠마가 운전하는 자동차를 타고 있지 않았는가. 그 뒤로 그 사람은 어떻게 되었을까?

좀처럼 기사를 찾을 수 없었다. 귀찮아졌다.

어차피 알고 있는 사실이다.

사쿠마는……. 음, 어떻게 되었더라? 맞다, 신주쿠역에서 딱 마주치지 않았는가.

도서관을 나왔다. 정면의 현관을 올려다보았다.

손에 아무것도 들고 있지 않았다는 것을 깨달았다.

어? 자신은 왜 이곳에 온 것일까?

책을 빌리러 온 것도 아닌데. 뭐가 됐든 상관없다.
스쿠터에 올라타, 센니초 교차로에서 우회전했다.
바람이 차갑다. 너무나도 차가웠다.
감기라도 걸린 걸까? 아니, 그렇지 않다. 자신은 타임 슬립을 하지 않았는가.
불과 반나절 전, 불볕더위 아래를 뛰어다니고 있었다.
그런 것을 잊어버리다니, 정신이 없다.
어째서 그런 중요한 것을 잊어버리고 있는 것인가.
최면 치료사가 떠올랐다. 이름은 기억나지 않는다.
그는 역사가 다시 쓰인다고 말했다. 문제는 그 후다.
타임 슬립 후에는 기억이 지워진다고 하지 않았었나?
과거로 타임 슬립을 갔다가 현재로 돌아오면, 타임 슬립한 것조차 기억하지 못한다고 말했었다.
혹시 지금 자신의 몸에 일어나고 있는 현상이 그것일까?
그보다 더욱 소중한 것이 있다.
케이스케다. 후미요도 궁금하다.
두 사람은 무사할까? 유키에는?
지금 자신에게는 돌아가야 하는 집이 있을까?
집이 있었던 골목으로 들어섰다.
익숙한 실루엣이 보였다. 자신의 집이다. 보아하니 달라진 모습은 없었다.
스쿠터를 세우고 다급하게 현관문을 열었다.

"케이스케."

이름을 부르자, 복도 끝에서 타다닥 달려오는 소리가 들렸다.

"아, 아빠!"

가슴 언저리에 따뜻한 것이 복받쳐 올랐다.

다행이다. 정말 다행이다. 케이스케는 조금 떨어진 곳에서 멀뚱히 서 있었다. 자신의 귀가가 평소보다 일렀기 때문이다.

"케이스케, 아빠 왔어."

집 안으로 들어간 가즈오가 케이스케를 품에 안았다.

괜찮다. 케이스케는 이렇게 건강하다.

"이 시간에, 어쩐 일이니?"

후미요가 장지문을 열고 자신을 수상하게 바라보고 있었다. 역시, 후미요도 있다.

후미요가 없을 리 없지 않은가. 그래도 너무나 기뻤다.

"케이스케, 오늘 아빠 일찍 끝나는 날이었거든."

"야호!"

케이스케가 품 안에서 몸을 뒤로 힘껏 꺾었다.

"어휴. 다쳐, 다쳐."

무릎에서 힘을 빼고 허리를 뒤로 꺾었다. 위험하게 떨어질 뻔한 케이스케를 두 손으로 바쳤다. 문득 낭떠러지 같은 오솔길을 뛰어 내려가던 때가 되살아났다.

케이스케를 찾기 위해 사가미호역부터 뛰었을 때다. 그것은 꿈도, 그 무엇도 아니었다.

케이스케가 벌떡 일어나 가즈오의 등을 붙잡았다.

거실 고타쓰 위에는 블록쌓기 장난감인 카프라가 어질러져 있었다.

케이스케를 살짝 내려주었다.

불단 안에 있는 위패가 눈에 띄었다. 후미요 외가의 계명 옆에, 처음 보는 다른 계명이 적혀 있었다.

위패를 꺼내 뒤집었다.

오이카와 에이치의 이름이 적혀 있었다. 사망일은 1975년 3월 7일.

그 이름을 본 가즈오는 한동안 생각에 잠겼다.

도서관에서 읽은 기사가 그제야 생각났다.

어머니의 배 속에서 본 광경이 잠시 머릿속에 머물렀다.

그 뒤로 후미요는 세상을 떠난 오이카와를 남편으로 기렸던 모양이다. 그로부터 20여 년 후, 오이카와는 다시 이 세상으로 돌아왔다.

자신의 아들, 케이스케로. 위패를 원래대로 돌려놓았다.

등이 끈적이는 느낌이 들었다.

겨드랑이 아래에 손을 넣어보니 땀으로 흠뻑 젖어 있었다. 이렇게 추운 날, 왜 그럴까?

샤워를 하고 잠옷으로 갈아입었다.

케이스케가 있는 고타쓰에 앉았다.

피로가 몰려왔다.

저녁이 되자 여느 때처럼 근무를 마친 유키에가 집으로 돌아왔다.

유키에는 고타쓰에 앉자마자 부엌에 서 있는 후미요에게 말을 걸었다.

"어머니, 오늘 반찬 뭐예요?"

"어묵이란다."

후미요가 대답했다.

가즈오는 이것에 올바른 세계라고 생각했다.

48

다음 날도 평소와 똑같이 출근했다.

후루사와 계장을 상대로 운영 협의회 시뮬레이션을 했다. 회의 내용은 기억하고 있었기에 거의 일방적으로 설명했다.

"그런데 소득세의 요율 있잖아, 올해는 동결이라고 했지."

후루사와가 말했다.

똑같은 말을 당일 의원 중 한 명이 말했었다.

"물론입니다."

"그래서 동결하는 이유가 뭐였지? 여기에는 설명이 없는데."

후루사와는 그렇게 말하며 손에 든 질의응답 종이로 시선을 떨어뜨렸다.

가즈오는 살짝 어처구니가 없어서 후루사와의 얼굴을 바라보았다.

"음, 그건 말이죠……."

그런데 갑자기 그다음 말이 나오지 않았다.

회의에서 후루사와 대신 다른 사람이 대답한 것은 기억한다.

그건 분명 과장……, 아니 서무계장인 검은 안경이었나?

그러고 보니 뭐라고 대답했었지? 이상하다.

이런 간단한 것을 잊어버리다니.

가즈오는 그 뒤로 30분 동안 이런저런 자료를 찾아가며 그 질문에 대한 답변을 만들었고, 워드프로세서로 정리해 후루사와에게 건넸다.

그렇게만 하니, 묘하게 마음이 안정되지 않았다.

뭔가, 다른 일이 더 있었을 텐데……. 뭐였지?

작성 중이던 품의서와 기대어 세워져 있는 클리어 파일을 보았다.

기억이 나지 않았다. 책상 서랍을 열자 국민건강보험과의 갈색 봉투가 눈에 들어왔다.

봉투 안에 든 것을 꺼냈다. 센다 구니요시라는 남자의 주민등록표를 출력한 종이가 나왔다.

이게 무엇일까?

보험료 때문에 민원이라도 넣으려고 찾아온 남자일까?

이미 세상을 떠난 사람이니 그건 아니었다.

그것을 가만히 보고 있으니, 불현듯 호수의 풍경이 떠올랐다. 모터보트에서 격투를 벌이는 두 남자의 모습이 눈앞에 비쳐와, 가즈오에게서 짧게 소리가 새어 나왔다.

그 센다가 아닌가.

자신의 아버지를 죽인 남자를 어째서 잊어버린 것인가.

아니, 잠깐. 이 남자에 관해 다시 조사해야 하는 게 아닐까?

새빨간 바람막이 점퍼를 입은 남자가 접수대에 있는 미우라와 언쟁을 하고 있었다.

보험료가 너무 높아 민원을 제기하러 온 것이다.

남자는 조금도 물러날 기미가 없어 보였다.

과장 히데코도, 너구리도 태풍이 지나가기만을 기다리듯, 도우려고 하지 않고 가만히 고개를 숙이고 있었다.

가즈오는 보다 못해 대화에 끼어들었다.

남자는 가즈오 쪽으로 고개를 돌렸다. 턱을 앞으로 쑥 내밀고 네가 내 상대냐는 듯이 가즈오를 노려보았다. 쌍꺼풀이 있는 큰 눈이 벌겋게 충혈되어 있었다. 남자의 머리카락 절반이 희끗희끗했다.

가즈오가 가만히 보고 있으니, 상대는 자존심에 크게 상처가 났다고 착각한 듯 덤벼들며 화를 내기 시작했다.

49

5일은 아침부터 분주했다. 보험료 청구서를 우편으로 보내야만 했기에 오전 내내 봉투를 붙이는 작업으로 바빴다.

오후에는 운영 협의회 준비 회의가 있어, 가즈오는 후루사와와 함께 별실에 틀어박혀 있었다.

자신의 자리로 돌아온 것은 오후 5시가 넘어서였다.

라커룸에서 옷을 갈아입었다.

커다란 갈색 봉투가 신발 위에 올려져 있었다.

봉투를 열어보니 주민기본대장과 호적 화면의 출력본, 신문지 복사본이 가득했다.

언제 이런 곳에 넣어두었을까?

어떻게 할지 망설이다가, 그대로 가지고 집으로 돌아갔다.

저녁 식사 전, 케이스케와 목욕을 했다. 케이스케가 묘한 말을 건넸다.

엄마 배 속에 있을 때 배꼽을 통해 바깥이 보였다고 했다.

완전 거짓말은 아닐지도 모른다고 생각하며 케이스케의 얼굴을 살폈다. 어딘지 모르게 어른스러워 보였다.

케이스케를 재우고, 가즈오는 자신의 방에서 컴퓨터로 메일을 확인했다.

책상 위에 있는 갈색 봉투가 눈에 들어왔다. 내용물을 꺼내 보았다.

주민등록표 화면의 출력본과 신문의 복사본이다.

자신은 왜 이런 것을 가지고 있었을까? 업무와는 상관없는 자료 같았다.

신문 복사본은 33년이나 과거의 기사였다. 사가미 호수에서 일어난 살인 사건에 관해 쓰여 있었다.

기사를 읽다가, 모터보트 위에 서로 엉켜 있는 두 남자의 모습이 스쳐 지나갔다. 가즈오는 가슴이 덜컥 내려앉았다.

그렇다……, 그때의 두 사람이다. 어째서 그런 것조차 잊어버리고 있었을까.

자신은 타임 슬립을 했다……가 아니었나.

33년 후의 세계와 현재를 왔다 갔다 했……을 것이다.

적어도 가족들에게만은 자신에게 일어났던 일을 전해두어야 하는 것은 아닐까? 설사 훗날의 자신에게는 허풍처럼 느껴질지라도.

가즈오는 워드프로세서를 켰다. 첫 번째 줄을 입력했다.

첫 번째, 3월 3일, 시간……

떠오르지 않았다. 몇 시였지?

머릿속에서 무언가가 빠르게 사라지는 것을 알 수 있었다. 마치 바닷물이 빠져나가는 것처럼 중요한 것이 보이지 않았다.

이제 내일이면, 아니 오늘 밤에는 모든 기억이 없어질지도 모른다. 가즈오는 다시 한번 키보드를 두드렸다.

나는 타임 슬립을 했다……

분명 그랬을 텐데, 언제?

윗줄에 적힌 것을 보고 3월 3일이라고 중얼거렸다.

맞아, 분명 그날이었다.

그런데 그것뿐이었나? 그날 말고도 했던 것 같은데.

어라, 이상하다. 자신은 지금 무엇을 하고 있는 걸까?

머릿속에 텅 빈 공백이 생긴 것 같았다.

분명 머릿속에 있었을 무언가가 도저히 떠오르지 않았다.

정신을 차렸을 때, 자신은 손에 휴대전화를 들고 있었다.

사진이 저장되어 있는 사진첩을 열었다.

한 장의 사진이 눈에 들어왔다.

무의식중에 그것을 선택해 '문자로 보내기' 버튼을 눌렀다.

수신처의 이름이 목록으로 나타났다.

'미야즈 유키에'를 선택하고 '보내기' 버튼을 눌렀다. 종이비행기가 화면 아래에서 위로 날아가며 작은 점이 되어 사라졌다.

보내기 완료.

어라……, 지금 무엇을 보낸 거지?

3월 6일 목요일. 평소보다 일찍 눈이 떠졌다.

케이스케가 깨지 않도록 재빨리 옷을 갈아입고 거실로 나갔다.

7시 정각.

어딘지 모르게 달콤한 향기가 부엌에서 풍겨왔다.

밖에서 신문을 가지고 돌아오니, 후미요 방의 장지문이 열려 있었다. 잠옷 차림으로 장롱을 열고 기모노를 고르고 있었다.

오늘은 일본 자수 강좌가 있는 날이다. 나갈 채비를 하는 듯했다.

거실 고타쓰에 들어가 텔레비전을 켰다.

"여보, 여보."

부엌에 있던 유키에가 말했다.

"그 사진, 뭐야?"

"사진이라니?"

"어젯밤 내 휴대전화로 보냈잖아, 이 사진."

휴대전화로? 무엇을?

"안 보냈어, 아무것도."

"이상하네."

"그러니까, 아무것도 안 보냈다니까."

"깜짝 놀랐어. 나랑 오이카와 아저씨가 찍혀 있었거든. 내가 세 살쯤 됐을 땐가."

"내가 그런 사진을 가지고 있을 리가 없잖아."

"하지만 오늘 아침 분명히 봤어. 휴대전화. 그런데 사진이 사라졌더라고. 정말 이상하지?"

유키에는 아직도 가즈오의 아버지를 오이카와 아저씨라고 부른다. 친정이 '오이카와 직물' 근처에 있어서 어릴 때 자주 놀러 간 기억이 있다고 했다.

가즈오는 왠지 모르게 가만히 있을 수가 없었다.

무언가 잊은 게 있는 느낌이 들어, 자신의 방으로 들어갔다. 컴퓨터 앞에 앉았지만, 진정되지 않았다.

문이 열렸다.

뒤를 돌아보니 케이스케가 졸린 눈을 비비며 멍하니 서 있었다.

"자, 케이스케. 옷 갈아입자."

가즈오는 침실에서 케이스케의 옷을 갈아입히고 거실로 돌아왔다.

고타쓰 위에 아침 식사가 준비되어 있었다. 자리에 앉자 유키에가 밥그릇에 밥을 담아 주었다.

"어? 영양밥? 오늘 무슨 날이었나?"

"갑자기 먹고 싶어서. 괜찮지?"

"흐음, 별일이네."

봄과 가을에만 영양밥을 만들었는데, 갑자기 무슨 바람이 분 걸까?

가즈오는 밥그릇을 들고 한 입 먹어보았다.

닭고기의 단맛이 입안 가득 퍼졌다. 케이스케도 스스로 젓가락을 들고 먹기 시작했다.

"훌륭하네, 케이스케."

케이스케는 칭찬에도 대답하지 않았다.

기모노 차림의 후미요가 다가왔다. 화장도 마쳤다.

"영양밥 잘 지어진 것 같네, 유키에."

"드시고 가세요, 어머니."

"괜찮아. 다녀와서 먹을게. 그러면 유키에, 문단속 부탁해."

"네, 조심히 다녀오세요."

"고마워."

후미요는 그렇게 말하며 거실에서 나갔다.

문득 시선을 돌리니, 보지 못했던 손목시계가 고타쓰 끝에 놓여 있었다.

세이코의 손목시계였다.

굉장한 세월의 흔적이 엿보였다. 스테인리스로 만든 시곗줄은 갈색으로 녹이 슬어 있었다. 유리에도 자잘한 흠집이 무수히 많았다.

"있지, 유키에. 저거 뭐야?"

"어젯밤 당신이 잠든 후에 여기저기 찾아봤어. 오이카와 아저씨가 돌아가셨을 때, 손목시계를 유품으로 받았던 게 생각나서. 아무래도 신경 쓰여서 밤새 찾았지."

"그랬구나."

시계는 8시 15분에 멈춰 있었다.

3시를 나타내는 위치에 작게 '목(木) 6'이라고 표시되어 있었다.

6일, 목요일이다. 가즈오는 달력을 보았다.

참 신기한 일이다. 오늘 날짜다.

식사를 마치고 겉옷을 걸쳤다.

헬멧을 손에 들고 현관으로 향했다.

텅 빈 후미요의 방이 마음에 걸렸다.

문을 열고 밖으로 나왔다. 차갑다. 오늘도 꽤 추운 하루가 될 것 같았다.

스쿠터의 시동을 걸었다.

그때 왼팔에 찬 손목시계를 발견했다.

유키에가 찾은 아버지의 손목시계다.

언제 손목에 찼을까?

8시 15분에 그대로 멈춘 채였다.

손목시계를 보고 있으니 묘하게 가슴이 뛰기 시작했다.

자신보다 먼저 집을 나간 후미요가 마음에 걸려 참을 수 없었다.

현관문이 열리고 케이스케가 나타났다. 가즈오는 집 안으로 돌아왔다.

가즈오는 부엌에서 설거지를 하고 있는 유키에에게 말했다.

"오늘은 내가 데려다줄게."

"데려다주다니, 어디에?"

"당신이랑 케이스케."

"응? 괜찮아?"

"서두르면 늦지 않을 테니까."

케이스케가 기쁜 표정으로 가즈오의 다리를 끌어안았다.

케이스케를 안아 올린 가즈오가 자동차 열쇠를 들고 밖으로 나갔다.

케이스케를 카시트에 앉히고 스텝왜건의 시동을 켰다.

현관에 유키에가 모습을 드러냈다. 문을 단속하고, 달려오듯 차에 올라탔다.

"출바알!"

소리를 내자, 뒷좌석에서 케이스케가 발을 구르며 기뻐했다.

미나미오도리에서 평소와 반대쪽으로 핸들을 돌렸다.

"응? 어디로 가는 거야?"

유키에가 말했다.

"응, 잠깐만."

16번 국도와 만나는 교차로가 나왔다. 신호는 파란불이다.

바로 앞에 차 두 대가 서 있었다.

두 대 모두 오른쪽 방향지시등을 깜빡이고 있었다.

왼편 전방에 빨간 신호에서 정지해 있는 자동차들의 맨 앞에 게이오 버스가 있었다. 후미요가 타는 버스다. 주오선 건널목을 건너, 요코하마초를 돌아 하치오지역 북쪽 출구로 향하는 노선이다.

그 버스를 보고 있자니 무슨 이유에서인지 신경이 날카로워졌다.

운동을 하고 있는 것도 아닌데, 심장이 빠르게 뛰었다.

신호가 노란불로 바뀌었다. 마주 오는 차선을 달리던 차들이 멈추어 섰다.

맨 앞의 경차가 좀처럼 움직이려고 하지 않았다. 가즈오가 경적을 울리자, 경차가 급하게 출발했다. 두 번째 차도 그랬다.

신호가 빨간불로 바뀌기 직전, 가즈오도 액셀을 꾹 밟았다. 그리고 재빨리 핸들을 꺾었다. 아슬아슬하게 지나갔다.

16번 국도로 진입했다. 신호를 기다리던 버스가 바로 뒤를 쫓아왔다.

속도를 높였다. 만초의 버스 정류장이 가까워지고 있었다.

젊은 여자들 사이로 기모노 차림의 후미요가 서 있었다.

후미요의 시선은 가즈오의 자동차 뒤에 있는 버스를 향해 있었다.

버스 정류장 앞에서 급정거했다. 조수석 쪽 창문을 내렸다.

"엄마!"

가즈오가 부르자 후미요가 이쪽을 돌아보았다. 눈이 휘둥그레졌다.

"얼른 타."

후미요는 버스와 스탭왜건을 번갈아 보며 머뭇거렸다.

"데려다줄게, 얼른 타."

바로 뒤에서 버스가 무섭게 경적을 울렸다.

가즈오가 조수석 문을 열자 후미요가 황급히 올라탔다.

가즈오는 액셀을 밟았다. 차가 힘차게 달리기 시작했다.

"무슨 일이야, 갑자기."

후미요가 의아하다는 듯 말했다. 백미러에 비친 버스가 금세 멀어졌다.

가즈오는 숨이 차올랐다. 심장의 두근거림이 서서히 가라앉았다.

가즈오는 이 추위 속에서 이마에 식은땀을 흘리고 있었다.

케이스케가 카시트에서 몸을 앞으로 쭉 내밀며 후미요의 어깨에 달라붙었다. 따뜻한 것이 가슴에 차올랐다.

그 이유를 가즈오는 알 수 없었다.

문득 왼손에 찬 손목시계를 바라보았다. 분명 멈춰 있었던 초침이 천천히 움직이기 시작했다.

2025년 3월 3일 월요일

겨울이 되어 쓸쓸한 사가미 호숫가 벤치에 앉아 멍하니 호수를 바라보고 있는데, 익숙한 목소리가 들렸다.

"많이 기다렸어?"

이제는 어른스러워진 케이스케가 이쪽을 바라보고 있었다.

회색 체스터 코트에 검은색 스키니 바지.

"아니, 조금."

대략 30분 정도 기다렸을까.

"미안, 갑자기 불러내서."

"깜짝 놀랐어. 연구실을 뛰어나와서 역까지 달렸다니까. 마침 딱 하행열차가 와서."

"운이 좋았네."

케이스케는 도쿄도립대학 시스템디자인학과 3학년. 도요타역과 가까운 히노 캠퍼스에 다니고 있다.

"감기는 괜찮아?"

"그럼, 완전히 나았어."

"엄청난 회복력이네."

가즈오는 벤치에서 일어나 케이스케와 함께 호숫가를 따라 길을 걸었다. 바람 없는 오후의 햇살은 기분이 좋았다. 이제는 자신보다 키가 큰 케이스케와 있으면, 가즈오는 먼 옛날과 거리가 더 멀어지는 기분이었다.

"몇 년 만이지."

케이스케가 한숨 섞인 목소리로 중얼거렸다.

"왜 이곳으로 부른 거야?"

가즈오는 말문이 막혔다. 케이스케가 이유를 물어도 제대로 설명할 수 없었다.

여기 도착했을 때 느꼈던 빛 같은 것들이 조금씩 사라지며, 자신이 왜 여기에 이렇게 아들과 함께 있는지 알 수 없었다.

"저기서 자주 놀았지."

케이스케가 선착장에 마련된 게임센터를 가리키며 말했다.

"맞아, 케이스케는 언제나……."

이유 없이 무언가 복받쳐 올라와, 그 후 다음 말이 나오지 않았다.

"왜 그래?"

"아무것도 아니야."

왜 그런 걸까, 이 진정되지 않는 기분은.

꾹 참고 게임센터까지 갔다.

부두 근처에서 걸음을 멈추고 호수를 바라보았다. 분홍색과 녹색의 작은 오리배 열 대 정도가 정박해 있었고, 저 멀리 호수에는 하얀 오리배가 천천히 움직이고 있었다.

여기에서 무슨 일이 있었던 것일까?

이 풍경 속에서 인생을 뒤바꿀 만한 사건이 일어났다. 그 답을 오늘은 찾았어야 했다. 하지만 막상 이렇게 와서 보니, 역시 헛수고였다는 생각이 들어 견딜 수 없었다.

하지만 케이스케의 모습은 달랐다. 쇠로 만든 울타리에 몸을 기대고 물끄러미 강 건너를 응시한 채, 1밀리미터도 움직이지 않았다. 순식간에 창백해지는 옆모습을 본 가즈오는 불길한 예감에 휩싸였다.

주근깨가 난 케이스케의 뺨에 눈물방울이 흘러내리는 것을 보자 가즈오는 숨이 멎었다.

무슨 일이냐고 물으려고 할 때, 갑자기 케이스케가 가즈오를 부서질 정도로 힘껏 껴안았다.

살았다……. 그렇게 말하는 것처럼 들렸다.

"뭘……."

알다가도 모르겠는, 여우에게 홀린 기분이었다.

"고마워요, 아빠."

케이스케가 자신을 더욱 세게 끌어당기자, 가즈오는 당황스러웠다.

그래도 오늘 이날은 지금의 말을 듣기 위해 존재하는 것 같았다.

문득 마음이 가벼워졌다. 가즈오도 이제 됐다고 생각했다. 무엇이 괜찮은지는 알 수 없었다. 그동안 마음속에 있던 얇은 베일이 벗겨지면서 시야가 탁 트인 느낌이었다. 손바닥에서 움직이던 보이지 않는 구술은 이제 사라지고 없었다.

사라지는 아들

1판 1쇄 인쇄 2024년 10월 28일
1판 1쇄 발행 2024년 11월 15일

지은이 안도 요시아키
옮긴이 오정화

발행인 황민호
본부장 박정훈
책임편집 신주식
기획편집 최경민 이예린
마케팅 조안나 이유진
국제판권 이주은 정유정
제작 최택순 성시원

발행처 대원씨아이(주)
주소 서울특별시 용산구 한강대로 15길 9-12
전화 (02)2071-2095
팩스 (02)749-2105
등록 제3-563호
등록일자 1992년 5월 11일

www.dwci.co.kr

ISBN 979-11-7288-879-4 03830